Le Ro

de

est le sept cent dixième ouvrage
publié chez
VLB ÉDITEUR.

La collection « Roman »
est dirigée par Jean-Yves Soucy.

VLB éditeur bénéficie du soutien de la Société de développement des entreprises culturelles du Québec (SODEC) pour son programme d'édition.

Gouvernement du Québec – Programme de crédit d'impôt pour l'édition de livres – Gestion SODEC.

Nous reconnaissons l'aide financière du gouvernement du Canada par l'entremise du Programme d'aide au développement de l'industrie de l'édition (PADIÉ) pour nos activités d'édition.

Nous remercions le Conseil des Arts du Canada de l'aide accordée à notre programme de publication.

LE ROYAUME DE MON PÈRE

Lady Belvédère

DE LA MÊME AUTEURE

Le Royaume de mon père. Mademoiselle Marianne, Montréal, VLB éditeur, coll. « Roman », 2000.

Le Royaume de mon père. Miss Mary Ann Windsor, Montréal, VLB éditeur, coll. « Roman », 2001.

Fabienne Cliff

LE ROYAUME DE MON PÈRE

Lady Belvédère

vlb éditeur

VLB ÉDITEUR
Une division du groupe Ville-Marie Littérature
1010, rue de La Gauchetière Est
Montréal, Québec H2L 2N5
Tél. : (514) 523-1182
Téléc. : (514) 282-7530
Courriel : vml@sogides.com

Maquette de la couverture : Jean-François Lejeune
Illustration de la couverture : Bristol City Museum and Art Gallery, UK/Bridgeman Art Library

Données de catalogage avant publication (Canada)
Cliff, Fabienne, 1924-
Le royaume de mon père
(Collection Roman)
Sommaire : [1] Mademoiselle Marianne – [2] Miss Mary Ann Windsor – [3] Lady Belvédère.

ISBN 2-89005-742-9 (v. 1)
ISBN 2-89005-765-8 (v. 2)
ISBN 2-89005-805-0 (v. 3)
I. Titre.

PS8555.L532R69	2000	C843'.6	C00-940707-3
PS9555.L532R69	2000		
PQ3919.2.C54R69	2000		

DISTRIBUTEURS EXCLUSIFS :

Pour le Québec, le Canada et les États-Unis :
LES MESSAGERIES ADP*
955, rue Amherst
Montréal, Québec H2L 3K4
Tél. : (514) 523-1182
Téléc. : (514) 939-0406
*Filiale de Sogides ltée

Pour la France :
D.E.Q. – Librairie du Québec
30, rue Gay-Lussac, 75005 Paris
Tél. : 01 43 54 49 02
Téléc. : 01 43 54 39 15
Courriel : liquebec@cybercable.fr

Pour la Suisse :
TRANSAT S.A.
4 Ter, route des Jeunes
C.P. 1210
1211 Genève 26
Tél. : (41.22) 342.77.40
Téléc. : (41.22) 343.46.46

Dépôt légal : 2e trimestre 2002
Bibliothèque nationale du Québec
Bibliothèque nationale du Canada

ISBN 2-89005-805-0

À mes frères et sœurs, Léonce, Pierrette,
Roger, Gérald, Louis-Paul et Agathe

Remerciements

Au nombre des bonheurs que m'a apportés l'écriture de la trilogie *Le Royaume de mon père*, les voyages que j'ai faits pour effectuer des recherches tiennent une place à part. Que ce soit en Allemagne, en Suisse, en France, aux Bahamas, au Mexique, aux États-Unis ou en Angleterre, j'ai eu le plaisir de rencontrer de nombreuses personnes qui m'ont rendu des services inestimables ou qui ont partagé avec moi des moments de leur passé. Je leur en suis reconnaissante.

Je remercie tout particulièrement le juge Bernhard Wankel, chef de la Justizpressestelle (Presse légale) de la cour de Nuremberg, qui a consacré beaucoup de temps à me faire visiter la bibliothèque de la cour et à photocopier à mon intention des documents relatifs au procès des nazis, qui s'y est tenu en 1945 et 1946. Merci également à M. Davis Harper, d'Obersalzberg, qui m'a fait visiter les ruines du Berghof de Hitler et ses bunkers. Je suis redevable à mes amis suisses (Pauline et Jean-Jacques Wütrich-Rex ainsi que Nina et Max Hofman) d'informations de première main sur la période de la Seconde Guerre mondiale, tant en Angleterre que sur le continent européen; leur accueil a été toujours très chaleureux, comme celui de mes amis Michelle et Pierre Brossard qui, entre mes voyages, m'ont offert l'hospitalité dans leur merveilleux coin de Normandie. Merci également à Nicolas Wise, de Montréal, pour ses souvenirs de Londres sous les bombes.

Il n'est pas toujours facile de vivre avec un écrivain qui est totalement absorbé par son travail. Mon compagnon, Andrei Eldon-Edington, a été d'une patience et d'un dévouement exemplaires et m'a soutenue tout au long de ce projet qui s'est échelonné sur plusieurs années. Il m'a accompagnée dans mes périples et sa connaissance des langues me fut précieuse. Il a toute ma gratitude. Ma reconnaissance va aussi à mes frères et sœurs qui m'accueillent à chacun de mes séjours au Canada, à ma sœur Pierrette, surtout, avec qui je passe de si bons moments que les problèmes d'écriture s'évanouissent instantanément… Mille mercis, Piéro! Merci également à ma fille, Kiki, qui me tient au courant de ses projets d'écriture et s'informe des miens, et à mon petit-fils, Michael, qui m'a dit, il n'y a pas si longtemps: « *I'm very proud of you, Gaga!* »

F. C.

Chapitre premier

Le printemps arrive et la guerre continue.

Mais aujourd'hui commence le plus beau jour de ma vie. Les souvenirs douloureux de cette dernière année s'éloignent dans l'abîme de ma mémoire, même s'ils restent entassés, pêle-mêle et équivoques, entre les saillies sombres d'un camp de concentration et les aspérités d'une montagne de granit, au faîte de laquelle j'ai affronté un monstre moderne, Adolf Hitler, et quémandé une grande faveur. Dans son Nid d'aigle, le Führer a daigné me regarder avec un peu de bienveillance, peut-être parce que je suis la fille du duc de Windsor. Mais, aujourd'hui, je ne veux plus trop y penser.

Mon Dieu! Est-il vrai qu'une année s'est déjà écoulée? Je n'ai rien fait durant ce temps, si ce n'est attendre le jour qui me rendrait Claude. Maintenant près de lui, j'attends que le bonheur, lent ou prompt à venir, me le livre plus beau et plus sincère que jamais. Je l'aime tellement…

Je suis si bien auprès de lui. Je renverse ma tête contre son épaule; il me sourit. Ses yeux si bleus, ses dents si blanches et sa bouche si sensuelle me fascinent…

il y a tellement longtemps que j'en rêvais. Je m'émerveille, aspire l'air en suffoquant et éclate en sanglots. N'ai-je pas le droit de défaillir devant mon bien-aimé que j'avais cru perdu à tout jamais ?

Il se penche vers moi. Dieu qu'il est beau ! Je pose ma main sur son front où une folle mèche de cheveux chatouille mes doigts. L'enchantement qui nous a liés par le passé nous enveloppe à nouveau. Je ferme les yeux, me blottis contre lui et me recueille, craintive devant les minutes qui s'échappent. Tout se fond dans l'offre effrénée et impérative de notre amour chuchoté. Sa bouche frôle la mienne, un peu indécise, fragile... Est-il le même Claude, mon Claude hypnotique qui m'a si bien initiée à l'amour ? Mon cœur bondit dans ma poitrine, une adorable fièvre m'enivre. Avec douceur, nos souffles se mêlent :

« Ma petite Marianne, ma bien-aimée, laisse-moi goûter le miracle d'être enfin réunis... je suis là, tu es là ! Tu es si belle, mon amour... j'ai passé des mois à espérer un moment comme celui-ci. Mon trésor, je vais te demander d'être patiente, je suis si... »

Sa voix pourtant chérie trouble le précieux moment. Je contemple son beau visage, y cherchant un indice. Se souvient-il de notre relation ? De notre pure volupté ? Il pose sa main sur ma gorge, sa bouche cherche à nouveau la mienne et, d'une poussée un peu brutale, il chavire mon corps contre le sien. Oh, oui, il se souvient ! Il est tumultueux et tendre à la fois. Son baiser immortalise cet instant, sa langue gourmande est curieuse, sensuelle... pendant quelques secondes, l'image d'Axel Wenner-Gren, qui, mon indocilité vaincue, me faisait payer la liberté de Claude, traverse mon esprit… Comme une antenne invisible, mon âme palpe la flétrissure et se replie sur elle-même. Mon souffle s'arrête et j'étouffe un sanglot. Claude resserre son étreinte. Que d'aveux et de déclarations je garde pour moi, quel péché inavoué entravant mon désir !

« Mon amour, je t'aime tant. Oublions pour de longs moments tout ce qui nous sépare depuis si longtemps… aimons-nous, Claude ! Aime-moi, je t'en prie ! »

Nous tressaillons ensemble… S'ensuivent, merveilleuses, des heures chaudes d'abandon, rythmées de douces palpitations… et d'autres, plus fougueuses, illuminées de regards et de gestes. Claude me soulève finalement dans ses bras et m'allonge près de la cheminée où un grand feu de bois crépite. Tout ce que la nature pourrait m'apporter de bonheur alors que Claude se penche vers moi me semble bien minime… Comme les rayons du soleil que je vois briller à travers les volets me paraissent bien tièdes comparés à l'immense ardeur qui soulève ma poitrine. Je rêve au son de sa voix.

Les feux de l'âtre qui nous baignent d'un bonheur doré et chaud éclairent et strient notre chair, nue, comme si elle devenait fluide et vague, faisant aussi miroiter notre passion, animée et envoûtée… je m'adapte si bien à l'admirable corps au-dessus de moi, si charnu… je plie lorsqu'il plie… J'ouvre mes yeux et je regarde les boucles superposées de ses cheveux sombres où dansent des flammèches rousses, ses joues lisses et fiévreuses, sa lèvre relevée, son expression forcenée et suppliante…

Mes jambes s'enroulent autour de sa taille, il se redresse en soutenant mes reins… je jouis de notre mobilité érotique et rythmée, mon souffle tremble, mon corps vibre... Je cherche sa bouche lorsqu'il s'étend sur moi, mêlant de nouveau nos souffles. Nous sommes imprégnés d'une sensualité nerveuse. Rien ne compte, hormis la fougue de la minute présente, alors que mon corps, avide du plaisir de Claude, s'adapte merveilleusement à mon désir. Je sens monter en moi, du plus profond de mon ventre, de mes sens, de mon cerveau, le goût involontaire de la jouissance, de l'orgasme... une sorte de colère amoureuse se déchaîne en lui...

« Mon amour... mon amour... »

La voix de Claude brûle mon visage alors qu'une hâte exaspérée secoue son corps... Je serre sa chère tête contre mon visage.

« Jouis, mon corps adoré, jouis de moi... »

Il est de nouveau calme et, soudainement, des sanglots le secouent, son corps est lourd et il s'affaisse pour pleurer, allongé sur moi.

« J'ai tellement eu peur de te perdre, ma fiancée, ma femme... »

Ses bras enlacent mon cou et il m'embrasse comme si le temps nous manquait, comme si nous vivions un long rêve qui allait prendre fin en même temps que le feu s'éteint. Je ressens une stimulation toute particulière... la pression de son corps qui s'agite en des tressaillements qui pénètrent la profondeur de mes sens, sa langue gourmande, sa volupté...

Je ne tiens plus en place, me laissant faire ; Claude ne bouge pas, puis, lestement, m'entourant de ses bras et passant ses jambes sous mes reins, il se retourne sur le dos... Quelle complicité ! Je suis assise en travers de ses cuisses. Une image fugace d'un autre jeu dans une chambre d'hôtel me fait grelotter... Claude soulève son bassin et m'attire contre lui... nous avons échangé nos positions et je m'élance, le chevauchant et savourant le rythme que je contrôle entièrement. Les battements douloureux de mon cœur, de plus en plus troublé, s'accélèrent quand je vois passer sur le visage de Claude les images de notre entente divinement douce, tandis que son doigt caressant se glisse entre mes jambes...

Je retombe sur lui, affamée d'un raffinement d'érotisme. Agile et silencieuse, je suis prête dès les premiers remous du plaisir de Claude à hurler le mien. Cet enivrement prend toute sa puissance lorsqu'il enserre ma taille de ses mains... il m'inspire, il me guide. Son visage est arrosé d'une couleur claire qui l'illumine... je bois sa plainte sur ses lèvres, je sens des étincelles sous mes paupières... il est perdu en moi, je suis perdue en lui et, exaltés, nous sommes emportés dans un vertigineux et durable tourbillon.

La valeur des dons, la valeur des mots ! Je les range harmonieusement dans le temps, dans notre temps à nous deux. Tous nos souvenirs amoureux noyés d'ombre reviennent à la surface et je les entasse comme de nouvelles acquisitions, les exprimant en des sanglots de consolation et d'apaisement qui se fondent dans le souffle enivré et décroissant de nos corps enlacés. Aujourd'hui, il m'est donné de m'enrichir du don de l'amour de Claude... je le vois sur son visage où la joie et la lumière des beaux jours sont noyées dans la chaleur qui nous apaise, et je ne vois qu'eux, nos jours à nous deux, qui commencent enfin.

« Je fais un bon café, arrosé de cognac, dit Claude alors qu'il enroule une sortie de bain autour de mes épaules, nous en avons grandement besoin ! » continue-t-il en m'embrassant.

Il me tient à bout de bras. Un grand sourire barre son visage.

« Tu es encore plus belle, ma petite Marianne... »

Il se penche davantage et ses cheveux battent, comme une aile prisonnière, ma joue. Je recule et le regarde dans la lumière finissante, qui, tamisée par la dentelle du rideau, nous enveloppe d'une aura dorée parsemée de petits dessins exotiques. Je lui souris, et dans ce soleil couchant, le bleu rare de ses prunelles brille avec une intensité inexprimable et, à son tour, il sourit.

Aussitôt, je l'aime davantage. Une vive rougeur anime ses joues. Je revois le Claude d'antan tandis qu'il lisse ses cheveux mouillés, laisse tomber la serviette qu'il a enroulée autour de sa taille et d'un grand geste enfile un long peignoir...

« Il faut le cacher, ce coquin, sinon... », murmuré-je, l'air malicieux.

Par des mouvements imperceptibles, les traits de Claude redeviennent ceux de l'enfant que j'ai si bien connu. Son visage s'illumine et ses grands beaux yeux se posent librement sur moi. Commençant à bien me connaître, je ressens de nouveau le désir, ce suprême intrus, et baisse la tête.

« Alors, toi, ma petite Marianne, tu n'as pas changé. C'est déjà un miracle que nous soyons là, tous deux, à nous aimer. Nous avons tellement à nous dire... Attends, je vais faire le café. »

Il désigne du menton la porte de la salle de bain et d'un très léger mouvement, presque sauvage, ajoute :

« Viens me rejoindre, donne-moi cinq minutes ! »

Je suis seule ; j'écoute les bruits d'un robinet qu'on ouvre et de quelques ustensiles qui s'entrechoquent. Je ne peux m'empêcher de sourire. Claude dans la cuisine, ça, je dois le voir pour le croire !

J'entre dans la chambre, regarde le grand lit bordé de blanc, la moquette pâle, les grandes portes de la penderie, l'ameublement simple et, sur une petite table non loin du lit, un superbe pot de fleurs fraîches que je touche au passage, me dirigeant vers l'une des fenêtres.

Dans le ciel crépusculaire, le soleil s'est éteint et apparaît la lune blanche comme une nuée, furtive et sans éclat. Mon regard se pose sur le paysage que je connais si bien, même si la maison blanche se situe beaucoup plus bas que le couvent qui fut ma demeure pendant ma petite enfance. Le mois d'avril s'annonce beau et radieux et les quelques pluies printanières n'empêcheront plus la nature de poindre. Une légère brume se hisse jusque dans les rues du village, situé à un demi-kilomètre plus bas, enveloppant les murs des maisons et des jardins, comme une soie violette et blanche.

Je respire profondément. Comme ma chambre de Government House, à Nassau dans les Bahamas, chez mon père le duc de Windsor, est loin ! Là, les gages de l'été, les couleurs et les parfums durent toute l'année. J'y étais il y a à peine quelques jours et, déjà, Nassau me semble si éloigné. Le couvent, Québec, Nassau, la chambre de l'hôtel Victoria, le Nid d'aigle, que d'aventures toutes plus riches les unes que les autres en péripéties !

Notre chambre ! Je l'ai si souvent construite dans ma tête, je l'ai meublée, décorée. Est-elle donc ce que je rêvais ? Ma mémoire me fait défaut, excepté peut-être pour la cheminée… oui, j'avais rêvé d'une cheminée ? Dans cette chambre ? Non, plutôt au salon… Je frissonne en resserrant autour de moi la douce sortie de bain. La cheminée, qui a été témoin de notre frémissante passion, sera-t-elle, dans cette maison, l'un de mes coins favoris ?

Sérieuse, sans hâte, dans l'agréable pénombre, je rêve. J'écoute dans mon cœur la voix de Claude : « Marianne, si jamais la vie nous sépare, nous nous retrouverons dans la maison blanche et je demanderai plus que jamais ton amour et ton dévouement… » J'avais dix ans, il en avait seize… Sa main indiquait l'endroit où il désirait bâtir notre foyer…

Que Dieu soit béni ! Je suis dans *notre* chambre, dans *notre* maison blanche.

Ah, que je suis loin du petit monde de mon enfance lorsque Claude venait me voir en cachette – furtivement, il s'infiltrait dans le domaine *impénétrable* des religieuses ! Les nerfs à fleur de peau, je comptais les jours entre chacune de ses visites. Dès le début, il a été l'homme de ma vie, mystérieux, arrogant et doux.

Je me parle d'une voix douce, puis je rejette au loin les ombres distillées de mon passé, lesquelles, si j'y porte trop d'attention, me suivent partout. Mais je suis enfin ici, amoureuse, et mon cœur, après tant de tumultes et de défaites, a vaincu tous les obstacles au risque de se perdre.

CHAPITRE II

« Le café, ma chérie, dans le salon ! »

Avant de quitter la chambre, je goûte de nouveau la pénombre chaude de la pièce et contemple à travers la grande fenêtre, dans l'avenue tout à fait rustique et plus loin vers le village, la terre encore en partie gelée que voilent seulement la transparence de l'éloignement, l'ombre des arbres et la nuit tombante. Mon bien-être s'agrandit. Mon corps a perdu un peu de sa lourdeur. Je remplis mon cœur du génie de Claude qui a su charmer ces heures d'un enchantement voluptueux jusqu'à ce que la fatigue vienne rompre notre harmonie... Oh oui, il nous faut maintenant prendre le cours de la vie que nous nous étions promise – mon existence ne penche plus que d'un seul côté, c'est ma nouvelle victoire.

Nos sentiments sont en train de s'organiser. Quelle belle saison pour notre dévouement amoureux, quelle libération après tant de contraintes, quelle quiétude de vivre dans cette fameuse maison où les baisers dominent ! J'entre dans le grand salon lumineux – un lustre brille au plafond et des lampes allumées éclairent les quatre coins de la pièce – et je ne vois que lui, vêtu de sa sortie de bain blanche. Claude, mon cher amour, mon amant.

« Tu rêvais donc, ma petite Marianne ? »

J'acquiesce et ferme, pour un court moment, mes yeux aveuglés par tant de bonheur. Claude s'avance, prend mon bras et m'entraîne vers un divan pâle où des coussins de style moderne, bariolés comme un costume de clown, mettent une note de gaieté dans un salon plutôt dépouillé.

« Tu vois, ma chérie, je t'attendais pour finir l'ameublement de *notre* maison. Tu as dû remarquer que nous serons vraiment à l'aise pour dormir. »

Comme il a de magnifiques cheveux, comme il a maigri, comme il est beau… Je dirige ma main vers de nouvelles et délicates petites rides autour de sa bouche… Il la saisit et y pose ses lèvres.

« Ma chérie, tu portes toujours ma chevalière ! »

Il caresse ma main, la retourne et l'embrasse de nouveau.

« Buvons avant que ça ne refroidisse ! » dit-il en me tendant une petite tasse de porcelaine pleine à ras bord d'un café noir parfumé au cognac.

Nous sirotons notre breuvage sans nous quitter des yeux, tout en rêvassant et en savourant, après une si longue séparation, les vibrations enfin tangibles de notre amour… À part sa tournée de concerts, ce fut surtout sa capture par les nazis, la plus cruelle des douleurs, qui nous a tenus éloignés l'un de l'autre.

Je secoue les épaules. Les yeux de Claude se rétrécissent et fouillent mon visage. Ai-je pâli ? Suis-je différente ? Non, un sourire aimable se forme sur son visage alors que nous posons, simultanément, nos tasses sur la petite table en face de nous. Je prends ses mains dans les miennes et, à mon tour, y pose mes lèvres, tendrement, longuement, ses chères mains que les bourreaux de Himmler ont broyées. Mais elles sont belles… et guéries. Elles cèdent à ma pression et me donnent une sensation toute particulière, une douceur sensuelle.

« Mon chéri, joue la *Pathétique*, j'aimerais tellement te l'entendre jouer ! »

Et je l'écoute, notre musique, cette sonate de notre passé, traversant le temps jusqu'à notre présent. D'un rythme lent ou rapide, elle m'accompagne d'abord vers la noblesse de notre bonheur, vers notre passion assouvie, puis soudainement devenant plus menue, plus mélancolique, elle m'entraîne finalement vers des espoirs inconnus, un plaisir particulier et une tristesse voilée…

Claude joue, encore et encore, les yeux fermés, le visage impassible mais, lentement, une larme s'échappe de ses paupières et glisse le long de ses joues amaigries. Où s'est-il réfugié ? Puis-je le rejoindre dans ce monde qu'il a dû forger afin de se protéger de ses bourreaux ? Existe-t-il d'ailleurs toujours, ce monde ? Est-ce à cela qu'il pense ?

Je vais vers lui et presse sa tête contre mon sein. Il continue à jouer, puis, tout à coup, s'arrête, essuie ses yeux du revers de la main et se lève.

« Une petite faiblesse, Marianne, rien de plus, et c'est terminé. Il faut surtout que tu ne t'inquiètes pas… j'aurai peut-être encore de temps en temps des sautes d'humeur mais, comme mes bons docteurs suisses me l'ont affirmé, cela ira en diminuant.

– Claude, veux-tu en parler ?

– De mon arrestation ? »

J'acquiesce. Il a tellement à raconter ; une étincelle brille dans ses yeux et il pose ses mains sur les miennes – je lui offre, accompagné d'un hochement de tête, mon regard le plus amoureux. Cher Claude, dois-je te demander de raconter tous les tourments que tu as soufferts, toutes les silencieuses incertitudes qui ont traversé ton esprit ?… Mais je n'insiste pas. Il change de visage et semble ému. Une mélancolie qui me pousse doucement vers la tristesse émane de lui.

« Marianne, je ne sais pas si tu t'étais doutée que je faisais partie d'une mission… non, Marianne, je n'étais pas soldat, plutôt… oui, plutôt attaché à une branche de l'intelligence canadienne et britannique.

– Tu faisais de l'espionnage ? »

Il me désigne dans le vide et de sa main levée un niveau assez élevé.

« Mon art, ma réputation étaient devenus la plus plausible couverture en ce qui concernait les renseignements que je pouvais surprendre ici et là, surtout en France, mais aussi en Allemagne. Après un concert qu'ils avaient beaucoup apprécié, où je leur jouais des airs de leur répertoire, les officiers allemands m'invitaient souvent à boire avec eux, parfois dans leur mess, en général au restaurant. Nous parlions dans un charabia d'anglais et de français. Cela m'a toujours été incompréhensible qu'ils courent ce risque d'avoir un étranger, un ennemi en effet, si près de leur *High Command*, surtout à Paris. Nous nous en tenions à une simple camaraderie et s'il y avait un piano, ils me demandaient de jouer pour eux. Ils insistaient pour *Deutschland über alles* ou *Das Vaterland.* Parfois, c'était

Der Wanderer de Schubert ou même *Horst Wassel*... heureusement, je les savais par cœur. Quant à *Tannenbaum*, il se chantait en tout temps, Noël ou pas. Une fois, ils ont même été grossiers lorsque *Der Grenadier* a été suggéré... la complainte d'un soldat allemand pendant la retraite de Russie au temps de Napoléon. Si tu savais comme j'avais à me surveiller pour ne pas leur répondre en allemand. »

Je reste assise, le dos las, les mains ouvertes, et mon esprit se promène entre l'Europe et ici. Mon Dieu, que d'aventures insoupçonnées !

« Tu dois comprendre, Marianne, que les Allemands m'avaient accepté. J'étais le jeune virtuose qui s'acquittait de sa promesse de jouer pour eux. Agnès t'a probablement raconté notre concert à Paris, après la défaite de la France, et l'ordre direct de Goebbels ? »

J'acquiesce de la tête.

« Eh bien, après avoir accompagné ton amie Agnès à la gare, car elle devait revenir au Canada, j'ai dû me rendre avec mon agent et sous surveillance – j'en suis sûr – au quartier général de l'état-major, situé pour les besoins du moment dans un hôtel de la rue Rivoli ; un colonel Speidel était en charge, entouré d'une douzaine de SS, noirs comme des corbeaux. Et là, sans modération, il m'a fait un long discours... je ne vais t'en donner que les principaux points. »

Il sourit pour lui-même et m'interroge des yeux comme si je devais intervenir. Que puis-je dire ? Pendant le silence qui suit, rien ne trouble notre immobilité. Il continue, la voix un peu rauque :

« Remarque que tout cela entrait dans mes plans alors que le cher colonel au verbe haut déclamait en un français exécrable ce qu'il espérait de moi. Je faisais un effort pour ne pas sourire devant sa prononciation teutonne massacrant notre belle langue. »

Claude se lève et, appuyant un bras sur sa poitrine, allonge l'autre, droit devant lui… puis il devient soudain confus et se rassied.

« Ce n'est pas un sujet de rigolade, ma petite Marianne.

– On en reparlera plus tard, si tu veux, dis-je en prenant sa main. Tu n'as pas…

– Non, une petite saute d'humeur seulement, les Allemands ne comptent pas parmi les peuples que j'estime. Allons, où en étais-je ? Eh bien, mon petit colonel se prenait très au sérieux pendant qu'il m'expliquait que j'étais en pays conquis, donc sous le monopolisme… où avait-il donc pu trouver un mot pareil ?… allemand et qu'étant canadien j'étais un ennemi. *Herr* colonel, lui ai-je répondu, je suis un artiste, et comme tel, je ne suis l'ennemi de personne, non seulement parce que je suis né au Canada, un pays très libéral en temps ordinaire, mais aussi, et avant tout, parce que je suis quelqu'un qui joue sa musique pour ceux qui veulent bien l'entendre ! Mon discours semble lui avoir plu puisqu'il m'a fait part de ses plans, selon un ordre direct de Goebbels, qui étaient que je donne une série de concerts dans la France occupée pour les troupes allemandes tout d'abord, et ensuite dans quelques salles de concert pour les Français – pour la plupart d'entre eux, la guerre était bel et bien finie – mais, surtout, et *Herr* Goebbels a insisté sur cet objectif, de monter une série de récitals hebdomadaires pour la radiodiffusion de la propagande nazie en Europe, en provenance de Paris. Les Allemands avaient fait main basse sur l'ORF... »

L'éclat d'un semblant de triomphe passe sur ses traits, mais cela ne dure pas, et aussitôt, il continue :

« C'était justement ce que j'espérais, Marianne, l'objectif de ma mission était de radiodiffuser ma musique, dont le thème principal devait être joué le plus souvent possible, émaillé de notes et de synthèses de notes ou débarrassé de phrases musicales et de notes majeures. L'ensemble, selon des codes arrangés au préalable, transmettrait des messages aux Alliés. »

Parlant d'une voix égale, il lève les yeux qu'il tenait baissés et montre un visage dépouillé, courageux, dois-je dire, puis se cale dans le sofa avec le mouvement de quelqu'un qui s'affaisse.

« Claude, quel était ton leitmotiv ? »

Il agite une main vivement en l'air :

« Nous en avions discuté longuement durant mon séjour à Londres avec le SOE, le Special Operation Executive, l'armée de l'ombre de Churchill, qui expédiait des centaines d'hommes et de femmes dans les pays occupés par les Allemands afin de les harceler... et surtout de faire du sabotage. Après mon recrutement, mon rôle a été, à cause de mon importance dans les milieux artistiques, plutôt spécial. Il nous fallait, en premier, trouver une musique allemande et populaire comme prélude à chaque concert et, selon une idée maîtresse de Churchill, on a choisi Wagner, le compositeur favori de Hitler, et le prélude à l'opéra *Die Meistersinger*. Un réseau de postes récepteurs était déjà en place pour capter mes transmissions. J'ai fait au moins une vingtaine de diffusions avec plusieurs messages. Il ne m'était pas toujours facile de glaner des renseignements de ces pochards qui bavaient dans leur vin, mais j'en récoltais dûment quelques-uns, surtout sur la supposée campagne de Russie. Les officiers allemands sont les plus grands boit-sans-soif qu'il m'a été donné de connaître... Assurés, pensaient-ils, de mon ignorance de leur langue, ils se vantaient de leur "puissante marche germanique" et, parfois, ils se chuchotaient – heureusement, j'ai l'oreille fine – des plans qui venaient directement de leur état-major. Puis ils me tapaient dans le dos et m'appelaient leur petit Mozart. Ils essayaient de me soûler, mais je réussissais à ne m'en tenir qu'à un verre, puis je jouais pour eux... »

Il bat des paupières et serre la bouche.

« Cela m'irritait de jouer ce double jeu et de constamment me tenir sur le qui-vive. »

Que puis-je dire devant sa profonde mélancolie ? Il sait que je suis émue... profondément émue. Je ne fais qu'un signe et une autre expression passe sur son visage, c'est l'éclat d'une parcelle de bonheur.

« Est-ce que tout cela compte alors que je te vois, ma bien-aimée, assise tout près de moi, aux prémices de notre vie en commun ? Ah Marianne, si tu pouvais faire le total des mille et mille fois que j'ai pensé à toi, et des autres mille et mille fois que j'ai souhaité un jour comme celui-ci... et, enfin, le voilà ! »

Un énorme soupir soulève sa poitrine, il décroise les jambes et un pan de son peignoir s'écarte sous lequel il est à demi nu. L'atmosphère auparavant sérieuse se détend et nous éclatons de rire.

« Tu vois comme c'est facile, dit-il en refermant son peignoir. Un mouvement comme celui-ci et me voilà à ta merci. Mais, ma chérie, finissons-en avec mes malheurs et mon histoire. Je sais que tu es curieuse de savoir comment je me suis fait pincer. »

Il se rapproche de moi, pose sa tête sur mon épaule, prend ma main dans la sienne et la serre, fortement. J'écoute son cœur palpiter ; il bat si fort...

« Je me savais, au tout début de mon incarcération, accusé d'espionnage et j'ai été emprisonné au camp de concentration de Dachau sans aucune autre information, excepté que je devais être traîné en cour à Munich, devant un juge d'instruction, deux ou trois mois plus tard. Que d'interrogatoires, que de séances, que de sommeils interrompus. Je n'ai jamais vécu de jours aussi longs. Les SS sont très zélés, parfois trop, mais passons... »

Il cesse de parler comme s'il fouillait dans sa mémoire, cherchant quelque chose qui semble lui échapper, puis, reprenant son souffle, il continue :

« Je suis sûr que la grande majorité du monde ignore que le fameux chef de la Gestapo, SS *Reichsführer* Heinrich Himmler lui-même, s'adonne à la culture d'herbes aromatiques à Dachau. »

Je l'interromps de la main et le regarde bien en face. Une lumière pâle colle à son front et à ses joues ; Claude est d'une blancheur de neige, il semble appartenir mollement à la nuit, alors qu'il ferme les yeux et s'affaisse dans son vêtement blanc, ramassé dans le creux du divan.

« Laissons, mon chéri, tu as l'air si fatigué.

– Rien que de penser à Himmler me fatigue et me rend furieux, ma petite Marianne. Le comparer à un animal dessert le règne animal. Peux-tu croire que c'est lui-même, ce démon incarné, qui a broyé mes mains… »

Claude respire vite comme s'il avait besoin d'oxygène, puis, après quelques secondes, il reprend :

« J'entends encore sa voix gutturale, fausse et surexcitée qui bavait un français exécrable : "*Herr* Foucault, venir… arrivé… *befel*… ordre pour votre… direct du Führer… libération… aux soins de la *Rotes Krötz*, de Genève. Une ambulance des SS vous amènera… à la frontière demain… *morgen früh*. Je… laisse souvenir… de moi !" Ce disant, il a pris des mains d'un maréchal qui l'accompagnait son bâton et, à plusieurs reprises, il l'a abattu sur mes mains que deux de ses bourreaux retenaient par mes poignets sur une table. J'ai trouvé la force de me tenir debout, malgré les deux énergumènes qui me forçaient à m'asseoir, et de viser de mon pied le bas-ventre de Himmler. J'aurais réussi si l'un des SS ne m'avait pas foutu par terre avec une gifle foudroyante. Ils m'ont laissé là, sans soins, et sont sortis en ricanant : "*Auf wiedersehen*, *Herr* Foucault, *Klavierspieler*, bon retour !" »

Dehors, la nuit est tout à fait tombée et je regarde le vernis mat de l'ombre. Que j'ai mal, que j'ai mal ! Sa peine et la mienne me font mal ! Je ne savais pas encore ce que c'était qu'un grand chagrin à partager, et je souffre du sien encore plus que du mien. Claude, Claude ! Je sanglote. Je me jette dans ses bras. Il m'enserre fougueusement et je pleure contre son épaule, enroulant mes bras autour de son cou.

« Quelle horreur, mon amour, comme tu as dû souffrir… »

Il me berce contre lui et murmure :

« Chut, comme tu vois, je m'en suis bien tiré, je suis redevenu comme avant, tu ne trouves pas ? »

Sous son étreinte, je m'engourdis et mon chagrin se fige lentement. Je pose mes yeux sur son visage qui s'éclaire.

« La vie est étonnante et nous réserve de belles surprises, et toi, ma chérie, tu en es l'apothéose, dit-il.

– Et qui a percé à jour ton double jeu, mon amour ?

– Ah, oui… qui a découvert que j'envoyais des messages avec ma musique ? Ah, ça alors, c'est une histoire qui tient du pur hasard. Tu dois savoir, ton père t'en a peut-être parlé, que la cryptographie allemande – leurs codes secrets – et britannique a été décodée de part et d'autre depuis le début de la guerre. Eh bien, il paraît – ce sont les Suisses qui me l'ont assuré – qu'Emmy Goering, la femme du *Reichsmarchall* Goering, a… »

Je l'interromps :

« J'ai rencontré Goering au Berghof de Hitler, ta mère te l'a dit ? »

Son visage ne change pas d'expression, excepté une petite agitation de ses paupières qui trahit un léger déplaisir.

« Oui, je suis au courant… Enfin, où en étais-je ? Oui, il paraît qu'Emmy Goering, musicienne et actrice de carrière, a remarqué quelques anomalies dans la musique que je radiodiffusais et elle en a informé le service de la propagande afin que celui-ci intercepte mes émissions. La bande de Goebbels… »

Il me regarde en clignant des yeux.

« Tu l'as rencontré, celui-là aussi ?

– Je l'ai simplement entrevu, c'est tout !

– Ma pauvre chérie, si moi j'étais en enfer, toi, tu côtoyais des démons. C'est un roman tout ça ! Si on me racontait une histoire pareille, je ne la croirais pas. Une jeune fille qui s'aventure jusque dans la cage de ces monstres ! C'est vraiment inouï ce que tu as fait, et tu l'as fait pour moi… pour moi… »

Ses yeux sont de nouveau étincelants de larmes ; mon ventre se noue. Je me cramponne à lui.

« Claude, j'aurais tenté l'impossible pour toi ! »

Mes yeux se gonflent de larmes. Ah ! Garder ce lourd secret… Il respire profondément à plusieurs reprises, puis, me serrant de nouveau dans ses bras, il murmure à mon oreille :

« Je te dois beaucoup, ma petite Marianne, beaucoup… »

Il m'embrasse, me relâche et, prenant ma main dans la sienne, il poursuit :

« Pour en finir, je dois te dire que les Boches s'en sont donné à cœur joie après mon arrestation… On m'a raconté qu'ils ont fait une propagande tapageuse sur le sort de ceux qui osaient se livrer à l'espionnage dans leur bien-aimé *Deutschland* et ils rassuraient la race allemande en affirmant que la vigilance des SS avait vite démasqué un espion, qui s'abritait derrière son titre de pianiste de réputation internationale. »

Il appuie sa tête contre mon épaule et nous restons assis, bercés par une agréable sérénité… nos muscles se détendent.

« Toutes ces fortes émotions m'ont donné une faim de loup, dit Claude en relevant la tête et en mettant un bras sur mon épaule. Toi aussi, je suppose. Il nous faut un peu de bonne chère afin de nous revigorer, autant physiquement que mentalement. Qu'en penses-tu, ma petite Marianne ? »

Sans me laisser le temps de répondre, il continue, en se levant et en se dirigeant vers le foyer dans lequel il entasse quelques bûches :

« Ma mère, enfin, plutôt sa servante, Béatrice, nous a préparé un délicieux bœuf bourguignon que je n'ai qu'à réchauffer. Je vais le mettre au four, attends-moi.

– Non, je te suis. Il faut que je visite mon nouveau domaine. La cuisine, ça va être pour moi, je suppose, à l'avenir.

– Oh, tu sais, je peux mettre la main à la popote, si c'est nécessaire !

– Bien sûr que tu peux, mon amour ! Enfin, fais-moi voir comment tu vas mettre ton plat au four, c'est un début d'autorité puisque tu es mon seigneur et maître !

– Continue sur ce ton, ma petite Marianne, et on va s'entendre à merveille ! »

Claude me regarde en souriant, puis, dans un geste théâtral, il enfourne le bœuf bourguignon. Son visage, que la chaleur du four a rougi, s'anime de plaisir.

« Et voilà ! Dans une demi-heure, notre repas sera à point ! »

Claude ne me lâche pas des yeux ; son regard est insistant et le mien se perd en lui… un bien-être délicieux monte en moi. Il passe son bras sous le mien et m'attire contre lui, puis me repousse et relève mon menton. Une anxiété étrangle soudainement ma gorge.

« Ma mère m'a raconté les points saillants de ton voyage en Allemagne et ta rencontre avec Hitler. Ma pauvre chérie, comment as-tu pu organiser un tel voyage ? »

Je la redoutais, l'innocente question que me pose Claude et m'appuie simplement sur son bras qui, de nouveau, serre le mien. Je ravale le rire vague et amer qui se forme dans ma gorge.

« Je n'ai pu compter sur mon père puisque, comme gouverneur d'une colonie britannique, il lui était impossible d'agir officiellement... tu sais, même en temps de guerre, Nassau est un lieu de villégiature, surtout pour les Américains, mais on y rencontre aussi une petite société de sympathisants nazis. Mon père, bien sûr, en connaît plusieurs et c'est à l'un d'eux que je me suis adressée... entre mon père et lui se brassaient des affaires d'échange de capitaux. »

Je respire profondément pour cacher mon malaise et continue, pressée d'en finir :

« C'est cet ami de la famille des Windsor qui a organisé, avec l'aide de son homme de confiance, en marge de ses propres relations d'affaires en Allemagne et en Suisse, mon voyage en Europe mais aussi mon entrée clandestine en Allemagne... et tu sais le reste, je suppose ! »

Il acquiesce de la tête.

« Oui, je sais. Hitler et toi ! C'est du véritable cinéma ! Quel scénario ! Ça dépasse *Gone with the Wind*, ma petite Marianne ! Ma petite nonnette au Nid d'aigle et dans une fusillade à Lisbonne ! C'est inouï, je n'en reviens pas ! »

Il pose sa main sur mon front, tendrement, et ajoute, changeant de sujet :

« Je dois aussi te dire que Jim est guéri. Il habite toujours la petite maison dans le parc du manoir. Lui et Antoine s'occupent de l'élevage de chevaux ; c'est un nouveau projet du docteur Gatineau. »

Tiens, tiens, ce petit sourire!... Pourquoi faut-il que ce geste ambigu et ce silence qui dure entraînent mes pensées vers mon passé fautif? Je me ressaisis. Je m'arrêterai à mes souvenirs une autre fois.

Levant les sourcils en signe de moquerie, il s'informe:

« Pourrais-je rencontrer ce sympathique nazi? Je dois le remercier du grand service qu'il m'a rendu. »

Durant quelques secondes, je suis déroutée, mon cœur bat la chamade... je crois même que j'ai pâli. Mon Dieu, aidez-moi! J'essaie de garder une voix égale.

« Pas pour le moment, Claude. Il a été banni des Bahamas et ses biens ont été confisqués. Les Américains le soupçonnaient d'espionnage et de subversion et son décret d'expatriation a été signé. Ça a été un troc: la signature du duc de Windsor bannissant son ami en échange d'un contrat américain de construction pour les indigènes du pays, un aérodrome, je crois. »

La bonne odeur du bœuf bourguignon qui nous arrive de la cuisine et le parfum résineux du bois qui brûle dans la cheminée me creusent l'estomac.

« Le bœuf bourguignon est prêt, Marianne. Tu mets le couvert et moi, j'apporte le vin et nos victuailles. Béatrice nous a aussi préparé des pâtes et un dessert, avant de remplir le garde-manger. Nous sommes, comme tu vois, un couple qui va se régaler... »

Notre soirée est merveilleuse, et tout y concourt; nos gestes, nos sourires et nos conversations. Maintenant que j'ai éludé les confidences compromettantes, ma tête et mes sens sont paisibles. Notre avenir s'éclaire... nous nous jetterons à corps perdu et sans entraves dans notre amour, comme si c'était pour la dernière fois. Ce sera merveilleux.

La maison est douillettement chaude. Fatigués, dans le grand lit, nous sommes étendus côte à côte, nus. Claude m'enveloppe de ses bras et, en peu de temps, il s'endort. J'écoute le murmure de son sommeil. Je rêve de lui et, lorsqu'il sombre plus profondément dans ses songes, je l'embrasse et le touche. Notre première nuit ensemble, dans notre maison, c'est comme un nouveau paysage. Mon sommeil est lent à venir; mais lorsque je m'endors, sa main repose sur mon cœur. Combien de temps restons-nous ainsi? Un violent soubresaut et un cri sourd me font sursauter. Claude tremble et s'accroche à moi…

« Marianne, Marianne, crie-t-il, où es-tu? »

Il s'assied et continue à m'appeler… J'allume la lampe de chevet. Ses yeux sont fermés, son visage est tendu et très pâle, sa respiration est devenue saccadée. Je le prends dans mes bras et le secoue en l'appelant, puis je m'arrête. Peut-être ne dois-je pas l'arracher trop brusquement à son cauchemar? Je sais bien ce qui le torture. Je caresse ses épaules et l'appelle doucement:

« Claude, Claude, je suis là! Claude, ce n'est qu'un mauvais rêve… »

Il s'éveille, égaré, ouvre ses mains crispées; ses yeux, un peu perdus, clignotent en me regardant… enfin, en l'espace de quelques secondes, son visage se décontracte, un amer sourire se forme sur sa bouche et il se laisse retomber sur le lit en m'entraînant avec lui.

« Je croyais en avoir fini avec ces satanés cauchemars. Est-ce que j'ai crié? Pourtant mes docteurs m'ont dit que… Passons. Ma petite Marianne, est-ce que je t'ai fait peur ? J'aurais dû te prévenir. »

J'arrête le flot de paroles en l'embrassant légèrement sur la bouche.

« Non, mon chéri, tu ne m'as pas effrayée. Mon pauvre amour, tes mauvaises ombres te font encore du mal ? »

Je le prends dans mes bras, le berce doucement et remonte les couvertures autour de ses épaules. Sa bouche est moins triste lorsqu'il pose ses yeux sur moi et sourit à nouveau.

« Mes infirmières suisses n'avaient pas un comportement aussi agréable lors de mes petites crises… »

Il enroule ses bras autour de ma taille et murmure :

« Je rêvais que je ne te reverrais jamais plus et j'entendais les ricanements de… »

Je le serre contre moi.

« Oublions tout ça. Je t'aiderai à les mettre de côté, tous ces mauvais souvenirs, tu verras ! »

Ses yeux se plissent, les coins de sa bouche se relèvent, tout son visage s'anime.

« Je n'ai plus envie de dormir maintenant, dit-il. Notre lit sent bon, le mauvais rêve est fini, ta peau est délicieuse, et tu as assez veillé sur moi… Que dirais-tu si… »

Un langage amoureux élémentaire, des baisers profonds, lascifs s'ensuivent, et je suis couchée sous lui, immobile, le temps de savourer la mêlée qui commence, lente, puis qui s'accentue au chant d'une plainte qui s'harmonise au rythme de nos deux corps. Au-dessus de moi, au beau milieu de l'extase qui me fait chavirer, je regarde un magnifique corps : torse nu, mince à la ceinture, large aux épaules, courbé sur moi jusqu'à ce qu'il s'affaisse, apaisé, repu, essoufflé de plaisir…

Finalement, nous nous endormons, enlacés, jusqu'à ce que, derrière les rideaux, la nuit pâlisse. Mais nous retrouvons, avec l'aurore, un désir et un besoin d'aimer renouvelés, si tendres et si languissants que nos corps, fidèles et enfin réunis, se prêtent à notre passion, éprouvant des joies telles que nos cœurs ne peuvent les nommer.

Chapitre III

Nous restons l'un à côté de l'autre avec grâce, calme et dévotion. Parfois, nous sommes avides de sommeil, d'autres fois, nous sommes plus enclins à dépenser notre tumultueuse ardeur. Nous nous laissons aussi aller à une paresse contemplative et ouatée, une inaction qui écourte les heures. Nous rions, nous nous taisons, redécouvrant notre vivacité d'esprit, notre entrain, notre humour. Chaque fois que Claude rit, ses yeux se ferment et je ne pense plus, alors, qu'à sa bouche, qui, à elle seule, illumine son visage. Lorsque ses yeux se rouvrent, ils sont de nouveau mobiles et tendres.

Combien de jours restons-nous ainsi, retranchés du reste du monde, à vivre notre bonheur, sans même mettre le nez dehors ? Oh oui, nous laissons bien de temps en temps la lumière du soleil éclairer notre nid, et pendant ces moments, notre désir ne cesse de se renouveler. Tous ces jours passés à nous chérir, à revivre de si vives émotions, à nous caresser dans notre chambre défaite sont parfois troublés par l'idée qu'ils doivent arriver à leur fin et que nous devrons rejoindre le reste du monde.

J'écoute Claude… oui, je l'écoute, mais je suis surtout le mouvement de ses lèvres, un matin, alors que la pluie gicle sur la pierre des marches du perron et ricoche, en mille gouttes, jusqu'à la fenêtre de la porte d'entrée :

« Ma petite Marianne, le temps est venu de rendre visite à nos familles et de nous faire un peu voir. »

C'est fait. Je me tais et me refroidis. Il nous faut retrouver le « tiens-toi comme il faut ! » de notre enfance. La morale inflexible du couvent et la mentalité petite d'un village gaspésien ne supporteraient pas notre union libre, mais nous n'en sommes tout de même pas à apprendre une leçon de maintien.

« Tu as raison, mon amour, mais nous aurons d'autres lunes de miel, comme celle-ci, après notre mariage. Il y a des îles de rêve dans les Bahamas. Je te ferai voir ! »

Si nous pouvions faire abstraction de tout et nous opposer aux convenances qui troublent notre merveilleuse intimité, ce serait si facile ! Avec gratitude, nous avons vidé, durant ces jours idylliques, notre corne d'abondance et croqué à belles dents la source d'un grand bonheur. Malheureusement, le temps est venu de refaire surface.

Nous sommes reçus à bras ouverts par ma tante la religieuse et par la famille de Claude. Je me sens légère. Le bonheur continue, m'enivrant un peu.

En fin d'après-midi, dans le manoir des Gatineau, l'odeur de thé flotte avec celle du gingembre, accompagné de sandwiches au jambon et de tartes aux fruits de Béatrice qui sentent délicieusement bon. Comme nous n'avons guère rendu visite, on nous interroge avec intérêt et nous exposons nos plans, sans embarras.

Quelques jours après, je reçois une missive de mon père, qui me convoque, avec mon fiancé, à Nassau. Il termine sur ces mots: «Mon amour, je t'attends. *Father.*» Ma pensée s'attache longtemps à cette phrase.

La famille se resserre chaleureusement autour de nous. Je reprends ma chambre d'antan et Claude la sienne. Quand la maison est endormie, il me rejoint dans mon lit, témoin silencieux de nos ébats, jusqu'à ce que le bleu de l'aurore et une faible couleur carnée entrent dans la chambre.

«À tout à l'heure, mon amour!» murmure Claude alors qu'il appuie, avant de me quitter, sa joue sur le haut de mon bras nu.

Ce rituel magique dure jusqu'à notre départ pour Nassau, au début du mois de mai en cette année 1942.

Chapitre IV

À Nassau, une surprise m'attend, j'en suis sûre.

En arrivant, je ressens évidemment plein d'émotions ; étonnement, déférence et attendrissement, mais en même temps, d'autres préoccupations hantent mon esprit. La chaleur des Bahamas m'amollit alors que je retrouve ma chambre en face de celle de mon père et de sa femme. On assigne à Claude une chambre à l'étage au-dessus. Comme je tombe de fatigue, je me retire de bonne heure.

Avant de gagner ma chambre, j'entends mon père dire à Claude :

« Laissez Marianne aller se reposer. Venez avec moi dans mon bureau, ma femme va nous y rejoindre. Il faut absolument que vous me racontiez votre remarquable aventure ! »

Je m'allonge sur mon lit et me plonge dans le silence de la chambre, rêvant. Ma main se ferme sur le papier que mon père m'a remis. Je me redresse, le dos las, incline la tête et m'écoute penser. Je relis finalement la lettre. Suis-je devenue une autre Marianne, maintenant ? Mes pensées vagabondent. Je regarde dehors. Jamais je n'ai vu un ciel plus mauve ou plus bleu ; des images fugitives passent devant mes yeux.

Mon père m'a serrée contre lui si longtemps et embrassée si ardemment que j'en suis encore émue. Notre amour est sans paroles, il est tout simplement un don de soi. J'enroulais mes bras autour de son cou, tout en remarquant l'absence de Wallis pour m'accueillir.

Maintenant que j'ai amené mon fiancé à Nassau, vais-je m'épanouir davantage ? Notre amour sera-t-il plus bouleversé ici, à Government House ? Devrons-nous nous donner rendez-vous, comme le fait mon père, au milieu de la nuit ou devrons-nous attendre notre mariage ? Ni Claude ni moi n'aurons la patience d'attendre, c'est sûr.

La surprise qui m'attendait à Nassau est prodigieuse et extraordinaire. Elle va tout changer ! Et moi, ai-je changé ? Oui, tout de même. Mes cheveux ont plus de corps, ma mâchoire s'affine, rendant ma bouche plus voluptueuse... après tant de baisers, comment pourrait-elle être autrement ? Une fossette se modèle patiemment sur mon sourire. Ai-je vieilli ? Peut-être. La surprise vient des quelques mots que renferme la feuille dans ma main, que m'a donnée mon père et qui me laisse entrevoir une tout autre vie. Je la lis de nouveau :

C'est avec un immense bonheur que Son Altesse Royale le duc de Windsor annonce les fiançailles de sa fille, miss Mary Ann Windsor, Lady Belvédère, avec monsieur Claude Jocelyn de Foucault. Le mariage sera célébré dans l'intimité à la fin du mois de juin.

Nous sommes à ce moment précis où l'heure du thé s'achève, presque à la tombée du jour. Je suis devant ma fenêtre et je vois au loin une petite tache brune qu'on pourrait prendre, dans le soir bleu, pour un essaim de moucherons ou un gros oiseau, mais il s'agit du petit avion qui veille sur Nassau.

Très émue, je souris, timidement. Je suis donc, *stricto sensu*, Mary Ann Windsor et je serai, aux yeux du monde, membre de la famille des Windsor d'Angleterre, ex-famille teutonne Battenberg, rebaptisée par mon sagace grand-père George V du nom, plus anglais, de Windsor. Fatiguée, contemplative et tout à la fois fébrile, je ressens une savoureuse angoisse.

N'y avait-il pas déjà quelqu'un qui savait mon véritable nom ? Et dans mon esprit qui vacille resurgit l'image d'Axel Wenner-Gren à demi nu alors qu'il m'enlaçait. Je ravale un sanglot. Dieu soit béni, il n'est plus aux Bahamas !

J'entends des grattements contre ma porte. Je l'ouvre et, en trombe, Pookie, l'un des cairns de Wallis et de mon père, se jette dans mes bras. Ses yeux brillants se fixent sur les miens, son petit corps tremble et son cœur bat la chamade.

« Moi aussi, je suis contente de te retrouver. C'est bien gentil de venir me voir ainsi, *darling* Pookie. »

L'amour inconditionnel des bêtes est parfois immérité, car je n'ai rien fait pour gagner la dévotion de Pookie. Je crois plutôt que je représente pour lui celle qui sait le mieux caresser son ventre dodu. Ses petits yeux noirs pétillent d'une calme effronterie tandis que je le berce dans mes bras. Lui ai-je manqué ?

« Tu sais à qui tu parles, Pookie ? Je suis maintenant Mary Ann Windsor, c'est officiel. »

Soudain, il jappe comme si quelque chose l'avait effarouché et je me retrouve subitement aux aguets…

quelque chose m'effraie, mais quoi ?... Ma grande lassitude met mes nerfs à fleur de peau. Bercer Pookie me calme, mais le petit chien s'impatiente. Il s'échappe de mes bras et se rue contre la porte. Je l'ouvre et il dévale comme un bolide l'escalier. Mais, bonheur suprême, Claude est là, qui me tend les bras.

« Restons ainsi enlacés, ma chérie, dit-il en me serrant contre lui. C'est donc ici que tu m'as attendu, que tu as préparé ton voyage en Allemagne, dans cette chambre ? Ma bien-aimée, ma future femme, si tu savais comme je suis heureux. Ton père m'accepte comme l'un des siens. Il m'a dit qu'il te reconnaît, solennellement, comme sa fille et qu'il va faire publier les bans de mariage.

– Regarde, Claude. »

Je lui montre la feuille que j'avais déposée sur ma table de chevet.

« Comme tu vois, mon chéri, tu vas épouser ta princesse inconnue qui, finalement, est une princesse royale. Quelle drôle de comédie, ne trouves-tu pas ? »

Il me tient au bout de ses bras.

« Ton père croit, après tant d'années, qu'il se doit de te reconnaître, aux yeux du monde, comme sa fille... C'est son devoir, mais aussi sa façon à lui de démontrer la fierté qu'il ressent d'avoir une aussi jeune et belle demoiselle pour héritière. »

Je souris amèrement.

« Il t'a posé beaucoup de questions ?

– Il a tout voulu savoir sur mon travail en Europe, sur ma captivité et sur ma convalescence en Suisse...

– Claude, crois-tu que mon père est pronazi ?

– Quelle question! Pourquoi veux-tu mon opinion?

– On peut parfois se fier à une première impression.

– Oh ça, ma petite Marianne, tu m'en demandes beaucoup. Je peux seulement t'affirmer qu'il avait l'air très peiné lorsque je lui racontais mon séjour à Dachau. Quant à mon travail en France occupée? Eh bien, il a tout simplement ajouté: "*Well done!*" »

Il me serre de nouveau dans ses bras. Mon désir traverse, l'espace d'une seconde, mon regard. J'observe les yeux de Claude… ils croisent les miens, puis il se détourne brusquement, le souffle court.

« Je voudrais tellement faire l'amour avec toi, mais je crois qu'il est préférable d'attendre… »

Mais, j'attends, impatiente, le regard baissé, l'esprit fébrile, le moindre signe de la part de Claude. Je désire qu'il me caresse, qu'il me chérisse… je désire plus que tout que le rituel commence… ah, me laisser dévêtir… ressentir la hâte… contempler le désordre charmant de nos vêtements emmêlés.

Je m'allonge sur le dos, les yeux assombris, troublés par une inquiétude un peu coupable… une vive émotion tord mon ventre. Nous nous abandonnons à notre fougue. Je suis muette, extasiée. Il me pénètre, ses yeux rivés sur les miens. Je suis les mouvements de ses lèvres, tout en me délectant du magnifique corps au-dessus de moi et des sensations qu'il me procure. Quelle gymnastique si voluptueuse… Je cambre les reins et ravale les cris de plaisir qui m'étouffent. Finalement, Claude s'allonge sur moi, à bout de souffle.

« Ma chérie, comme nous faisons bien l'amour tous les deux… », murmure-t-il près de mon oreille.

J'essaie de me griser exprès alors qu'il se retire, le retenant encore plusieurs secondes, comme si, dédoublée, je me mirais dans mon ivresse; mes joues et ma bouche sont chaudes, mes cheveux en boucles collent sur ma nuque et mon front moites.

« Oh oui, comme c'est bon de faire l'amour... »

Nerveux, Claude se rhabille en vitesse.

« J'ai promis à ton père et à la duchesse de jouer pour eux. Excuse-moi, ma chérie, je dois te quitter et te souhaiter le bonsoir. »

Un sourire se forme sur sa belle bouche gonflée.

« Toi, mon amour, je te désire de plus en plus. Ma félicité, avec toi, est ce qu'il y a de plus merveilleux. »

Il se penche, m'embrasse longuement, remonte mes draps jusque sous mon menton, puis me quitte.

« Laisse la porte de la bibliothèque ouverte, dis-je avant qu'il referme celle de ma chambre. Je veux t'entendre jouer. »

Une délicieuse torpeur m'envahit. Un peu de vent amène des effluves salins jusqu'à ma chambre et bouleverse mon cœur. Je regarde le bout de ciel sous mes rideaux à demi fermés... oui, le crépuscule s'installe et je crois que, cette nuit, la lune sera impalpable et bleue.

Les ondes sonores du piano m'arrivent et, d'un rythme lent, elles se dirigent ici et là, puis ailleurs. Musique d'une noble et précise éloquence... tout à coup, après une brève pause, elle adopte un mouvement plus rapide, menu, mélancolique. Une grande harmonie, une sorte de rajeunissement se dégagent de la musique de Claude. Je me réfugie dans son langage musical... « Claude joue notre *Pathétique* encore mieux qu'avant! » me dis-je alors que le sommeil, que j'essaie de repousser, clôt lentement mes yeux. Mon corps repu se recroqueville sur lui-même et je m'endors en murmurant :

« Comme je suis heureuse... »

CHAPITRE V

Nous vivons des jours anxieux. L'émergence d'un nom, celui de Lady Belvédère, fille du duc de Windsor, dans la société de Nassau pique la curiosité. Est-ce l'orgueil paternel qui me lance dans un monde dans lequel j'aurais préféré l'anonymat ?

Je n'aurai sûrement pas, comme Wallis sait le faire, à prendre de grands airs afin de satisfaire la curiosité des journalistes, qui ne rateront pas une occasion pour s'approcher de la fille du gouverneur ! J'y pense, encore et encore. Non, non et non. L'affectation et le badinage sont des jeux auxquels je ne joue pas... Que suis-je sinon le fruit de la vie amoureuse de mon père quand il était prince de Galles ?

Sidney, le majordome de Government House, répond poliment à chaque requête d'entrevue pour Lady Belvédère. Et chaque fois, sa réplique est la même, monocorde et implacable :

« Milady n'est pas disponible. Nous vous prions d'attendre le communiqué de presse que Son Altesse Royale le duc de Windsor fera publier d'ici quelques jours ! »

Cette banale phrase me trouble profondément, fait naître en moi une émotion inexprimable.

Wallis a décidé de s'occuper plus étroitement de mes affaires de future mariée. Elle me fait part de ses plans, assez froidement d'ailleurs, au cours du petit-déjeuner quelques jours après notre arrivée.

« Votre père et moi avons résolu le problème de votre trousseau, Mary Ann. Le duc est d'accord avec moi... Vu mes relations avec plusieurs magasins de mode à Miami, je saurai à qui m'adresser afin de vous procurer, à vous et à Claude, tout ce qui sera nécessaire pour votre mariage. »

Je regarde Claude. Dans ses yeux danse un point scintillant et, lentement, il acquiesce.

« Nous vous en serons énormément reconnaissants, madame. Ce sera pour nous un grand honneur. »

Mon père pousse un profond soupir et un large sourire éclaire son visage.

« Je suis content que ce soit réglé. Vous pouvez vous fier au goût exquis de la duchesse. »

Ce disant, il se tourne vers elle et, pour la première fois depuis notre arrivée, Wallis sourit. De quoi avait-elle peur ? Que nous nous présentions devant l'autel en haillons ? Oui, c'est cela ! Qu'elle s'occupe donc de faire de moi une mariée modèle si ça lui plaît ! Je m'y prêterai volontiers, tout en mettant mon grain de sel.

« Il ne faut surtout pas oublier que nous sommes en temps de guerre et je préférerais que mon trousseau soit assez simple.

– Bien sûr, Mary Ann, répond mon père, fais-nous confiance ! »

Et nous en sommes là, dans l'expectative. Heureusement, Government House se remplit chaque jour de la musique de Claude. Je l'écoute tout en lisant, assise sur la terrasse, à l'ombre, ou en rêvant. Sa musique se renouvelle chaque jour en beauté et en grâce. Mon chéri, excité et content, se délecte à insérer dans son jeu une intonation ironique, spontanée et mystérieuse. C'est un grand poète du clavier, et je l'aime à en mourir.

Nous vivons notre bonheur en cachette lorsque notre désir nous tourmente, surtout si la fraîcheur de la nuit persiste sous le soleil de la mi-matinée, soufflée par une brise qui vient de la mer. Nous avons déniché, au fond du jardin, une mignonne petite maison enfouie sous les lierres, une *Wendy house* des temps passés, et c'est vers elle que, tels des voleurs et sans être vus de personne, nous nous dirigeons. Allongés dans un foisonnement de coussins, nous reprenons nos jeux amoureux. L'unique fenêtre est masquée par une couverture verte de plantes grimpantes. Nos corps sont baignés d'une lueur glauque alors que Claude soulève mes reins et que nous nous laissons porter par le plaisir et l'exaltation. Je retiens contre moi le beau corps au musc sauvage, qui s'échauffe et s'unit à moi avec tant d'exactitude et de fidélité. Le chant des pinsons se mêlent à nos cris de volupté. Le dos raide, le cœur battant, je suis si appliquée à mon plaisir que j'oublie un moment Claude jusqu'à notre jouissance simultanée. Il exhale alors sa passion et s'affaisse contre moi. J'aime tant l'aspect heureux et l'expression d'extase sur le visage de mon bien-aimé.

Parfois, nous allons nous promener en ville. Je désire faire voir à Claude la ville de Nassau. Un nouveau garde du corps nous suit – c'est ce que mon père a décidé –, mais, avec nos lunettes noires et nos grands chapeaux de paille, nous ressemblons à des touristes. Les gens ne nous remarquent même pas. Quelle chance ! J'évite les alentours de l'hôtel Victoria, où Axel et moi… C'est là que, parfois, ma mémoire me ramène à l'improviste.

À la veille de la diffusion du communiqué de presse, nous sommes, Claude et moi, en train de nous promener, une fin d'après-midi, le long de la mer en direction de Cable Beach. Nous marchons en silence. Il fait si beau. Des raies de lumière, par pulsations inégales, tournent au rose sur les murs de chaux pâle des habitations sur notre gauche ou alors s'arrêtent sur les grilles, projetant sur les allées, parmi l'ombre frémissante des mimosas et des palmiers, des dessins fantasmagoriques. Quelques voitures passent, suivies d'un léger nuage de poussière, et des promeneurs déambulent lentement. L'odeur de la mer devient plus forte lorsque le vent grandit et balaie rapidement une partie de l'horizon, tout en soulevant sous nos pieds des tourbillons de sable blond.

« Crois-tu, Claude, que le communiqué de presse va assouvir la curiosité des journalistes ? Je suppose que je suis la proie qu'ils veulent dépister.

– Ma petite Marianne, tu es la curiosité du jour ! Imagine : le prince de Galles devient roi, abdique son trône, épouse une divorcée et, pour couronner le tout, il a une enfant illégitime qu'il reconnaît. Tu vois un peu. Ton cher papa a toujours déclenché une publicité tapageuse et sachant maintenant qui tu es…

– Mais moi, je ne veux pas de publicité simplement parce que je suis la fille du duc de Windsor !

– Ton père a ses raisons, mon amour. Mais, si tu le veux, ma petite Marianne, on s'arrangera pour te garder à l'abri des curieux… excepté pour le temps où tu seras, toi-même et à cause de ton travail, auréolée de gloire. »

Je me sens lasse, mais mon amour pour Claude me semble plus puissant que jamais. Il bavarde et rit, tourne autour de moi, me respire, ce qui chasse, paraît-il, tout début de migraine. Sous l'air chaud, je calme, comme je le peux, mes nerfs tendus.

« Ah, Claude ! Je crois que notre mariage va se dérouler comme une pièce de théâtre ou comme un grand drame sentimental. Heureusement qu'on ignore encore notre aventure en Europe. Tu vois un peu le scénario ? »

Claude se penche vers moi, prend mon bras :

« Viens, Marianne, on va marcher. »

Nous nous dirigeons vers la plage. Il me force à m'asseoir sur un gros rocher et s'installe tout près de moi. En silence, nous contemplons la mer.

« Admire, Marianne, ces couleurs de turquoise et d'aigue-marine… quelle mer superbe ! Il est bien loin, notre gris Saint-Laurent. »

Nous soupirons ensemble, puis nous éclatons de rire. Je regarde son torse dans l'échancrure de sa chemise ouverte… oui, sa peau reflète la lumière tandis que son visage, sous l'ombre de son grand chapeau, trahit une petite angoisse, mais il est encore plus beau, à cause de la chaleur, du grand air et de la mer. Notre garde du corps s'assied à quelques pas de nous.

« À quoi penses-tu, Claude ?

– À nous, mon amour ! De vivre chaque jour près de toi, de reprendre ma musique et mes concerts… et à toi, qui va commencer ta carrière de journaliste. Ah, nous serons si heureux. Mon amour, je veux que nous ayons un enfant ! »

Je me blottis contre lui et touche son visage.

« Je le désire aussi, mais il nous faut attendre un peu…

– Oui, bien sûr !

– Tu ne t'embêtes pas trop à Government House ? »

Il relève la tête pour répondre. Quelque chose d'indicible passe entre nous et une vague défiance traverse son regard.

« Je suis heureux d'être près de toi, Marianne, rien d'autre ne compte. »

Il a dit cela d'une voix sans timbre et je suis saisie d'angoisse. Je sens une présence invisible, familière, s'insinuer entre nous…

« Claude, parle-moi… y a-t-il des choses que tu n'aimes pas ? »

Il ne répond pas. Ma question semble l'embarrasser. Son visage est moins serein et des plis se forment sur son front.

« Claude, il faut en parler si… »

Il m'interrompt :

« Non, Marianne, une petite saute d'humeur… mais, je dois te l'avouer, si j'avais le choix, je ne vivrais pas trop longtemps dans l'ombre de ton père et de ta belle-mère.

– Wallis, je le comprends, mais *father*? Quoi alors ? »

Je scrute son visage, frissonnant à l'idée de ce qu'il va répondre. Je perçois un petit rire, et son bras enlace le mien.

« Ma petite Marianne, nous allons vivre ensemble et dans les endroits que nous choisirons et arrangerons à notre guise ! Remarque bien, ma chérie, que je suis très flatté d'être l'invité du duc et de la duchesse, mais je trouve embêtant d'avoir autour de nous cette troupe de domestiques, ce train de vie orchestré comme du papier à musique…

– Mon chéri, c'est leur genre de vie.»

Claude m'interroge des yeux comme si je devais continuer; je passe une main sur mon front.

«Il y a autre chose, mon amour?»

Il cherche ses mots.

«Je ne me sens pas très rassuré… quelquefois, je me demande… mais est-il si extraordinaire…»

Il s'arrête, comme gêné.

«Claude?

– Nous n'avons pas besoin de beaucoup de mots pour nous comprendre, n'est-ce pas, Marianne?»

J'acquiesce de la tête.

«Je veux dire… je trouve un peu excessive l'expression de votre affection, de votre amour entre ton père et toi.

– Tu veux rire, sûrement!»

Il ne peut dissimuler une légère hostilité, ou est-ce de la jalousie? Il secoue la tête. Puis, il laisse tomber quelques mots qui me désarment:

«On pourrait vous prendre pour des amoureux!»

Avec un hochement de la tête, je le regarde, hébétée.

«Que vas-tu imaginer, Claude? Bien sûr, j'adore mon père… j'ai vécu si longtemps sans le connaître que nous avons, tous deux, du temps à rattraper.

– Je te comprends parfaitement, mon amour, et loin de moi l'idée de te blesser, mais que veux-tu que je te dise, sinon mon opinion? Ma petite Marianne, tu ressembles tellement à ta mère et il l'a tant aimée qu'il est possible que l'amour qu'il éprouvait pour elle soit reporté sur toi… sa fille. Tu comprends ce que je veux dire ? »

Je ressens au cœur une pincée d'angoisse. Et moi, dans tout ça ! Est-ce que je ne compte pas ? Comme s'il lisait dans ma pensée, il continue :

« Ton père ? Comme tu le dis si bien toi-même, tu as si longtemps été ignorante de son existence qu'il t'est apparu, en premier, pas nécessairement en tant que père, mais surtout en tant qu'homme et, en plus, un homme renommé. Et c'est peut-être l'homme que tu aimes plus que le père… »

Une petite flamme brille dans ses yeux et il me dévisage.

« Tu n'es pas sérieux !

– Comme je te l'ai déjà dit, c'est simplement mon opinion. »

Je reste silencieuse. Claude regarde la mer. Je réfléchis. A-t-il raison ? Est-ce mon goût féminin qui habille en héros l'homme qu'est mon père ? Est-il encore mon sire Lancelot, le légendaire ex-roi, le bien-aimé des femmes, et non le père qui m'a abandonnée ? Je l'aime, de cela il n'y a aucun doute, mais je l'aime parce qu'il est mon père et non pour d'autres raisons. Je l'admire, comme on admire un papa !

Un frisson me parcourt et j'appuie vivement ma joue sur le bras de Claude. Nous restons encore quelques minutes enfouis dans le silence, que je suis la première à rompre :

« Claude, dans tout l'univers, tu es celui que j'aime. Tu es mon plus grand amour, tu es celui pour qui je suis prête à tout sacrifier. »

En un geste un peu sauvage, Claude m'interrompt, m'attirant contre lui. Ses bras m'écrasent et, promptement, il murmure dans mes cheveux :

« Comme je suis gauche, ma petite Marianne. Bien sûr que tu as raison, et c'est à moi de comprendre un peu mieux, ma petite chérie, ce que ton père représente pour toi. »

Il se redresse et me regarde... ses paupières se gonflent, puis il sourit.

« Tu pardonnes à ton futur mari ses élucubrations ? Tu veux bien, mon amour ? »

Je hoche la tête de haut en bas. Ce n'est qu'un petit malentendu et j'enroule mes bras autour de son cou. Tous deux, ensemble, nous poussons de grands soupirs et, comme par réflexe nerveux, nous rions... un peu trop peut-être.

Avec le bras de Claude autour de mes épaules, nous assistons au coucher somptueux du soleil, notre garde du corps toujours installé sur son rocher, à fumer. À la fin de la journée, l'heure est plus mystérieuse... le soleil couchant se dissimule derrière quelques petits nuages à l'horizon et les embrase tout en les allongeant en méandres rose foncé. À l'est, une couleur mauve s'estompe peu à peu dans la noirceur.

« Rentrons, ma chérie, on nous attend pour le dîner. »

Claude prend ma main et la garde dans la sienne. De temps en temps, il me regarde et sourit. À quoi pense-t-il ?

Nous remontons George Street quand un homme, habillé d'un complet de toile écru et portant un chapeau de paille, dont la silhouette m'est familière s'avance vers nous. À notre hauteur, Rupert Einhorn soulève son chapeau.

« Miss Mary Ann, quel bonheur de vous revoir !

– Bonjour Rupert ! Je vous croyais au Mexique. Claude, laisse-moi te présenter monsieur Rupert Einhorn, qui m'a accompagnée jusque dans les hauteurs du Nid d'aigle, en Bavière. Rupert, mon fiancé, Claude de Foucault. »

J'ai craint un drame, mais j'ai tort. Le regard de Rupert est franc, un peu admiratif alors qu'il serre la main de Claude.

« Je suis à Nassau pour affaires et je repars prochainement pour la Suisse.

– Un peu comme nous l'avons fait il y a déjà assez longtemps, il me semble.

– Oui, dans un sens.

– Comment va… M. Wenner-Gren ? »

Je me sens chavirer, ma voix hésite et je mords mes lèvres sèches. Je décèle un reproche dans les yeux de Rupert. Claude me regarde, perplexe.

« Eh bien, miss Mary Ann, il se porte bien, il continue ses voyages anthropologiques et passe le plus clair de son temps à Cuernavaca où il possède un grand domaine. J'y vais souvent d'ailleurs. »

Les secondes passent, je sens qu'il a encore des choses à dire. Rupert sourit de nouveau et, nous regardant à tour de rôle, il continue :

« Des félicitations sont d'usage, lady Mary Ann, et vous aussi monsieur Foucault, puisque vos fiançailles ont été annoncées. Je vous souhaite beaucoup de bonheur. Le duc de Windsor doit être si heureux ! »

Après une courte hésitation, il reprend d'une voix un peu pressée :

« Je dois m'excuser, j'ai un rendez-vous à la mairie. Avant de vous quitter, milady, je me permets de nouveau d'applaudir votre courage et votre détermination lors de votre visite dans le repère de Hitler. »

Se tournant vers Claude, il ajoute :

« Monsieur Foucault, votre fiancée est une jeune femme extraordinaire. »

Il pose sa bouche sur ma main qu'il étreint durant une courte seconde, serre de nouveau la main de Claude, puis il nous quitte, comme s'il s'échappait, et descend la rue qui aboutit à Bay Street.

« Un homme tout à fait comme il faut, Claude, crois-moi, dis-je en soupirant, même s'il doit vendre des armes à ceux qui sont prêts à bien les lui payer, à lui et à Wenner-Gren… »

Quelle drôle de journée ! Je crains que la rencontre avec Rupert Einhorn ne m'ait bouleversée et je me sens intimidée. Quelle bêtise j'ai commise en demandant des nouvelles d'Axel ! Mon Dieu ! Que je suis idiote ! Le bras de Claude enlacé au mien détourne de leur route mes pensées qui courent, désordonnées, rompues comme des lambeaux de nuage.

« Tu n'as pas à en parler, ma chérie, je comprends ! Ça n'a pas été facile tout cela. »

À Government House, le soldat se met au garde-à-vous et notre gorille se dirige vers les bureaux de mon père.

« Ouf ! Je suis contente de rentrer. »

Durant le dîner, mon père est loquace, sa femme silencieuse. La fraîcheur du soir descend sur mes épaules et, à mesure que la nuit s'établit, je frémis. Nous sommes tous les quatre, assis à un des bouts de l'immense table de la salle à manger. Claude, qui semble m'épier, et mon père discutent. Je reste coite et essaie de placer ici et là quelques mots. Ma belle-mère est maussade, affichant son visage des mauvais jours. C'est sans doute un peu de jalousie qui se manifeste. Sera-t-elle, ce soir, l'amante qui reçoit son *méchant gamin*, comme à leur habitude ? Et les remontrances ? Pauvre papa !

Ce soir, pourtant, mon père n'a pas son air de petit chien battu. Wallis soulève une épaule, la laisse retomber et serre la bouche ; je la devine mécontente. Un peu brusquement, elle se tourne vers moi comme si elle désirait me parler, puis elle se lève et s'excuse :

« Je vous prie de bien vouloir me pardonner. Je dois me retirer de bonne heure… j'ai tellement à faire demain. »

Claude me regarde. À l'unisson, nous lui souhaitons une bonne nuit.

À la porte de ma chambre, Claude n'insiste pas pour y entrer. Son baiser est vague et il invoque le désir de se retrouver seul :

« Dors bien, ma petite Marianne, ne t'en fais pas, je me sens un peu nerveux, ce soir. C'est tout. »

Je m'accroche à lui. Lentement, il me repousse, embrasse, tour à tour, la paume de mes mains, puis sauvagement m'attire contre lui et m'embrasse durement ; un sanglot se forme dans sa gorge.

« Marianne, ma bien-aimée, ne me quitte jamais ! Jure-le-moi !

– Non, mon amour, jamais je ne te quitterai ! Je suis à toi pour la vie, crois-moi ! »

Il tient mes mains, un sourire timide se forme sur son visage pâle. De nouveau, il embrasse mes paumes et me quitte.

Je suis, moi aussi, nerveuse, fatiguée. Je vais dormir et tout ira mieux demain.

Durant la nuit, j'entends une querelle derrière la porte de la chambre de Wallis. Elle n'y va pas de main morte, la dominatrice.

Le lendemain matin, je prends le *Nassau Tribune* sur la table du vestibule de l'entrée et, traversant le rez-de-chaussée où une petite armée d'employés vaquent à leurs occupations, je me dirige vers la terrasse où Claude se trouve déjà, buvant un café.

« Bonjour, mon amour. Regarde, Claude, en première page. »

Assis côte à côte sur les marches du grand escalier qui mène au jardin, nous lisons :

Son Altesse Royale le duc de Windsor, depuis l'annonce des fiançailles de sa fille Mary Ann Windsor, Lady Belvédère, tient à publier ce communiqué de presse afin de mettre fin aux hypothèses et suppositions qui circulent dans les milieux journalistiques.

La première femme du duc de Windsor décéda malheureusement une semaine après la naissance de leur fille. Miss Mary Ann fut élevée, à l'abri des curieux et dans un anonymat complet, dans le pays de sa mère, le Canada. Elle y reçut une éducation catholique conformément aux vœux de sa mère et, aussi, convenant à son rang.

Le mariage de Lady Belvédère et de monsieur Claude de Foucault sera célébré dans la plus stricte intimité à

Government House, devant l'évêque de Nassau assisté du pasteur de l'église St. Francis.

Son Altesse Royale invite à une grande discrétion autour de sa fille et de son futur beau-fils et sera reconnaissante à la presse de sa coopération afin que soit respectée leur vie privée.

« Tu crois que ça va suffire, Claude ?

– Espérons-le, ma chérie, mais j'en doute fort.

– Heureusement, ils n'ont pas encore de photos de nous ! »

CHAPITRE VI

L'heure est électrisée et le contact même de nos mains nous affole. Claude glisse à mon doigt un magnifique solitaire et murmure contre ma bouche :

« Ma fiancée, mon amour passé, présent et à venir. »

Je souris alors que ses lèvres se posent sur les miennes et que nos souffles se mêlent.

Nous sommes réunis, avec mon père et sa femme, dans le petit salon de la duchesse, élégant avec ses soieries imprimées de simples petites fleurs violettes et roses. Nous y prenons un goûter arrosé du champagne que nous offre Wallis. Je goûte, pour la première fois, à du caviar… Que c'est bon… et salé ! S'ensuivent de petits sandwiches au concombre et au saumon fumé. J'ai une de ces faims ! Le bonheur me rend toujours vorace.

Une douceur humide flotte dans l'air. Dehors, la pluie vient de s'arrêter et j'entends l'eau dégoutter du casuarina qui somnole à quelques pieds de la fenêtre ouverte, un magnifique arbre qui tient, dirait-on, du pin et du saule. L'averse nous a apporté, en vernissant les feuilles, un présent apaisant la sécheresse de l'été. Au fond du jardin roulent dans les palmiers les derniers grondements du tonnerre.

Que nous sommes à l'aise et quelle bonne grâce nous mettons à jouer nos rôles! Non, pas tout à fait! Wallis se déride un peu... le rôle de belle-mère lui sied mal. Mon père, qui affichait un regard terne, esquisse un sourire ambigu. Je me lève, il vient à ma rencontre. J'accepte ses douces mains sur mes épaules et sa bouche sur la mienne. Il murmure à mon oreille tandis qu'il m'attire contre lui:

«Je te souhaite le même bonheur que nous avons eu, ta mère et moi. Je t'aime.»

Me tenant au bout de ses bras, il me regarde. Deux larmes glissent lentement le long de ses joues.

«Merci de vos bons vœux, *father*. Claude et moi vous remercions.»

A-t-il autre chose à dire? Je me dérobe et m'approche de Wallis. Je souris pour me donner une contenance. Elle n'est plus jeune, la bonne duchesse, mais un maquillage habile et discret cache son âge. Elle me paraît plus menue avec sa gorge tendue, ses yeux agressifs et son front pâle. Elle boit une petite gorgée de champagne, puis serre ma main dans les siennes, moites.

«Mes meilleurs vœux Mary Ann, et à vous aussi, Claude!»

Notre petite cérémonie de fiançailles se termine. J'attends avec une certaine impatience le départ de mes «parents». Heureusement, ils ont une soirée à l'un des clubs qu'ils fréquentent. Je baisse les yeux sur mes mains brûlantes et admire le magnifique diamant à mon annulaire, puis je souris de nouveau. Nous sommes seuls.

Je pleure un peu et secoue la tête pour cacher mes larmes... Claude me console:

« Ne pleure pas, mon amour, c'est tellement beau ce que nous possédons. »

Nous venons d'ouvrir le riche album de notre vie de couple ! Oui, c'est magnifique ce que nous possédons. Dans la lumière bleutée du regard de Claude, je me promets des heures magnifiques, nos heures… il me sera si facile de devenir l'esclave du bonheur.

Nous finissons de manger les blinis au caviar et de vider nos verres, puis, avec un regard malicieux, après avoir fermé la porte à clé et tiré les persiennes, Claude m'entraîne vers le sofa fleuri de la duchesse de Windsor.

Chapitre VII

Aujourd'hui, mon mariage va être célébré et je me réveille de bonne heure. Machinalement, les yeux encore pleins de sommeil, je dirige ma main vers mon cadran. Le rayon de lumière sous mes tentures s'arrête sur le diamant à mon doigt… des petites étoiles dansent au plafond.

« C'est ton père qui l'a choisi, mon amour, m'a dit Claude, et il a insisté pour te l'offrir, mais j'ai refusé avec véhémence… ce sont *mes* fiançailles, sir, lui ai-je répondu. Il en avait les larmes aux yeux. »

Mon cher papa, quel homme étrange il est !

Dans la fraîcheur obscure de ma chambre, je reste enfoncée dans une complaisante inertie. Bientôt, les activités de la journée vont débuter. J'entends quelques bruits, un peu vagues. Sidney est sûrement déjà au travail. Cher Sidney, il sait si bien organiser les choses ! Quant à moi, je vais restée cachée du reste de la maison, je serai invisible jusqu'à onze heures.

Mon esprit flotte sur une espèce d'écran diapré où se projette ma journée de la veille. J'étais si tourmentée au confessionnal de l'église St. Francis. Une austérité sévère y régnait, et j'avais mis à nu mon âme et tous ses péchés, surtout ceux de la chair. Je me rongeais d'impatience. J'ai ensuite passé une heure silencieuse et limpide à prier. Je me savais pardonnée.

Par bateau et par avion, nos invités ont débarqué à Nassau vers la fin de l'après-midi. Des voitures de Government House ont fait la navette entre l'aéroport et le débarcadère du *Munargo* – le ferry qui fait la liaison entre Nassau et Miami. Claude et moi étions si heureux de les accueillir : le docteur et Mme Gatineau, M. et Mme McFarlane, ma tante mère Saint-Ignace – elle avait obtenu une dispense de l'évêché pour le voyage –, mère Maria-Térésa, James McNish-Porter, sa femme Margaret et Agnès.

Par moments, il me manquait les mots. Devant ma tante, je ne pus que me jeter dans ses bras et enfouir mon visage sous son long voile noir.

« Chère, chère petite Marianne, je suis si heureuse, si heureuse », murmurait-elle dans mes cheveux.

À côté d'elle, ma chère Thérèse se tenait droite, impassible. Elle approcha son visage du mien et posa ses lèvres sur ma joue… l'odeur de menthe de son haleine me poussa, ô si hâtivement, sur le chemin du souvenir.

Les McFarlane ! Quelle place ils occupent dans mon cœur ! Je le revois si bien, lui, durant ses visites au couvent, charmant et mystérieux dans son rôle de mentor et délégué de mon père.

Et Jim ? Je serrai longuement sa main dans la mienne – cher Jim qui a été blessé à cause de moi – et me perdis dans son visage gêné. Dans son regard dansait un point scintillant. Margaret, sa femme, se tenait, raide, à ses côtés. Un sourire barrait son visage pincé, qui se détendit lorsque je l'embrassai.

Le docteur et Mme Gatineau ? Même si je ne les avais quittés que depuis peu, je les retrouvais avec une grande joie et je me jetai dans leurs bras.

Claude, détendu et parfaitement à l'aise, serrait les mains tendues ; je me dirigeai, en dernier, vers Agnès. Chère Agnès ! Elle affichait une silhouette très moderne, un peu masculine : un pantalon noir avec veste assortie, des cheveux courts sous un chapeau Homburg, un maquillage éclatant, les lèvres d'un rouge saignant et les yeux tirés au khôl. Elle me pressa contre elle, embrassa mes cheveux en murmurant :

« Le bonheur conjugal te va à ravir, ma petite Marianne ! »

Elle fit volte-face et se rapprocha de Claude. Il s'empressa de la rejoindre et leur désinvolture troubla l'heure.

D'autres invités étaient attendus. Sir Walter Monkton, un ami intime de mon père, et sa femme devaient arriver dans la soirée. J'avais insisté pour que la cérémonie demeure intime. En famille. En famille, oui, mais pas toute... Celle de l'Angleterre – oncles, tantes, cousins et cousines – n'existe pas pour moi, comme je n'existe pas pour elle !

Je soupire profondément. Pourtant ce devrait être le plus beau jour de ma vie ! Toujours un peu alanguie, je remonte mon drap sous mon menton, puis, changeant d'idée, je saute en bas du lit, commande mon petit-déjeuner au téléphone et ouvre tout grands mes rideaux.

Une journée magnifique s'offre à moi ! L'aube s'échappe alors que la terre, qui commence à s'échauffer, permet encore au souffle frais de la mer de monter le long de la butte jusqu'à ma fenêtre. Le soleil, encore bas, boit le peu de rosée qui brille sur la verdure au pied d'un tamaris, paré de son brouillard vermeil. Immobile, je pense de nouveau au cercle de famille et d'amis que je verrai tout à l'heure et à Claude qui m'attend afin de s'unir à moi dans le sacrement de mariage.

On frappe à ma porte. J'enfile en vitesse une robe de chambre et j'ouvre à Isolyn, qui dépose le plateau de mon petit-déjeuner sur la table de mon cabinet de travail.

« Bonne journée, milady, dit-elle avant de refermer la porte. Je viendrai rechercher le plateau dans une heure.

– Merci, Isolyn ! »

Je m'efforce de manger une tranche de pain grillé tartiné de marmelade et à boire une grande tasse de café noir. De ma fenêtre ouverte, j'écoute des oiseaux piailler et, soudain, le ciel déborde de vie. Je me précipite vers la baie et assiste aux arabesques d'une myriade de minuscules oiseaux aux teintes de l'arc-en-ciel qui écartent de leur trajet des troupes de geais, alors que des hirondelles, rasant le faîte des arbres, se posent délicatement sur les branches d'un *lignum vitæ* et continuent à chanter comme si leur vie en dépendait. Quel beau concert pour une jeune fille qui va se marier ! Un chat… d'où sort-il celui-là… perce d'un trait les buissons et s'assied, puis regarde les oiseaux en se léchant les babines.

Je songe à Claude. Que fait-il en ce moment ? Je revois notre soirée alors que, rêveur et las, il s'échappait de mes bras. J'avais bu entre ses lèvres un tendre bonsoir :

« Demain, ma bien-aimée, tu seras ma femme… »

À quoi pense-t-il ? Pourtant, je devrais le savoir ! Songe-t-il à l'harmonie des semaines passées ? À moi, juste maintenant ? Mon cœur pincé bat plus vite… Pense-t-il à Agnès avec qui il s'est longtemps, peut-être trop longtemps, entretenu hier ? Y a-t-il en lui un monde inconnu que je ne perçois pas ?

Un coup contre ma porte, et c'est Marguerite Moulichon, la femme de chambre de Wallis, qui m'annonce qu'elle vient me voir à dix heures afin de m'aider à me préparer.

« Merci ! »

Je peste et me sermonne :

« Allons, Marianne, commence à bouger, tu peux déjà prendre ton bain ! »

Je suis impatiente, je m'agite. Qu'ai-je donc ? Je n'en sais rien ! Sois contente, Marianne, c'est le jour de ton mariage ! Surtout pas de sautes d'humeur, surtout pas !

Je me regarde dans la glace, mes yeux sont tristes, pourtant un petit sourire flotte sur mes lèvres. Ma tenue de mariée est suspendue derrière moi. Je fixe son image dans le miroir, puis je me retourne pour l'admirer de nouveau. Elle est superbe. Wallis a fait un très bon choix. Un rayon lumineux drape les plis soyeux de la longue jupe bien serrée à la ceinture, le corsage ajouré, taillé sur un bustier élégant, et les longues manches, bouffantes aux épaules. Je serai une mariée splendide alors que, vêtue de ma belle robe, je poserai sur mon front une simple petite voilette retenue – un cadeau de mon père – par un cercle de brillants.

Il est presque dix heures déjà. Douchée, parfumée et enfouie dans mon peignoir, j'attends. En effet, quelques minutes plus tard, on frappe à ma porte.

« C'est Marguerite, milady, puis-je entrer ?

– Bien sûr ! »

Marguerite Moulichon entre, suivie d'une jeune fille qui porte dans ses bras un bouquet d'orchidées blanches qu'elle dépose sur ma table de toilette, puis elle se retire en disant :

« Mes meilleurs vœux, milady ! »

Je ferme les yeux. Ne sont-elles pas aussi, ces orchidées, l'image d'un temps passé ? Des orchidées ? Oui, je me souviens ! Le lendemain de son départ, lorsqu'il était venu me voir pour la première fois au Québec, mon père ne m'avait-il pas fait parvenir une branche d'orchidées blanches ? Elles avaient fleuri pendant des semaines et des semaines. De nouveau, je reçois des orchidées ! Pourrais-je alors devenir Lady Belvédère, la Dame aux orchidées ?

En peu de temps et soigneusement, sous les mains habiles de Mlle Moulichon, mes ongles sont faits, mes cheveux enroulés en une torsade serrée, afin d'accommoder ma voilette, et je suis maquillée. Je n'ai plus qu'à enfiler ma robe de mariée.

En me dirigeant vers la glace, je cache mon visage derrière mes mains, puis le découvre. Oh là là ! J'appartiens à un paysage de rêve, mon Dieu ! Je suis une apparition féerique et je souris à mon image. Eh oui, je suis belle, très belle, au point d'en perdre presque l'usage de la parole.

« Mademoiselle Moulichon, c'est superbe ce que vous avez accompli, un vrai chef-d'œuvre !

– Vous êtes si belle, milady, que ce fut facile.

– Je vous remercie infiniment. Jusqu'à quelle heure dois-je attendre ? Vous le savez ?

– Oui, milady. La duchesse vous fait savoir que vous devez être prête à descendre à dix heures cinquante cinq. Si vous le permettez, je vous laisse. *Her Grace* réclame ma présence. »

Même dans mes rêves les plus osés de ma vie d'enfant abandonnée dans un couvent cloîtré, aurais-je pu imaginer un jour comme aujourd'hui ? Au moment désigné, mon père entre dans ma chambre, resplendissant. Il porte la jaquette, un pantalon quadrillé Prince de Galles et une cravate irisée d'argent où une épingle à l'effigie des trois plumes du prince de Galles ajoute un cachet royal. Il s'arrête, scrute mon visage souriant, puis contemple ma glorieuse tenue. Les mots me manquent et il ouvre grands ses bras.

« Mon amour, tu es la plus belle et je t'aime encore plus, même si je dois te donner à Claude. »

Son étreinte est légère. J'enroule mes bras autour de son cou et pose ma joue contre la sienne. Je ressens une joie précipitée, une paix bienfaisante. Mon très cher *father*, je quête sa bénédiction, qu'il me donne en m'embrassant.

Je m'écarte de lui. Son regard est anxieux… j'essuie une larme qui coule sur son visage. Il sourit, enfin.

« Allons, *father*, il est temps. »

En haut de l'escalier, je prends son bras et nous nous arrêtons avant de descendre. Je pose mon regard sur l'immense portrait de mon arrière-grand-père suspendu au mur, resplendissant dans son habit militaire de gala, l'ancien roi Edward VII. Combien de fois ai-je rêvé de lui ? J'ai cru le voir, étant petite fille, un soir d'orage, me regardant avec intensité, comme il m'observe aujourd'hui du haut de son cadre. Puis, un rayon de soleil balaie le visage du grand tableau. Me sourit-il ? Je veux y croire. J'abaisse la voilette sur mon visage, et nous descendons.

Au pied de l'escalier, Agnès, habillée d'une longue robe bleu pâle, m'attend… elle sera ma fille d'honneur et bouquetière. Son visage est appréhensif. Un quatuor à cordes, installé sur la terrasse, entame *La Marche nuptiale* de Mendelssohn. Je m'arrête, ne pouvant plus bouger. Puis les musiciens interprètent *Le Songe d'une nuit d'été*… mais il est devant moi, ce songe, comme une vision.

Le grand salon est transformé en chapelle, avec un petit autel enfoui sous des masses de fleurs, elles-mêmes parsemées de petits boutons d'une teinte plus pâle se mariant bien avec les roses d'une couleur tendre. Devant le reposoir, l'évêque et son assistant attendent. Sur le côté, une dizaine de jeunes garçons, les choristes sans doute, sont prêts, un livre à la main. À quelques pieds de l'autel, debout devant son prie-Dieu, Claude, accompagné du docteur Gatineau, m'attend. Je souris de voir ses yeux qui m'admirent. Nos invités se tiennent debout devant les rangées de chaises. De magnifiques fleurs ornent les murs et colorent le grand salon de gaieté.

Isolée derrière mon voile, j'écoute mes nerfs surexcités… une étouffante impression d'irréalité m'étreint… je regarde un rayon rose, à travers la fenêtre du salon, illuminer mes gants blancs. Mon père me conduit vers Claude. Je vais à mon futur mari avec foi, confiance, bonheur de lui appartenir à jamais, et avec un cœur rempli de gratitude. Mon père, tendrement, prend ma main et la pose dans celle de Claude. Qu'il est beau, mon futur époux! Que son sourire est magnifique! Que le gardénia accroché à la boutonnière de sa jaquette est superbe! Le visage de mon père est grave, son regard pâle et fuyant veut dire tant de choses, puis il nous sourit, et mon monde s'éclaire. Il se tient à l'écart lorsque Agnès s'approche pour prendre mon bouquet. Puis, la cérémonie commence.

Elle se déroule comme beaucoup de mariages bénis par l'Église, avec ses chœurs, sa liturgie, sa musique et ses prières, qui se succèdent avec harmonie, les uns s'enchaînant aux autres.

Avec un serrement au cœur, je réponds, à mon tour, « Oui » à la question d'usage…

« Prenez-vous pour époux… »

Nos voix sont fermes, assurées. Mon cœur s'arrête de battre lorsque Claude glisse à mon annulaire l'alliance qui nous unit. Je tremble d'émotion. C'est ici que commence, aux yeux de nos témoins, notre vie à deux, nos deux êtres unis dans le bonheur et la joie. La voix de l'évêque s'élève :

« Vous pouvez embrasser la mariée ! »

Mon mari soulève mon voile. L'heure est simple, facile, nette. Je m'entends penser à nous sur un grand fond sonore vague mais riche. La bouche de Claude s'appuie sur la mienne, ma tête se couche sur son épaule, je pousse un soupir heureux. Mon amour, mon Claude, que d'événements dans nos jeunes et riches vies, avant d'être ici, l'un en face de l'autre.

Les choristes chantent un puissant Alléluia. Agnès me redonne mon bouquet, Claude prend mon bras et m'entraîne derrière l'autel où nous signons le registre de l'état civil. Monseigneur nous accompagne et nous le remercions avec ferveur. Il est, avec l'un de ses clercs, notre invité pour le déjeuner.

C'est fait ! Je suis, religieusement et civilement, Mme Claude de Foucault, Lady Belvédère. Mon Dieu ! Je prends la main de celui que j'aime, pour me rassurer, et je le regarde. Nous revenons vers nos invités. Je respire, en passant, l'odeur de tabac blond et de musc, mélangée à celle du cuir de Russie, qui imprègne les vêtements de mon père, et je m'arrête.

« Sois heureuse, *my darling little girl*! » dit-il en me tenant dans ses bras.

Que de mains à serrer, que de baisers et de bons vœux à recevoir. Il y a quelque chose de si exclusif, de si spécial, de si beau en ces lieux embaumés du parfum capiteux des fleurs, dans la musique du quatuor qui joue Mozart, dans les mains chaudes qui touchent les miennes, sur les lèvres qui m'embrassent... je suis bouleversée et profondément émue.

La duchesse me prend dans ses bras et murmure d'une voix douce :

« Mary Ann, soyez heureuse ! »

Je réponds, d'une voix tremblante :

« Je vous serai reconnaissante toute ma vie pour... »

Elle ne me laisse pas finir.

« Non, Mary Ann, vous n'avez pas à me remercier ! »

Puis elle s'éloigne. J'ai cru voir briller une larme dans ses yeux sombres. Pour mon mariage, elle porte une élégante robe corail, parsemée de dorures.

« *Your Royal Highness, your Grace*, mesdames et messieurs, le champagne est servi dans la bibliothèque ! » claironne la voix du majordome.

J'entends tinter les bouteilles dans les seaux à glace lorsque nous entrons dans la grande pièce ; le piano a été poussé contre un mur. Des coupes de vin sec, glacé, pétillant sont distribuées par deux garçons habillés de la livrée du prince de Galles. Un verre à la main, c'est vers Claude que je me tourne. Les conversations autour de nous bourdonnent. Je suis étourdie.

« Pour toujours, mon amour ! » disons-nous ensemble.

Nous buvons nos coupes, les bras entrelacés, les yeux dans les yeux.

« Mary Ann, dit mon père, laisse-moi te présenter un grand ami et meilleur conseiller de surcroît, sir Walter Monkton.

– Je suis enchanté, milady. Il y a si longtemps que je désirais faire votre connaissance. Oui, je suis l'un de ceux qui a su garder le secret de votre naissance tout ce temps.

– Je suis toujours heureuse de rencontrer ceux qui ont fait partie de la vie de mon père... »

Il y a un contraste visible entre la douceur de ses yeux et la vigueur de sa main alors qu'il se penche pour embrasser la mienne. Je sens qu'entre lui et mon père beaucoup de secrets d'un passé révolu existent. Les mots nous manquent et il se tourne vers Claude, lui serre chaleureusement la main en disant :

« J'ai beaucoup admiré votre talent lors de vos passages à Londres. Je vous souhaite, à vous deux, beaucoup de bonheur et de succès. »

Mon père est tout sourire lorsque s'approche Lady Monkton, qui nous adresse les vœux d'usage, puis ils s'éloignent tous trois, vont rejoindre les McFarlane.

Le soleil illumine le couple McNish-Porter, debout à l'écart dans un coin. Je fais signe à Claude qui se dirige vers les Gatineau, et je m'approche de Jim et de sa femme. Ils lèvent leurs verres. Je regarde Jim d'abord et, entre nous, passent l'affinité muette qui nous rapprochait, l'immense attachement, la grande amitié que nous avions l'un pour l'autre... et un peu plus... mais ce souvenir est notre secret. Le visage de Jim est pâle, son sourire se change en une petite convulsion désolée. Margaret me dévisage… est-ce un semblant de triomphe que je discerne dans ses yeux ?

« Je suis si contente que vous soyez venus à mon mariage. Nous nous connaissons depuis si longtemps, n'est-ce pas ? Jim, vous souvenez-vous du petit lièvre que nous avions libéré tous deux ? Mon petit Boudi ? Je l'aimais tellement ! Je n'avais que cinq ans. »

Une larme gonfle mes paupières. Il y a aussi une larme dans les yeux de Jim, puis nous sourions, ensemble.

« Tu te souviens, Margaret, dit-il en prenant la main de sa femme, je te l'avais raconté. »

Elle acquiesce. Jim m'interroge des yeux. Depuis mon départ, ils se sont retrouvés et c'est pour le mieux. Oui, c'est pour le mieux !

Agnès s'est rapprochée de Claude et semble boire ses paroles. Ses prunelles brûlent étrangement. Tiens, tiens ! Agnès… ? Veux-t-elle simplement garder sa contenance en affichant le flegme souriant d'une femme dandy ?

L'admiration et l'attention dont je suis entourée me rendent un peu nerveuse ; mon cœur bat vite. De multiples voix humaines s'adressent à moi et peignent tant de souvenirs colorés.

Finalement, le majordome vient annoncer que le déjeuner est servi.

Le goût, le style, le flair de la duchesse de Windsor ont fait du salon un chef d'œuvre harmonieux. Claude à mon bras, je regarde, émerveillée, la magnificence de la table, les cinq candélabres où de longues chandelles sont allumées, les délicates fleurs qui se marient si bien à l'argenterie et au cristal. Chaque motif, chaque arrangement, comme un plaisir aérien, se superpose aux autres en une unique cohésion.

Les fenêtres sont ouvertes et des courants d'air rafraîchissent la salle; des rayons de soleil, intermittents, déversent un éclairage éblouissant qui empêche presque de distinguer clairement l'extérieur. Les dix-sept places nous sont déjà assignées et je suis assise au centre, entre Claude et mon père qui, à sa droite, tient compagnie à Mme Gatineau. La duchesse s'assied à la gauche de Claude et, près d'elle, prend place sir Walter Monkton. Tout autour de la longue table, nos invités s'installent. Mère Saint-Ignace, Thérèse et monseigneur l'évêque sont assis en face de moi.

Les convenances et les protocoles tiennent une grande place dans l'aristocratie. Les serveurs sont habiles, discrets et méticuleux, sous l'œil sévère de Wallis; les vins blancs, rouges, coulent à tour de rôle dans nos étincelantes coupes. Le banquet est sans pareil; les plats de saumon fumé, de foie gras, un rôti d'agneau avec légumes – sur les instances de mon père – et un dessert d'ananas au kirsch, tous savoureux, se succèdent. Entre les services, rien n'altère le son animé des conversations. Beaucoup de douceur embaume mon cœur. Je suis presque silencieuse alors que mon père s'engage dans un long dialogue avec Mme Gatineau, tout en serrant ma main de temps en temps. Puis, j'admire mon trésor de mari dont je vois à peine le profil pendant qu'il parle avec la duchesse, et je suis bien. Je jette un coup d'œil sur les convives tout en goûtant dans mon âme mon amour et mon bonheur. Un doute assombrit mes pensées. Tous ces bons vins, cette bonne chère, servis en temps de guerre? Je cherche à me persuader que ce ne sont pas les Bay Street Boys qui en sont les pourvoyeurs.

Je suis tirée de ma rêverie.

« Marianne, dit mère Saint-Ignace en se penchant légèrement au-dessus de son assiette, ton mari et toi allez beaucoup voyager, promets-moi que tu resteras en contact avec nous autant que tu le pourras, tu veux bien ?

– Cela va sans dire, ma tante. Claude et moi avons quelques projets qui nous ramèneront souvent au Canada. Je m'intéresse de plus en plus à l'écriture et j'ai déjà en tête une série d'articles pour le *Nassau Tribune*.

– Ma chère Marianne, je n'ai jamais douté de tes talents autant en littérature qu'en musique. Tu joues toujours ? »

Je lui souris, prenant dans ma main celle de Claude.

« Avec un virtuose dans la famille, je ne me sens pas de force à rivaliser…

– Il n'est pas question de rivalité ! intervient Claude. Marianne et moi jouerons certainement des duos en public de temps en temps !

– Et Agnès ? »

Je ne peux m'empêcher de poser cette sotte et banale question, et l'espace d'un instant, je respire plus vite. Mère Saint-Ignace et mère Maria-Térésa nous dévisagent. Que me manque-t-il donc ? Mon avenir se mêle donc déjà à mon passé ? De nouveau, j'imagine le meilleur et surtout le pire. Oh non, quelle bêtise !

« Ma petite Marianne, dit Claude en se penchant dans sa direction, Agnès est déjà si occupée avec sa carrière qu'elle ne trouvera pas toujours le temps de jouer avec moi dans les salles de concert.

– N'en crois rien, Claude, je me ferai toujours un honneur de jouer avec toi, dit Agnès, assise entre Jim et M. McFarlane.

– Si ce n'était une célébration de mariage, nous pourrions insister pour un concert, puisque nous avons parmi nous trois virtuoses du piano, dit sir Walter en levant son verre.

– *Hear, hear*, et pourquoi pas ? répond un chœur de voix.

– Si vous tous pensez que je vais sacrifier une parcelle de ma lune de miel pour vous amuser avec notre musique, vous vous trompez ! » répond Claude au milieu de rires et d'applaudissements.

Il porte ma main à ses lèvres, les applaudissements redoublent.

L'air fleure l'eucalyptus, le chèvrefeuille et la cire des grandes chandelles. L'atmosphère estivale, plus calme, nous arrive, chaude et rehaussée d'or. Nous sommes repus, toujours pleins d'entrain, même si une légère torpeur nous force à fermer les yeux pour quelques secondes. On passe les cigares et, en moins de quelques minutes, l'odeur blonde de leur fumée s'ajoute aux autres parfums qui embaument la salle.

Le protocole de mon mariage continue, à l'anglaise. C'est mon ange gardien qui se lève le premier, James McNish-Porter… c'est donc à lui qu'il revient de lever le verre à la santé de la mariée ! Et pourquoi pas ? À part ma tante la religieuse, il est celui qui me connaît depuis toujours et qui a fait partie de toutes mes aventures… j'en ressens un frisson qui ressemble à un rire, et une larme monte à mes yeux. Le visage de Jim est si pâle.

« Ce m'est un grand plaisir de m'adresser à vous tous et je remercie *His Royal Highness* et *Her Grace* de m'accorder l'honneur de dire quelques mots en ce jour si spécial. Je dois, paraît-il, m'adresser au nouveau marié et dévoiler quelques petits secrets qui concernent son épouse. Je sais fort bien qu'ils n'ont aucun secret entre eux, alors, de ce côté, motus et bouche cousue. »

Il s'arrête, boit une gorgée d'eau, ajuste sa cravate et continue :

« Je connais lady Mary Ann depuis sa petite enfance et, au cours des années, j'ai appris à admirer sa ténacité, son humour et surtout le courage dont elle a souvent fait preuve face à de graves circonstances. Pour n'en nommer qu'une, et ce sera probablement une source de surprise pour quelques-uns d'entre vous, je vous ramènerai en arrière de plusieurs années... »

Je retiens mon souffle durant quelques secondes, puis je dirige mon regard vers mère Saint-Ignace qui, le visage calme et souriant, regarde Jim. Je sais ce qu'il va raconter.

« Alors qu'un après-midi de juillet elle s'était aventurée avec Jocelyn – c'est ainsi que nous appelions Claude en ce temps-là – en dehors du domaine du cloître, tout à fait à l'encontre des règles de la communauté, afin de se rendre au cirque, deux individus en voiture ont tenté de l'enlever. Elle s'est débattue comme une forcenée et, sortant de la poche de sa robe ses petits ciseaux, elle a déchiré la joue de l'un d'eux d'une longue entaille qu'il porte toujours. Heureusement, et nous en sommes certains, le *balafré* de mademoiselle Marianne est maintenant en prison pour un autre attentat. »

Je regarde ma tante, avec un hochement de tête un peu confus, mais plein d'affection... elle a appliqué une main contre sa bouche, ses yeux sont grands ouverts. Pour elle, quel aveu longtemps dissimulé ! Elle secoue finalement la tête et me regarde... ses yeux sont remplis de larmes ; elle croise ses mains sous son menton. Mon regard se dirige vers Thérèse ; elle porte sa main contre sa poitrine et, en un très léger mouvement de ses paupières, quelques larmes s'échappent, sa bouche tremble.

« Durant les années où je fus son ange gardien – c'est comme ça que miss Mary Ann, pardon, lady Mary Ann, m'appelait –, continue Jim, je ne peux que louer son adresse, son enthousiasme, sa grandeur d'âme et sa générosité. *Your Royal Highness, Your Grace,* mesdames et messieurs, je vous prie de lever vos verres et de boire à la santé de Mme Claude de Foucault, Lady Belvédère. »

À part le cliquetis des verres, rien ne trouble, durant quelques secondes, l'immobile silence de toutes choses. Claude me sourit et m'interroge des yeux. J'acquiesce et je souris à mon tour.

Puis c'est le tour du docteur Gatineau… il tient la place de garçon d'honneur puisqu'un ami de Claude n'a pu venir et propose le toast à la santé de ma fille d'honneur, Agnès.

Claude se lève. Que va-t-il dévoiler ? Il arbore un air conventionnel alors qu'il remercie le duc et la duchesse de Windsor. Je souris et regarde le visage surpris de mère Saint-Ignace lorsque Claude dépeint notre première rencontre, quand, pour se mettre à l'abri d'une fougueuse tempête, il s'était faufilé dans la grange du cloître, où je m'amusais en sautant du fenil dans le foin odorant en contrebas. Claude continue :

« Et le reste, *Your Royal Highness, Your Grace,* ma famille et mes amis, fait partie de l'histoire. Marianne et moi, nous nous aimons depuis toujours ; nous avons eu à traverser des absences longues et pénibles ainsi que des tourments. Notre amour leur a survécu. Je me sens très ému aujourd'hui. C'est l'un des plus beaux jours de ma vie. J'ai enfin le grand honneur d'épouser celle que j'avais déjà surnommée, il y a si longtemps, *ma princesse inconnue.* Je lui dois beaucoup et, devant vous tous, je jure que, jusqu'à mon dernier souffle et quoi qu'il arrive, ma gratitude envers elle vivra toujours dans mon cœur. Je vous prie de lever vos verres en l'honneur de ma femme. »

J'en ai les larmes aux yeux.

En ajustant sa cravate, lentement, mon père se lève à son tour. Il hésite. Son visage est grave, ses yeux se voilent, puis, en me regardant, il sourit.

« Je serai bref, chers amis. Oui, je suis très fier aujourd'hui, fier de ma *darling little girl*, fier de mon gendre et fier de ma femme, la duchesse de Windsor, qui a si bien su organiser cette merveilleuse journée. Et je vous remercie tous pour avoir partagé, en famille, cette exceptionnelle occasion. Je veux aussi exprimer ma profonde gratitude aux religieuses du couvent qui, d'une façon sensible et remarquable, ont gardé ma fille à l'abri des curieux et ont fait d'elle une jeune femme accomplie. Ce sera pour moi le plus grand regret de ma vie d'avoir eu à vivre séparée d'elle si longtemps. »

Je prends sa main dans la mienne et la porte à ma bouche. Il me sourit et reprend son air jovial :

« Maintenant qu'elle est mariée, j'espère qu'elle n'oubliera pas son vieux papa. Ils seront, elle et mon gendre, toujours les bienvenus où que nous soyons, et c'est aussi le vœu de la duchesse. Eh bien, mes amis, nous devons maintenant nous mettre au service du photographe qui nous attend dans le grand salon. »

Des photos en groupe, des photos avec les parents de l'un et avec les parents de l'autre, avec la fille d'honneur, avec le garçon d'honneur sont prises... on n'échappe pas aux conventions. Finalement, nous nous regroupons, quelques-uns se dirigent vers la terrasse, d'autres vers la bibliothèque. Claude me conduit très doucement vers la grande fenêtre et m'attire contre lui.

« Regarde, Marianne, comme elle est belle, notre journée... »

En effet, le soleil, sur des cercles de rayons divergents, décline. La lune croissante, blanche dans le plein jour, joue entre les flocons de nuages. Dans quelques heures, le couchant remplira longuement le ciel et couronnera l'après-midi.

« Milady, dit Sidney, je m'excuse de vous déranger, on vous appelle au téléphone !

– Je me demande qui... ? Excuse-moi, Claude, pour un petit instant !

– Je t'attends ici ! »

Je prends des mains de Sidney le récepteur du téléphone.

« Allô ! »

Pendant une seconde ou deux, il n'y a personne au bout du fil.

« Allô ! »

Une voix étrangère murmure :

« Milady ! Je ne pouvais laisser passer cette journée... »

Des images voyagent dans ma tête, de la crainte aussi, c'est un confus délire. Mon cœur bat si vite que ma poitrine me fait mal.

« Sans y ajouter mes meilleurs vœux pour votre bonheur...

– Axel ! Comment osez-vous ? Surtout aujourd'hui !
– Juste quelques mots, milady, et je vous prie d'y croire… »

Moi qui avais réussi à mettre une si grande distance entre lui et moi… Pourquoi ? Oh, pourquoi ! J'écoute son souffle dans le récepteur et j'ai envie de pleurer.

« Juste une petite minute, milady, je vous en prie. Je désire vous demander pardon d'avoir… insisté… pour que… »

J'attends les mots qui ne viennent que si lentement… mon esprit se remémore cet odieux personnage…

« Excusez-moi, mes vœux pour vous sont sincères, milady, tout autant que mon affection… non, non, ne raccrochez pas. »

Ma voix tremble, je ravale un sanglot.

« Je ne veux pas, Axel ! Je vous le défends ! Comment osez-vous supposer que, le jour de mon mariage, je veuille recevoir des aveux qui me déplaisent ? Où est donc votre honneur ? Vos sentiments, monsieur, je les rejette. »

Je dépose avec un bruit sec le récepteur sur son socle, puis je passe ma main moite sur mon front. Je tremble si fort que je me retiens au petit cabinet qu'on a poussé contre le piano. Je me dirige vers les carafes de cognac et d'armagnac qui trônent sur une table et me verse un verre que j'avale d'une traite… j'en suis presque étouffée. J'ai les nerfs à fleur de peau, mais, petit à petit, je me détends. Je me sens légère, un peu flottante. L'ironie finale des vœux d'Axel s'émousse face à l'indulgence universelle qui m'enveloppe en ce moment. Oui, je dois ranger Axel dans les tréfonds de ma mémoire, là où l'amour n'a pas accès. Si je veux revivre l'extase voluptueuse que j'ai vécue avec lui, il me suffira de fermer les yeux, une minute, en y pensant.

À la question de Claude, je dis simplement :

« Quelques mots de M. Wenner-Gren qui nous souhaite, à tous deux, beaucoup de bonheur. »

Il hoche la tête, mais il me regarde avec inquiétude… et curiosité.

« Tu es pâle, ma petite Marianne.

– Un peu de migraine, c'est tout. »

Chapitre VIII

Nous avons revêtu nos habits de voyage. Une jolie robe d'un pâle turquoise épouse mon corps, assortie d'un grand chapeau, d'une paire de souliers et d'un sac. J'admire Claude dans son complet de toile blanche et sa chemise bleue. Le canotier qu'il porte est penché suivant un angle coquin. Nous sommes dehors, incendiés par le soleil de fin d'après-midi avec nos amis qui nous applaudissent. Je sens mes yeux plus grands, ma figure plus petite sous mon grand chapeau… Je suis avec mon mari, et nous partons en voyage de noces. C'est d'une modestie déconcertante, mais où allons-nous ? Nous n'en savons rien. C'est une surprise.

Notre petite assemblée semble plus émoustillée. Des rires et des bons mots fusent. Arrive le temps des baisers d'adieu, des étreintes. Je m'arrête plus longuement devant M. et Mme McFarlane.

« Vous avez été mon champion depuis toujours, j'espère que je vous reverrai, vous et Mme McFarlane !

– Plus vite que vous ne le croyez, milady. »

Un grand sourire barre son visage. Jamais je ne l'ai vu si gaillard.

Et ma tante ? Je la serre dans mes bras, rien de plus. Thérèse ? Je lui donne mes mains, elle les embrasse… je suis si triste en face d'elle. Elle baisse les yeux. Mon cher Jim, je l'embrasse tendrement sur la joue et, comme par accident, sa bouche frôle la mienne. Margaret serre ma main.

Puis, finalement, c'est vers mon père que je tends mes bras. Quel regard éloquent il pose sur moi avant de m'attirer contre lui… je sens battre son cœur. Que pensons-nous, tous deux ? Son étreinte en dit long, il m'écrase contre lui durant quelques secondes… j'en suis bouleversée… Claude aurait-il raison ? Peut-il y avoir de l'amour entre père et fille ? Quoi d'autre ? Je recule. Wallis, qui arrive soudainement, ouvre chaleureusement ses bras – est-elle contente que je m'en aille ? – et me fait sursauter. Des confettis tombent sur nous comme une légère pluie. Je m'arrête. Des flashes d'appareils photos jettent leurs feux de l'autre côté de la rue. Des branches d'arbres, des bosquets et les épaisses colonnes du portique masquent en partie l'endroit où nous sommes réunis et celui où se tiennent quelques journalistes qui braquent leurs objectifs sur Government House.

« C'en est fini de notre anonymat ! » grogne Claude alors qu'il m'aide à monter dans la voiture qui nous attend.

Notre garde du corps s'installe près du chauffeur. Je suppose que, lui aussi, il sera du voyage.

« Vous allez au port, dit mon père en agitant sa main. On vous y attend. »

D'autres mains se lèvent en signe d'adieu, et nous partons. Est-ce que ce sont des soupirs de soulagement qui s'échappent de nos lèvres ?

Au port? C'est donc une croisière qui nous est offerte? Par qui? Mon ventre se tord... Sûrement pas le *Southern Cross*, jamais Axel n'aurait osé!...

Non, c'est le *René* d'Alfred Sloan, un ami de mon père que j'ai rencontré à Cat Cay et au bal de Government House, qui est amarré au poste de mouillage. Sloan nous attend sur le quai, un grand sourire illuminant son visage.

« C'est pour moi un grand honneur de vous offrir l'hospitalité de mon yacht *René*, que vous connaissez déjà, milady, et je souhaite que vous vous y plaisiez, vous et M. de Foucault, pour une croisière d'une semaine vers les Family Islands. Le capitaine et son équipage ont un plan détaillé du voyage, lequel, je l'espère de tout cœur, vous conviendra. *His Royal Highness* a bien sûr été consulté et en a approuvé l'itinéraire. Soyez rassurés en ce qui concerne votre sécurité. Deux gardes sont à bord en tout temps. »

Je m'arme de patience et de douceur. Il y a de la gaieté dans la lumière veloutée du soleil sur l'horizon, une brise active vient de la mer et berce les bateaux amarrés, dodelinant au gré du clapotement des vagues qui se gonflent de plus en plus. Y aurait-il une tempête qui se prépare?

« Ma femme et moi sommes enchantés et vous remercions de tout cœur, déclare Claude.

– Il ne vous reste qu'à monter à bord, dit Sloan en se dirigeant vers une passerelle qu'il nous indique avant de nous tendre la main. Vous pourrez communiquer avec votre famille par téléphone. Je vous souhaite un beau voyage! »

C'est avec de grands sourires que nous montons à bord du *René*. Les moteurs ronronnent déjà. Le capitaine nous accueille en haut de la passerelle et nous échangeons des poignées de main. Sur le quai, Sloan, avant de monter dans une voiture qui s'est rapprochée de lui, nous renvoie nos signes d'adieu.

Le *René*, comme navire, est plus petit que le *Southern Cross* de Wenner-Gren, mais il est décoré d'une manière somptueuse. Le capitaine nous offre le champagne dans un grand salon tapissé de brocardes bordeaux rehaussées de bandes d'un or rosé qui ne déparent pas le mobilier style Second Empire. Les hublots ouverts apportent le souffle tiède de la mer et l'odeur salée des moules en vente sur les quais. Le yacht, lentement, s'éloigne et se dirige vers l'ouest.

« D'ici une demi-heure, dit le capitaine O'Hara, nous contournerons le nord de l'île Andros, et puis nous serons en pleine mer jusqu'aux Family Islands. Au nom de l'équipage et en mon nom propre, je vous souhaite un heureux voyage… et surtout n'hésitez pas, nous sommes tous à votre disposition pour votre plus grand confort. »

Il parle d'une voix respectueuse, égale, et affiche un visage sincère. Ses yeux, qu'il a grands et beaux, se posent librement sur nous. Il doit être irlandais, cela s'entend à son accent. Il agite une main et nous trinquons silencieusement. Claude le remercie et l'assure de notre bonheur à entreprendre cette croisière.

« Je vous laisse, milady et monsieur Foucault. Je dois retourner au poste de pilotage, dit le capitaine O'Hara. Jimmy va vous indiquer vos cabines. Vos bagages y sont déjà. »

Sur un signe du capitaine O'Hara, Jimmy, tout de blanc vêtu et d'un pas déterminé, se présente.

Enfin, et pour une semaine entière, nous sommes dans notre chambre et notre petit salon pour notre lune de miel!

Claude me lance un regard de côté et demande de sa voix la plus naturelle:

«Madame Foucault veut bien coucher dans la chambre de M. Foucault?

– Madame veut bien! Ce lit blanc à deux places, la propreté qui règne et le léger parfum qui flotte dans l'air me plaisent. Oui, madame veut bien partager la chambre de M. Foucault.»

Nous voilà tous deux partis à rire. Claude me regarde comme s'il me donnait son âme. C'est de nouveau la sauvage saison de l'amour; je la veux familière et déchaînée. Je délire de bonheur. Qu'il est beau mon bien-aimé, je veux qu'il m'étreigne et je veux qu'il gémisse... je l'entends presque... Sa voix déjà me possède.

«Mon amour, nous serons si bien... elles seront longues nos nuits de passion...»

Je consulte ses yeux. Veut-il me prendre tout de suite? Je suis prête à me donner. Non, pas maintenant! Attendons la nuit! Une bouteille de champagne dans un seau à glace, un panier de fruits, des friandises et des fleurs sont posés sur la table du petit salon. Eh oui, tout cela fera très bien notre affaire.

Je me regarde dans la glace de la salle de bain... mes yeux brillent étrangement, mes joues sont chaudes et je tremble. Comme j'ai hâte d'être à ce soir, à la fin du dîner. Nous défaisons nos valises et rangeons nos vêtements. Le yacht tient bien la mer, je crois qu'il n'y aura pas de tempête et nous regardons par le hublot.

« Quelques sombres nuages sur l'horizon et nous nous dirigeons vers eux, ma petite Marianne. On verra bien. »

Nous mordons des croissants de melon à la fin du repas et nous rions, alors que la nuit tombe. J'admire, sur le visage de Claude, comme peut être vif l'éclat sensuel de ses yeux et de sa bouche si bien ourlée. Je suis si heureuse que j'en frémis. Dehors, des nuages violacés s'accumulent dans un ciel sombre.

« Je n'aime pas la pluie, mais je ne la crains guère, dis-je en me penchant au-dessus de la table, et toi ?

– Ce serait intéressant de vivre un orage en mer.

– On verra peut-être de beaux éclairs !

– Oui, mais viens ! »

Je cours presque vers notre cabine. Claude éteint la lampe de chevet. Par le hublot, la pluie tombe goutte à goutte, tiède, embaumée d'ozone. Claude le ferme alors que l'orage déploie une vaste myriade d'éclairs et c'est durant une série de palpitations fulgurantes et éblouissantes que son corps nu s'allonge contre le mien, et lorsqu'un éclair plus intense que les autres se mire en lame de feu dans notre hublot, Claude me pénètre. Je me serre contre lui, mes jambes largement écartées, et la caresse commence, lente et puissante. La volupté fait trembler mes muscles… le mouvement de mes reins s'adapte au rythme de l'amour… lentement, durant de longs moments, je gémis. Mon souffle s'arrête…

« Retardons notre jouissance, mon amour… »

Mais je me tords sous lui. Les éclairs qui zèbrent le ciel m'excitent davantage. Le bruit sec d'un coup de tonnerre se mêle à nos cris de jouissance alors que, comme une forcenée, je roule les hanches en de rapides mouvements qui durent et durent jusqu'à ce que, épuisés, le dos las, nous retombions sur le lit, haletants, le souffle court.

Claude pose sa tête contre la mienne et s'allonge sur moi.

« Ma femme, ma bien-aimée, tu ne peux savoir combien je t'aime. »

Les grandes lueurs des éclairs révèlent nos corps repus et, petit à petit, la tempête s'amenuise jusqu'à ce qu'elle cesse complètement. Claude se couche à côté de moi et s'endort vite. Éveillée, je respire avec abandon et écoute le bruissement de l'averse qui annonce la fin de l'orage. Le roulis du navire est doux, Claude me caresse inconsciemment et, à mon tour, je m'endors, un peu fiévreuse, la tête remplie de rêves.

CHAPITRE IX

À la voir de haut, la mer qui entoure les Bahamas est comme un mince épiderme qui recouvre des récifs traîtres, des bancs de sable et des hauts-fonds. Aussi claire que l'eau d'une fontaine, elle se confond avec le ciel azuré et s'embrase de flammes multicolores en réfléchissant les rayons solaires. Elle semble avoir fait de chaque île un château entouré de douves sans pont-levis. La navigation autour de cette multitude d'îles, durant la plus grande partie de son histoire, a été difficile et sporadique. De nos jours, comme ce le fut pour les voyageurs d'antan, ceux qui naviguent dans ces eaux savent les déchiffrer… les bancs, les profonds chenaux et les plaques herbeuses se signalent par la couleur de la mer. Heureusement, le capitaine du *René* est très souvent à son poste avec ses cartes et son second.

Le vent grandit alors que nous approchons les Family Islands ; il balaie, rapide, une partie de l'horizon et s'agrippe aux rives verdâtres de la terre vers laquelle nous nous dirigeons. Dans une petite anse déserte, à l'abri du vent, nous mouillons l'ancre. Devant nous, une île isolée et mystérieuse semble presque inaccessible. Sur le littoral, il nous serait facile d'imaginer une proclamation avec ces quelques mots : « Ici Christophe Colomb a jeté l'ancre. »

Le soleil, à mi-ciel, brille déjà de tous ses éclats et illumine les grandes vitres de la cabine de pilotage lorsque nous rejoignons le capitaine O'Hara. Il nous a annoncé, la veille, une escale aux îles Bimini.

« Vous voyez devant vous, dit-il, la porte d'entrée des Bahamas, et les îles les plus rapprochées des États-Unis. On les appelle aussi les Out Islands. Si cela vous tente, vous pouvez y mettre pied aujourd'hui même. Ces îles sont aussi plates que des limaces, continue-t-il, et leur ensemble recouvre quarante-cinq kilomètres carrés. »

Du pont du *René*, Bimini ressemble à un petit paradis. Nous apercevons une plage blonde, des palmiers et des petites maisons multicolores.

« La pêche, dit le capitaine O'Hara, est la principale industrie de Bimini et, par extension, des Bahamas. »

Notre escale est déjà organisée et, par ce beau matin ensoleillé, nous quittons le *René* dans une chaloupe à moteur et débarquons près d'Alice Town, la capitale. Désinvoltes, nous sommes heureux de toucher la terre ferme. Claude est habillé d'un short de toile blanche, d'un veston de gros jersey. Quant à moi, j'ai enfilé ma plus légère robe et nous portons tous les deux des sandales.

Main dans la main, nous déambulons, baignés d'une buée dorée, le long de la rue principale, King's Highway, et passons sous une grande arche surmontée d'une croix. Les cloches d'une église sonnent la tierce, les palmiers sont bercés par une douce brise, les rayons du soleil s'écrasent sur les façades colorées des maisons en planches. Selon sa coutume, nous a-t-on dit, la rue ne s'anime qu'à certaines heures de la journée. En ce moment, la place est déserte; les rues de sable blond et les volets fermés des maisons lui donnent un petit air triste. Et puis, l'odeur d'un bon café indique un peu de vie dans un petit bar – il y en a plusieurs dans cette rue – où quelques personnes assises au comptoir nous suivent des yeux, sans relever leurs chapeaux de paille. Nous passons outre.

Ce n'est que lorsque le soleil est à son zénith que les pêcheurs sortent leurs bateaux et laissent traîner derrière eux des effluves marins. Alors, la petite ville se remet à rêvasser ou se rendort. Le soleil est très chaud, l'air poussiéreux… il serait si facile d'être paresseux.

Vers midi, la ville grouille de monde. Les femmes vendent leurs produits au marché, les enfants s'en vont à l'école, les chiens recherchent l'ombre. À ce moment de la journée, les endroits préférés sont la plage et le bar où nous allons nous désaltérer.

Ragaillardis, nous visitons le marché. Nous sommes étourdis par une musique exotique qui arrive de nulle part et par une chaleur grandissante qui s'enrichit d'odeurs… le gros tabac, les fruits, la menthe, le santal qui imprègne les vêtements multicolores, la sueur. Claude marchande une jolie écharpe en soie rose et me l'offre. L'air se fait rare, il est temps de respirer mieux et de rechercher le calme de la plage.

Un des membres de l'équipage qui nous a amenés à terre nous a préparé des chaises longues, des ombrelles et un pique-nique. Notre garde du corps nous suit de loin. Nous nous déshabillons et enfilons nos maillots de bain. La plage isolée est merveilleuse. Le sable est si pâle qu'il en est presque blanc. L'eau, au bord, est d'un turquoise indicible et, au large, un peu de brume se mêle à la mer pour lui donner un ton laiteux, vaporeux.

« Nous sommes bien, n'est-ce pas ?

– Oui, mon amour, dit Claude, nous sommes si bien. Nous avons une si belle journée… regarde ces tons bleus et or. La petite ville est amusante, et tu es si belle. Il me semble que, lorsque tu souris, je respire déjà mieux. Ici, sous ce beau ciel, je t'avoue que tu m'as réappris à vivre et ça me soulage rien qu'à y penser, ma petite Marianne. Et puis, il faut que je songe sérieusement au jour qui n'est pas loin où je devrai reprendre ma vie professionnelle… ou offrir mes services à l'effort de guerre. Je suppose que ma convalescence est finie. Qu'en penses-tu ?

– Je ne veux pas y penser, Claude ! »

Il étend sa main vers la mienne, la serre fort et, regardant droit devant lui, il reprend :

« Ce n'est pas pour tout de suite. Il nous reste au moins trois jours à nous promener autour de ces îles. Pourquoi ne pas nous rendre, demain peut-être, directement à Cat Cay ? Tu t'y étais plu, il me semble. Hé, regarde, Marianne, s'écrie-t-il en se redressant, là, vers le large, à la droite du *René*, qu'est-ce que tu crois que c'est ?

– En effet, Claude, il y a quelque chose qui bouge lentement. Si c'est une chaloupe, elle est vraiment minuscule. »

Je ne m'y connais pas en matière de trafic maritime dans les Bahamas, excepté, peut-être… soudain, je me rappelle une conversation que j'ai eue avec Jim… Je me dresse sur mon séant, me tourne vers Claude et, en indiquant le large, je dis :

« Je crois que nous sommes en train de regarder le périscope d'un sous-marin. »

Claude saute sur ses pieds, abrite ses yeux d'une main et regarde fixement au loin. Il se rassied et dit calmement :

« En temps de guerre, c'est bien possible. Ami ou ennemi ? Qu'en penses-tu, ma petite Marianne ? »

Je hausse les épaules. Claude me regarde. Il est en plein soleil et cligne des yeux.

« Je t'ai un peu parlé des renseignements que Jim m'a fournis sur les diverses opérations nazies qu'il soupçonnait aux Bahamas. Et il a la certitude que des sous-marins allemands patrouillent autour des îles. »

Claude m'interrompt :

« Alors nous pourrions être torpillés si, comme tu le crois, c'est un de leurs périscopes qu'on a devant nous ! »

Le soleil embrase ses épaules bronzées. Une pensée assombrit son visage ; il ne dit rien, mais je sais ce qui le préoccupe. Est-ce que ce sont nos ennemis, là, en dessous de l'eau ? Qui guettent-ils ? Je surveille Claude… ses poings sont crispés et il respire vite. Je n'aime pas l'inconnu ni l'incertitude et je m'énerve un peu. Soudain, une idée saugrenue me passe par la tête :

« Nous ne courons aucun danger, Claude. Si c'est un U-Boote, je te parie qu'il nous escorte. »

Il se tourne vers moi, le visage agité.

« Tu es folle, non ? Si ce sont des Boches…

– Écoute, Claude, assieds-toi, viens, mais viens donc, je vais te confier quelque chose que je ne voulais pas te révéler.

– Comment ? Tu as des secrets ? Toi, Marianne ?

– Écoute, mon amour. Tu sais aussi bien que moi que j'ignorais ce que mon père avait préparé pour notre voyage… ce devait être une surprise. »

Ses coudes appuyés sur ses genoux et ses mains sous son menton, Claude attend… il a soudainement l'air fatigué.

« Eh bien, peut-on appeler cela une surprise ? »

Plusieurs phrases tourbillonnent dans ma cervelle.

« D'un côté, oui. Mais je te l'ai déjà dit, j'ai voyagé à bord du *René* et je connais Sloan. Il est, comme je t'ai raconté, à la tête de la General Motors. Sa firme a, par le passé, investi des millions de dollars en Allemagne. Ce que Hitler en a fait, nous n'en savons rien, mais on peut s'en douter. Alors, les Allemands vont-ils tirer sur leur bienfaiteur ? »

Claude écarquille les yeux ; son visage exprime la surprise.

« Alors ton Sloan est pronazi ? »

Je hausse les épaules.

« Je ne peux rien t'affirmer au sujet de Sloan. Tout ce que je sais, c'est qu'il est l'apôtre d'une paix instantanée.

– En versant des millions de dollars en Allemagne ?… Voyons, Marianne, ne sois pas si naïve ! »

Son ton acerbe me blesse, j'incline la tête.

« C'est son homme de confiance, James Mooney, qui a la charge de la General Motors en Europe. Lui il est pronazi, ça je le sais.

– Et leur politique à Sloan et à Mooney est, je le suppose, de protéger leurs mises de fonds en prêtant leur appui à la machine de guerre de Hitler. Des Américains qui aident le régime nazi alors que leur pays vient de déclarer la guerre à l'Allemagne, ça promet! Ils ne vont sûrement pas bombarder leurs investissements! »

Claude se lève, marche le long de la plage et donne des coups de pied dans le sable. Il est sombre et pâle... il bout de colère et ne semble plus maître de lui. Il se plante droit devant moi.

« Et moi, moi, ma petite Marianne, je dois accepter les faveurs d'un pronazi ? »

Il appuie ses mains sur ses yeux, se force à parler plus bas.

« À quoi ton père a-t-il pensé, tu peux me le dire, hein ? »

Ces reproches sont-ils les prémices d'une dispute? Que lui dire qui puisse changer les choses? Et, quand je lui parle, ses yeux se rétrécissent et son visage se durcit.

« Je suis vraiment peinée de te savoir contrarié, Claude. Crois-moi, je ne me fais pas d'illusion sur les rapports de mon père avec ce genre de monde. Je ne sais même pas si cela l'incommode. Il est gouverneur général... peut-être se laisse-t-il tenter par... les brasseurs d'affaires de Nassau? Je n'en sais rien, Claude. Pourquoi a-t-il accepté l'offre de Sloan en notre nom si ce n'est pour nous faire plaisir ? »

Claude s'est rassis en face de moi, il parle d'une voix égale :

« Sloan et son acolyte, en plus d'être pronazis, sont-ils louches ? »

Je me renfonce dans ma chaise longue, comme si je me raffermissais en selle. Claude ouvre et ferme ses mains, un geste qu'il fait souvent pour les assouplir et me regarde, le visage plus détendu.

« On dit que Nassau est un nid d'espions, mais, à part Mooney et Wenner-Gren, je ne connais pas d'autres pronazis. C'est aussi grâce à l'un d'eux, un pronazi comme tu dis si bien, que mon voyage en Europe a été possible. »

Après un immense effort de volonté, les larmes que je sens monter sous mes paupières se tarissent. Claude s'approche de moi, prend ma main et y pose son front.

« Je suis ingrat, ma petite Marianne, pardonne-moi ! »

Je passe mes doigts dans ses cheveux et je ressens dans tout mon corps une angoisse qui me fait froid dans le dos… puis je me raisonne. Je relève le menton de Claude et lui souris.

« Je comprends fort bien que certains financiers qui s'intéressent aux Bahamas puissent être parfois louches, comme tu dis. Il y a surtout un projet qui cause de grands problèmes : ouvrir des casinos. Une banque a aussi été parrainée grâce à Christie, Oakes et probablement Wenner-Gren. On parle de blanchiment d'argent. »

Je m'arrête, pour essayer de raffermir ma voix. Claude m'interroge des yeux. Je reprends, en regardant mes mains :

« D'ailleurs, j'ai l'intention d'écrire des articles sur ce sujet même, un peu plus tard. Je connais assez bien Étienne Dupuch, l'éditeur du *Nassau Tribune*. Il a, par le passé, chanté mes louanges, et maintenant qu'il sait qui je suis, d'écrire pour son journal devient plus qu'une possibilité.

– Et Sloan, ma petite Marianne… ?

– Mon amour, je ferai ce que tu voudras, tu le sais… on peut rentrer à Nassau tout de suite si tu préfères. C'est à toi de décider. Mais je suis prête à jurer que

Sloan n'a pas agi par calcul, qu'il nous a offert son yacht sans aucune arrière-pensée comme, par exemple, celle d'acheter les faveurs du gouverneur, fussent-elles politiques ou financières. Lui et mon père sont amis, c'est aussi simple que cela. Rien d'autre, Claude. Ça n'a rien à voir avec la politique, j'en ai la certitude ! »

Claude se lève, reprend sa marche méthodique le long de la plage, plus calmement et, revenu près de moi, il s'assied sur le sable à côté de ma chaise longue ; son visage est sincère, mais une lueur danse dans ses yeux. Il pose ses mains sur les miennes.

« Ma petite Marianne, je t'aime plus que tout au monde, je me suis juré de te rendre heureuse… et, selon moi, nous avons bien commencé notre vie ensemble, n'est-ce pas ? »

J'acquiesce et il continue :

« Même si notre vie conjugale débute dans le yacht d'un… d'un quoi, Marianne… ?

– Mais d'un ami de la famille, voyons ! »

Il embrasse les paumes de mes mains, puis reprend, sur un ton plus léger :

« Nous n'avons pas besoin de beaucoup de paroles pour nous comprendre, alors je serai bref. Voyons un peu. Nous sommes faits l'un pour l'autre, ma petite Marianne… Toi et moi, nous formons le couple idéal et nous nous aimons depuis toujours, alors je n'ai pas le droit de gâcher les quelques jours de nos vacances, de notre lune de miel. Je te le promets, je vais mettre de côté mes préjugés car, simplement d'entendre le mot " nazi " me… »

Je regarde l'arc désolé de sa bouche comme s'il cherchait à endormir une blessure. Un instinct presque maternel me pousse à le prendre dans mes bras, à bercer sa tête contre mes seins, à le caresser.

« Mon amour, mon amour… chut… ne dis rien d'autre, je comprends. »

Je suis moins gaie, plus tendre, désirant un peu d'oisiveté. Je savoure la grâce de la minute présente, alors que Claude m'entoure de ses bras. Sans dire un mot, nous savons regarder en nous et nous délivrer des doutes qui auraient pu engendrer la discorde. Mon cœur bat la chamade parce que Claude s'accroche à moi… je ne l'étudie pas, je le regarde et je le désire. Non, il ne parle pas de volupté, mais il la fait naître et elle nous assaille… elle rôde lentement en lui, en moi… nous sommes de nouveau troublés. Claude se détache de moi, ses yeux scintillent.

« Ma petite Marianne, allons à la mer, sinon… »

Prenant ma main dans la sienne, il m'entraîne en courant vers les vagues, où notre garde du corps ne peut nous épier. En peu de temps, nous sommes submergés et, sous l'eau, nos bouches se touchent. Nous nous caressons et remontons à la surface pour respirer. Que c'est bon de goûter l'eau salée sur nos lèvres ! J'enroule mes bras autour du cou de Claude et monte à sa hauteur – nous restons l'un contre l'autre avec juste nos têtes en dehors de l'eau. Claude repousse mes cheveux collés sur mon front et m'embrasse encore. Nous aimons tellement l'amour… et dans l'eau tropicale de la mer, nous reprenons nos ébats, tranquillement, sans hâte. Les yeux de Claude sont intenses et, avec un petit sourire, il enlève la culotte de mon maillot, puis enroule mes jambes autour de sa taille après avoir baissé son maillot. À nouveau, un long baiser scelle nos bouches.

Nos mouvements sont paresseux, moelleux, et créent autour de nous des remous qui nous excitent… mais ce n'est tout de même pas si facile de faire l'amour dans l'eau… notre instinct nous rend inventifs et intenses, nos mains sont agiles et souples. Mes reins s'adaptent et le rythme s'accentue. En peu de temps monte une sorte de frénésie qui s'exalte davantage dans ce milieu marin, et rapidement, très rapidement, nous atteignons simultanément le paroxysme délirant de notre plaisir.

Nous restons ainsi, enlacés, les yeux fermés, sans bouger. Nous écoutons le léger clapotis des vagues sur le rivage. J'ouvre mes yeux, Claude déjà me regarde.

« Mon amour, murmure-t-il, nous sommes un peu fous ! »

Mon visage est brûlant, ma voix tremble.

« Peut-être, mais quelle adorable folie, j'en ai les membres brisés. »

Je l'embrasse tendrement et, lentement, je dénoue mes bras et me remets debout… mais j'ai de l'eau jusqu'aux oreilles et je m'accroche à Claude pour ne pas boire la tasse.

« Où est mon slip ? J'espère qu'il n'est pas parti à la dérive. »

Claude éclate de rire. Nous nous enfonçons sous l'eau puis, en remontant à la surface, il me remet mon maillot.

« Comme tu vois, je l'avais enfilé sur ma cheville ! »

Je m'approche de la berge, me rhabille et nous nageons durant au moins un quart d'heure avant de retourner à nos chaises longues, à nos serviettes de plage et à notre pique-nique. Je m'écroule et ne bouge plus. J'appuie ma tête sur le coussin de ma chaise, je ferme les yeux et je me sèche au soleil. Je suis un peu troublée par l'intensité du désir que nous éprouvons l'un pour l'autre… c'est comme si nous vivions des jours sans lendemain. Non, ce n'est pas cela ! Notre amour va bien audelà de l'appétit de nos sens et de notre délire amoureux.

Je regarde Claude qui s'affaire avec le panier du pique-nique. Comme il est beau, mon mari, à demi nu sous le soleil. Il n'y a pas si longtemps, je mesurais d'un cœur patient le temps au terme duquel Claude m'appartiendrait de nouveau, et il est là, resplendissant, beau, vigoureux… et je l'aime éperdument. Il donne à mon corps l'ultime ravissement des sens et à mon cœur, la suavité de me savoir aimée, adorée. Je m'estime bénie et je soupire d'aise.

La marée monte, le soleil commence à peine à descendre et j'ai une de ces faims ! Claude me tend un verre de vin blanc… nous trinquons et dévorons notre goûter. Mon mari fait signe à notre garde du corps de venir nous rejoindre, mais ce dernier refuse notre invitation.

Et au large, l'objet, fût-il le périscope d'un sousmarin ou une chaloupe, a disparu.

À notre retour à bord, une surprise nous attend.

Chapitre X

« Urgent, appelez Government House, aussitôt que possible. »

C'est un message du secrétaire de mon père. Je m'assieds, tout à coup lasse, pleine d'appréhension. Que se passe-t-il ? Mon père est-il malade ?... Je me tourne vers l'opérateur radio et lui demande :

« Il y a longtemps que vous l'avez reçu ?

– À dix heures ce matin, madame.

– Pouvons-nous communiquer avec lui de notre cabine ?

– Certainement, madame. Je vous mets en contact quand vous le désirez. »

Claude prend ma main et je le suis, de plus en plus inquiète. En contournant le poste de pilotage, je regarde la mer. Tout son azur a disparu, maintenant remplacé par un morne gris métallisé, presque sans plis. Le soleil éteint laisse sur l'horizon une longue trace rouge, au-dessus de laquelle s'étire une zone pâle où déjà brille une étoile. Claude passe son bras sur mes épaules.

« On verra bien, ma petite Marianne, peut-être n'est-ce rien de grave... on le saura assez vite. Tu veux que je m'en occupe ? »

J'acquiesce de la tête.

« Mon amour, reprend Claude, rien ne peut gâcher notre belle journée, j'en suis sûr ! »

D'un geste doux, il me pousse à l'intérieur de notre cabine. En soupirant, je m'assieds dans le fauteuil près du hublot et attends. Claude décroche le récepteur du téléphone et demande la communication avec Government House. Une brève conversation s'ensuit :

« Ici, Claude de Foucault. Nous venons de recevoir le message de *His Royal Highness.* Puis-je lui parler en personne ? Non ? Pourquoi ? »

Après une longue pause, Claude dit :

« Alors, j'écoute ! »

Puis il termine la conversation par un « merci » plutôt sec.

« Eh bien, ma petite Marianne, c'est le secrétaire de ton père qui a répondu… il ne peut nous donner aucune précision, mais affirme qu'il n'y a rien de grave. Ton père suggère, je crois plutôt qu'il ordonne, de couper court notre voyage et de rentrer à Nassau. Et le comble, c'est que les raisons de ce changement ne peuvent être éclaircies au téléphone.

– Et c'est tout ?

– Oui, ma chérie, c'est tout ! Notre bonhomme était tout à fait prosaïque, assez lent et surtout respectueux. Tu le connais… Il a une voix au timbre haut, un peu efféminée. Impossible de rendre sympathique une voix comme celle-là ! Et d'après ce qu'il dit, nous n'avons pas à nous en faire, si ce n'est qu'il faut écourter notre voyage.

– Tu es sûr qu'il n'y a rien d'autre ?

– Mais non, Marianne ! Je ne te cache rien. Ne me regarde pas ainsi, je te le jure, je n'en sais pas davantage. »

Son visage est franc et son éclatante jeunesse me sourit. Une douce atmosphère nous enveloppe, comme une symphonie tendre et joyeuse, alors que mon anxiété diminue. Si c'était sérieux, il en serait autrement. Claude appelle le capitaine O'Hara et lui fait part de notre intention de rentrer à Nassau le lendemain. Enfin, m'entraînant dans un pas de valse, il me dit :

« Il nous reste encore une journée avant notre retour. Que penserais-tu, avant toute chose, de défaire ce beau lit si bien bordé... Il m'agace, pas toi ? »

Je ris dans sa bouche. Il y a certains baisers qui sont des « Sésame, ouvre-toi... » et après lesquels je ne veux plus rien connaître, sauf la nuit, la nudité, la lutte silencieuse et vaine pour me retenir, une minute encore, au bord du plaisir. Sommes-nous donc insatiables ? Peut-être ! Nous sommes si contents après ! Je regarde à travers mes yeux à demi fermés le magnifique faune nu penché sur moi... quasi muet...

Plus tard, Claude dit, presque nonchalamment :

« Qui sait, Marianne, peut-être une mission se prépare-t-elle pour nous ? Hein, qu'en penses-tu ? Nous avons bien fait nos preuves ! »

Pourquoi ai-je la forte impression que Claude a raison ?

Je songe, préoccupée, à ce retour précipité. Le moment est sans doute venu de replonger dans le monde réel et de laisser de côté ces sublimes dernières semaines. Isolés et chouchoutés parmi notre entourage attentionné, nous avions mis de côté les ombres de la guerre. Nous sera-t-il donné de reprendre nos vie de militants, à Claude et à moi ?

Je sais peu de chose sur la philosophie des guerres et je ne me suis jamais donné la peine de l'estimer ou d'en écrire la rhétorique. Insidieuse, enveloppante, dévastatrice comme une gangrène, c'est ça la guerre ! Des nations qui se comportent comme des fiers-à-bras et qui confondent leur logique avec leur belliqueuse passion. Leurs arguments sont-ils justifiés ? Hitler et Churchil auraient-ils tous les deux raison ? Non, non et non ! « *This was their finest hour!* » a dit Churchill de son peuple sous le *Blitzkrieg*, alors que Hitler poussait le sien vers la conquête.

Mes pensées se refroidissent… je les entasse, je mesure la valeur des mots, je repousse certains détails pour faire remonter à la lumière du jour des souvenirs noyés d'ombre. Mon père est-il pronazi ou pacifiste ? Wallis est-elle à la solde des Allemands ou pas ? Et moi, qu'est-ce que je deviens dans tout ça ? Je me contrains à réfléchir, mais ma pensée regimbe, s'échappe, fuit sur le chemin de lumière que lui ouvre un rayon qui fend un nuage, dehors.

Je quitte le salon du *René*, où j'ai pris un thé à la menthe, et pars à la recherche de Claude. Il est appuyé sur la passerelle à l'avant du yacht. Il s'était plaint d'un début de migraine ce matin. L'incertitude le tenaille… il en est de même pour moi. Ah ! la fraîcheur de l'air du large sur la peau et dans mes cheveux ! Le nuage orageux passe à présent au-dessus de nous, versant goutte à goutte une eau paresseuse et parfumée. Une perle de pluie s'écrase au coin de mes lèvres et je la bois, tiède, sucrée.

Dieu soit béni, Claude sourit ! Il m'indique les dauphins qui nous accompagnent :

« Ils sont magnifiques, tu ne trouves pas ? De la pure poésie ! Mais, continue-t-il en se tournant vers moi, tu seras toujours la plus belle ! »

Nous attendons dans l'antichambre que mon père nous reçoive. Le jeune homme précieux à qui Claude a parlé nous fait signe d'entrer. Mon père, assis derrière un énorme bureau, pipe à la bouche, feuillette des papiers étalés devant lui. À sa droite se trouvent un téléphone, un porte-buvards, quelques livres et un cendrier. À sa gauche, un panier de documents et, derrière lui, des étagères de livres occupent tout le mur. En me voyant, il se lève précipitamment et m'ouvre les bras.

« *My darling little girl*, te voilà enfin ! Laisse-moi te regarder… tu es radieuse ! »

Il me serre fort contre lui, puis se tourne vers Claude et lui tend la main, hésite un peu, et lui donne l'accolade.

« Je suis si content de vous voir. Venez, asseyez-vous ! »

Il sourit pour lui-même et, sans changer de visage, nous regarde tour à tour avant de retourner à son fauteuil derrière son bureau. Il prend alors un air sérieux.

« Vous avez fait un bon voyage, paraît-il, et la mer a été clémente. Le capitaine O'Hara s'y connaît vraiment bien… »

Je l'interromps :

« *Father*, pourquoi avons-nous dû revenir plus tôt que prévu ? »

Pendant le silence qui suit, rien ne trouble l'immobilité des choses. Une aile de lumière rose bat par pulsations inégales sur le bureau de mon père et vire au bleu sur le tapis. Que la lumière est riche et l'air doux, ici, aux Bahamas ! Mon père m'interroge des yeux comme si c'était à moi de continuer.

« Oui, *father*, n'étions-nous pas censés passer au moins une semaine en croisière. Alors pour quelles raisons… ? »

Mon père appartient à cette catégorie d'hommes qu'il ne faut pas brusquer, mais, finalement, il se décide à parler :

« Je suis vraiment désolé d'avoir interrompu votre lune de miel, mais, vu les circonstances, j'ai cru bon… »

Ses tergiversations m'impatientent et je lui coupe la parole :

« Oui, vous avez cru bon de nous rappeler, mais pourquoi, *father* ? »

J'ai la gorge serrée lorsqu'il me tend une lettre.

« Elle m'est arrivée par courrier diplomatique. Comme vous voyez, vous devez, tous deux, partir ! » dit mon père.

Je passe la lettre à Claude, qui la lit en silence et s'exclame :

« Elle est signée par Winston Churchill, Marianne ! Nous sommes convoqués à Londres ! »

Ce n'est que ça ? Le grand homme de guerre, le bouledogue britannique, Churchill, veut nous voir ? Ce n'est que ça ?

« Montre-la-moi, Claude ! »

L'en-tête indique bien l'adresse du premier ministre anglais : 10, Downing Street, et la lettre a été écrite il y a une semaine.

« *Your Royal Highness…* »

Je passe le protocole des salutations et arrive – la missive est assez brève – au paragraphe qui nous concerne.

« Je compte sur votre concours pour faciliter le voyage de M. et Mme de Foucault à Londres, qui doit se faire dans les plus brefs délais et le plus secrètement possible. Même si nous entendons assurer leur protection durant leur séjour, il serait préférable que leur garde du corps personnel les accompagne. »

Suivent les formules de civilité habituelles et la signature, assurée et hardie, de Winston Churchill.

Tout indique qu'il ne s'agit pas d'une plaisanterie ni d'une mystification.

« Et quoi d'autre ? » dis-je.

Claude me dévisage… il sourit en coin, je regarde mon père, qui nous regarde tour à tour avec un drôle d'air.

« Je n'en sais pas plus que vous, mes enfants, croyez-moi ! Vous devez tirer vos propres conclusions. Churchill veut vous voir et je ne suis pas dans ses confidences ! »

Je ne daigne pas répondre et fronce les sourcils. Les pensées ne s'accordent pas toujours aux paroles. Que Churchill veuille nous voir rendrait-il mon père jaloux ? Serait-il mesquin ?

Je suis un peu irritée. Et moi qui croyais que rien ne menaçait mon bonheur et mon été de ciel bleu, de fenêtres ouvertes ! Moi qui voulais profiter de la divine saison de mon mariage, de ma lune de miel dans un pays ensoleillé… Eh bien, c'est terminé, il nous faut aller en Europe. Est-ce mon destin qui se dessine ? Un long silence nous enveloppe. Claude s'impatiente.

Je surveille le visage de mon père… j'y vois un déplaisir lent à se calmer. Qu'y a-t-il dans ses yeux ? Des reproches, des prières ? Me supplie-t-il de lui rendre ce qu'il a perdu… ? Son trône ? L'amitié de Churchill ?

Je penche ma tête vers la fenêtre et renifle l'odeur des cigarettes de mon père ainsi que la senteur sèche et poivrée de l'extérieur. On ne voit dans la rue St. George que des toits qui se superposent les uns aux autres. On dirait que la pente s'est accentuée pendant mon absence, mais ce n'est pas possible! J'aperçois le coin de Bay Street en contrebas.

« Quand devons-nous partir, sir ? » demande Claude, d'une voix brusque.

« Un bombardier Wellington de *Bomber Command* sera à Washington demain en mission avec une délégation britannique pour une conférence avec Roosevelt. Vous partirez donc de Nassau dans trois jours. Une fois sur place, vous serez hébergés à l'ambassade britannique, à Washington. »

Je regarde sa main qui fauche l'air en un geste capricieux. La moindre contrariété dérange les traits de mon père et une moue orgueilleuse plisse ses lèvres. Ses joues sont creuses. Mon père est fantasque et jaloux. Il pourrait être un homme extraordinaire, mais il s'est fait une petite philosophie étriquée.

« Qui est au courant de ce voyage ? » demande Claude assez durement.

Je sens que Claude est sur ses gardes.

« Le message m'est arrivé directement par courrier diplomatique », répond mon père.

« La duchesse de Windsor n'est alors pas au courant ? »

Mon père pâlit, remue les épaules, serre la bouche et répond avec froideur :

« Mon cher Claude, ma femme et moi n'avons pas de secrets l'un pour l'autre ! »

Claude le fixe sans chercher à masquer son irritation. Un froid s'installe entre eux, puis le visage de mon bien-aimé finit par se détendre.

« Pardonnez-moi, sir, je n'ai aucunement voulu vous blesser… c'est que mon expérience en Europe m'a rendu quelque peu méfiant. Je vous prie de m'excuser. »

Je n'aime pas les symboles… mais dans ma tête je vois de nouveau s'ériger la maudite svastika en train de combattre John Bull et Oncle Sam, ces personnifications du Royaume-Uni et des États-Unis.

Nous avons bien dîné. Je concentre mon attention sur les choses sans gravité et qui me donnent moins de soucis, même si c'est une brève illusion. Nous sommes de bonne humeur, même Wallis a le verbe haut. Elle cause avec Claude… avec peut-être un peu trop d'entrain ? Est-elle attirée par les jeunes hommes à la beauté virile ? Je la surveille du coin de l'œil et la jauge. Mon père entrouvre davantage ses yeux, quête mon regard et semble me supplier. Je lui raconte alors notre excursion à Bimini. Il s'en amuse et Claude me fait un discret clin d'œil.

« Elle est futée, ta belle-mère », dit-il.

Nous nous promenons dans les allées du jardin les plus fleuries. Les rhododendrons conjuguent trois nuances de mauve. Le colossal jonc arbore ses plantureuses grappes. Le myrte distille sa blanche odeur et le tamaris déploie son brouillard rose. À la tombée du jour, le lieu déborde de vie, juste avant que le gazouillement des oiseaux s'arrête pour la nuit. En groupes, chacun à leur façon, ils rasent le faîte des arbres, glissent le long des roseaux et chantent d'aise. D'autres viennent pomper le sucre des jutes roses, puis s'élancent de nouveau dans le ciel qui commence à s'éteindre.

« Le soir, Claude, surtout ici, il me semble, la vie animale se cache un peu plus. J'ai déjà vu un chat dans les parages, et sais-tu qu'il y a même des oiseaux de proie ?

– C'est une belle soirée, mon amour ! Profitons-en pour marcher un peu plus. Ton père ne nous attend pas pour un *night-cap* avant vingt et une heures. »

La fraîcheur du soir se fait à peine sentir, mais je la ressens comme une douceur qui m'enveloppe étroitement à mesure que la nuit approche. Je ne peux me fier à ce bien-être, à ces instants qui vont précéder d'autres instants où nous devrons, Claude et moi, braver le danger. Peut-être même nous faudra-t-il prendre encore plus de risques que par le passé ?

Comme j'aurais aimé laisser libre cours à notre amour, mais le devoir semble nous appeler. Nous savourons la nuit vue de la terre et regardons le clair de lune envahir l'éther, mais les lumières de Government House nous invitent finalement à rentrer.

Heureusement, nous ne partons pas pour Washington aujourd'hui.

Cette pensée me ramène à un autre voyage à Washington que mon père et ma belle-mère avaient entrepris pour mettre en valeur la glorieuse relation anglo-américaine et échapper quelque temps à la chaleur étouffante de Nassau durant l'été. Les journalistes leur avaient évidemment posé des questions équivoques :

« Est-il essentiel de voyager avec autant de valises, de réserver un étage complet d'un hôtel et, surtout, conseillez-vous toujours une paix négociée ? »

Sur ce, mon père avait répondu :

« J'ai, durant la drôle de guerre, favorisé une paix négociée, mais c'était avant que Hitler perde la tête. Maintenant, je la déconseillerais. »

Le lendemain, il avait changé d'idée, préférant réserver son jugement. J'avais eu peine à y croire. Mon pauvre père doit-il toujours – je sentais l'influence de Wallis dans ce dernier communiqué – écouter sa femme ? S'il y a un pronazi à Government House, c'est elle. Bien sûr, Londres et Washington s'étaient énervés, car les propos politiques de mon père avaient causé un certain embarras.

CHAPITRE XI

Nous arrivons à Washington tard dans la soirée. J'entends quelques respectueux « milady » lorsqu'on s'adresse à moi, mais je m'efforce de ne pas y prêter attention. Les habitudes et la décoration de l'ambassade sont *so british*. Notre chambre à coucher, ainsi que son petit salon, est tendu de chintz. La salle de bain est parfumée à la lavande, et les journaux et revues sont tous britanniques, excepté le *Washington Post*.

Le petit-déjeuner, servi dans la salle à manger, est copieux : un choix de rognons, bacon, œufs brouillés, tomates grillées, pain rôti et confiture d'oranges. Le thé est de rigueur, avec du lait et du sucre.

J'opte pour les œufs brouillés et le pain rôti, tandis que Claude goûte à tout. Finalement, nous épluchons les journaux et discutons. On ne juge les hommes et les faits de guerre que par les journaux. « Bourrage de crâne » est une expression qui prend tout son sens, ici, aux États-Unis, tant il est systématique. On ne parle pas de « nos amis les Anglais », mais plutôt de « nos loyaux alliés ». Les Américains, comme à leur habitude, sont inépuisablement généreux. Cela va de soi !

Comme ils ont déclaré la guerre à l'Allemagne longtemps après les autres, ils font preuve d'une ardeur que quelques années de guerre ont peut-être épuisée chez les Britanniques.

« La guerre ne vise pas à faire triompher le national-socialisme allemand ; elle a lieu surtout afin de décider la domination de l'Europe », a déclaré Adolf Hitler.

Encore un éditorial sur la guerre, encore et toujours la guerre !

« Tu vois, ma petite Marianne, dit Claude, en tournant une page du *Washington Post*... tu veux un autre thé ? Non ? Je disais donc, la guerre n'est pas seulement un gigantesque match de boxe, c'est une maladie qui détruit villes, soldats, civils, hommes, femmes et enfants. Oui, une gangrène ! Quel vandalisme ! »

J'ai déjà assez de soucis comme cela. Il me semble que je ne suis plus celle que j'étais avant et mon malaise revient. Instinctivement, j'entrevois un avenir semé d'embûches. J'ai mal dormi. J'étais si lasse que mes oreilles ont bourdonné toute la nuit et que mes muscles tendus ont tressailli automatiquement. Claude, lui, a dormi du sommeil du juste.

« Oui, je sais, Claude, c'est effroyable. Si tu veux bien, allons nous promener ! Nous serons toujours propulsés assez tôt dans l'arène de la guerre. »

Claude me regarde avec attention.

« Tu n'as pas bonne mine, ce matin, ma petite Marianne. Une bonne marche te fera du bien. »

Que les bois autour de l'ambassade britannique sont beaux ! La lumière est douce, mais le ciel instable et nuageux ne laisse guère transparaître l'azur. Nous marchons, pressés, en plein cœur de Washington et notre garde du corps nous suit. Le vent ne s'est pas encore levé, mais une brise agite les ramilles les plus légères, alors que nous quittons l'immense parc où se dresse le monument de pierre blanche d'Abraham Lincoln. Il est énorme et effarant, Lincoln, bien assis dans son fauteuil à regarder sa ville.

Nous retrouvons facilement Pennsylvania Avenue et le site de la Maison-Blanche, resplendissante sous le soleil qui s'efforce à percer pour de bon les nuages qui se sont accumulés depuis le matin.

« Elle est imposante, ma petite Marianne, mais je préfère notre maison blanche, perchée sur la pente de notre montagne garnie d'érables et de bouleaux. Tu verras, Marianne, elle sera de grande importance ! Elle sera notre refuge ! J'ai aussi l'impression qu'elle nous aidera à surmonter nos futurs tracas…

– Nos tracas, Claude ? »

Le gazon fraîchement coupé répand son odeur de foin et j'éternue.

« *Gezuntheit !*

– Merci, Claude ! Tu disais donc… »

Il reprend avec une agréable promptitude :

« Oui, nos tracas ! Qui n'a pas de tracas dans le monde fou dans lequel nous vivons, Marianne ! Quels qu'ils soient, nous les surmonterons, j'en suis sûr ! Et ici, dans cette autre maison blanche, je parie que nos hommes politiques envisagent avec Roosevelt le destin de ce pauvre monde. Si on pouvait arrêter cette course folle vers la ruine… Dieu que c'est triste ! »

Nous rentrons tôt après une longue promenade le long de le rivière Potomac et nous repartons à la nuit tombante.

Le bleu nocturne, insondable et comme poudré se fait plus rose alors que nous montons à bord du bombardier Wellington qui nous attend à l'aéroport de l'American Air Force, à quelque distance de Washington. L'intérieur de l'avion est d'un confort plutôt utilitaire, assez exigu, et aménagé avec des tables et des sièges rembourrés dont le dossier s'incline pour le sommeil.

Nous voyageons avec les puissants de ce monde ; ils semblent gentils sous les rayons rigides des lumières crues qui percent l'ombre, alors que dehors, il fait nuit.

Chapitre XII

Notre voyage a été long et fatigant. Durant quelques escales, à Terre-Neuve, en Islande et en Écosse, nous avons pu nous dégourdir les jambes, avant d'arriver enfin à Biggin Hill, près de Londres.

Je vis dans des orages de pensées et je regarde avec douleur le désastre que l'ennemi a infligé à l'Angleterre… c'est comme si une véritable soif de destruction s'était répandue dans le pays. Comment peut-on réagir autrement devant les dégâts d'une guerre qui dure depuis plusieurs années ?

Londres ! Sa beauté, sa splendeur que j'ai admirée dans mes livres d'études, est encore sous la menace de l'ennemi. Elle a déjà subi l'intense *Blitzkrieg* des années quarante, alors que Hitler préparait l'invasion de la Grande-Bretagne, mais les Anglais ont tenu le coup.

C'est le cœur serré que je regarde les maisons écroulées, les entassements de briques, de pierres et de débris que l'on contourne ici et là tout au long de notre parcours. Toutes ces bombes qui ont éclaté, tous ces morts, tous ces ravages, quelle tragédie !

Notre voiture dépose les ministres, avec qui nous avons voyagé, au palais de Westminster, dont un secteur, la *House of Commons*, a été en partie détruit durant le *Blitzkrieg*. Ce qui reste de ce magnifique palais permet tout de même d'entrevoir la majestueuse cathédrale gothique qu'il fut. Le Big Ben, dans sa fière et haute tour, marque déjà deux heures de l'après-midi.

« Regarde, Marianne, dit Claude, je te parie que tu ne sais pas ce que représentent ces deux statues, là, dans la cour du Parlement ! »

Je regarde en direction de son doigt.

« Non, je n'ai aucune idée ! »

Claude, en connaisseur, hoche la tête.

« Eh bien, celui-là, sur la gauche, c'est Oliver Cromwell, le *Lord Protector* qui, ayant détrôné le roi Charles Ier, et avec l'appui de son gouvernement, l'a condamné à être décapité en 1646. À la fin de la guerre civile, la monarchie a été rétablie, c'était en 1660.

– Et l'autre, c'est Charles Ier ?

– Non, c'est Charles II, son fils. Et comme tu vois, il regarde l'usurpateur avec un certain dédain ! C'est d'un cynisme ! Tous deux illustrent le fair-play de la politique anglaise, tu ne trouves pas ? La monarchie contre la république ! Jusqu'à présent, c'est la monarchie qui est en tête. »

Claude commente notre promenade, rendant hommage aux Britanniques qu'il admire beaucoup.

« On m'a raconté, Marianne, continue-t-il, qu'à chaque ouverture du Parlement après les vacances d'été, le *State Coach* et les *Horse Guards* s'arrêtent inévitablement juste devant la statue de Cromwell. Les rois d'Angleterre, y compris la reine Victoria, doivent descendre de leur carrosse officiel sous le regard fixe de celui qui a fait culbuter la monarchie. Pour moi, ma petite Marianne, c'est d'un cynisme fantastique ! Ah, les Britanniques sont vraiment étranges ! Je me demande si ton oncle George songe à la fragilité de son rôle… même sans Cromwell, il ne peut oublier qu'il y a Hitler et ses plans pour l'ancien roi, ton père. »

Devant la triste grandeur du siège du gouvernement du Royaume-Uni, sous un ciel mystérieusement serein qui déverse une lumière pâle, je ressens une sorte de reconnaissance et d'apaisement de l'âme. Londres s'est calmée après le raid de la veille, mais comme la mer après la tempête, un reste de houle balaie les rues.

« Claude, tu crois que nous allons voir M. Churchill, ici ?

– J'en doute fort, Marianne. Je crois plutôt que nous allons assister à un briefing avec les attachés militaires du premier ministre. Probablement en privé ou au *War Department*…

– Je vous amène à vos appartements », nous dit le chauffeur en remettant sa voiture en marche.

Je regarde brièvement l'abbaye de Westminster, en face des *Houses of Parliament.* Elle est un des grands monuments de la capitale. Je la revois dans mes livres d'étudiante et ma mémoire retrace mes lectures. L'abbaye fut érigée par Edward le Confesseur, consacrée en 1065, et restaurée à maintes reprises. Aujourd'hui, encrassée par la suie des siècles, elle fait vieillot mais reste magistrale. Mes ancêtres, les rois d'Angleterre, y furent couronnés. En nous éloignant, je lui jette un dernier regard ému.

Claude me signale des choses plus rassurantes tout au long de notre parcours. Dominés par de gros ballons à air, des projecteurs antiaériens sont disposés dans divers endroits. Ils émettent des petits clignotements intermittents et rassurants. Nous descendons Whitehall, dépassons le *Cenotaph*, monument dédié aux morts de la dernière guerre, et débouchons sur Trafalgar Square. Là, nous entrons dans un autre monde... toute une masse de gens y grouillent : des militaires, des civils, des chefs d'îlot avec leurs casques en métal. Pour la multitude de pigeons qui se posent un peu partout, la guerre n'existe pas. Tout en haut, bien installée sur son socle au faîte de sa grande colonne, trône la statue de l'amiral Horatio Nelson.

Je regarde aussi la Maison du Canada, située sur la même place, et la National Gallery ; leur beauté encore préservée des horreurs de la guerre distille une sorte de plénitude, et elles semblent malheureusement offrir aux obus leur architecture sans défense.

Partout où nous allons, les passants portent un masque à gaz dans une pochette attachée à la ceinture ou sur une lanière autour du cou.

Nous tournons le dos à Nelson pour nous diriger vers le *Mall* en passant sous l'arche de l'Amirauté et rouler vers Buckingham Palace. La bannière du roi voltige au bout du mât, signalant la présence de mon oncle dans son palais, qui, lui aussi, a été touché par une bombe... un de ses murs bée lamentablement.

Je soupire et me tourne sur mon siège pour le regarder de nouveau. Je sens une larme se former derrière mes paupières. Il n'y a pas si longtemps, la bannière royale était déployée pour mon père. Mais il s'est lui-même condamné à l'exil en abdiquant son trône. Puis-je discerner son empreinte dans la ville ? Non, il y tient si peu de place qu'il n'est plus qu'un fantôme.

Je lève sur Claude mes yeux assombris, en proie à un sentiment violent, appréhensif. Il devine mes pensées.

« Il a fait son choix, ma petite Marianne, ne l'oublie pas !

– L'a-t-il vraiment fait, Claude ?

– Tu en doutes ? »

Je secoue mes épaules. Un sanglot monte à ma gorge et je ne réponds pas. Claude entoure mes épaules de son bras et appuie ma tête contre lui.

« Ne t'en fais pas, mon amour. Tout ça, c'est de l'histoire ancienne ! »

Nous sommes maintenant à Hyde Park Corner et nous roulons vers Park Lane. Nous dépassons l'emplacement de l'hôtel Dorchester, dont l'entrée se cache derrière un amoncellement de sacs de sable, et arrivons à l'appartement qui nous est attribué pour la durée de notre séjour, dans les *Government Hospitality Suites.*

Devant s'étend l'immense Hyde Park, un bout de campagne au beau milieu de Londres. La silhouette des arbres se détache, nette sous un soleil morne, dissimulé par deux nuages orageux. En les regardant, on oublie la guerre et il m'est difficile d'imaginer que, peut-être, ce soir, la sirène, annonciatrice d'un cruel raid aérien, déchirera l'air. Claude écarte les lourdes tentures que doublent les tentures noires du black-out, et grommelle entre ses dents :

« On les aura, ces salauds d'Allemands ! Vraiment, Marianne, je ne peux m'imaginer les voir déambuler sur Whitehall comme ils l'ont fait sur les Champs-Élysées, à Paris. J'entends encore les pas lourds de ces maudits Boches sur les pavés ! »

Qu'il a singulièrement changé, mon Claude, depuis notre enfance ! J'interroge son visage et, pourtant, je le reconnais, lui et sa fièvre, sa confiance et son énergie.

L'appartement est agréable. Des pièces spacieuses garnies de beaux meubles, simples, utilitaires. Une indulgence m'envahit et je regarde avec des yeux mélancoliques la chambre sombre barrée d'un rai de soleil qui brille une seconde. Elle est tout de même vivable, cette chambre, avec ses draps blancs, très propres, ses tentures et sa moquette bleu roi. Par la fenêtre, je vois une kyrielle d'arbres à têtes rondes qui bleuissent soudainement. Le temps va-t-il tourner à la pluie?

« Claude, aide-moi à mettre notre valise au-dessus de la garde-robe, veux-tu? » dis-je une fois que j'ai fini de ranger nos vêtements.

Il ne bouge pas.

« Claude! Mon amour! »

Il se détourne de la fenêtre. Comme moi, il doit apprendre le code de la vie à deux, apprendre que nous devons nous rendre l'un l'autre de petits services. Lorsqu'il tourne son profil d'une certaine manière, je suis saisie de nouveau d'une admiration qui m'enchante. On affirme que les amoureux éprouvent un tel sentiment devant l'objet de leur passion. Alors oui, je suis éperdument amoureuse!

« Tu disais, Marianne? »

Un air triste baigne son visage. Il soupire d'une angoisse qu'il ne sait pas nommer, comme moi. Je lui indique la valise.

« Marianne, tu ne peux savoir ce que je ressens de me retrouver à Londres… cette belle ville qui souffre tant! Ma petite Marianne, j'espère que tu n'es pas trop en danger.

– Mais, mon chéri, si je suis en danger, tu l'es aussi!

– Oui, oui, continue-t-il machinalement. Je suppose que, dans cette sale guerre, l'armée qui vaincra sera peut-être celle qui aura les meilleurs yeux.

– Que veux-tu dire ?

– Laisser tomber des bombes sur le Berghof de Hitler, par exemple, et nous débarrasser de ces énergumènes. Si je pouvais… si je pouvais ! »

Je suis à l'une de ces heures où je me sens inférieure à tout, effrayée d'atteindre trop tôt mes limites. J'ai l'impression de ne pas être à la hauteur et je me redresse. Pourtant, j'ai fait mes preuves, non ? N'ai-je pas osé affronter Hitler lui-même ? Ne suis-je pas la fille d'un ancien souverain ? Mon oncle n'est-il pas sur le trône de ce pays et n'habite-t-il pas la maison qui porte mon nom ? Fort Belvédère n'est-il pas loin d'ici ? Je sens alors un second souffle m'envahir. Je suis sous des cieux et dans un pays qui devraient être miens.

Il est bon de se sermonner de temps en temps.

« Viens, Marianne, on va marcher un peu ! » me propose Claude.

À la réception, on nous empêche de sortir.

« Milady, monsieur de Foucault, vous ne pouvez sortir sans votre garde du corps, j'ai reçu des directives que je ne peux ignorer. Donnez-moi une minute et je suis à vous ! »

Suivis du sergent Weston, nous tournons à gauche en direction de Hyde Park Corner.

« Je voudrais voir la Tamise, Claude.

– Bien sûr, mon amour, tu vas voir comme elle est belle. Ce n'est pas notre Saint-Laurent, mais ce n'est tout de même pas un ruisseau.

– Tu veux rire, n'est-ce pas ?

– Non, c'est une remarque qu'un Canadien a fait en survolant Londres pour la première fois ! Il a déclaré : " Londres est si belle des airs, et elle est traversée par un beau petit ruisseau..." Viens, je t'amène la voir près de Tower Bridge !

– Tout près de la tour de Londres ?

– Oui, tiens, prenons cet autobus, vite, oui, celui-ci... et montons au deuxième, on verra mieux ! Même avec la pénurie d'essence, il y en a quand même qui circulent. »

Le *double-decker bus* rouge est une invention purement anglaise. La partie supérieure est ouverte aux fumeurs... j'éternue. Nous roulons, comme si nous planions au-dessus de la ville, le long de Piccadilly jusqu'à Piccadilly Circus où se trouve le socle d'Éros sans sa fameuse statue.

« On l'a démontée pour la durée de la guerre, m'explique Claude. Savais-tu que l'on disait que le centre du monde se situait à Piccadilly Circus et que, si l'on s'y arrêtait suffisamment longtemps, on y rencontrerait quelqu'un de sa connaissance ? C'est une idée amusante, non ? »

Des soldats en kaki, américains et canadiens, des marins en bleu foncé, des aviateurs en bleu ciel se mêlent à la foule... tout le monde est pressé. Je contemple le défilé des édifices autour de la place, l'approche de Shaftsbury Avenue, la petite descente sur Haymarket et de nouveau nous sommes à Trafalgar Square où une masse de gens s'entassent autour d'un orateur, grimpé sur un des lions de pierre qui encerclent le monument de Nelson. C'est émouvant tout ce monde qui grouille, à découvert, sous la menace des bombes.

« Non, Marianne, me souffle Claude, les raids sur Londres ont diminué d'intensité et ne se font que de nuit, maintenant ! »

Des gens descendent, d'autres montent dans notre autobus. M'émerveillerai-je jamais assez du flegme anglais ? Il est exceptionnel ! On discute calmement... le cockney se mêle tout naturellement à l'accent plus pincé de la gent anglaise qui doit, vraisemblablement, se servir des transports publics. Je ressens un lien invisible qui unit chaque personne, et chaque geste où la pudeur, la fidélité, le tumulte des âmes se dissimulent en dit plus qu'aucune parole. C'est le profond désintéressement de ceux que la guerre aurait pu abrutir qui me fascine. L'abîme n'est pas et ne sera jamais pour l'Angleterre ! Son histoire en est la preuve. Que peut faire Adolf Hitler contre ce peuple ? Essayer de le détruire ? Autant vouloir vider l'océan !

À un tournant, nous longeons enfin la Tamise. Bien sûr, elle continue d'être ce qu'elle a toujours été, une belle et calme rivière. Sur sa berge, quelques lumières brillent autour d'un débarquement.

« Une sirène nous annoncera le couvre-feu un peu plus tard », me dit Claude.

Une odeur d'automne se glisse dans cette partie de la ville autour de la rivière. Le ciel, où s'entassent de petits nuages, a l'air d'une immense mer nuancée d'ambre gris. Le souffle frais de l'eau qui coule repousse les exhalaisons de la ville poussiéreuse où se mêlent les odeurs d'huile à moteur, de goudron et de briques cassées.

Et soudain, devant nous, se dressent les grands murs et les tourelles de la tour de Londres et, derrière elle, s'allonge son fameux pont, Tower Bridge. Nous descendons de l'autobus et nous nous approchons de la rivière. J'imagine une chimérique cité exotique en regardant les murailles de la Tour… j'arrive à y voir le fantastique visage d'Henri VIII, ancien roi de ma famille, qui utilisait cette tour où il avait fait décapiter deux de ses femmes. Dieu, quel scénario de cauchemar ! On raconte qu'Anne Boleyn se promène sur les parapets de la Tour portant sa tête sous le bras ! La Tour est hantée, dit-on !

« Une légende, me dit Claude, est attachée à la tour de Londres… Le jour où les six ou sept corbeaux qui l'habitent la quitteront marquera la fin de l'Empire britannique. Des générations de corbeaux sont élevés ici, approvisionnés et surveillés par les hallebardiers, une année après l'autre. Tiens, regarde, voilà un corbeau, tu le vois, là ? Dieu du ciel, il est énorme !

– Ce ne sont pas des grosses corneilles ! Comme tu dis, il est énorme. Quel bel oiseau et si noir… d'un noir de corbeau, n'est-ce pas ? »

Je commence à me dérider, et Claude rit à gorge déployée.

« Un peu d'humour, ma petite Marianne, n'est jamais perdu. Dieu sait que nous en aurons besoin ! »

Par-dessus un parapet, je regarde de nouveau la Tamise, argentée sous la lumière voilée de la fin de journée qui s'éternise sous une brise venant de l'est. Une certaine gaieté se dégage du clapotement des petites vagues sur la berge ; la fraîcheur du crépuscule commence à se faire sentir.

« Regarde, Marianne, regarde Tower Bridge ! »

Comme par magie, les deux travées au centre du pont, entre les deux grandes tours carrées à plusieurs étages, se lèvent simultanément pour laisser passer une frégate qui avance rapidement et continue sa course au milieu de la rivière. Le *red ensign* de la marine britannique flotte à son mât.

« Où va-t-il, Claude ?

– Il va s'ancrer non loin de la berge, probablement en face des entrepôts de ravitaillement. »

Je le regarde s'éloigner et disparaître ; la fumée qui s'échappe de sa cheminée traîne dans l'air.

« J'ai soif, pourrions-nous trouver à boire pas loin d'ici ?

– Oui, essayons, ma petite Marianne. Continuons à marcher. Tu vois, là en face, cette boutique n'ouvre que deux fois par semaine. Il est fort probable que beaucoup de gens ont été évacués en campagne. Tiens, je vois quelque chose un peu plus loin. Viens, on va peut-être se désaltérer. Moi aussi, j'ai soif ! »

Derrière les rideaux clos de quelques fenêtres, des silhouettes bougent sous une lumière tamisée. À tout bout de champ, une porte s'ouvre pour laisser entrer ou sortir quelques visiteurs, dont des militaires. Ce modeste petit hôtel ouvre ses portes dès que l'obscurité descend sur la capitale. On semble y faire bon commerce. Nous montons quelques marches et y pénétrons. À côté de la réception s'ouvre un long couloir menant à une petite salle avec un comptoir. Une pièce prétentieusement ornée de portraits de femmes découpées dans des revues illustrées jouxte le bar. Quelques personnes, assises aux tables rangées le long des murs, causent tranquillement.

« Qu'est-ce que tu veux, faut bien continuer ! » dit l'un d'une voix excitée.

« Ah ! Pour sûr que je ne pense pas à être tué ! J'ai juste vingt et un ans aujourd'hui et je repars demain pour le front ! »

Nous nous asseyons à la table voisine de ce jeune soldat. Son compagnon lui indique une enseigne au mur qui dit en grosses lettres : *Careless talk costs lives.* Au-dessus, une esquisse représente un personnage portant la perruque et deux hommes assis dans des fauteuils, l'un disant à l'autre : « Strictement entre ces murs ». Il y a aussi une autre affiche qui dit : « Le silence est d'or ». J'aperçois, dans un coin obscur de la pièce, un simple marin conversant à voix basse avec un personnage au dos voûté et fumant un cigare. Plusieurs personnes viennent demander des chambres, à qui on répond que toutes sont occupées.

« C'est un drôle d'endroit, Claude », murmuré-je.

Il sourit et nous commandons deux citronnades.

« Je regrette, monsieur, nous n'avons pas de citrons… c'est la guerre, vous savez. Je peux vous offrir une limonade ou de la bière.

– Deux limonades, alors, avec des glaçons.

– Nous n'avons pas de glaçons, monsieur, c'est la guerre ! »

Claude hausse les épaules.

« J'ai bien envie d'aller taper dans ces sales Allemands, dit le jeune soldat. En attendant faut bien coucher avec les femmes. C'est bien ici que… ?

– Attends ton tour, mon gars ! »

Décidément, c'est un drôle d'endroit. Je bois ma limonade tiède à grandes gorgées et, sans regarder du côté de la réception, je sors. Claude éclate de rire.

« C'était quoi, Claude, cet hôtel ?

– Bien, d'après ce qu'on a vu, probablement un genre de bordel !

– Quoi ! Oh ça alors ! Claude, t'es sûr ?

– Pas que j'aie fréquenté ce genre d'établissement, ma petite Marianne, mais ça m'a tout l'air que ce type de commerce se pratique dans celui-là. Comme notre barman disait si bien : " C'est la guerre… ", alors les soldats, tu sais, loin de leurs foyers… il faut bien qu'ils se divertissent. Mais ne les jugeons pas, Marianne. Ici, en Europe, c'est la guerre et nous allons vivre pour quelque temps dans un pays qui cherche à survivre. »

Le visage de Claude est sombre, ses yeux sont secs, il serre la bouche. Je le devine mécontent. Il se tourne vers moi et sourit.

« Ne nous éternisons pas ici, il faut rentrer, attendre les ordres et, surtout, dîner. »

Nous pressons le pas. Je suppose que l'échelle des craintes correspond à celle des dangers qui les inspirent. La peur sévit donc avec la guerre et je la sens autour de nous. Tout le monde se dépêche, les policiers ne s'occupent que de nous faire hâter le pas alors que l'obscurité inonde les rues.

Nous sautons dans un autobus, notre garde du corps toujours sur nos talons, et, en peu de temps, nous sommes de retour à notre appartement dans Park Lane. Y aura-t-il une alerte ce soir ? Je regarde par la fenêtre. Une vieille lune se promène dans le bas du ciel, poursuivie par un petit nuage si surprenant de netteté qu'on le dirait métallique. Le temps n'est pas vraiment à la pluie… S'il pleut, est-ce que la Luftwaffe viendra quand même lâcher ses bombes ? Le bleu nocturne est insondable. Une fraîcheur s'accroche aux murs alors que je ferme les rideaux noirs du black-out. Une odeur de fumée et de gazoline s'infiltre jusqu'à moi. Mon Dieu, qu'il est loin le pacifisme de mon père! Que nous sommes loin de Nassau et de sa tranquillité!

Chapitre XIII

Dans notre chambre, j'éteins la lumière et ouvre une fenêtre. Aucune lueur ne perce la noirceur, ni dans la rue ni dans le parc en face. L'hôtel Dorchester, sous le ciel assombri, est fantasmatique. Aucun vent ne souffle. La nuit est transparente, paisible et un peu mystérieuse. Dans un pays en guerre, menacé par des bombardements aériens, un des grands intérêts est peut-être de regarder le ciel plus souvent que d'habitude. Quelques personnes circulent silencieusement. Mon Dieu, que Londres est vulnérable!

Soudainement, je me sens plus calme. Il ne faut tout de même pas renoncer à sa jeunesse… j'aime ma vigueur et mon sang chaud. J'ai besoin d'être de mon âge. Je passe sur mon visage une main moite alors que, de l'autre, je ferme les rideaux et allume une lampe… une douce lumière rose se répand dans toute la chambre. Cette paix nocturne, dehors, nous offre quand même un refuge et me permet d'accepter la transition nécessaire entre mon ancienne existence dans le doux climat des Bahamas et cet univers qui peut se révéler traître et guère tranquille.

Claude s'est déshabillé et glissé dans le lit. Il est tourné sur le côté, le drap cachant à peine sa nudité. La nuit est belle et nous allons nous reposer pour récupérer le sommeil perdu à cause du décalage horaire. Mes idées vagabondent autour de mon mari… même endormi, il est l'homme le plus érotique du monde. Je me laisse aisément aspirer dans le tourbillon de la vie en commun, tout en savourant notre petit coin de paradis.

Je me glisse dans le lit et ferme la lampe. Claude bouge. J'aime la douceur ineffable de la toile fine qui caresse tout le corps. Je respire l'haleine de Claude qui sent encore le dentifrice et le parfum de sa joue. Mollement, il m'attire contre lui. De son genou, il sépare mes deux cuisses et s'installe commodément avant de se rendormir. Dans son sommeil, il me caresse sans folie, comme s'il n'exigeait rien. J'essaie de dormir alors que je savoure, immobile, le corps contre moi. Ses mains deviennent plus insistantes, sa bouche se rapproche de la mienne… L'impétuosité a ses rites, comme le corps, son bonheur physique. La mêlée commence, lente, scandée d'une légère plainte, au rythme de nos deux corps qui se balancent comme pour nous bercer. Dans la noirceur de notre chambre, je vois à peiner le torse nu courbé sur moi…

« Mon amour, mon amour… », murmure Claude avant de tomber endormi à côté de moi.

Lasse, je pose un autre baiser sur sa bouche, prête l'oreille, puis me laisse aller au sommeil réparateur dont nous avons, tous deux, grandement besoin.

Il n'y a pas eu de bombardement cette nuit. Mais l'idée que nous pourrions, en une seconde, être anéantis est bien présente. Je me sens parfois si trouillarde !

« Mais non, ma chérie, me dit Claude au réveil, les sirènes annoncent l'approche des avions ennemis bien à l'avance et nous pouvons alors descendre dans les abris. »

Un chocolat matinal fume entre nous deux. Malgré les chaises de style français au dossier inconfortable, malgré les dressoirs en acajou et le doré des lampes, la longue salle à manger est on ne peut plus provinciale. Un peu sombre et sérieuse, il n'y a qu'une seule fenêtre et beaucoup de placards, vestiges d'un meilleur temps, pour les liqueurs, les confitures et les vins. On dut, autrefois, manger à satiété.

« Oui, je sais, Claude, mais ce m'est difficile de m'habituer, juste comme ça ! Le pays en a vu de dures, ça aussi, je le sais ! Comment peut-on raisonner avec sagesse lorsque, chaque soir, ou à peu près, les gens se sauvent dans les caves, dans les abris et même dans les stations de métro ? »

Il fait beau aujourd'hui. La matinée est un mélange d'ombre et de lumière ; le calme règne. Le va-et-vient autour de nous et dehors est perpétuel. Les gens sont ce qu'ils ont toujours été. Le ton des discussions est naturel et la vie de tous les jours continue. Le chocolat sent bon et un soleil d'argent joue dans ma tasse. Claude sourit. C'est un bon matin, un bon matin ! Notre petit-déjeuner est simple. Le pays, qui en est à sa troisième année de guerre, est soumis au rationnement.

Avec une politesse raffinée, on nous avise qu'un messager demande à nous voir.

« Nous serons prêts dans quelques minutes », dit Claude.

Un homme en habit à rayures, un chapeau melon à la main, s'informe très poliment de notre santé et nous fait savoir que nous sommes attendus aux *Public Offices*, près de Whitehall, à dix-neuf heures précisément. Il nous souhaite une bonne journée, puis s'en va.

« Ça y est, Claude, dis-je à voix basse, nous devons rencontrer le grand homme ce soir ! Mais pourquoi si tard ? »

Claude serre ma main et hoche la tête avec assurance.

« Il paraît que Churchill travaille à toute heure du jour et de la nuit ! »

Dehors, un léger brouillard enveloppe Londres quand nous montons en voiture, accompagnés de notre garde du corps. Nous allons bientôt être en face du grand discoureur, du doctrinaire, du Chef ! Mon soupir chasse le poids de ces moments qui me semblent interminables. Si je n'étais pas assise, je trépignerais. Que va nous proposer Churchill ?

Nous roulons sur St. James's et, de là, nous débouchons devant *Horseguard Parade*. Là, même à cette heure tardive, les militaires s'entraînent, et il y a un va-et-vient incessant autour des casernes. La nuit commence à tomber. Un peu de bleu vogue entre quelques petits nuages, puis disparaît. Si le ciel est couvert, il n'y aura pas de raids aériens cette nuit !

La voiture s'arrête devant un édifice de grand style, avec quatre paires de colonnades encadrant les fenêtres des trois étages supérieurs.

« Ce sont les *Public Offices* », me dit Claude.

Mon sang se fige dans mes veines, puis j'ai froid. Claude serre ma main.

« N'aie pas peur ! » murmure-t-il.

Est-il habitué à ce genre de rendez-vous ? Connaît-il ce genre d'endroit ? Je pense que oui, naturellement. Et moi ? Il me semble que j'entre dans un ordre de chevalerie réservé aux hommes, où frémit une « aurore sanglante » précédant le « vol frémissant de la victoire ». Encore mon imagination fiévreuse! « Je devrais être poète », me dis-je en respirant à pleins poumons.

En ce trouble instant, nous suivons notre messager à l'intérieur du grand bâtiment, qui abrite des bureaux du gouvernement. Les plafonds sont hauts – les moulures et les ornements sont sûrement d'une autre ère. Les grandes portes sont de chêne verni, lourdes et intimidantes.

Ce n'est pas sans anxiété que nous pénétrons au cœur même de l'administration de guerre britannique. Notre garde du corps est prié de nous attendre dans une pièce adjacente à celle où nous entrons, et où des fusiliers montent la garde.

Une porte s'ouvre, puis une autre, et avec elle retentit une sirène comme l'appel déchirant d'une Walkyrie. Une image me fait chanceler... le danger est imminent, les raids vont certainement commencer. J'ai la gorge serrée par la peur.

Pourtant, autour de nous, personne ne se rue vers les sorties. Notre messager, un militaire qui porte trois galons à la manche, s'approche d'un des gardes – j'en ai compté au moins deux douzaines depuis notre arrivée. Un homme à lunettes vêtu d'un complet-veston s'approche de nous, avec, en main, notre laissez-passer. Il incline la tête dans ma direction, puis serre la main de Claude.

« Je suis Edward Bridges, secrétaire du Cabinet. M. Churchill vous recevra en bas, dans le *Cabinet War Rooms*, puisqu'un bombardement aérien se prépare. La séance du Cabinet est terminée pour aujourd'hui, mais M. Churchill travaille souvent tard dans la soirée. Nous sommes heureux de vous recevoir, Lady Belvédère, continue-t-il en me regardant droit dans les yeux et en me tendant la main, et vous aussi, monsieur de Foucault. »

Il nous indique deux fauteuils, mais il reste debout en nous regardant intensément. De le voir sourire m'apaise. Il continue :

« Notre intention était que vous rencontriez M. Churchill ici, dans un de nos bureaux, mais, avec le risque d'une attaque, il nous faut descendre au sous-sol. Je ne veux aucunement vous alarmer, mais il est essentiel que vous gardiez secrète, absolument secrète, votre visite au *Cabinet War Rooms*. Nous avons quelques minutes, dit-il en regardant le va-et-vient qui s'accentue derrière lui, avant de descendre. Pour tout dire, le gouvernement britannique, depuis septembre 1939, siège souvent sous terre, dans les caves situées sous ce bâtiment. »

Nous sommes enfin priés de descendre, avec précaution, un long escalier qui nous amène plusieurs pieds sous terre. Au bout d'un étroit corridor, nous entrons dans l'enceinte, surpris d'y trouver réunis au même endroit tant d'hommes politiques et militaires.

Nous sommes dans l'antre de Churchill. L'ironie de la situation me saute aux yeux. Après avoir rencontré Hitler dans son repaire au faîte d'une montagne perdue dans les nuages, voilà que je rends visite à Churchill dans un souterrain. Le nid de l'aigle contre la tanière du bouledogue, et je sais sur lequel je miserais.

Nerveuse, je me retourne vivement avec une drôle d'impression – cela est bref et tient de ma surexcitation, comme un avertissement –, mais personne ne nous suit. Je tends l'oreille, ce ne sont que nos pas qui résonnent le long du corridor.

« Mon bureau est derrière nous, dit sir Edward Bridges et ici, ajoute-t-il en indiquant une grande porte peinte d'un rouge de brique, avec trois serrures de sécurité, se situe la *Map Room*, salle numéro 65. Ce cabinet est le cœur du site et la pièce la plus inaccessible. Peu de personnes y sont admises. Nous sommes donc, continue-t-il en nous guidant vers le bout du corridor, au centre d'un labyrinthe de petits bureaux qui forment l'ensemble des *Cabinet War Rooms*. Comme vous voyez, même à cette heure tardive, le travail continue, et parfois toute la nuit. »

D'énormes poutres rouges soutiennent un plafond assez bas. De hauts coffres sont rangés contre les murs. Au-dessus, des photos de Churchill et de quelques autres notables, des cartes géographiques, dont l'une de la péninsule malaisienne – une petite partie de l'Empire occupé par le Japon – sont accrochées. Ce curieux corridor recèle une variété d'équipements : des leviers pour filtres à gaz, des râteliers d'armes pour le personnel en cas d'attaque, des tuyaux d'incendie, un grand tableau indiquant le code des signaux d'alarme. Les lourdes portes du mess sont hermétiquement fermées.

Ce corridor sent le mystère. Mon flair y décèle l'odeur fraîche de l'air climatisé pendant que mes yeux découvrent les coins sombres, que la lumière ne touche pas, où se terrent le dragon et la licorne des armoiries anglaises... Voyons, Marianne, tu divagues ! Soudain, l'atmosphère étouffante du sous-sol me pèse ; ma tête tourne et je chancelle. Mon Dieu, qu'est-ce que je fais ici ?... Je me sens si loin, si séparée de tout. Claude me retient.

« Nous y sommes presque, Marianne, appuie-toi sur moi et respire profondément ! »

Je frémis, me redresse et cache mon émotion… j'en ai les larmes aux yeux. Ma main tremble alors que je repousse mes boucles qui retombent sur mon front. Puis, mon cœur reprend son rythme normal. Sir Edward ne dit rien et m'observe en coin.

« Voilà, nous y sommes, dit-il en frappant du poing contre la porte numéro 69, le *Cabinet Room* ! »

Le fusilier ouvre la porte et lorsqu'une voix de baryton nous invite à entrer, je sursaute.

Chapitre XIV

Une fatigue soudaine assombrit cette heure pâle sous la lumière blafarde des lampes accrochées de chaque côté des poutres. Une peur irraisonnée me fait trembler. J'entre ; la fumée épaisse d'un bon cigare assaille mes narines. Cette soirée sous terre, alors que j'ignore si les bombes allemandes s'abattent sur Londres, me réserve-t-elle des surprises ? Vais-je parler avec l'un des hommes les plus importants de l'époque ?

Churchill, corpulent, semble très à l'aise dans son célèbre Siren *suit*, la tête rentrée dans les épaules, un cigare entre les lèvres – tel que je me l'étais imaginé. Il est assis au centre d'une grande table avec, à sa droite, un homme que je reconnais pour avoir vu sa photo dans les journaux, Lord Beaverbrook, canadien lui aussi. Derrière eux, une carte du monde recouvre la plus grande partie du mur.

Le bouledogue britannique présente, sous un large front viril, des traits forts et empâtés, une bouche ferme et fraîche avec une lèvre inférieure épaisse et proéminente qui lui donne un air boudeur. Tandis que nous nous approchons, le feu de l'œil brun clair suit nos moindres mouvements, avec une expression mêlée de considération, de calcul et d'un peu d'indulgence. Quand j'essaie d'imaginer ce qu'il va me demander, je suis presque défaillante… les mots vont sûrement me manquer.

Je ne regarde que lui et m'avance la première, me glissant entre deux des tables disposées en équerre autour de la pièce et m'arrête devant le bureau de Churchill. Il se lève et me tend la main, puis il se tourne vers Claude. Lord Beaverbrook, à son tour, nous tend la main. Sir Edward nous laisse, et nous restons tous les quatre dans le *War Cabinet.*

« Asseyez-vous, je vous en prie », dit Churchill.

Je le salue avec cette politesse des enfants venant timidement dire bonjour aux grandes personnes… Durant un court moment, je perds pied dans le temps et doute encore du moment présent. Pourtant, les yeux qui me dévisagent sont bien réels et presque charmeurs. Je suis émue, sensible au décor et mes yeux se mouillent.

« Lady Belvédère, dit-il d'une voix plutôt douce comparée à celle, tonitruante, de ses discours, vous ressemblez beaucoup à *His Royal Highness,* votre père.

– On me le dit, sir !

– Il va bien ?

– Oui, et il se consacre à son travail de gouverneur. »

Ses yeux se posent sur Claude.

« Et vous, monsieur de Foucault, êtes-vous remis de vos blessures ? »

Claude fixe de son regard bleu, qui se durcit, le visage de Churchill.

« Tout à fait, avec l'aide de mes médecins suisses. »

J'écoute, frémissante, rattrapée par les réminiscences. Mon oreille habituée distingue bien la douleur intermittente de ces souvenirs. Pourtant, rien ne nous menace, ici. Churchill est décontracté, presque immobile. J'écoute sa voix au ton uniforme et aux sourdes résonances qui m'invite, moi en premier, à raconter mon voyage en Allemagne. Avait-il donc pressenti chez moi de grandes choses ? Mais, tout d'abord, il me fait une remontrance :

« Votre démarche en pays ennemi en temps de guerre a été d'une grande imprudence, Lady Belvédère, mais menée avec un courage que personne ne peut vous reprocher. Vous avez certainement du cran ! »

Il sourit pour la première fois depuis notre arrivée, fait un geste vague et ouvre un classeur à portée de sa main, avant de me dévisager de nouveau.

« Ce que vous avez vu ou entendu pourrait nous aider… »

Il fait signe à une femme que je n'avais pas remarquée, assise dans un coin de la pièce.

« Miss Christopher va prendre quelques notes. Parlez ouvertement, comme si vous racontiez une histoire ! »

Je suis muette pour un court moment, puis entrouvre la bouche, mordille mes lèvres, avant de me sentir prête. Pendant que je parle, je sens l'ampoule qui jette une lumière crue juste au-dessus de ma tête qui me réchauffe. La fumée du cigare se transforme en un parfum agréable et je parle avec moins de timidité de mon devoir de femme amoureuse. Je passe sous silence la dette que j'ai dû payer à Wenner-Gren, mais je relate mon voyage en détail, tout en soulignant les excellents plans d'Axel, jusqu'à ma rencontre avec Hitler.

Mon émotion alourdit l'air. Mon esprit s'échappe vers la grande salle du Kehlsteinhaus et le regard bleu du Führer qui me demandait pourquoi il devrait m'accorder la libération de Claude, la même question que Churchill me pose aujourd'hui :

« Quelle raison avez-vous donnée à Hitler ? »

Ma timidité revient, un peu flétrie, amère comme tout ce qui est équivoque... suis-je déloyale envers mon père ? Je lève la tête et, un peu embarrassée, réponds :

« Monsieur Churchill, j'ai simplement rappelé au Führer le projet qu'il caressait pour l'ancien roi d'Angleterre, mon père, de lui redonner son trône après la victoire des armées allemandes dans les îles Britanniques, et que de rendre un service à un membre de sa famille devrait compter... »

Ma voix se brise et je penche la tête... je sens venir la fin de mon audace. Je crois que quelque chose d'indicible m'attend au bout de cet aveu. Je relève la tête. Sera-t-il impitoyable ? J'essuie mon front et jette un coup d'œil à Claude qui, impassible, regarde droit devant lui.

Ce ne fut qu'une intimidation passagère. Je sais gré à Churchill, alors que je relève la tête, de garder le silence. Je le regarde, avec sa barbe d'hier et ses yeux qui me dévisagent – son visage est sévère. Un rire vague me montre que ma situation n'est pas dramatique, mais ce rire vient de Lord Beaverbrook.

« C'est ce que vous avez dit à Adolf Hitler ? » demande-t-il.

Son sourire est aimable. Sans doute me sent-il très émue et vulnérable, car, devant ces messieurs d'âge mûr, j'ai l'impression d'être si petite...

« C'est quand même incroyable, reprend Lord Beaverbrook, ce que vous avez accompli, et surtout de tenir tête à Hitler ! Winston, vous ne trouvez pas cela inouï ? »

Churchill éclate de rire. Est-ce spontanément qu'un homme de son acabit se laisse aller à ce genre de débordement? Je l'interroge des yeux comme si c'eût été mon tour d'intervenir. Mais que puis-je ajouter? Je me contente de hausser légèrement les épaules.

Sans hâte, alors qu'il fume machinalement son cigare, son visage redevient très sérieux. Ses yeux se posent sur Claude et ensuite sur moi.

« Lady Belvédère, entendons-nous bien. Notre guerre est loin d'être terminée et nous avons besoin de tous ceux qui, par leurs connaissances ou leurs efforts, peuvent être utiles aux Alliés. Vous êtes allée en pays ennemi et je vous prierai de chercher à vous souvenir des moindres détails de votre séjour en Allemagne. Un officier de l'Intelligence Service prendra votre témoignage en note. Votre compagnon était un Suisse allemand, n'est-ce pas?

– En effet, sir, Rupert Einhorn est de nationalité suisse.

– Quels sont vos sentiments à l'endroit des Allemands? »

Il parle d'une voix égale et montre un visage sincère. Sans hésitation, je lui réponds:

« Sir, j'épouse tout à fait votre cause et je me permettrais de vous citer: "Nous n'avons qu'un but et un seul dessein. Nous sommes résolus à détruire Hitler et tout vestige du régime nazi…" Oui, sir, c'est ce que je souhaite! »

Je sens la main de Claude sur la mienne. Son visage est souriant. Churchill agite vivement une main en l'air pour arrêter mes paroles. Ses yeux se rapetissent et son visage se durcit.

« Lady Belvédère, je suppose que la faction pronazie qui vit aux Bahamas ne vous est pas inconnue? »

Churchill manie avec dextérité les sous-entendus et je suis déstabilisée par ses circonlocutions. Je me sens pâlir. Interdite, je regarde Lord Beaverbrook qui, lui aussi, m'observe en inclinant la tête.

« De qui voulez-vous parler, sir ? »

Churchill se penche au-dessus de son bureau et tape de son doigt les documents devant lui.

« Il y a beaucoup de rumeurs, Lady Belvédère, et le duc de Windsor lui-même n'échappe pas au qu'en-dira-t-on, mais nous sommes assurés de sa loyauté et de son bon vouloir. »

Quel regard il lance en disant ces mots ! Je crois rêver…

« Et ceux de Wallis aussi ? » demandé-je.

Il s'appuie lourdement contre le dossier de son siège. À n'en pas douter, je l'ai pris au dépourvu, et pourtant ce n'est guère chose aisée avec un homme de sa trempe. Non, je me trompe, il fait un geste de la main comme pour chasser un insecte qui l'importune, comme l'est, probablement, la personne de Wallis.

Au-dessus de la porte, une lumière rouge s'éteint soudainement, signalant que le danger est passé.

« Ce devait être une fausse alerte », commente Lord Beaverbrook.

L'horloge au mur, à la droite de la porte, marque dix heures. J'affronte de nouveau le regard scrutateur du premier ministre ; rien ne dérange ses traits… il est même beau puisqu'il est ce Churchill fort, sûr, digne de confiance. Son légendaire tempérament féroce et acharné, son manque de compréhension envers la vie de ceux et celles qui travaillent pour lui sont excusés par ces quelques mots : « Il se dévoue corps et âme à la guerre. »

Je voudrais lui rendre hommage. J'aurais tellement aimé voir son visage alors qu'il s'adressait au peuple britannique, à la suite de la *Battle of Britain*, prononçant cette phrase qui, déjà, appartient à l'histoire: «Jamais dans l'histoire des guerres un si grand nombre d'hommes ont dû autant à un si petit nombre!» Je m'émerveille simplement de le voir en face de moi...

«Lady Belvédère, dit-il en écrasant le mégot de son cigare dans un cendrier, seriez-vous résolue à nous rendre service?»

Je tressaille. Serait-ce le moment de grandir, de braver, d'oser, puisqu'il me le demande? Je regarde Claude et j'acquiesce.

«Bien sûr, sir!

– En ce qui vous concerne, à Nassau, quelques personnages qui nous intéressent plus particulièrement font partie de la société qui gravite autour du duc de Windsor. Non, Lady Belvédère, continue-t-il alors que je lève la main, je ne vous demanderai pas d'épier ou de pister les habitants de Government House. Nous avons déjà nos informations. Un groupe de personnes surtout nous intéresse. Ces hommes trempent dans des combinaisons financières, et nous savons déjà qu'une banque, qui sert leurs intérêts, a été établie à Nassau. Certaines de leurs activités vont à l'encontre des nôtres et nous cherchons à y mettre fin. Nous connaissons déjà bien Harry Oakes, un peu moins peut-être Harold Christie, mais celui qui nous intéresse est ce fameux Suédois, ami intime de Goering. Nous savons qu'il est pronazi et qu'il est à surveiller. Il a, me dit-on, organisé le ravitaillement des U-Boote dans certaines petites îles des Bahamas, mais impossible de savoir dans lesquelles, il y en a des centaines.

Nous aimerions avoir des informations sur ses diverses activités… »

Une émotion si forte me saisit que mon ventre se tord… Je suis sûre que j'ai pâli. Mes yeux se portent sur Claude. Dans les siens si bleus, un point danse. Son visage s'est rembruni. Mon Dieu, s'est-il douté de quelque chose ? Je regarde de nouveau Churchill :

« Voulez-vous parler d'Axel Wenner-Gren ?

– Lui-même !

– M. Wenner-Gren n'est plus à Nassau, sir !

– Je le sais. Il est à Cuernavaca ou en mer dans son yacht. Ce qui nous intéresse surtout – je vous rappelle que les Bahamas appartiennent toujours à la Couronne –, c'est le trafic d'argent entre Nassau et le Mexique. Nous voudrions savoir qui organise le transfert des capitaux et qui l'exécute. Y a-t-il complicité, corruption ? Y a-t-il blanchiment de fonds d'origine illicite ? Nous avons été informés que des sommes d'argent importantes quittent les Bahamas et nous ne pouvons tolérer ce genre d'affaires ! »

Deux petites larmes perlent dans le coin de mes yeux… si je n'y prête pas attention, personne ne les remarquera. Churchill sait bien jouer son rôle de chef de guerre. Je baisse les yeux, un peu confuse.

« Qu'attendez-vous de moi, monsieur Churchill ?

– Puisque vous connaissez Wenner-Gren… il a planifié votre voyage en Allemagne, n'est-ce pas ? Il vous serait donc possible de le revoir et… pour employer une expression populaire, de lui tirer les vers du nez ! Vous êtes débrouillarde, vous en avez fait la preuve ! Alors, pouvons-nous compter sur vous ?

– Mais…

– Il n'y a pas de "mais" qui tienne, Lady Belvédère. Nous devons gagner! Non, nous allons gagner cette guerre, et les Bahamas peuvent nous aider, à condition que ses richesses ne quittent pas le pays. Je ne veux aucunement vous manquer de respect, Mary Ann… vous permettez que je vous appelle Mary Ann? Vous êtes belle, servez-vous de votre beauté pour ouvrir des portes qui restent fermées à nos espions!»

J'appuie mes mains ouvertes sur les accoudoirs de ma chaise et je me mets debout. Mon visage s'empourpre de courroux, ma bouche est sèche et je sens mes yeux s'agrandir.

«Je ne suis pas Mata Hari, sir!»

Je retombe assise, Lord Beaverbrook se lève. Churchill me regarde avec des yeux adoucis, le visage impatient, un peu las… il est peut-être au seuil d'une longue nuit de travail.

«Ma chère enfant, demain, je voudrais que vous et Claude veniez avec moi visiter quelques quartiers de Londres. Notre guerre est bien triste, Mary Ann, vous le verrez de vos propres yeux. Si vous le permettez, je voudrais maintenant dire quelques mots à M. de Foucault en tête-à-tête. Lord Beaverbrook vous accompagne à l'étage supérieur.»

Comme c'est drôle! Drôle et un peu désarmant. Churchill s'occupe donc de tous les détails de *sa* guerre, comme le fait, incidemment, Hitler. Rien ne leur échappe. Fascinée, je n'ose détourner mon regard du visage de Churchill sur lequel, avant que je ne le quitte, se forme un grand sourire. Est-il capable d'une gentillesse naturelle? Je sais qu'il peut remonter le moral de ses troupes, galvaniser tout son monde. Il me regarde du fond des yeux et si intensément que je me serais assise de nouveau. J'ai mal à la tête et une envie de pleurer m'étreint. Oui, je serai au service de Churchill puisqu'il le désire, même si je dois affronter Axel Wenner-Gren.

Accompagnée de Lord Beaverbrook, je quitte le *Cabinet War Rooms*. Maintenant, c'est au tour de Claude de faire face à Churchill. Se connaissent-ils déjà ? Claude m'a déjà informée de son travail pour le SOE, l'armée de l'ombre de Churchill. Que de secrets ! Pourtant je les devine un peu… Pourvu que Claude ne soit pas de nouveau recruté pour faire de l'espionnage. Mon Dieu, non, surtout pas ! Je me tais et l'énergie semble me fuir.

Nous repassons devant la porte rouge brique de la *Map Room* et je me demande ce qui s'y trame. Au moment même, un homme, en bras de chemise, en sort. Je ne peux que jeter un rapide coup d'œil à l'intérieur ; j'y vois, à la surface d'un mur, une multitude de petites cartes, un long pupitre et une dizaine de téléphones de différentes couleurs. La porte est brusquement refermée. À vrai dire, j'ai aperçu tout cela à travers le remous de plusieurs personnes qui se hâtent. Je suis lasse, ma migraine s'accentue et ma vue s'embrouille.

Lord Beaverbrook soutient mon coude lorsque nous nous engageons dans l'escalier.

« Faites attention, dit-il, l'éclairage laisse à désirer. »

Absorbée que j'étais dans mes pensées, je ne l'avais pas remarqué. Nous parvenons à l'étage où nous étions plus tôt, il y a une éternité il me semble. Je regarde l'heure, il n'est que dix heures et demie. Toutes les fenêtres sont voilées de lourdes tentures, le black-out est en vigueur. Lord Beaverbrook ouvre une porte et m'invite à entrer.

« Si vous le permettez, je voudrais vous parler. »

J'acquiesce. Je vois le reflet de mon visage dans la clarté sombre de la vitre d'un cadre devant moi, une image qui s'accorde avec cette interminable journée – mon teint blême, mes cheveux blonds décolorés sous l'éclairage d'un lustre. Le bureau est confortable, on entend le tic-tac de l'horloge.

Lord Beaverbrook parle beaucoup, comme s'il n'avait pas besoin de reprendre souffle. Il me raconte son amitié pour mon père et sa grande déception à la suite de son abdication.

« Il était si aimé et il aurait fait un si bon roi… »

Il parle aussi de son travail comme ministre de l'Approvisionnement et de l'importance des Bahamas dans l'effort de guerre, de la nécessité du contrôle rigoureux de ses finances.

« Nous comptons sur nos colonies plus que jamais. »

De temps en temps, je baisse les yeux sur mes mains jointes sur mes genoux. Il s'interrompt, impatienté de mon silence :

« Vous voyez un peu ? »

Je dis :

« Certainement ! »

Il me lance un regard en coup de fouet, brusque mais cordial. Il faut bien que je me fasse une raison. Je me secoue alors qu'un froid enveloppe mes épaules. Tout cela est si nouveau pour moi. Je souris pour me donner une contenance.

« Je suis né à Newcastle, au Nouveau-Brunswick, dit-il, de l'autre côté de la baie des Chaleurs. Votre couvent n'est pas si loin. »

Je le regarde en face. Lui aussi a un bon visage, mais, à la différence de celui de Churchill, le sien est sillonné de rides joviales. C'est le visage d'un bon vivant, d'un charmeur. Mes pensées dérivent et je tente de repousser la vision de ce qu'on attend de moi, mais je sais que je ne peux m'en défaire. Par moments, j'ai l'impression que je suis ailleurs, que je me trouve plutôt avec Claude, en bas, dans la cave. Je me remets à penser, sans hâte.

« Lord Beaverbrook, dis-je finalement lorsque le silence entre nous se prolonge, conseillez-moi en tant que compatriote… Comment vais-je pouvoir… »

Il m'interrompt :

« Churchill vous a déjà laissé entendre que vous recevrez des directives. Je vous assure que votre contribution est vitale. Hitler ne doit pas gagner la guerre ! Au fait, me feriez-vous l'honneur d'accepter que je raconte, dans mon journal le *Daily Express*, votre extraordinaire voyage en Allemagne ? Pas tout de suite, mais quand nous aurons gagné la guerre, se presse-t-il de préciser.

– Nous en reparlerons, Lord Beaverbrook. »

Je le regarde profondément et il soutient mon regard.

« Vous étiez au courant de ma naissance, vous et M. Churchill ?

– Oui, votre père en a fait part à M. Churchill il y a de cela plusieurs années… »

Je l'interromps :

« Comme c'est singulier ! Beaucoup de personnes savaient qui j'étais, sauf moi. Il y a de quoi rire ou pleurer, vous ne trouvez pas ? C'en est même cocasse ! »

Son expression change.

« Les règles sévères qui gouvernent la monarchie n'ont pas permis à votre père de révéler votre existence. Son intention a toujours été de vous protéger. Votre naissance devait rester secrète. De cela, personne n'en a jamais douté. »

J'attends, attentive à sa voix qui a des accents de confidence, qu'il me révèle des secrets, mais il ne m'apprend finalement pas grand-chose.

« Pourquoi alors ne m'a-t-il pas laissée à mon sort puisque mon existence comptait pour si peu ?

– Surtout pas d'amertume. Votre père vous aimait. Il a confié à M. Churchill que vous étiez, et je le cite " l'un des plus beaux succès de sa vie ". »

Quel orgueil, tout de même ! Je ne peux m'empêcher de sourire amèrement. Maintenant, c'est Churchill qui va bouleverser ma vie en m'ordonnant de revoir Axel Wenner-Gren, alors que, de mon plein gré, je n'aurais jamais osé. J'en suis accablée !

Avec ardeur, je m'essaie à l'indulgence, à l'optimisme.

« Une dernière question, Lord Beaverbrook. Vous êtes-vous opposé au mariage de mon père et de Mme Simpson ?

– Oui. Nous, c'est-à-dire le gouvernement et l'opposition, y étions opposés. La situation a engendré une crise constitutionnelle. Même M. Churchill, qui a beaucoup d'affection pour votre père, était contre le mariage. Quelques jours après l'abdication, il a déclaré que les femmes ne jouaient qu'un rôle transitoire dans la vie d'Edward VIII et que son amour pour Wallis connaîtrait le même dénouement que les autres… Il avait tort, la preuve… ! Malgré tout, le plus grand amour du prince de Galles fut celui qu'il a porté à votre mère ! De cela, je n'ai aucun doute. »

Le bonheur, la douleur, l'incertitude traînent dans le sillage de mon père. Que c'est triste ! L'écho d'une note unique et longue, sortant du gosier d'un oiseau de nuit, nous arrive à travers les lourdes tentures.

On frappe à la porte. Claude entre, suivi de la secrétaire de Churchill. Il est nerveux et un peu impatient. Il tend la main à Lord Beaverbrook.

« Nous devons rentrer, dit Claude. J'ai été enchanté de faire votre connaissance, Lord Beaverbrook. Nous nous reverrons sûrement. Bonsoir. »

À mon tour, je tends la main et il incline la tête en nous souhaitant une bonne nuit.

Chapitre XV

Il faisait particulièrement beau, hier soir, pendant que les avions de chasse, prenant de l'altitude, décrivaient des circonvolutions précises. Là-haut, les escadrilles se formaient, recevant leurs ordres de mission, et finissaient par se confondre avec les étoiles. Par moments et par endroits, de grandes ombres bleues couraient dans le ciel clair, comme si quelque dieu s'amusait à déplacer les nuages de son souffle tout-puissant. Les bombardiers de la RAF allaient-ils en Allemagne ? Je l'espérais bien. La ville était plongée dans le noir, et le regard, tout d'un coup, passait des profondeurs de la nuit à la semi-clarté du ciel où les avions s'élançaient. Y aura-t-il une apocalypse dans le ciel ?

Claude est resté silencieux après notre rencontre avec Churchill et j'ai respecté son silence, éprouvant une sorte de timidité devant lui. Regarder le ciel m'avait déjà donné un peu le vertige et je sentais que ce n'était pas le moment de lui parler d'amour. J'admets aussi que mon désir de tout savoir a des limites, mais je m'endormis tout de même dans ses bras.

Aujourd'hui, notre journée a débuté de bonne heure. La voiture de Churchill est venue nous prendre à huit heures et demie et nous l'avons rejoint alors qu'il se promenait, avec son entourage, dans les rues du East End, le secteur de Londres qui, parce qu'il se trouve à proximité du bassin du port, a subi les pires destructions.

Dans ce quartier se succèdent des monticules de décombres qui montrent l'envers roux et comme incendié des pierres. Des allées démolies, des arbres déracinés, des rues entières détruites. Des affiches où sont écrits ces mots : *Dig for victory!* ont été apposées ici et là sur des édifices en partie pulvérisés. Les ruines, bien que récentes, sont déjà sèches et aucune herbe ne les a envahies. Nous devons contourner des cratères et des trous d'obus, qui sont autant d'obstacles sur notre parcours. Ici, on sent bien la guerre.

Je suis violemment émue, parce que nous n'en avions entendu parler que par les journaux et que nous ne pouvions nous imaginer que cette destruction titanesque nous transporterait en des lieux irréels et ambigus comme ceux des rivages de la mort.

Les ouvriers, les commerçants, les gens ordinaires qui vivent dans ces quartiers ne se doutent pas de l'héroïsme qui les habite. Ils me ramènent bien malgré eux vers les époques historiques qui paraissaient si extraordinaires dans mes livres de classe.

Churchill agit comme si la victoire lui était désormais acquise. Par un mélange d'orgueil, de curiosité d'esprit et d'autorité innée, il est devenu le représentant de l'esprit britannique, le bouledogue anglais, avec une volonté entêtée à survivre et à gagner la guerre ! Les gens sortent pour venir le saluer. On brandit l'Union Jack en scandant le surnom de Winston et on applaudit ce « *good old Winnie!* »

« Nous allons gagner, monsieur Churchill ! »

Un cigare à la bouche, il répond à leurs hommages en faisant, de sa main droite, son fameux signe de la victoire : l'index et le majeur en forme de V, paume tournée vers eux. Claude et moi le suivons à quelques pas derrière. Il s'arrête et se tourne vers nous.

« Vous voyez, tous deux, une mince parcelle du tourment de notre peuple et l'énorme travail auquel il fait face. Une partie des décombres a déjà été déblayée. Comme vous le constatez, une vie au jour le jour s'est organisée, et il en est de même dans tout le pays. »

Puis, il fonce en avant, d'un pas alerte. D'autres acclamations se font entendre un peu plus loin et nous nous dirigeons vers elles. Les cloches d'une église proche retentissent, des drapeaux flottent ici et là. Malgré les ruines et les gravats, il règne une ambiance de fête. Au coin d'une rue qui donne sur un emplacement plus ouvert et moins encombré, notre groupe rencontre celui du roi et de la reine qui, eux aussi, accomplissent leur devoir de chefs de la nation. Comme pour Churchill, des soldats assurent leur protection. À la suite de la destruction, par les bombes ennemies, d'une partie de Buckingham Palace, la reine a dit : « Nous pouvons maintenant regarder l'East End dans les yeux », et c'est ce qu'elle fait depuis. Sa légendaire compassion et sa crédibilité se sont du même coup confirmées.

De son palais, la famille royale partage les épreuves de la guerre avec son peuple. Par contre, rien ne dérange son train de vie privilégié. Ne lui sont pas imposées les cartes de rationnement ni la cessation de ses week-ends au palais de Windsor. Au cinéma, durant la projection des actualités, au début de la guerre, elle était huée, tandis que les nouvelles concernant le duc de Windsor étaient applaudies.

La reine, souriante, chapeautée et vêtue d'un ensemble bleu clair rehaussé de fourrure, un collier de perles au cou, juchée sur ses hauts talons, incarne la mondanité ambiante, une sorte d'élégance frivole et poétique. Mon oncle, le roi, sérieux et sévère, est en uniforme militaire avec les insignes de maréchal sur ses épaulettes.

Churchill s'avance vers eux, incline la tête et une conversation s'engage. Je suis à quelques pas d'eux, dévisageant mon oncle et ma tante. D'habitude, les bienséances veulent qu'on échange quelques mots de politesse, des formules toutes faites. Mais aujourd'hui, je sais qu'entre nous il n'y aura pas de civilités. La reine me regarde, puis se tourne vers sa dame de compagnie et lui parle à voix basse. Lorsqu'elle pose de nouveau son regard sur moi, son visage auparavant souriant est devenu sévère.

Sans plus faire attention à moi, la reine, l'air affable, parle à Churchill, bien que, s'il faut en croire les rumeurs, elle le déteste à cause de l'affection qu'il porte à l'ancien roi, mon père. La haine qu'elle éprouve pour Wallis est légendaire, et elle est réciproque. « La grasse cuisinière », dit Wallis de sa belle-sœur.

Nous nous promenons donc, aujourd'hui, comme des vedettes sous les bravos et les applaudissements, comme s'il n'y avait pas la guerre. Les Londoniens s'attendent à ce que leur premier ministre et leurs majestés fassent acte de présence de temps en temps. S'ils extériorisent alors des sentiments de tendresse, de confiance, et un peu d'effroi, ils n'expriment toutefois pas ce que trahissent leurs visages : « Vous ne pouvez pas vous imaginer ce que l'on vit ! »

On rit tout de même franchement et on se réjouit. Que soit béni leur courage!

Churchill connaît son monde et il le tient au courant par la radio. Ses francs comptes rendus, assortis des railleries que lui inspire son humour macabre, et sa faconde rhétoricienne tout à fait *churchillienne* ont fait de lui la vedette numéro un dans le cœur de la nation. Lui et son peuple ne font qu'un durant leur *finest hour*.

Maintenant que je suis à Londres, plongée dans la réalité d'un environnement qui m'était jusqu'ici inconnu, les choses prennent un sens bien concret, tangible même. Je dois me secouer pour chasser une vision de cauchemar. Dans ce conflit meurtrier, tant les Alliés que les Boches se disent sûrs de vaincre, et c'est sans doute là le paradoxe de toute guerre. L'ennemi, élevé dans le culte de la force brutale, détruit des lieux qui sont ensuite glorifiés, presque sacralisés, et la violence redouble, et les terribles combats continuent partout leur œuvre de destruction… en Afrique, au Moyen-Orient, dans les océans Pacifique et Atlantique. Qu'elle semble donc loin la sereine et miséricordieuse paix!

La lumière du soleil qui monte chasse les ombres qui jouent sur les ruines devant nous; un coup de vent balaie en tornade la poussière autour des décombres et la projette vers le roi et la reine. Escortés par leurs gardes, mon oncle, avec un air vague figé sur son visage, et ma tante, tout en jetant un œil courroucé vers moi, se dirigent du côté opposé au nôtre. Quand j'essaie d'imaginer ce qu'elle m'aurait dit, je crains ma réponse.

Ils vont ensuite rentrer chez eux à Buckingham Palace, l'ancienne et éphémère demeure de mon père. Pour lui comme pour moi, il n'est maintenant qu'un domaine royal parmi tant d'autres en Grande-Bretagne. Je me pose de nouveau la question qui me revient souvent à l'esprit: «Pourquoi mon père a-t-il donc abdiqué?»

« Tu lui as fait un drôle d'effet, ma petite Marianne, murmure Claude.

– J'espère lui donner une migraine. Tu as vu la parade de mode et les perles? Elle aussi doit garder son standing, comme Wallis alors!

– Mon amour, elle est la reine d'Angleterre! Elle a conscience de sa valeur sociale, je suppose.

– Alors, elle doit donner l'exemple et avoir plus de retenue, quand même! Elle est là pour se faire admirer ou pour partager les malheurs de son peuple?»

Claude sourit.

«Tu es vraiment la fille de ton père, ma petite Marianne!

– Comme tu sais, je ne nourris pas une grande affection pour Wallis, mais c'est elle, la reine, qui bloque le retour de mon père en Angleterre. Je la déteste.»

Une odeur étrange flotte dans l'air, un mélange de papier goudronné, de pierres terreuses, de bitume, mais aussi, et surtout, de poussière. C'est donc ici, parmi les décombres du East End, que je reprends sérieusement ma vie de militante. S'il me faut m'immiscer dans les affaires louches d'Axel Wenner-Gren, je dois avoir confiance en moi, ne pas laisser les scrupules menacer ma mission. En regardant les visages qui sourient au milieu de l'écroulement du quartier, j'essaie de me convaincre. Ma gorge se noue. Qui vivra verra, voilà tout. Mon existence va peut-être trouver un autre sens, et je m'appartiendrai moins.

En ce jour de découvertes, je continue à marcher dans le sillage du grand maître de la psychologie des individus, Winston Churchill en personne. Il parle à tout le monde, et les gens attroupés prennent à mes yeux une beauté plus puissante, puisque, malgré le conflit, la vie ordinaire continue et l'optimisme aussi. Les gens du East End vaquent à leurs affaires sans trop penser aux menaces et aux bombes, dont ils se protègent du mieux qu'ils peuvent.

On me regarde. On me montre du doigt. Voit-on en moi la fille de l'ancien roi ? Sûrement pas ! Je sais qu'aucune photographie de moi n'a été publiée depuis que mon père m'a officiellement reconnue.

« C'est parce que tu es belle, mon amour ! » murmure Claude.

Churchill monte dans sa voiture en nous faisant un signe de la main.

Chapitre XVI

Nous venons de rentrer. Le regard de Claude vacille au fond de ses yeux alors qu'il me dit, en détachant les mots :

« Je ne peux en discuter en détail, Marianne. »

Je le devine plein de zèle, avec sa défiance et son penchant pour les mystères.

« Mais Claude, je dois quand même savoir ce que Churchill attend de toi… tu n'es plus seul à prendre des décisions, tu sais. Ne suis-je pas toujours ta petite Marianne ? »

Il ne bouge pas et la réponse arrive, chargée de précisions alarmantes.

« Ma petite Marianne, il s'agit de continuer mon travail avec le SOE, et c'est secret. Mais j'ai dit à Churchill qu'il fallait que je te consulte, pour savoir ce que tu en penses !

– Tu lui as dit ça ? »

Il acquiesce. Je sais qu'il joue avec sérieux son jeu de cachottier, comme il le faisait au temps de notre enfance. Mon cœur se serre. Claude aime l'aventure… la preuve ! Dois-je me méfier ? Je rejette la tête en arrière, passe une main dans ses cheveux.

« Claude, il ne peut y avoir de secrets entre nous. Pourquoi ne travaillons-nous pas ensemble ? J'aide ta mission, tu aides la mienne ? Dis-moi, ai-je le choix de dire oui ou non à ce que Churchill te propose ? Il ne faut pas, mon amour, avoir trop de secrets entre nous ! »

Je frissonne, mais je continue à le regarder. N'ai-je pas, moi, déjà un secret que je n'ose lui dévoiler ? En aurai-je un autre si j'accomplis ma mission ? Y aura-t-il, entre nous, le temps des secrets ?

Il baisse les yeux et serre la bouche, puis il me regarde et ne me livre qu'une parcelle de lui-même. Finalement, il se rapproche de moi, m'entoure de ses bras et appuie ma tête contre son épaule. J'essaie de résister… il me serre plus fort contre lui.

« Ma petite Marianne, plus que tout au monde je ne veux que ton bonheur et je suis terriblement triste d'avoir à te causer de la peine. Je ferai tout ce que tu voudras, mon amour, mais pas maintenant, je t'en supplie… »

Je sens mon cœur palpiter, mes mains, qui s'agrippent à lui, se glacent d'angoisse. Je me résigne à tout ce qui viendra… et j'en tremble.

« Ma petite Marianne, Churchill m'a proposé, non, il me l'a plutôt ordonné, de travailler ici, en Angleterre. »

Je le sens, mon cœur va se briser. Nous allons être séparés ! Claude me retient, me serrant encore plus fortement contre lui.

« Et où que nous soyons, aux Bahamas, au Canada, au Royaume-Uni, nous sommes en guerre ! Ma petite chérie, je ne suis pas un soldat, mais je pourrais l'être puisqu'il y a la conscription au Canada, et c'est mon devoir de faire ma part dans l'effort de guerre. »

Mes muscles sont tendus. Je relève la tête. Son emprisonnement et ses blessures ne sont-ils donc pas son effort de guerre ?

« Marianne, reprend-il vivement, je ne dois dévoiler ma mission à personne, mais je peux te dire que je n'irai pas sur le continent. »

J'ai envie de pleurer. Claude ne me révèle qu'une partie de la vérité, le reste n'existe que pour lui-même et cela ne me dit rien qui vaille. Churchill va m'enlever Claude, encore une fois.

« Et tout cela, Claude, tu le feras sans moi ? »

Je le regarde et essaie de deviner sa réponse. Il sourit et son regard me traverse avec la rapidité d'un éclair.

« Il ne faut pas, ma petite Marianne, en faire un drame. Tous les deux, pour un temps, nous devrons être les soldats d'une cause qui touche la plus grande partie du monde civilisé. Tu as une mission à accomplir, et moi, j'ai la mienne.

– Pour combien de temps ? Tu y as pensé ? »

Refluent dans ma tête des expressions abstraites… il fut un temps où j'étais heureuse, où il n'aimait que moi, où nous ne vivions que pour et par l'amour ! Je vois en relief notre maison blanche. Mon Dieu que tout cela s'éloigne ! Malheureusement, cette nouvelle aventure semble séduire Claude.

« Réfléchissons ensemble, ma petite Marianne. Voilà où nous en sommes. Nous passons encore quelques jours ensemble, ici à Londres. Il n'y a pas que les bombes et les abris antiaériens, la vie continue. Nous avons le théâtre, les concerts, le cinéma, les balades à la campagne. Les raids sont sporadiques, les radars nous avertissent de l'approche des bombardiers et les abris sont sûrs. N'oublie pas, Marianne, que l'Angleterre a gagné la *Battle of Britain.* Hitler s'intéresse davantage à la Russie et il va s'y casser le nez, comme Napoléon avant lui. Marianne, nous allons l'avoir, ce salaud ! »

Il y a dans un homme enthousiaste quelque chose que je ne peux définir, une fascination ou un fanatisme qui me désole.

« Oui, certainement, Claude, nous allons gagner, mais à quel prix ? Que devenons-nous tous les deux ?

– Comme je disais, nous passerons encore plusieurs jours ensemble, je te ferai voir mon Londres. J'ai déjà au programme quelques concerts avec Myra Hess, à la National Gallery. Ensuite, je t'amène dans mon pub préféré, le Spaniard's Inn, à Hampstead ! Il est très spécial, tu verras. Nous irons aussi visiter le British Museum et encore plein d'autres choses… Il n'y a pas que des ruines et des décombres ! »

Il en fut ainsi, et lorsque les sirènes retentissaient, nous descendions dans les caves de l'hôtel Dorchester, où nous demeurions jusqu'à ce le danger se fût éloigné.

Au fil des jours, je réfléchis à ce que nous venions de conclure. Eh oui, Claude et moi en sommes arrivés à un accord, à un pacte pour ainsi dire. Je n'ai plus d'amertume et me contente d'une honorable mélancolie. Il reste en Angleterre, et moi, je rentre aux Bahamas où je ferai de mon mieux pour remplir la pénible mission qui m'est confiée.

Ni Claude ni Churchill ne réalisent que cette mission, même si je la mène à bonne fin, sera peut-être aussi une défaite. Je reste là, les mains vides, tantôt émue, tantôt exaspérée, alors que mon esprit spécule sur le travail d'espionnage qui m'attend et y voit une entrave, certes illusoire, à notre couple. Je me murmure sans cesse : « Il en sera comme vous le désirez, M. Churchill ! »

Claude, avec un mouvement d'épaules, les lèvres pincées, me jette un regard un peu fuyant qui veut dire tant de choses. Il est moins enthousiaste tout d'un coup. Peut-il lire dans mes pensées ? Je suis de nouveau inquiète.

« Et si nous refusions ce que Churchill nous propose, Claude ?

– Non, mon amour, c'est notre devoir de faire notre part et cela demande des sacrifices. Tu pars… quelques semaines, un mois au plus, et tu reviens me retrouver ici où nous nous installerons pour un temps indéfini ! »

Mon Dieu, ce regard qu'il a, impatient, agité et qui me fait détourner le mien, comme si je voulais me défendre. Je nourris une petite angoisse, factice peut-être, mais que j'exagère comme un plaisir. Je me dis des mots qui ont, à cette heure-ci, un pouvoir mystérieux, même si je dois, fatiguée à l'avance, me relancer dans l'orbite de Christie et Wenner-Gren… Oui, je vais travailler pour M. Churchill… oui, je serai fidèle à mon amour pour Claude…

Tout change. Hier, je contemplais un autre univers avec la certitude délicieuse de mon bonheur de jeune mariée… Aujourd'hui, l'avenir est incertain !

Nous parlons, encore et encore, pour apaiser ma crainte et affermir ma foi. Je puise dans les yeux de Claude le courage nécessaire pour affronter l'avenir proche dans lequel nous serons séparés.

Pour commencer, je dois me soumettre à une longue séance avec l'Intelligence Service britannique, durant laquelle me sont données des informations, assez limitées d'ailleurs, sur le trafic financier entre les Bahamas et le Mexique, sur les activités de Christie, de Wenner-Gren et sur leur exploitation de la Banco Internationale dont ils sont les principaux actionnaires et qu'ils utilisent probablement dans le blanchiment d'argent illégal. On me répète ce que je savais déjà. La plupart des terres des Bahamas appartiennent à la Couronne et le système colonial régit ces îles... Est-ce que cela concerne Wenner-Gren ? Oui, me répond-on, puisqu'il a déjà offert d'acheter une bonne partie de la Grande Bahama. Où se trouvent ses postes de ravitaillement pour les sous-marins allemands ? Trempe-t-il dans la vente des minerais en provenance de la Suède ? Voilà les questions auxquelles je dois répondre !

« Est-ce que vous soupçonnez mon père ? » demandé-je à brûle-pourpoint.

Je remarque que les gens de l'Intelligence Service, qui m'initient à l'art de l'espionnage, semblent brusquement gênés. Je me sens méchante et ma peau me pèse comme au début d'une insolation. Je voudrais un verre d'eau. Je regarde les traits immobiles et les yeux baissés de mes mentors. Bien sûr, ils mettent en doute l'intégrité de mon père, ou peut-être soupçonnent-ils plutôt ma chipie de belle-mère ?

Je braque sur eux des yeux que je veux inexpressifs pendant qu'ils me répondent :

« Lady Belvédère, nous ne pouvons vous en dire plus. La mission que nous vous confions ne concerne aucunement le duc de Windsor ! »

Je décode les non-dits. Bien sûr, on me cache des choses, puisque je dois retourner à Nassau. Craignent-ils – et Claude le redoute-t-il aussi – que, par inadvertance, je dévoile ne serait-ce qu'une petite parcelle du travail qui nous est confié ? Sans détourner mon regard, je souris et prends une contenance fière. Je parle un peu et attends patiemment la fin de notre entretien. Finalement, je sais à quoi m'en tenir et je me lève pour partir.

« Lady Belvédère, me dit une voix anonyme, Étienne Dupuch et son journal le *Nassau Tribune* peuvent être une bonne couverture.

– J'y ai déjà pensé, monsieur. Mon métier de journaliste me permettra sûrement d'en savoir plus ! »

Et voilà, j'ai patiemment subi les gens de l'Intelligence Service et enregistré ce qu'ils avaient à me dire. J'ai signé les papiers de l'*Official Secret Act.* Me voilà bel et bien agent secret ! Mon devoir se trace droit devant moi. Je me sens humble, tout à coup, en prenant conscience du fait que je ne suis qu'un petit pion dans l'immense machine de guerre de Churchill. Je suis mal à l'aise, mais je ferai de mon mieux, même si, chaque fois que je pense à Axel Wenner-Gren, mes entrailles se tordent.

Une barre de soleil chemine sur le parquet alors que je quitte le froid édifice du Foreign Office, accompagnée, comme toujours, de mon garde du corps. Il hèle un taxi – même en temps de guerre, il y en a qui circulent dans Londres – où je prends place sur la banquette arrière, mon garde du corps s'installant près du chauffeur.

Il fait chaud. La journée s'achève en un coucher de soleil éblouissant. Espérons que les Allemands ne viendront pas cette nuit. Je baisse la vitre et regarde le ciel… oui, quelques nuages s'accumulent déjà au zénith.

« *Good, very good!* »

C'est le cœur contraint et glacé que je tourne et retourne dans ma tête un plan d'exécution… mais chaque fois, je l'abandonne. J'ai hâte de retrouver Claude. Il doit bientôt rentrer. Il a passé sa journée à préparer, avec Myra Hess, le concert du lendemain à la National Gallery, dont il sera la vedette principale. Il m'a promis de jouer la *Pathétique* juste pour moi. Ah, que nous ferons bien l'amour ce soir, maintenant que l'angoisse de mon entrevue se dissipe! Je sens déjà mes joues chaudes, ma bouche rouge, mes jambes nerveuses.

Claude est sous la douche lorsque je rentre dans notre chambre.

« Ça s'est bien passé, Marianne ?

– Oui, mon amour. Ce n'était pas si terrible après tout.

– Tu me raconteras. En attendant, viens me rejoindre… cela te détendra. »

Le plaisir de l'eau chaude qui va caresser tout mon corps me fait déjà trembler de plaisir. On va s'aimer puisque notre histoire d'amour continue. Dieu qu'il est beau, nu! Épaules puissantes, ventre plat, sexe fort, un beau visage aux grands yeux, sombres dans la pénombre, traversé de cheveux mouillés. Je perçois la belle forme de son corps alors qu'il referme ses bras autour de moi et qu'avec le gant de toilette il savonne mes seins, mon dos, mes cuisses, puis tout mon corps. L'eau qui jaillit avec force sur ma peau exacerbe mon désir, un son étouffé monte de ma gorge. Ah, la volupté de l'eau, des mains de Claude, douces et savonneuses qui me massent!

Je touche son corps et nous préparons l'inéluctable étreinte. Il noue mes jambes autour de ses reins. Sortant de la douche, mouillés et sentant bon la lavande, nous nous allongeons, corps contre corps, sur la douillette descente de bain…

Chapitre XVII

Le jour point à peine dans l'obscurité, comme une ligne blanche tracée à la craie sur un tableau noir, que se sauve à toute vitesse le rêve que j'ai bâti dans les ténèbres, mis en fuite par la lumière de l'aurore au-dessus de mes rideaux. La pénombre est douce. Après la brève incertitude du réveil, je retrouve mes soucis lorsque le chant outrecuidant d'un merle roule jusqu'à moi.

Le merle et mes soucis vont de pair, semble-t-il! Je m'écoute penser. Je ne sais rien de la mission de Claude, excepté que sa musique va y prendre une grande place. L'angoisse de ce qui nous attend tous deux rôde autour de moi. Mon orgueil de femme est attisé lorsque je songe à la mission qui a été confiée à mon cher mari. Je ne le laisse pas voir, mais il y a entre nous un froissement, un savoureux antagonisme. Pourquoi sa mission est-elle si secrète? Je soupire profondément. C'est à cause de mon père ou plutôt de ma pimbêche de belle-mère. Pense-t-on vraiment que je pourrais, imprudemment, laisser échapper quelques mots devant eux? Pourtant, Claude me connaît…

Je rêvasse et songe, ravie, à mon contrat avec Lord Beaverbrook pour publier une chronique bimensuelle dans le *Daily Express.* J'essaie de me rendormir, mais c'est difficile.

Les mains chaudes de Claude assoupi reposent sur mes seins et son corps contourne mes épaules et mes hanches. Il ne bouge pas et respire confortablement, lentement d'abord, puis avec un rapide battement de ses fines narines. Je le contemple avec mes souvenirs les plus beaux… le désir d'un baiser est si vif sur ses lèvres qui sourient ! Ses cheveux en désordre, dont une mèche rebelle retombe sur son front, m'émeuvent ! Ses yeux dont je connais le bleu et qui s'abritent sous des paupières plus belles qu'un regard me donnent envie de pleurer ! Qu'il est beau… je sens son sexe qui palpite contre moi. Rêve-t-il de nos ébats d'hier soir alors que nous faisions l'amour encore et encore ? La faim dévorante que j'ai de lui ne s'apaise pas. J'essaie d'oublier mes inquiétudes, mais elles reviennent comme une ronde folle. Je dois le quitter demain.

Mon cher amour, mon Claude. C'est bientôt l'heure du café et des journaux. Je ne bouge pas, de peur de le réveiller. Je me sens, malgré mon angoisse, molle et indulgente, mais, lorsque Claude remue imperceptiblement, l'excitation traverse de nouveau mon corps, un émoi me secoue, son sourire s'accentue. Un froissement doux s'ensuit et il s'éveille progressivement. Notre lit proclame la chaleur et la passion. Sa bouche est vigoureuse et mouillée. Ses mains sont insistantes, rapides… je goûte leurs caresses, me repais de le contempler dans l'ombre. Tout redeviendra facile, léger, durable, naturel. Nous reprenons, et avec tant de fugue, notre rythme qui avive l'heure, notre heure.

Je monte en hâte les marches de la National Gallery, où déjà une foule se presse derrière moi. Dans le foyer de l'édifice – Claude et moi avons déjà visité les salles d'exposition, toutes plus belles les unes que les autres –, des chaises sont groupées autour d'un piano à queue où Claude est assis avec Myra.

Je choisis une chaise près d'eux, ferme les yeux et attends. Le bruit assourdi des conversations s'estompe derrière moi. Avant de reprendre ma vie de militante – mon Dieu, faites que ce ne soit pas un naufrage, que je ne commette pas des fautes de tactique –, je souhaite m'abîmer corps et âme dans la musique de Claude. Je veux la savourer à en pleurer. Je suis certaine de trembler d'émoi à chaque note de la *Pathétique* et d'aimer Claude plus que tout au monde, de l'aimer si fort que mon départ, demain, pour Nassau ne changera rien.

Ce matin, j'ai mis mon père au courant de mon retour.

« *My darling little girl*, m'a-t-il dit, j'en suis si heureux ! »

La voix brusquement tremblante de mon père m'a donné l'impression qu'il était très ému.

Les premières notes d'un programme dédié à Beethoven et Mozart me sortent de ma rêverie. Myra joue l'*andante ma poco adagio* du *Concerto en ré majeur* de Mozart… les motifs de la musique que je connais par cœur m'enveloppent de leur fluidité. Myra est une femme imposante, aux cheveux tirés sur la nuque ; sa belle tête scande la musique, son doigté est impeccable. On l'applaudit chaudement.

« Nous avons l'honneur, dit-elle à l'assistance, d'avoir parmi nous, et pour un séjour indéfini, le grand pianiste Claude de Foucault. Nous le connaissons déjà pour ses magnifiques concerts et c'est avec un immense plaisir que je lui cède le piano. Il va jouer, entre autres, la *Pathétique* de Beethoven. Cette musique compte beaucoup pour lui. Mesdames et messieurs, Claude de Foucault! »

Autour de moi, on chuchote et des chaises sont dérangées. J'entends quelques commentaires: « Comme il est beau… », « On se demandait ce qui lui était arrivé… » D'autres surenchérissent: « Il paraît qu'il a un talent fou… »

Mon magnifique mari s'assied au piano, se recueille un instant. Il ouvre finalement les yeux, glisse son regard vers moi pendant que ses mains se posent sur le clavier et attaque la *Pathétique*.

À peine la sensation délicieuse que je ressens chaque fois que Claude la joue se dissipe-t-elle que ma mé moire, séance tenante, me ramène au concert de Québec! Mon Dieu, que d'années ont passé depuis! Ce jour-là, Claude interprétait la *Pathétique* devant une foule en délire et je ne me doutais pas que c'était Jocelyn, le compagnon de mes jeunes années. J'avais dix-sept ans et je m'étais donnée à lui… pour la première fois.

Notre musique est si particulière aujourd'hui qu'elle m'apporte une sorte de rajeunissement. Elle a un charme si personnel qu'aucune autre ne pourrait la remplacer. J'admire encore davantage les modulations prolongées et tendues comme un rideau sonore qui cache le mystère de l'art de Beethoven et de Claude… et je rêve. Demain ou après-demain, je surprendrai l'aube rouge au-dessus de l'Atlantique, retrouverai Government House, mon père, Wallis. Comme tout pourrait être simple! Devrai-je ensuite faire face à ce qu'on ne recommence pas? La sérénité que je cherche m'échappe.

Les notes perçantes de la sonate restent en suspens comme pour exalter une attente et me ramener à l'amour que j'éprouve pour Claude qui chante en moi le refrain du bonheur. Je m'enferme dans le passé, dans des impressions saisonnières qui tissent un réseau dans lequel tout mon être est pris. Je désire toujours la volupté de ceux qui vivent par l'amour et je souhaite ne pas être obligée d'en apprendre les douleurs trop longtemps.

La musique passe maintenant légère, apaisante et suave comme un parfum, me disant ce qu'elle a à me dire. Je me sentirai moins exilée et seule si, loin de Claude, j'écoute sa *Pathétique*, y mettant mes propres empreintes.

Chapitre XVIII

Assise, le dos las, les mains croisées sur les genoux, je reste immobile sur mon siège. Je suis, une fois de plus, à bord d'un Wellington de *Bomber Command*, refaisant, mais en sens inverse, le voyage que j'ai effectué avec Claude il y a si peu de temps. Nous survolons le nord-ouest de l'Angleterre, en route pour Washington, DC.

Le temps me semble long. Un autre jour, je me serais crue dans un profond rêve, comme si je dormais sur place, mais je ne rêve pas. Mes pensées s'égarent, je me sens violentée par la tournure des événements et je fais un effort pour ne pas pleurer. Je laisse derrière moi ma vie de femme mariée, un beau mari vigoureux et notre inépuisable volupté…

Torturée, je me sens vidée, arrachée de moi-même, accaparée par un objectif que je n'ai pas choisi et qui va me projeter je ne sais où… Dans les griffes de Wenner-Gren certainement, contre ma volonté et sur l'ordre de Churchill cette fois-ci ! Entre Axel et moi, j'ai l'impression que des sentiments contradictoires et déplaisants s'interposent.

Je me complais finalement dans un orgueil typiquement féminin… je pourrai m'immiscer là où les espions de Churchill ne peuvent s'infiltrer. Devrai-je glaner des informations sur l'oreiller duveteux d'une chambre à coucher ? Non, sûrement pas ! Que d'intrigues ! Le premier ministre britannique va faire de moi une aventurière !

Comment vais-je m'y prendre ? Déguisement ? Non ! Offensive ? Probablement ! Une voix, une démarche... et tomberai-je dans un piège ? Je devrai me surveiller, les pronazis qui soutiennent Hitler sont de fines mouches.

Je me sens si lasse. Comme dans le passé, je suis poussée hors de moi-même. Des noms, des images me hantent. Celle du Führer en repousse d'autres qui reviennent, puis elle s'installe dans ma pensée. C'est de sa faute, à ce monstre tragique, à ce petit caporal sec et ambitieux, si je suis là, peut-être à la veille de tomber dans un guet-apens.

Impossible de se reposer dans cet avion, tout ce bruit me gêne et je suis d'une nervosité accablante ! Hitler me hante aujourd'hui et j'en deviens presque maniaque. Je me pince. Pourtant, je m'étais découvert beaucoup de courage devant lui dans les hauteurs du Kehlstein. Comment aurais-je pu, alors, imaginer un autre scénario où j'occuperais le devant de la scène ? J'ai joué un rôle, tenté un coup de poker, avec un atout dans la poche, celui d'être la fille d'un ex-souverain... et j'ai gagné ! Pourrai-je de nouveau jouer ce rôle ? S'il ne fallait que ça, ce serait si simple !

De penser à tout cela me décourage presque...

« *Cry God for Harry, England and St. George!* » murmurait Claude en disant que Shakespeare avait écrit cette phrase pour nous.

Deux jours avant mon départ, Claude et moi avons assisté à une représentation d'*Henry V* au Old Vic Theater. J'ai attendu avec impatience que la voix de Lawrence Olivier, inimitable, aux tons acides et durs comme un coup de marteau, déclame ces mots : « *Cry God for Harry, England and St. George.* » Oh, oui, nous allons devoir trimer pour l'Angleterre, son saint patron et pour Churchill !

Le grand homme a tout de même pris le temps de m'appeler avant mon départ. Me garde-t-il à l'œil ou n'est-ce, de sa part, qu'une manifestation de politesse parce que je suis Lady Belvédère ?

« J'attends beaucoup de vous, Mary Ann, m'a-t-il dit, et transmettez mes meilleurs sentiments à *His Royal Highness.* »

Je relève les yeux et regarde dehors par le hublot. Un chasseur d'escorte qui nous accompagnait depuis notre départ – nous survolons maintenant l'Écosse – exécute quelques acrobaties aériennes avant de retourner vers sa base. Andrew, mon garde du corps, assis sur le siège parallèle au mien, lit tranquillement son journal. Suis-je si égoïste à souhaiter la présence de Jim au lieu de la sienne ? Mon cher, si cher Jim ! Quelle souffrance ! Je la sens remuer de nouveau au fond de moi, plus lourde à mon cœur que toutes les autres. Claude... Jim... Oui, si Jim était là, tout serait plus facile. Il saurait quoi me dire, trouver les mots mieux que personne...

Mon garde du corps laisse ses yeux émerger du journal qu'il tient dans ses mains, et ses traits, qui expriment sa bonne foi et sa vigilance, me sourient. Je me sens un peu mieux, me lève, raidie par le trajet, et fais quelques pas dans l'étroit passage au centre de l'avion.

« Vous désirez quelques chose, Lady Belvédère ? » demande-t-il d'une voix amicale.

« Non merci, Andrew. Je cherche surtout à me dégourdir les jambes. »

Je me sens fragile et je devine qu'une humeur grincheuse transparaît dans mon sourire. Je crains que mon attitude ne trahisse le secret de ma nouvelle vie. Ma pensée se porte dans un élan trouble vers ce qui m'attend à Nassau et surtout après… Que devrai-je faire ? Je ne pourrai ni me confier à mon père ni lui demander des conseils. Non, surtout pas ! Ma mission doit demeurer secrète ! Churchill a assez insisté sur ce point ! Je crois, malgré tout, qu'il aime bien mon père, mais qu'il n'a pas entièrement confiance en lui.

Ma rêverie s'approfondit et je souris malgré moi. Mon fameux père, le duc de Windsor ! Sûrement un homme pas comme les autres, incertain, anxieux, un naïf on ne peut plus royal hors de son milieu, inquiet de ses finances, fasciné par les riches et les puissants. Ne sont-ils pas, lui et sa femme, pris dans un piège qui, pour toujours, les pousse à la dérive à travers le temps, prisonniers de leur union et de leur statut ?

Wenner-Gren n'a-t-il pas mis à leur disposition quelques millions de dollars ?

Je prête l'oreille, pour quelques instants, au vrombissement monotone et constant des gros moteurs de l'avion. Dehors, l'air est d'un bleu de liseron et, en bas, les côtes de l'Islande s'éloignent. Demain, il en sera autrement, je surprendrai l'aube toute rose au-dessus des palmiers et des bambous alors que sera chassée la brume de la mer. Les pots de géraniums et de chrysanthèmes aux parfums d'automne sur la terrasse du jardin seront encore plus éblouissants. Je prendrai quelques jours de repos avant de commencer… Comme tout pourrait être simple ! Ensuite, j'irai voir Étienne Dupuch. Je jouerai au chat et à la souris, menant une partie d'échecs avec des pronazis. Pourrai-je, bientôt, hurler pour enfin me détendre : « *Check-mate !* » Échec au roi ! Quel roi ? Quel chat ? Quelle souris ? Wenner-Gren ? Pourrai-je pousser jusqu'au bout cette aventure ? Serai-je à ce point audacieuse ?

Wenner-Gren ! Son ombre se referme sur moi… y aurait-il encore un souvenir qui me hante et dont je dois me défaire ? Un réflexe, une servitude et un trouble me font trembler. Bientôt, je serai emportée hors de moi-même, résignée à faire *mon* devoir. Que sera-t-il ? Devrai-je faire la navette entre tous les Christie, Oakes et Wenner-Gren des Bahamas ? Non, je ne veux plus y penser et me force au calme en prenant mon journal français.

Là, en première page, les Windsor sont en vedette. Parmi les articles, la légende d'une photo me saute aux yeux : « Le beau-fils de Mussolini et la femme du duc de Windsor ! »

Soudain, tout semble s'effondrer. L'avion fait une embardée et pique… des bagages s'éparpillent et je me retrouve sur le plancher. Je m'attends au pire… Il n'y a pas d'explosion… Dieu soit loué ! L'avion reprend son altitude de croisière.

« Simplement une poche d'air, Lady Belvédère », dit Andrew en m'aidant à me rasseoir sur mon siège.

J'en ai le souffle coupé. Je regarde dehors. Nous sommes, en effet, en train de traverser un lourd nuage couleur d'anthracite pâle. Il doit venter fort. L'avion oscille et bondit de temps en temps. Des stries horizontales de pluie dansent dans l'œil vitreux des hublots. Mes pensées se refroidissent, je respire vite. Du thé et des friandises nous sont offerts.

Moins énervée, rassasiée avec encore un goût de gâteau aux fruits dans la bouche, je reprends mon journal et tombe en plein fascisme avec le comte Galeazzo Ciano, le vainqueur de la guerre contre l'Abyssinie en 1935-1936. Ministre des Affaires étrangères, il préconisa en son temps l'alliance germano-italienne, mais, à la suite des défaites subies en Afrique et au Moyen-Orient, il favorise maintenant une paix – sans le concours de l'Allemagne – avec les Alliés. Mussolini est furieux et sa vie est menacée.

Mais que vient faire la femme de mon père dans tout cela ? Je passe vite sur quelques paragraphes pour m'y rendre.

Wallis Windsor, durant son séjour en Extrême-Orient, était devenue inséparable du séduisant comte Galeazzo Ciano, une affaire de cœur qui fit scandale. Enceinte, elle tenta un avortement qui a mal tourné et qui lui causa, par la suite, de sérieux problèmes. Durant ce même séjour, elle fréquenta, sur les instances de son mari du moment, W. Spencer, les Singing Houses *de Hong Kong, des maisons closes luxueuses où elle a été initiée dans l'art du Fang Chung, un jeu érotique qui consiste à masser longuement avec des huiles chaudes et aromatiques les centres nerveux.*

Le Monde n'y va pas de main morte ! L'orageuse Wallis, la dominatrice aux huiles sensuelles ! C'étaient sûrement les parfums de la bergamote, de la lavande et de l'iris que j'ai humés dans la chambre de Wallis alors que je m'étais permis une visite dans son *inner sanctum.*

Je m'accroche à mon siège tandis que nous traversons une autre poche d'air, mais, comme la précédente, elle ne dure que quelques secondes. Nous quittons les colossales formations nuageuses. Un lac de ciel, azuré entre deux bandes de cirrus, pâlit petit à petit, passant du turquoise au citron vert. Nous avalons les fuseaux horaires et devrions arriver en plein milieu de la journée.

Andrew me redonne mon journal qui a glissé à ses pieds. Je relis l'article, me tourmentant pour mon père. Wallis, la conjointe de l'ex-roi britannique, est une intrigante, une femme complexe au passé douteux, qui a sérieusement, à ce qu'on dit, menacé la sécurité et l'existence de la Grande-Bretagne. Durant le règne de mon père, elle a été soupçonnée de transmettre des secrets d'État à l'ambassadeur allemand, von Ribbentrop. Et dans tout cela, quel fut le rôle de mon père ? Celui d'un complice ? En proie à une vive contrariété, je lance mon journal à terre.

Ce serait donc que Churchill a alors fait preuve d'une grande perspicacité en exilant mon père et sa femme dans les petites îles des Bahamas, où ils seraient probablement l'un comme l'autre dans l'incapacité de nuire à la Grande-Bretagne en temps de guerre. Ces derniers imposèrent leurs franches couleurs et leur goût ambigu d'honorabilité dans la petite colonie, où les avaient précédés leur histoire, leur légende, leur prestige de stars et leur statut *royal.* Cela aurait dû suffire à endormir les soupçons qui pesaient sur eux…

Quand j'essaie de trouver ce que je pourrais changer dans la vie de mon père, j'en deviens défaillante. Pour commencer, je bannirais à tout jamais des Bahamas Wallis et l'obligerait à divorcer de mon père. Est-ce que je la déteste à ce point ?

Je me secoue… il me manque les mots, et surtout l'argument essentiel qui me permettrait de blâmer Wallis et de couvrir d'infamie cette aventurière. Ah, j'en ai marre après tout ! Je vais essayer de me concentrer sur mon écriture. M. Dupuch appréciera sûrement le compte rendu de mon séjour à Londres, d'autant plus qu'il est signé Lady Belvédère. J'y dépeins, sur fond de guerre, la vie au quotidien de l'une des plus grandes villes du monde.

Chapitre XIX

Devant moi, sur le quai balayé par des rafales hostiles, Nassau déploie ses palmiers et la diversité de ses habitations groupées autour du port. Sur un pan de ciel opaque, l'air lourd laisse présager un orage. En descendant du *Munargo*, je vois, appuyé contre la voiture diplomatique de mon père qui m'attend... eh oui, c'est lui, c'est Jim ! Mon cœur saute dans ma poitrine et, laissant Andrew et mes sacs de voyage, je cours vers lui et me jette dans ses bras. Il me serre contre lui. Pendant quelques secondes, je ne sais que pleurer de bonheur.

« Oh, Jim, dis-je enfin, vous êtes revenu ! Que Dieu soit loué ! »

Il me repousse, enlève ses lunettes et me regarde droit dans les yeux.

« Oui, miss Mary Ann, je suis revenu ! »

Cet homme que je connais si bien me remplit d'une joie tellement noble que mon cœur se serre.

« Dites, Jim, vous n'êtes pas là que pour une visite ? »

Comme il a changé ! Mais je reconnais son visage, ses yeux dans lesquels se lit son dévouement, ses mains qui réchauffent mes épaules… oui, je reconnais tout cela et j'en suis fière.

« Non, miss Mary Ann. Votre père s'inquiète et m'a demandé de reprendre du service. »

Mon cœur s'alourdit… il n'est pas revenu pour moi. Je le regarde, je le jauge, je l'écoute. Je perçois aussi le doux clapotis de la mer entre le quai et le navire que je viens de quitter qui semble approuver. Que m'importe alors la raison de son retour ! Tout devient plus simple puisque Jim est là !

« Nous serons comme avant, Jim, n'est-ce pas ? J'ai tellement de choses à vous raconter ! »

Lentement, le signe attendu se produit : il acquiesce et je lui saute de nouveau au cou.

« Merci, merci, Jim. Je suis si heureuse ! Vous êtes tout à fait rétabli à ce que je vois ! »

Que j'aime l'odeur du port et le parfum des fleurs entassées sur le quai ! Le temps orageux s'éloigne, la lumière se fait plus claire, parant l'eau du port d'un bleu moiré. Je regarde alors cette illumination comme un symbole : c'est comme si une longue histoire commençait.

« Comment va mon père ? » demandé-je alors que Jim m'aide à monter dans la voiture.

Il s'assied près de moi.

« Il va bien, miss Mary Ann.

– Il s'en faisait à mon sujet ? Pourtant, je l'ai appelé de la Grande-Bretagne… »

Mon garde du corps, qui s'est installé près du chauffeur, se tourne vers nous.

« Milady, ça a été pour moi un honneur de vous accompagner et je vous remercie de votre grande courtoisie, mais il faut maintenant que je regagne ma caserne.

– Oh, Andrew, c'est moi qui vous remercie. Je me suis sentie en toute sécurité avec vous ! »

Et il sort de ma vie comme il y était entré, sans tambour ni trompette. Je serre sa main avant qu'il nous quitte devant les casernes. La voiture a dû faire un assez long détour pour l'y déposer, mais cela m'est égal, maintenant que Jim est à mes côtés. J'admire la variété de la végétation et les couleurs gaies de Nassau.

« Où est votre femme, Jim ?

– Elle s'est rendue à Kirkland Lake, en Ontario, afin de prendre soin de sa mère qui est très malade.

– Je regrette, Jim, que vous soyez si souvent séparés, tous les deux.

– Nos arrangements font bien notre affaire, miss Mary Ann. Margaret est une femme merveilleuse, qui me comprend. »

Il ne bouge pas et respire faiblement, vite, avec un léger frémissement des ailes de son nez.

« Jim, il faut que nous discutions. Si vous le voulez bien, je vous vois demain, à neuf heures, près de la piscine ?

– Oui, miss Mary Ann, sans faute. Reposez-vous bien. »

Je le quitte d'un signe de la main et entre dans le hall de Government House d'un pas léger. Je fais demitour, reviens sur mes pas afin de saluer la statue de Christophe Colomb, toujours imposant et grave sur son grand socle. La voiture et Jim n'y sont plus.

« Bonjour Sidney, comment allez-vous ? dis-je au majordome qui s'empresse de m'ouvrir la seconde porte de l'entrée.

– Nous sommes heureux de votre retour, milady. Désirez-vous quelque chose ?

– Merci, Sidney, pouvez-vous simplement vous occuper de mes valises. *His Royal Highness* est à son bureau, je suppose?

– Non, milady, il n'est pas encore rentré. Le chauffeur va le chercher dans une heure.

– Je vous remercie, Sidney. Je monte à ma chambre.»

À demi nue, je me glisse, épuisée, sous l'édredon du lit. Mes yeux se ferment, mes bras tremblants cherchent l'ombre d'un homme que j'embrasse…

«Claude, je t'aime… Jim est revenu…», murmuré-je avant de sombrer dans un profond sommeil.

Je m'éveille, un peu égarée.

«*My dear, dear little girl…*», susurre une voix chaude près de mon oreille.

J'ouvre les yeux sur le visage de mon père. Il touche presque mon nez; je respire son haleine au parfum de tabac blond et le musc de sa joue qui se pose contre la mienne alors que sa bouche cherche mes lèvres…

«*My darling little girl*», répète-t-il.

Il me soulève, me serre contre lui et m'embrasse à pleine bouche. Encore ensommeillée, je goûte, immobile, la présence de mon père. Mais, lorsqu'une plainte se forme dans sa gorge et qu'il murmure: «ma petite Valérie», je reprends mes esprits, le repousse et retombe sur mon lit. Je refuse de prendre part à son drame, je ne suis pas celle qu'il cherche. Il répète comme une prière le nom de ma mère qui l'apaise. Je passe une main sur mon front, des larmes sourdent entre mes paupières. Je vois la souffrance sur son visage pâle. Mon père savoure encore le nom qui s'envole si vite et qui dessine sur ses lèvres le mouvement d'un baiser.

Je cherche l'autre duc de Windsor, l'image fragile d'un père qui se cache derrière les yeux quasiment violets qui me dévisagent. Je n'y vois que la grâce d'une résignation désenchantée. Un élan de pitié et de tendresse me pousse à caresser son visage, alors qu'il baisse ses yeux pleins de larmes. Comment puis-je lui faire oublier les sentiments qu'il a éprouvés pour ma mère et les souvenirs que je lui rappelle ?

Mais je n'ai pas à chercher, des pas résonnent dans le corridor. Mon père s'écarte de moi en soupirant.

« David ! crie la voix de Wallis.

– J'arrive, *darling* !

– Je serai dans la bibliothèque. N'oublie pas nos invités ! »

Un sourire rapide éclaire son visage alors qu'il se lève et rajuste le nœud de sa cravate. Du plus profond de mon angoisse monte un scrupule, débile, et un peu perfide.

« Le devoir m'appelle, Mary Ann. Tu commanderas à manger à la cuisine, si tu le veux bien ! Tu es contente du retour de Jim ? continue-t-il en se dirigeant vers la porte.

– Oui, *father* ! À demain. Claude vous envoie ses amitiés.

– Ah oui, Claude… »

Un petit bout de temps s'écoule dans le silence, puis il s'échappe. Un reflet du soleil couchant danse en un petit miroir d'or sur le mur en face de moi. Je me résigne, privée de Claude et de mon père pour ainsi dire, en ce premier soir de « mon ancienne vie à Nassau ». Heureusement, Jim est là. Le parfum d'huiles aromatiques flottera-t-il dans le couloir cette nuit ? Qui sait ?

Un vent doux, silencieux, va d'un bout à l'autre de ma chambre, ventilant la pièce et me rafraîchissant.

La fin de l'automne dans les Bahamas est chaude et humide. La différence entre le ciel gris d'Angleterre et la luminosité tendre d'un ciel couleur pervenche pardessus les fastes de fleurs ne peut être plus phénoménale qu'ici, au lever du jour. Pensive, je regarde le bras de mer prisonnier entre Hog Island et New Providence et, dans la courbe d'une jetée, les tartanes peintes de corail et d'un rose de tourterelle. Tout est si chaudement coloré à Nassau. Je suis debout, aux aguets dans un monde encore endormi, éveillée avant Government House.

Hog Island, dont je vois la pointe, l'île de Wenner-Gren, lutte avec l'azur de la mer aurorale. Où est Axel en ce moment même ? Je sais que son domaine de Shangri-La a été fermé et qu'il est banni des Bahamas depuis déjà plus d'un an. J'ai appris que de l'avoir placé sur une liste noire a permis aux autorités de remonter les filières de ses sociétés – la Banque des Bahamas, Mobilia SA et toutes les autres – et de mettre au jour l'ampleur des sommes d'argent qu'il a manipulées. Il en a aussi résulté une autorisation à procéder à des fouilles sur les terrains de sa propriété à Hog Island, où les rumeurs, montées en épingle par le journaliste américain Walter Winchell, y ont situé une cale pour sous-marins et une piste d'atterrissage. Un démenti officiel a été publié par le secrétaire colonial en février de cette année 1942.

Se sent-il traqué, mon amant d'un jour ? J'en doute fort ! Se souvient-il de la dette d'honneur que je lui ai payée ? Mes yeux s'embrouillent. Il me hante, comme le premier naufrage de ma vie de couple. Pourtant, j'avais essayé de refréner la jouissance, de maintenir un mutisme exaspéré... mais j'avais finalement sombré dans le délire du plaisir. J'étais accablée et honteuse alors que nous démêlions nos jambes... je le suis encore. M'est-il possible d'effacer un souvenir miséricordieusement voilé par la distance ? Axel a été mon maître, alors que j'étais une jeune fille encore presque vierge soumise à la passion charnelle qu'il avait déchaînée en moi.

Se promène-t-il dans le *Southern Cross* à pister les convois alliés et à radioguider les U-Boote vers eux, comme par le passé, ou est-il à Cuernavaca ? Je secoue mes épaules. J'appelle tout mon courage et je réussis à détourner mes regards de la langue d'eau entre Hog Island et Nassau. Des larmes coulent sur mon visage.

« Pardonne-moi, Claude, je te suis infidèle ! »

Chapitre XX

« Il fut un temps où j'étais heureuse… », murmuré-je. Cette expression abstraite semble aujourd'hui belle et bien enfermée dans mon passé. Lasse d'avoir mal dormi, je me promène dans les allées du jardin de Government House en attendant que Jim vienne me rejoindre. Je passe devant la nouvelle rocaille et l'étang de liliacées que mon père a fait aménager. L'air fleure l'eucalyptus et les oranges mûres ; de délicats papillons et quelques guêpes, réveillés de bonne heure, butinent parmi les abricotiers. Le bas du jardin retient une laiteuse clarté qui n'a pas sa source dans le ciel… un reste de la chaleureuse vapeur matinale probablement. Il serait si facile de céder à une torpeur enfantine sous le soleil oblique, surtout après une nuit agitée comme le fut la mienne.

Wallis s'est retirée tard dans le monde mystérieux de sa chambre fermée à double tour. J'ai aussi cru entendre des pas errants dans le couloir. Des ombres flottaient. Les pluies nocturnes de ce temps d'automne marquaient une attente qui se prolongeait. Tout bruit me faisait sursauter. Je souffrais de me retrouver seule dans mon lit… il me manquait la délicieuse présence de

Claude. Une heure a sonné au clocher de St. Andrews, alors que je m'efforçais encore à trouver le sommeil.

Je m'assieds sur le banc en face de la piscine. Un vent faible remue les verdures et les fleurs ; les oiseaux pépient dans les branches du mimosa au-dessus de ma tête. Je perçois mieux, ici, au fond du jardin, la chaleur bleutée de Nassau. Mon Dieu, que l'Angleterre est loin ! Où est Jim ? J'ai tellement de choses à lui dire. Je manque de confiance, torturée par mes scrupules.

« Bonjour, miss Mary Ann, dit une voix derrière moi.

– Bonjour, Jim. »

Son regard s'accroche au mien et je souris simplement. Comme il est beau sous son chapeau de paille !

« Jim ?

– Oui, miss Mary Ann !

– J'ai des conseils à vous demander. Vous êtes le seul à qui je peux m'adresser. Mais d'abord, dites-moi pourquoi vous êtes revenu ! J'ai eu tellement de peine quand... »

Il m'interrompt :

« Après ma convalescence, l'idée de la retraite me rendait malade. Margaret a bien compris mon besoin de me remettre au service du prince de Galles.

– Il est toujours le prince de Galles pour vous ? »

Gravement, il hoche la tête de haut en bas.

« Le prince bien-aimé, n'est-ce pas, Jim ?

– Oui, miss Mary Ann, je lui suis dévoué. »

J'attends qu'il ajoute : « à vous aussi ». Il reste muet, mais son regard en dit long. « Marianne, tu te surveilles avec Jim, pensé-je en lui souriant, alors que tu n'avais jamais été méfiante avec lui auparavant... »

« Êtes-vous au courant de mon voyage au Royaume-Uni ?

– *His Royal Highness* m'en a parlé. Vous avez été convoquée par M. Churchill, n'est-ce pas ?

– Oui, Jim. Et ce que je vais vous dire devra rester secret… vous me comprenez, n'est-ce pas ? »

Il fait signe que oui, et je continue :

« C'est important, Jim, et vous serez le seul au courant, à part Churchill, Claude et quelques officiers de l'Intelligence Service, de la mission qui m'est confiée. »

Il secoue la tête en signe d'assentiment. À voix basse, comme si je craignais d'être entendue, je lui raconte tout, étape par étape, depuis sa visite à Nassau à l'occasion de mon mariage jusqu'à mon rendez-vous dans les souterrains de Londres. Il m'écoute, comme à son habitude, la tête penchée, avec un éclat voilé au fond du regard où, de temps en temps, danse une intensité farouche. Le chant impertinent d'un merle rompt le fil de mon discours. Je regarde autour de moi et hume le parfum des cèdres, encore nocturne, qui commence à se dissoudre dans le soleil ascendant. Les ombres raccourcissent dans les allées.

« Votre mission terminée, miss Mary Ann, qu'avez-vous l'intention de faire ?

– Je retourne à Londres où Claude et moi nous nous installerons pour un temps indéfini. »

J'attends, patiente. Jim se tait, entrouvre la bouche et mordille ses lèvres.

« J'ai moi-même l'intention de rentrer en Écosse, après la guerre. Margaret et moi en avons longuement discuté.

– Alors, Jim, vous pourrez m'accompagner, dans ma mission et en Europe ? »

Je suis soudain timide devant lui et devant mon emportement. S'il refusait ! Je me lève et me dirige vers des buissons d'aubépines devant lesquels je m'immobilise en posant mes mains sur mon visage de manière à ne voir qu'eux, redoutant la réponse de Jim. Je sens l'affolement naître en moi, obscur et vague, cherchant en vain à s'apaiser. Le silence de Jim m'effraie.

« Et quand commençons-nous, miss Mary Ann ? »

Je me retourne d'un bond.

« Vous acceptez, Jim ? »

Il penche la tête. Je lui saute au cou et l'embrasse longuement sur la joue… ses yeux brillent étrangement ; la petite lueur que je connais si bien y danse de nouveau, confuse.

« N'est-ce pas ce que j'ai laissé entendre, miss Mary Ann, dit-il en se dégageant un peu brusquement. J'irai d'abord voir Patrick Murphy, mon ami, au poste de police. Il est une source de renseignements intarissable. Nous avons pris un verre il y a deux jours. Ensuite, nous irons rencontrer Étienne Dupuch. »

Je rentre pour le petit-déjeuner. Mon père et Wallis sont déjà à table, dans le petit salon. Wallis, silencieuse, me tend une joue creuse, et j'embrasse aussi mon père, avant de m'installer en face de lui.

« Tu es bien matinale, remarque mon père.

– Oui, j'ai mal dormi et je voulais voir Jim. »

Je regarde Wallis. Son visage, bien maquillé, accuse son âge. Elle est d'une maigreur maladive, mais elle est bien mise, naturelle, aussi impeccable qu'une peinture miniature. On la dirait souffrante… son ulcère d'estomac, je suppose, comme d'habitude.

« Que vas-tu faire aujourd'hui ? » me demande mon père.

« Plusieurs choses. Je dois prendre rendez-vous avec Étienne Dupuch. Je vais être journaliste, *father*.

– Journaliste ? La fille du duc de Windsor ? »

Wallis bafouille et avale de travers sa gorgée de café. Je la regarde, alarmée… elle va sûrement s'étouffer.

« *Darling*, tu veux quelque chose ? » lui demande mon père d'une voix soumise.

Elle secoue la tête, porte sa serviette à sa bouche et me lance un regard dur.

« Vous n'êtes pas sérieuse, Mary Ann !

– On ne peut plus, madame ! Et puisque cela semble vous intéresser, je signerai mes articles Lady Belvédère ! »

Les yeux de Wallis, saillants, confus, un peu sauvages, me toisent. J'en ressens un amer contentement. J'ai enfin de l'effet sur elle et elle ressemble pour l'heure à l'héroïne d'un drame, impatiente et hostile. Elle tourne en dernier lieu son regard vers mon père.

« Tu le savais, David ?

– Je sais qu'elle y a pensé !

– Et tu ne m'as rien dit ? »

J'interviens :

« Je ne vous croyais pas si intéressée, madame ! »

Elle rit tout à coup, la tête renversée par en arrière.

« Ça, c'est le comble, dit-elle en étouffant sa voix. Une vulgaire journaliste... Je crois que vous auriez mieux fait d'amadouer la " grasse cuisinière " de Buckingham Palace… elle vous aurait trouvé un emploi digne de la fille du duc de Windsor ! »

Le visage de mon père s'est métamorphosé. Il est suffoqué par le reproche et l'incertitude, mais son air de chien battu reprend le dessus. Un petit feu brille tout de même dans ses yeux qui se rapetissent et son visage finit par se durcir complètement. Wallis agite vivement une main en l'air comme pour effacer des paroles qu'il n'a pas prononcées.

« David, bien sûr, vous ne direz rien à votre *darling little girl!* Elle peut en faire à sa guise, elle ! Elle part en Europe avec un mari et revient seule. Vous ne trouvez pas ça curieux ? Que fait-elle ici ? Et lorsqu'elle sera gratte-papier que va-t-elle dévoiler sur vous, sur moi ? Vous y avez pensé, David ? »

Par des mouvements imperceptibles, les traits de mon père redeviennent ceux d'un homme qui reprend courage.

« *Darling*, dit-il, j'ai la certitude que ma fille ne fera rien au monde qui aille à l'encontre de ce qui nous touche...

– Vous le croyez, vous ? Est-elle un ange, votre mijaurée ? Qu'est-elle allée faire en Europe ? Vous le savez ? »

Je presse les paumes de mes mains entre mes genoux... un peu plus de pression et mes doigts craqueraient. Je ne suis pas anxieuse, malgré que le ton de la conversation se rapproche de celui d'une querelle. Elle m'est vraiment hostile, ce matin, la belle-mère. Elle continue de me toiser de son regard impertinent qui m'interroge d'une manière pressante.

« Vous désirez donc que nous nous mettions à table, madame ?

– Une locution de journaliste, probablement ! Oui, Mary Ann, que faites-vous ici ? »

J'appuie mon dos contre le dossier de ma chaise.

« Dois-je vous rappeler, madame, que je suis ici dans la maison de *mon* père ? »

Wallis essaie de réprimer une quinte de toux. Mon père garde les yeux dans son assiette. Je lève une main pour empêcher toute réplique, alors que, de l'autre, je me verse une tasse de café, avant de continuer :

« *Father*, madame, mon mari est resté en Angleterre pour faire *sa* petite part dans l'effort de guerre avec sa musique et ses concerts. J'espère que vous n'y voyez rien à redire ! Claude en a déjà trop fait à mon goût ! Ne l'oubliez pas ! J'ai vu Londres sous les décombres ! J'ai vu les Anglais essayer de mener une vie normale sous la menace constante des bombardements ! Dans votre nid douillet et princier de Government House, savez-vous de quoi je parle ? »

Je ressens au cœur un petit froid. Les yeux de mon père ne quittent pas les miens. Wallis porte sa serviette contre son visage.

« Oui, M. Churchill nous a convoqués ! Oui, il m'a confié une petite mission qui n'a rien à voir avec vous deux, je vous l'assure ! Madame, continué-je en pointant Wallis du doigt, mettez vos doutes et votre amertume de côté. Je n'ai jamais souhaité que vous jouiez pour moi le rôle d'une mère. »

Son visage pâlit encore ; mon père lève sa main, il semble bouleversé.

« Mary Ann ! qu'est-ce qui te prend ? Je te défends de parler ainsi à ma femme !

– Je le regrette, *father*, mais c'est madame qui a passé à l'attaque. Qu'avez-vous à me reprocher ? Je suis la fille du duc de Windsor, un point c'est tout ! Et je vais essayer de faire mon petit bonhomme de chemin, honorablement, sans bénéficier des privilèges auxquels vous avez normalement droit ! Si les gens arrivent à faire des comparaisons ? Eh bien, qu'il en soit ainsi ! Mon nom m'appartient et je vais m'en servir. Pour beaucoup de personnes, il ne dira rien, si ce n'est peut-être qu'il sonne bien. Et mon mari est de mon avis. »

Mon cœur bat vite. Comment vont-ils réagir ? Vont-ils se fâcher ? Non, ils demeurent silencieux. J'ai blessé mon père. Ça, je le sais. Je lui adresse, en hochant la tête, mon regard le plus affectueux.

« Lord Beaverbrook, avec qui j'ai signé un contrat, va publier dans son journal mes essais sur la situation contemporaine… ce sera en quelque sorte les réflexions d'une jeune personne qui voyage. Il me fait confiance. Ah ! pendant que j'y pense…, *father*, Lord Beaverbrook et M. Churchill vous envoient leurs meilleures amitiés. »

Le visage de mon père change une fois de plus. À le voir ainsi, sous une lumière bleue qui lui colle au front, il semble appartenir mollement à un autre monde, comme s'il lui manquait énormément de choses. Ses yeux m'accusent, ses lèvres se pincent. Et Wallis ? Il m'importe peu d'être brouillée avec elle. J'ai, surtout, l'habitude de sa sécheresse et de son indifférence.

Je suis impatiente avec moi-même, avec eux. Mon père va-t-il faire voir le mauvais caractère dont on le dit capable ? Je me lève.

« J'ai beaucoup à faire, excusez-moi.

– Mary Ann, j'ai à te parler, dit mon père d'une voix glaciale.

– Oui, *father*, mais pas tout de suite, et, si possible, tâchons d'éviter toute querelle. »

Je les quitte et ferme la porte derrière moi. La voix courroucée de Wallis perce les murs, alors que je m'éloigne.

Jim et moi nous acheminons vers le *Nassau Tribune* pour notre rendez-vous avec Étienne Dupuch. Je lui raconte mon petit-déjeuner avec mes parents.

« La duchesse est très nerveuse, miss Mary Ann. Il vous faut user de patience avec elle, et aussi avec monsieur votre père.

– Jim, je n'ai pas à vous le répéter, Wallis ne m'aime pas, et moi, bien entre nous, je la déteste. Elle n'a pas à me faire la morale, la belle-mère, avec sa longue histoire louche. Je ne veux pas m'étendre sur ce sujet, Jim, vous savez exactement ce dont je parle. »

Jim hoche la tête sans me poser de questions. Il ne fait qu'un signe que j'interprète comme s'il disait : « Passons là-dessus. »

« Écoutez, Jim. Mon jugement sur elle ne remet pas en cause ce qu'elle est pour mon père... elle pourvoit à ses besoins, un point c'est tout. Elle représente en quelque sorte sa figure maternelle, Jim, un substitut, rien de plus. Elle est peut-être son *maître*, mais il ne faut pas qu'elle croie qu'elle peut être le mien ! »

D'un geste de la main qui semble balayer l'air devant nous, Jim déclare, d'une voix ferme :

« Miss Mary Ann, revenons à nos moutons. Ce que vous avez l'intention de faire peut s'envisager sous différents angles. J'ai lu vos articles sur Londres, ils sont excellents et plairont sûrement à Étienne Dupuch... Par son intermédiaire, vous pourrez les proposer à la presse américaine et canadienne. Et vous avez parfaitement raison en ce qui concerne votre signature… Lady Belvédère sonne bien. Pour ce qui est de l'avenir immédiat, puis-je vous suggérer quelque chose ?

– Je ne demande pas mieux, Jim ! »

Il pose sa main sur mon bras, puis la retire ; ses yeux se voilent.

« Eh bien, il vous faut trouver un sujet qui puisse vous donner l'opportunité de rencontrer ceux que vous avez à espionner. Pour commencer, je crois que les réflexions, surtout les spéculations, d'une jeune femme sur la jeunesse d'un monde en guerre vont l'intéresser…

– Mais Jim, que faisons-nous de ceux qui fraudent le marché financier britannique en recyclant des capitaux sales ? C'est ce que Churchill voudrait savoir. J'ai cru comprendre qu'Harold Christie et le frère du président mexicain, le pronazi Maximinio Camacho, sont de connivence pour faire sortir des fonds importants des Bahamas…

– Il n'y a pas qu'eux, miss Mary Ann. J. H. Anderson est le *bagman* d'Axel Wenner-Gren. Il lui a, paraît-il, amené plus de sept cent cinquante mille dollars en décembre dernier. À moins d'une coopération totale de la part du gouverneur, votre mission sera difficile. »

Jim s'arrête de parler, me regarde. Cherche-t-il une réticence, une réfutation ? Il se contente, patiemment, d'attendre que je lui réponde. Je me sens soudain fatiguée. Quoi qu'il en soit, Axel Wenner-Gren se profile à l'arrière-plan ! Mes mains se crispent, mon cœur bat plus vite. Il me semble qu'il se rapproche… Mon Dieu, que me faudra-t-il ? Du courage, de l'astuce ? En y pensant, je m'efforce de rester calme.

« Je ne peux demander l'aide de mon père, vous le savez. Je sais déjà qu'il y a des collusions entre lui et Wenner-Gren. Vous ne pensez pas, Jim, qu'il trempe dans les combines de Christie et de Camacho ? »

Il hausse les épaules. Mon odieuse mission va me réclamer énormément de patience et de savoir-faire, et, surtout aujourd'hui, il me faut surveiller la manière dont je formule mes objectifs, en particulier avec Jim, qui s'est assombri, et aussi avec Étienne Dupuch. Demain, je l'espère, je ne buterai plus sur mon impuissance et je trouverai le bon chemin avec plus de sagesse. Jim me regarde avec insistance.

« Miss Mary Ann, allons-y. Vous êtes une journaliste en quête de toute information concernant la vie et les idées politiques des jeunes d'aujourd'hui, dans un monde en guerre... ce sera un début, une entrée en matière si vous voulez, votre laissez-passer... ou peut-être une série d'articles sur la culture indienne, oui, cela pourrait convenir ! »

Jim s'immobilise et son expression se fige, comme s'il s'était transformé en statue. Je touche son bras. Son regard se durcit.

« L'un de vos gros gibiers est, en ce moment, en train de retourner à Veracruz !

– Wenner-Gren ? »

Il acquiesce de la tête.

« Alors, que devons-nous faire, Jim ?

– Allons voir Étienne Dupuch. Ensuite, nous irons au Mexique ! »

Étienne Dupuch, l'éditeur du *Nassau Tribune*, nous reçoit dans son bureau, juste derrière son imprimerie. Il est métis, ce qui est commun à une partie de la société de Nassau – noir, français, avec une passion pour tout ce qui est britannique –, et est membre de la *House of Assembly*.

Il s'empresse de contourner son bureau et je lui tends la main en disant :

« Je suis Mary Ann de Foucault. Permettez-moi de vous présenter M. James McNish-Porter.

– Je suis heureux de vous revoir enfin, Lady Belvédère, et vous aussi, monsieur McNish-Porter. Puis-je vous offrir un café ?

– Nous acceptons avec plaisir. »

Son empressement me touche alors qu'il tire des chaises et nous aide à nous asseoir ; un grand sourire barre son visage. Se sourit-il à lui-même, désireux de plaire ?

« Clara, trois cafés avec crème et sucre », dit-il dans son interphone.

Il se cale dans son fauteuil, nous regarde tour à tour, puis demande, d'une voix respectueuse :

« Que me vaut l'honneur de votre visite ? »

Je me sens très à l'aise et décontractée. Ma mauvaise humeur, à la suite de ma petite altercation de ce matin et de ma conversation avec Jim, s'est dissipée.

Notre entrevue dure plus d'une heure. Au fond, ne cherche-t-il pas plutôt à me plaire ? De publier les articles de la fille du gouverneur, au noble dénominatif de Lady Belvédère, sera un atout pour accroître son lectorat. Il est emballé, et il achètera tout ce que je daignerai lui envoyer, déjà conquis par mes articles sur Londres. Dupuch, le grand anglophile, me fait entièrement confiance. Ma rémunération est fixée et je ne m'en mêle pas puisque Jim s'en occupe. De toute façon, cette question tient bien peu de place dans mes préoccupations.

Une petite aile de lumière entre d'une haute fenêtre et touche, par fluctuations inégales et bleutées, le visage cuivré de Dupuch ; ses yeux clignotent rapidement. La petite aile de lumière enlumine le mur de chaux rose et diapre la lourde table où sont entassées une multitude de paperasses et le dernier numéro du *Nassau Tribune*. Je me lève pour partir et Étienne Dupuch s'empresse de nous saluer.

« Je vous remercie, lui dis-je. Vous comprenez donc que, à titre de journaliste free-lance, je vais offrir mes articles ailleurs.

– Bien sûr, Lady Belvédère. Je n'oserais exiger l'exclusivité de vos articles. Vous êtes douée, milady ! Rien qu'à lire rapidement vos textes, j'y vois un grand talent ! »

Une idée soudaine me vient à l'esprit et je me mets à respirer plus vite.

« Monsieur Dupuch, puis-je vous poser une question qui vous paraîtra sans doute insolite ?

– Bien sûr, milady.

– Sauriez-vous où je pourrais me procurer un dictionnaire suédois-français ? »

Ses yeux reflètent un peu de surprise. Il ne bouge pas, sourit pour lui-même. Finalement, la réponse arrive :

« Un ami de longue date en possède un qu'il a gardé de son voyage en Scandinavie. Je vous le fais parvenir ?

– Non, si vous le permettez, je viendrai le chercher, dit Jim.

– Très bien, je l'aurai demain. »

Je lui tends la main. Il la serre délicatement et y pose ses lèvres.

« Ce sera notre petit secret, n'est-ce pas, monsieur Dupuch ?

– Oui, milady. »

Jim, à son tour, lui tend sa main. Nous sortons.

« Une idée géniale, le dictionnaire, miss Mary Ann, dit Jim.

– N'est-ce pas ? Cela me servira peut-être ! »

Un peu lasse – un coup de cafard sans doute –, je suis Jim qui se dirige vers Mackey Street. Nous marchons en silence. Une gravité absurde me tenaille. Je me vois rechercher le temps où je rêvais dramatiquement dans mon couvent. À cette époque, ma mission était si simple : trouver mon origine et la revendiquer. Aujourd'hui, mon patrimoine ancestral me pèse. Si je n'étais pas Lady Belvédère, je ne serais pas en train de planifier des stratégies qui ne mèneront peut-être à rien ! Mais je me suis engagée à tenter l'aventure !

C'est peut-être ici même, en plein cœur de Nassau, que j'endosse le déguisement qui me permettra d'appâter, secrètement et presque sans bruit, mes gros gibiers.

Je hume les parfums d'orangers et de fumée de bois. Des oiseaux montent en chantant vers la clarté bleutée du ciel. Je quête un peu d'humidité sous le soleil à son zénith et brillant encore assez fort pour un mois de novembre qui nous a donné deux ou trois jours de grandes chaleurs. Mais je sens que l'astre qui abrège sa course vers l'hiver n'est plus aussi chaud qu'il y a un mois. Un homme à cheval passe devant nous alors que nous descendons Bay Street. Nous sortons de l'ombre d'un mur pour nous retrouver devant la devanture lumineuse de l'hôtel Victoria. Je la regarde avec stupeur, comme si le destin s'acharnait contre moi… que faisons-nous par ici ? Je ressens soudainement les émotions de cette jeune fille fragile qui s'est égarée dans un érotisme indomptable contre lequel elle se débattait alors qu'Axel Wenner-Gren la forçait à s'y soumettre. J'en ai les larmes aux yeux. Et c'est lui, ce même Wenner-Gren, que je dois traquer. Jim prend ma main et murmure :

« Excusez-moi, miss Mary Ann, j'ai oublié où nous étions. »

Je regarde les géraniums-lierres fleuris de rouge carmin qui pendent aux balcons. Un figuier embaume l'air. J'avance rapidement, désireuse de m'oublier dans le tumulte de la mer.

« Jim, allons à la plage avant de rentrer. On s'y sentira mieux. Ne trouvez-vous pas que le vent transporte de nouveau la sécheresse ? Et je n'ai pas envie d'affronter mon père tout de suite… »

J'éprouve encore, à la hauteur du cœur, une contraction pénible. Après mon émoi devant l'hôtel Victoria, j'espère que je n'aurai pas à voir Wallis aujourd'hui.

Jim attend, patiemment, en m'aidant à traverser la rue, que je continue à lui parler. Son visage est un masque affable, éveillé. J'hésite. Une sorte de souffle passe dans mon esprit, une fausse assurance que je me force à réfuter et qui me laisse une sensation nette et refroidie. À la guerre comme à la guerre !

« L'air de la mer nous changera les idées. Allons-y, Jim ! »

Une fois dans le bureau de mon père, je lui laisse paraître la froide prévenance d'un enfant qui tente d'aller au-devant des paroles d'un père tendu et stressé. « Je suis si triste ! » semblent dire ses yeux.

Soudain, je ressens une grande détermination. D'un signe de tête et d'un sourire que je veux rassurant, j'invite le duc de Windsor, assis derrière son bureau, à parler. Il me regarde, tressaille et exhale une sorte de récrimination irritée :

« Mary Ann, tu ne comprends pas les désagréments que causent tes plans de carrière. Je m'inquiète ! Je suis, ne l'oublie pas, le gouverneur des Bahamas !

– Et l'ex-roi de la Grande-Bretagne ! » ajouté-je.

Il proteste de tout son corps, mais ne réplique pas. Il continue, après avoir balayé une mèche de cheveux qui retombait sur son front.

« Et tu dois respecter ma position et ne rien faire qui puisse nuire à ma réputation et à celle de ma femme !

– Je laisserai cette tâche à d'autres ! » ne puis-je m'empêcher de rétorquer.

Dans chacun de ses yeux, pers dans la lumière vive, un point scintillant danse… qui se change en une larme. Il remue les épaules et serre la bouche. Je suis atterrée. Un mouvement de loyauté et d'amour me jette contre lui ; j'entoure son cou de mes bras. Il essaie de se mettre debout, mais je le retiens. J'essaie de le consoler, j'éprouve une douceur profonde à le savoir tout à moi, même si je lui fais de la peine. Je murmure dans ses cheveux :

« Papa, excusez-moi, il m'est si pénible parfois d'exprimer, sans vous blesser, ce qui passe dans ma tête, et qui est l'opposé de ce que vous désirez entendre. Il faut que vous compreniez qu'il est grand temps que je mène ma vie, celle que j'essaie de structurer avec et autour de Claude, sans vous et sans que vous y jouiez quelque rôle. *Father*, je pourrais vous mentir, simplement pour vous plaire, mais je ne veux pas qu'il y ait de dissimulations entre nous ! Il ne faut pas que des mots flétrissent tout. Pour ce qui est de ma vie, actuellement, elle n'est pas tout entière à moi… et je me dois de faire de mon mieux… »

J'embrasse ses cheveux et je contourne son bureau pour m'asseoir en face de lui. Son air douloureux, son visage abattu et navré qui semble succomber sous le poids d'une lourde douleur me rend humble et je me sens un peu coupable devant cet ex-empereur de l'un des plus grands empires des temps modernes, mais, déjà, les coins de sa bouche se relèvent et il esquisse un sourire.

« Ma pauvre chérie, bien sûr, tu dois faire ta vie comme tu l'entends ! Va avec l'esprit tranquille et le cœur content puisque tu as pris une décision, mais ne m'abandonne pas et essaie d'être gentille avec Wallis, elle est si nerveuse. »

Je serre mes mains l'une contre l'autre, mes pensées se refroidissent.

« *Father*, Wallis ne m'aime pas, et vous le savez.

– Elle est ma femme, Mary Ann, et je l'aime ! »

Je le devine plein de zèle et d'attentions, comme s'il palpait en lui une secrète faveur. Je hoche doucement la tête, comme si je lui disais peut-être.

« Je me sauve, *father*, je dois parler à Jim. Il va m'accompagner dans mes démarches. Vous n'y voyez pas d'inconvénients, n'est-ce pas ? »

Il fait signe que non. Je saute sur mes pieds, lui envoie un baiser du bout des doigts et le laisse. Je me retourne avant d'ouvrir la porte… il a déjà une cigarette à la bouche et ses yeux sont baissés sur ses papiers.

Je frôle le mur de la bibliothèque. Seule dans le grand couloir, je fuis passagèrement ma tristesse. N'en suis-je pas à quitter, dans ma tête, ce royaume secondaire que Wallis a bâti autour d'un ancien roi ? Pourtant, je devrais me sentir chez moi, ici, dans la maison de mon père, mais je n'arrive pas à me cacher mon mal : je suis loin de Claude et une certaine froideur règne dans cette maison. Je soupire d'une angoisse que je ne peux nommer. Brusquement, j'ouvre la porte de la bibliothèque ; le Bechstein, protégé de la lumière vive du jour, m'invite à pianoter. Oui, je vais jouer. La musique exerce toujours sur moi une influence positive et j'y puise, à part un plaisir spécial, une force mystérieuse.

Quelques minutes à peine après avoir exécuté des gammes afin de me dégourdir les doigts, les phrases aériennes et odorantes que Claude aime tant emplissent l'espace. En peu de temps, le charme particulier et tellement unique de la *Pathétique* semble amener, aujourd'hui, la possibilité inespérée d'une vie différente. Lorsque les ramifications de la sonate deviennent plus bruissantes, je pense à Agnès… chère Agnès, elle qui a tant essayé de m'apprendre son langage amoureux. Où est-elle, aujourd'hui ?

Je m'arrête de jouer et secoue la tête. Les notes que je joue appartiennent à Claude, à notre vie, à son charme, à sa grâce… à nous ! Nous avions assimilé la *Pathétique* comme notre langage amoureux. L'harmonie de cette musique représente notre couple !

Une lumière dorée réchauffe mes mains, mes bras, mes épaules. Un châtaignier embaume l'air. Qu'il fait beau ! Je joue, cherchant dans la musique le temps de l'amour, puis je me devine sauvage, aux aguets. Je me dédouble dans la nouvelle vie qui s'impose à moi ! Eh oui, je devrai encore me dédoubler !

En soupirant, je termine le dernier mouvement de la sonate, le *rondo allegro* qui fait pétiller tout l'entrain et l'intensité d'une déclaration d'amour. Je me lève comme mue par un ressort et ferme le piano avec un bruit retentissant. Maintenant, il me faut penser à la politique, à la jeunesse du temps, à l'hégémonie allemande et américaine, à ma chasse à l'homme. Que ce sera compliqué ! Mais heureusement, Jim sera à mes côtés !

Le repas du soir, en famille pour ainsi dire, est difficile et, de ma part, plutôt silencieux. Peut-être est-ce que je ne prête pas assez attention à la banale conversation sur les potins de Nassau ? Entre la poire et le fromage, on parle de la situation en Europe et, là aussi, la discussion est peu digne d'intérêt ! Je regarde Wallis… elle ne pèche guère que par l'excès de son regard qui dévisage mon père – le fait-elle pour m'ennuyer ? – et qui dessine des lignes obstinées sur son visage. Sur celui de mon père se grave l'empreinte d'une joie timide et dévouée, il paraît heureux de la sorte de trêve qui semble s'être établie. Il sourit comme s'il était le jouet mécanique du bonheur.

Je ne peux m'empêcher d'ajouter mon grain de sel dans la conversation, après avoir bu ma dernière gorgée de vin :

« Les choses ne vont pas si bien en Italie… d'après ce que j'ai lu dans *Le Monde* publié dans la France libre, durant mon voyage de retour. Un ministre de Mussolini favorise, dit-on, une paix avec les Alliés, sans le concours de l'Allemagne. »

Wallis et mon père continuent leur repas sans faire trop attention à moi.

« Il ne faut pas toujours se fier à ce que racontent les journaux, ma petite Mary Ann. »

Je regarde Wallis et lui lance en plein visage :

« Même si le nom du ministre en question est Galeazzo Ciano ? »

J'entends un souffle trembler dans la gorge de Wallis, ses membres frémissent… elle gémit brièvement et porte sa serviette à sa bouche, son visage est convulsé.

Mon père, inquiet, se lève, va vers elle et lui tend un verre d'eau qu'elle avale tout d'un trait. Soudain, j'ai pour eux un peu de pitié. Mon père ignore donc le passé de sa femme… Il n'a pas lu l'article auquel je fais allusion. Penché vers elle, il demande :

« Ton estomac te tourmente, mon amour ? Tu n'aurais pas dû reprendre une seconde tranche de fromage, tu sais. Tu veux monter et te reposer ? »

Elle secoue la tête. Sa main agitée indique le seau de champagne. Mon père lui en verse une coupe, qu'elle avale d'un coup.

« Tu en veux encore ? »

Elle acquiesce de la tête.

« Ne bois pas trop, tu te fais du mal…

– Je veux du champagne, David, un point, c'est tout ! »

Quelque chose d'invisible et d'indicible passe entre eux, préfiguration de ce qui les attend au bout de cette journée ou est-ce mon imagination fébrile qui s'exerce à l'ambiguïté ? Il n'y a pas de doute possible… Wallis est de nouveau maîtresse d'elle-même et de mon père. Mon cœur bat sourdement.

Je me lève et me dirige vers la terrasse. Je m'éloigne de ceux à qui je viens de causer de la peine. J'en suis un peu irritée, mais sournoisement satisfaite… elle a eu de l'effet, ma petite phrase !

Dehors, tout est velours et chaleur nocturne. C'est un plaisir toujours renouvelé de me retrouver dans une soirée profonde où un ciel vert rehaussé d'or est troué de quelques étoiles. En cette saison, les jours raccourcissent assez vite, même sous cette latitude. Un vent doux secoue les arbres au fond du jardin.

« David, va me chercher mon châle de cachemire rose, j'ai un peu froid ! »

La voix de Wallis, derrière moi, est acide et aiguë. Je me retourne et crie :

« Ce n'est pas la peine, *father*. Puisque je rentre, je préviens Marguerite Moulichon. C'est son devoir, après tout, de pourvoir aux besoins de madame. »

Je m'attendais à voir le visage surpris de mon père, mais il ne l'est point. Le moindre désordre sentimental ou autre dérange habituellement ses traits. Comprend-il que c'est en son honneur que je montre ainsi mon courage ? Est-ce surtout de l'égoïsme qui me pousse à vouloir démasquer cette femme que je n'aime pas ? Il y a plus qu'un malentendu entre elle et moi et il m'est inutile d'y réfléchir davantage. Je leur souhaite une bonne nuit et, me retournant avant d'entrer dans le grand salon, je leur dis :

« Je tiens à vous prévenir que je pars pour le Mexique après-demain, pour mon travail de journaliste. »

Je me laisse réconforter par la nuit qui va être longue, je le sens. Plus longue encore que celle d'hier. Un grand vent s'est levé et je ressens davantage mon isolement. Mon corps s'étire. Je suis pareille à celle que je fus maintes fois, il y a longtemps : une enfant solitaire et triste, et aujourd'hui, une jeune femme esseulée… et triste.

Chapitre XXI

Le vent souffle du sud. Il a séché la pluie de la nuit et emporté les gros nuages ballonnés, porteurs d'humidité, et annonce la sécheresse et la moiteur de la fin de l'année et d'une saison particulièrement aride. Ayant quitté le *Munargo*, Jim et moi prenons le train après une escale de deux heures dans la ville de Miami, afin de rejoindre, à La Nouvelle-Orléans, un cargo qui nous amènera directement à Veracruz, dans le golfe du Mexique.

« Le bateau est le moyen de transport le plus efficace qui puisse nous amener à bon port, me dit Jim tandis que nous prenons place dans le train. Nos cabines sont, m'a-t-on affirmé, rudimentaires mais propres.

– Que transporte-t-il ?

– Je ne sais pas exactement. En provenance du Mexique, des minéraux probablement, peut-être même du tungstène, nécessaire à la production de l'acier aux États-Unis, dont le pays a grandement besoin maintenant qu'il est en guerre. Je ne sais rien de leur livraison américaine. La guerre a certainement provoqué des grands changements au Mexique. On dit que les succès de Hitler en Europe et le pouvoir grandissant du Japon en Extrême-Orient ont touché la politique du pays. »

Le train ne s'arrête qu'à quelques endroits. De ma fenêtre, je vois défiler une partie de la Floride et de l'Alabama dont nous longeons la côte sud. J'observe des jetées de grès blond qui bordent la mer, des pavés chauds où fermentent des écorces de bananes, le balancement des palmiers comme des roseaux affaiblis sous le vent de la mer.

Je consacre chacune de mes minutes libres à l'étude de mon *phrase-book* sur le suédois et le français.

« Bientôt, miss Mary Ann, nous verrons le début des mangroves, qui s'étendent pas loin de la rivière Mississippi. Là, regardez, entre les arbres, les grandes racines qui trempent dans l'eau ! Les bayous couvrent une grande superficie autour de New Orleans. »

Je regarde et me tourmente.

« On ne court aucun danger dans ce bateau ? »

Jim esquisse un geste de la main et une expression pleine de confiance passe sur ses traits.

« Non, miss Mary Ann. Patrick m'a dit que beaucoup des trafiquants de Nassau se servent de ce parcours, qu'ils sont d'une extrême prudence, car ils ne veulent pas s'attirer d'ennuis. »

Cher Jim, si sûr de lui ! Que j'admire sa sagesse ! J'espère un jour trouver le moyen de lui témoigner ma reconnaissance.

De bonne heure, nous montons à bord de notre navire, l'*Aztèque*, après une nuit passée dans un des grands hôtels à quelques minutes du port. Des grues et des chariots élévateurs transportent la marchandise entassée sur le quai directement dans le ventre du navire. Toutes les caisses sont estampillées AOS Mexico, à part huit qui portent, en caractères rouges, les mots Nassau-Fisheries-Veracruz.

« Tiens, tiens... », murmure Jim.

Le reste de la cargaison est composé de bidons d'essence de la compagnie Texas Oil. Nous quittons le port et, une demi-heure plus tard, nous franchissons l'embouchure du Mississippi. Nous longeons la côte où une algue sulfureuse fume en bordure de mer. Une pluie douce cesse soudain et, devant nous, un horizon brumeux s'éclaircit alors que nous nous dirigeons vers la pleine mer. Un arc-en-ciel tente de franchir le golfe, rompu à mi-chemin par quelques nuages. Le soleil, sur des cercles de rayons symétriques, monte à l'horizon. La traversée du golfe du Mexique s'annonce calme.

Toute cette nouveauté et cette douce confusion finissent par me bercer. Le pont est en bois rugueux et, vers l'avant, des cadenas pendent à des portes peintes en bleu foncé. Nous traversons des couloirs où des escaliers s'enfoncent vers la cale et d'autres montent vers le pont supérieur. Nous croisons des matelots... il me semble entendre leurs pensées : « Qu'est-ce qu'une jeune fille comme elle fait sur ce bateau ?... » Mais je ne me fie pas aux apparences et ne quitte pas mon ange gardien d'une semelle.

Dans la coursive, nous rencontrons trois hommes qui se promènent en fumant des cigares. Arrivés à notre hauteur, ils soulèvent simultanément leurs chapeaux en souriant. Je me retourne sur leur passage et les vois entrer dans le petit salon que nous venons de quitter.

« En voilà une coïncidence ! Patrick avait raison ! Le hasard ne pourrait mieux vous servir, miss Mary Ann ! Le plus grand de ces types est Anderson, dont je vous ai déjà parlé, dit Jim d'une voix basse et neutre. Il est le comptable et responsable du bon fonctionnement du Bahamas General Trust. Deux de vos oiseaux, miss Mary Ann, Oakes et Christie, en sont les principaux actionnaires… cette société établit des comptes en fidéicommis pour les richissimes qui veulent éviter les taxes. Les deux autres personnages avec lui font probablement dans le même genre de business. »

Un souffle salubre, venant soudainement de l'horizon, me fouette le visage et je respire vite. Je murmure à l'oreille de Jim :

« Vous croyez que ces trois messieurs transportent de l'argent ?

– Je n'en serais pas surpris. »

Nous parlons à voix basse, comme des conspirateurs.

« Sûrement pas juste dans des sacs de voyage ?

– Non, miss Mary Ann. Patrick m'a dit que la police de Nassau et celle des douanes, sous la direction du Foreign Office de Londres, sont aux aguets, mais qu'elles n'ont que de vagues soupçons. Où trouver une cache d'or ou d'argent liquide dans toute la cargaison qui a été mise à bord ? Anderson est soupçonné, mais à chacun de ses voyages, il quitte Nassau avec pour simple et unique bagage une petite valise. Non, les trafiquants sont bien organisés. Le secrétaire colonial ne sait que faire et le trafic continue. Nous aurons peut-être un indice aujourd'hui.

– Vous avez vos soupçons, n'est-ce pas ? »

Il ne parle plus, mais son sourire malicieux en dit long. L'odeur de cigare qui plane encore dans un coin du pont me ramène à Churchill. Je m'applique souvent à songer à lui, pour me faire croire que la mission qu'il m'a confiée me donne un peu d'importance…, mais je sais qu'elle m'apporte surtout beaucoup de soucis.

Je tourne la tête vers la porte derrière laquelle les trois hommes ont disparu il y a à peine une minute.

Jim et moi devons dîner dans une salle basse, très simple et bien astiquée, avec quatre autres personnes dont une femme. Après les présentations, nous parlons de tout et de rien, et un peu de la situation internationale, sans aller dans les détails. Personne ne pose de questions et il règne ainsi une certaine bonhomie. Les regards sont intelligents, éclairés même, comme ceux de trappeurs au repos. Des coups d'œil éloquents passent entre Anderson et Sylvia, qui est apparemment sa compagne.

Je me mêle à la conversation de bon cœur... je n'ai pas tellement à dire, mais il faut que j'apprenne des choses. Un petit feu brille dans les yeux d'Anderson et il me dévisage avec impertinence. Non, celui-là, je ne l'habillerai certainement pas en héros.

Je suis persuadée d'être aux yeux de tous une simple voyageuse. Retirée dans ma cabine, j'organise les idées folles qui m'assaillent, en même temps que le gros halètement des moteurs du navire. Pendant le dîner, j'ai caché de mon mieux à Jim l'angoisse que je ne comprends que trop bien. Demain, nous serons à Veracruz, et Axel y est peut-être déjà!

Ah, la douce et pâle lumière d'une chambre inconnue! Les rideaux sont tirés le long de leur tringle dans les cabines d'à côté. Jim est dans celle qui se trouve à ma gauche et, à ma droite, la cabine d'Anderson et de Sylvia. Je tremble de froid, pourtant la température est tiède. Je n'éprouve que l'extrême besoin de me tremper dans une eau très chaude… il n'y a que la douche dans ma cabine. Je me lève et, après avoir fermé le rideau de douche, je laisse l'eau chaude me détendre. Des voix assourdies m'arrivent. Ce sont Anderson et Sylvia qui discutent à voix basse. La cloison entre nos deux chambres est si mince que je capte quelques phrases lorsque l'un ou l'autre s'approchent du mur mitoyen.

« Maximilio et Axel seront bien contents demain. Je pourrai t'offrir le solitaire que…

– Et tu vas m'amener à Cu…

– Pas avant le… »

La conversation cesse. Je m'enveloppe dans ma sortie de bain, ouvre mon rideau et regarde la mer qui reflète la laiteuse clarté du clair de lune. Une étoile filante traverse le ciel ! Dans la chambre d'à côté, le bruit d'une plainte me fait tressaillir… les ressorts du matelas geignent sous les ruades et les bonds qui s'accélèrent en même temps que les soupirs de l'étreinte jusqu'à ce que les cris d'un démon unique qu'on essayerait de maîtriser me parviennent en écho affaibli… après, la paix et le silence règnent sur le bateau.

Chapitre XXII

Nous longeons la côte. La mer a la couleur de l'aigue-marine vers le large, surplombée de nuages bas que chasse le soleil levant, mais plate et blanche près des sables. Je suis seule sur le pont à déguster un thé. Je regarde ce morceau de paysage qui se détache, si isolé de tout avec une église monumentale et rustique, dorée comme une meule, et des ruines de fortifications et de pyramides. Sommes-nous près du pays des Mayas ? Non, sûrement pas, les Mayas sont dans le Yucatán, si je me rappelle mes lectures dans le couvent de mon enfance…

Le paysage change alors que nous approchons de notre destination et nous passons rapidement des petits villages, parfois entassés les uns sur les autres – la bigarrure de leurs couleurs leur donne l'apparence d'une palette de peintre. Certains rochers, certaines forêts denses offrent le charme spécial d'une nature sauvage. Au loin, un peu mouillé d'une légère brume, je vois le sommet enneigé de l'Orizaba, la plus haute montagne mexicaine et qui occupe le troisième rang des plus hautes crêtes de l'Amérique du Nord.

C'est aussi l'heure où s'éveille en moi une angoisse qui se réfugie dans l'attente de choses que je crains et que je souhaite. Je ne me souviens pas de mes rêves de cette nuit, mais, en me réveillant soudainement ce matin, mon cœur battait fort et mon ventre était douloureux.

Alors que nous dépassons Antigua et que le navire se dirige directement vers la terre et le port de Veracruz, Jim m'interpelle. Un parfum de vanille flotte dans l'air.

« À notre descente du navire, je voudrais voir le déchargement des huit grosses caisses étiquetées Nassau-Fisheries-Veracruz. J'ai une drôle d'intuition à leur sujet ! »

Une rafale de vent brusque me pousse contre Jim qui me retient. Il m'enveloppe d'un regard pénétrant. Je replace mes cheveux d'un mouvement fier et me secoue.

« Oui, Jim, vous avez sans doute raison. »

Une nappe de brume, venue du large, masque pour un moment l'entrée du port, errant, sans trop le cacher, autour d'un îlot rocheux. Habituée aux prodiges du climat marin de ma Gaspésie natale et de Nassau, j'attends, sûre de moi, qu'un coup de vent balaie le pont. En effet, la brume se dissipe à l'improviste, comme aspirée vers le ciel, laissant la côte mexicaine, ses palmiers, ses habitations, la frange d'eau entre le navire et la plage, reluire, comme après une rosée, en un vernis humide. Un son de cloches s'égrène dans l'air. Sur le littoral, succèdent à la nature et aux habitations les contours plus précis et plus anguleux d'un port commercial lorsque nous contournons l'île de San Juan de Ulùa, dominée par les ruines de ses remparts et de son fort. Des paquebots, quelques vaisseaux de la marine mexicaine et des transbordeurs sont déjà amarrés aux quais de débarquement échelonnés le long du bassin. Nous nous dirigeons vers le fond, à gauche, dans une sorte de crique, où les appontements sont plus larges et munis de chevalets de levage.

Je scrute le port, inquiète, un peu lasse et avide en même temps ; je cherche la frise et les mâts du *Southern Cross*. Jim touche mon bras et dirige mon regard vers le côté sud du bassin. En effet, le grand yacht est attaché à un ponton d'accostage et un filet de fumée s'échappe de son unique cheminée.

« Arrive-t-il ou part-il ? » murmuré-je.

Soudain, la fumée s'effrite et cesse. Un soupir de soulagement s'échappe de mes lèvres.

Le port de Veracruz est un petit univers à part, caché de l'océan. Des vacanciers descendent du paquebot *Rockefeller*, en provenance de New York. Ni la guerre ni la menace des U-Boote ne dissuadent les amateurs de soleil à rechercher l'ambiance unique, le doux climat, les fruits de mer et le carnaval de Veracruz. Des petits-bourgeois, prodigues de leur monnaie, sont de mauvaise humeur et manifestent tout haut leur indignation, insoucieux de déplaire, face à la lenteur du service de bagages.

« *Si, si, señor* », disent d'un air résigné les jeunes garçons qui s'empressent autour des touristes.

Une vieille dame, parée de bijoux, apparemment très riche, se déplace, me semble-t-il, avec toute sa maison. Jim me guide vers un garage qui jouxte le principal *tapa bar* du port. Nous louons une voiture – un peu ancienne mais propre –, que le mécanicien de l'établissement gare près de la sortie. Nous nous rendons ensuite directement au bar, où nous nous installons de façon à faire face à l'*Aztèque*. Le bar embaume le café frais moulu et les crevettes récemment cuites. Jim commande nos boissons en un espagnol parfait, spécifiant que nous sommes pressés. Ses compétences m'étonneront toujours.

« *Si, si, señor* », dit notre garçon de table, un superbe Mexicain aux longues moustaches qui me rappellent celles des photos de Pancho Villa.

Le café noir est fort, amer, et donne un coup de barre à mon énergie. Nous surveillons, en silence, le déchargement du cargo. De petites images de moi flottent dans ma tête alors que je m'abandonne à mon avenir imminent. J'ai été indifférente, mélancolique, furieuse, voluptueuse... Aujourd'hui, c'est l'image d'une espionne qui s'achemine vers la duplicité qui me domine et me tourmente. Mon long soupir n'échappe pas à Jim, qui tapote ma main comme pour me dire de ne pas m'inquiéter, que ce jeu ne durera pas toute ma vie.

Les huit caisses marquées Nassau-Fisheries-Veracruz sont mises à l'écart. Après une demi-heure, une fourgonnette blanche s'en approche. Deux hommes, habillés de noir, descendent, ouvrent la portière arrière de leur véhicule et remettent au douanier une liasse de papiers.

« Venez, dit Jim, il faut les suivre ! Ne perdons pas une seconde, le dédouanage ne prendra pas longtemps... »

Heureusement, notre voiture démarre instantanément. La fourgonnette s'engage déjà dans la rue Lerdo et longe le *Zócalo* ; j'ai à peine le temps d'admirer le très vieux *palacio municipal* et l'ancienne cathédrale, ombragés de palmiers, que Jim prend en filature, sans la suivre de trop près, la fourgonnette qui tourne à gauche à l'avenue Independencia et se dirige vers le sud.

En peu de temps, nous longeons l'océan et les *playas.* Plusieurs voitures se faufilent entre nous et la fourgonnette, mais comme elle est plus haute qu'une simple automobile, il nous est facile de la suivre et de ne pas la perdre de vue. Après avoir avalé cinq milles, la fourgonnette s'arrête au Mocambo, le plus respectable hôtel de luxe de Veracruz. Nous passons outre afin de ne pas éveiller les soupçons, mais nous entrons à notre tour, un quart d'heure plus tard, dans la cour de l'hôtel. Un valet en livrée s'approche de nous. Il arbore lui aussi de belles moustaches. Jim lui tend nos valises et insiste pour garer lui-même la voiture. Le jeune homme lui indique la direction du garage.

« *Por favor, señorita,* dit le jeune homme qui m'emboîte le pas, permettre… »

Il dépose les valises et s'élance pour ouvrir la porte d'entrée, mais le portier apparaît et, d'un grand geste et d'un salut de la tête, ouvre les deux battants de la porte.

Même à cette heure matinale, plusieurs personnes circulent dans le grand hall de l'hôtel ; leurs pas sont silencieux sur l'épais tapis rouge. Un grand lustre sculpté, recouvert de feuilles d'or et incrusté de pierres multicolores, jette une lumière douce et dorée. Je m'assieds dans un fauteuil à quelques pas de la réception. Plusieurs regards méfiants se tournent vers moi. Je les évite et concentre mon attention sur le grand hall quasiment historique avec ses dorures, ses fresques et ses couleurs vives. De petites vitrines courent le long des murs, de grandes glaces reflètent la lumière du lustre. Le personnel s'affaire.

Je me lève à l'approche de Jim, qui murmure en se penchant pour ramasser mon sac à main que j'ai déposé par terre :

« La fourgonnette est au garage, fermée à clé, mais je me crois capable de l'ouvrir. Je me suis garé tout près, mais il me faudra faire vite. Il y a aussi une grosse Daimler. Nous la connaissons déjà… si je me souviens bien. »

Jim regarde mes yeux agrandis et me souris, facétieusement.

« Mais d'abord, allons réserver nos chambres sous nos propres noms ! »

Heureusement, une annulation nous permet d'avoir deux chambres contiguës à l'étage, qui donnent sur les jardins et la mer. Je monte dans l'ascenseur avec Jim, et un garçon d'hôtel nous indique nos chambres. Mon ange gardien me laisse au seuil de la mienne. Aussitôt à l'intérieur, les jambes molles, je me laisse tomber dans le fauteuil installé près d'un guéridon d'époque. Une lumière dorée entre par la grande fenêtre ouverte, et je me grise du parfum des fleurs de *bandilleros* et d'agaves.

Ma main demeure crispée sur le sac à main que je garde sur mes genoux. Wenner-Gren est à l'hôtel, c'est sûr ! Je serre mes paupières sur deux petites larmes que je ne veux pas laisser couler… j'ai ma fierté, tout de même. Je secoue ma chevelure et essaie de mûrir ma duplicité.

Je m'approche de la fenêtre et regarde dehors. Le terrain du Mocambo comporte deux jardins en terrasses qui s'étendent jusqu'à la plage et quelques piscines. J'ai envie de la mer, de sa houle fraîche et lourde. Je frappe à la porte de Jim. Il m'ouvre.

« Jim, je voudrais me baigner dans la mer. Vous n'y voyez pas d'inconvénients ?

– Non, mais promettez-moi de ne pas vous aventurer au large. »

Puis, il baisse la voix :

« Durant votre baignade, je vais visiter le garage. Les regards curieux vous suivront..., on ne se préoccupera pas de moi... »

Il reprend sa voix naturelle et, avec un sourire, il continue :

« Très bien, je vous vois sur le patio dans une demiheure. »

Je ramène dans ma chambre un peu du rire que je viens d'égrener devant Jim et m'exerce à une malicieuse moue... Je dois attirer les regards, a dit Jim. Je me déshabille et enfile maillot, robe de plage et sandales, puis je descends, le pas alerte. Je pince la bouche alors que, débouchant sur la terrasse, je fais face à plusieurs messieurs qui, avec leurs dames, prennent le café de onze heures. Je passe sans regarder personne. Rapidement, je marche dans l'ombre des rameaux fleuris d'un catalpa et, plus loin, je m'arrête près d'un hibiscus aux fleurs nuancées d'or et de pourpre, protégé par un palmier royal qui se berce en chuchotant les airs de la brise. Je descends vers le deuxième jardin et, de là, en peu de temps, je suis sur la plage.

La fraîcheur de la mer s'accompagne du frisson de l'onde sur ma peau, et une certaine paix se fait en moi à mesure que je nage. Qu'oserais-je de plus ? Tout en faisant la brasse, je regarde l'hôtel et ses terrasses. Je ne distingue pas très bien les gens, mais je vois un homme en costume pâle, aux cheveux blancs, debout en plein soleil. Je trouve un plaisir malhonnête à murmurer son nom.

En nageant, je m'absorbe dans une solitude propice à la méditation et je m'égare dans l'angoisse et l'illusion… J'aurais dû dormir une heure de plus ce matin, mon esprit serait plus vif… Je sors de l'eau et m'allonge sur la serviette que je pose sur un matelas de plage en raphia.

J'attends, simplement, orgueilleuse, consciente de ce que me doit le hasard qui m'a jusqu'ici si bien servie. Oui, j'attends Axel tout en désirant ne pas le voir, cet étranger, ce ravisseur. Va-t-il me faire succomber de nouveau ? Mais non, mais non, je mène à bien une mission, rien de plus !

La chaleur fauve du soleil m'alanguit, pourtant je ne veux pas dormir tout de suite…

Ce n'est pas uniquement un coup du sort qui m'emporte en un battement d'ailes par-delà les liens sacrés du mariage, pour m'abandonner, surprise et révoltée, en pleine aventure, complice d'un homme puissant qui poursuit sa guerre. J'essaie d'anticiper ce qui m'attend et je frémis. Mon angoisse me tyrannise ; elle s'interpose entre moi et le plaisir du soleil sur ma peau, entre le bruit de la mer et le désir de m'endormir…

« À la guerre comme à la guerre ! » murmuré-je alors que mes yeux se ferment.

Vraiment fatiguée, je m'assoupis, m'enfonçant au travers d'une zone de noir, variée, indicible et comme composée de couleurs immergées, prenant pied dans un rêve net, complet. Un coup de vent me refroidit. Je sens une ombre se déposer sur mes paupières. Je respire, avec une sensualité réfléchie, une odeur de musc. Je tremble de tout mon corps alors que j'ouvre les yeux à moitié. Un homme regarde tout autour de lui, puis contemple mon corps allongé, ébauche une sorte de sourire heureux et hausse les épaules. Je m'assieds brusquement, feignant la surprise.

« Axel, c'est vous ? Que faites-vous ici ?

– Comme vous voyez, je suis, comme vous, à Veracruz ! »

Il rayonne d'une candeur toute masculine. Je vois à peine son visage, renversé sous le soleil, illuminé d'un sourire joyeux où brille une ligne de dents éclatantes. Je ris vaguement, mon regard hésite. Je tourne la tête vers la terrasse, me replie sur moi-même et me lève pour le quitter.

« Voilà, je m'en vais, dis-je.

– Non, Mary Ann, attendez.

– Axel, nous n'avons rien à nous dire. »

Mais la tentation demeure, un picotement singulier auquel je ne cède pas… pourtant, ma mémoire me rappelle les images précises de mon naufrage dans l'attrayant désordre d'une chambre d'hôtel.

« Permettez-moi, au moins, de vous offrir un café sur la terrasse. Après votre baignade, cela vous fera du bien. »

Dans son regard, je sens cette douceur presque humble que le goût des plaisirs des sens lui donne comme un prestige ; un rose vif s'épanouit sur ses joues et j'en frissonne.

« Si vous le désirez, mais que pour un court moment. »

Je n'outrepasse pas les conventions alors que nous échangeons quelques paroles. Pense-t-il que je fais partie de son cheptel, maintenant que je suis, ici, sur son territoire ?

« Je vois que vous êtes en bonne forme », me dit-il, cette fois-ci avec une froideur dont la cause m'échappe.

Ses paupières s'abaissent, mais j'ai entrevu son étincelant regard. Il pense évidemment être le metteur en scène dirigeant le jeu de tous les acteurs, et la situation commence à m'exciter. Je m'efforce de regarder plus loin, de ne voir que la mer dans l'anse à notre droite. J'éprouve un vif plaisir lorsque sa main prend mon coude pour me guider vers une table, mais je le retire. Je laisse mollement flotter mon corps dans ma longue robe de plage, puis je resserre la ceinture autour de ma taille avant de m'asseoir. J'observe Axel qui s'assied de l'autre côté de la table. Le regard qui se pose sur moi est doux et, sur sa bouche, se forme un embryon de baiser qui s'ajoute à son sourire.

« Vous désirez un gâteau avec votre café ? »

Je secoue la tête. Je regarde autour de moi. À une autre table sont assis J. H. Anderson et Sylvia. De cette dernière se dégage un mélange de douceur et de lourdeur propre aux jeunes femmes que l'exercice physique fatigue et ensommeille. Tous deux inclinent la tête en ma direction, Sylvia me sourit avec une sollicitude ambiguë.

La curiosité me tenaille. Quelques instants passent et nos cafés sont déposés devant nous. Je porte la tasse de café bien noir à mes lèvres, tout en tendant l'oreille vers l'entrée de l'hôtel pour percevoir le bruit des pas de Jim. Dans ma tête se juxtaposent une suite de conjectures extravagantes issues de ma folle imagination coutumière. Je regarde Axel boire et je me sens troublée brusquement, à cause de sa bouche sur le bord de la tasse. La détermination grandit en moi. Il surprend mon regard et sourit d'un air de supériorité.

« Nassau est loin d'ici, milady, que faites-vous à Veracruz ? »

Le jeu des coïncidences projette de nouveau sur ma vie un faux jour inespéré et je le saisis.

« Je fais des reportages pour le *Nassau Tribune*... je dois écrire une série d'articles sur la civilisation et la culture mexicaines. Et puis, il y a le carnaval. Jim et moi...

– Jim est avec vous ? »

Il se tient très droit, les mâchoires crispées, le regard devenu soudainement dur, pensif. Venue de haut, une brise nous enveloppe et murmure. Avec elle s'élève l'imperturbable voix des perruches et de quelques quetzals.

« Et votre mari, Mary Ann ? »

Je m'ordonne de rester calme, la tête haute et les poings serrés. Je hausse les épaules, fais un geste dédaigneux de la main et une larme roule le long de mes joues. Il s'accoude, examine la faïence de sa tasse et finit de boire son café. Je vois dans ses yeux un étonnement heureux. Il ne me pose plus de questions et lâche sa serviette.

« Puis-je vous inviter à dîner ? À vingt heures, ici, à l'hôtel ? Croyez-moi, Mary Ann, simplement un dîner, Jim peut vous accompagner. Nous serons sept. Je peux vous aider dans vos recherches. »

« Quelle vie, pensé-je, s'il faut que je bute à chaque parole contre quelque chose de caché, de vibrant... »

« Je vous remercie. Oui, je crois que je pourrai me joindre à vous. Je dois, en premier lieu, visiter un ami de mon père, pour qui j'ai un message.

– Comment va *His Royal Highness*?

– Il va bien, merci. Il est très occupé ! »

Quelques garçons s'affairent autour de notre table. Axel les congédie d'un geste de la main. À ce moment précis, Jim débouche des confins de l'hôtel et s'avance vers notre table. Il fait un léger signe de la tête... je comprends qu'il a réussi. Axel lui tend la main.

« Miss Mary Ann me dit que vous êtes en voyage d'exploration sur les anciennes cultures mexicaines ? »

Heureusement, Jim, si vif d'esprit, comprend immédiatement mon jeu.

« Oui, nous avons l'intention de commencer avec Palenque, qui n'est pas trop loin d'ici. Je vais m'en donner à cœur joie en immortalisant toutes ces merveilles... vous ai-je déjà dit que la photographie était mon violon d'Ingres ? Ensemble, nous allons faire du beau travail !

– Je crois que, pour débuter, vous feriez mieux de visiter Cholula, l'ancienne cité des Olmèques, à quelques milles d'ici. Elle possède la plus grande pyramide jamais construite, plus massive que celle de Khéops, en Égypte. Une de mes équipes y fait des fouilles présentement... »

Nous le regardons, nous l'écoutons, riant silencieusement avant d'acquiescer.

« C'est réglé, alors. Je vous y conduirai moi-même. »

C'est loin d'être réglé pour moi..., je tâche de rester calme. Des fouilles, dit-il. J'en doute... on verra bien.

Chapitre XXIII

Jim m'a rejointe dans ma chambre et nous parlons à voix basse.

« Miss Mary Ann, mes soupçons m'ont bien servi. J'ai ouvert le capot de notre voiture, juste au cas où quelqu'un surgisse, puis, à l'aide d'un passe-partout…

– Un passe-partout ? Où vous l'êtes-vous procuré ?

– Patrick est, comme je vous l'ai déjà dit, d'une aide inestimable, miss Mary Ann… J'ai donc réussi à ouvrir les portes arrière de la fourgonnette que j'ai refermées sur moi. Heureusement, il n'y avait pas de gardes en bas ! Ensuite, j'ai soulevé les lattes d'une caisse, pour m'apercevoir qu'elle contenait des boîtes de conserve. J'en ai sorti quelques-unes et…, mais voyez par vous-même… »

D'un seul coup, mes espoirs cristallisent. Jim laisse tomber sur le lit deux boîtes de conserve et les ouvre. Elles sont remplies de pièces d'or et de billets de banque, dollars américains et livres sterling.

« Mince alors ! Jim, vous êtes une merveille !

– Et puis, j'ai tout remis en place. Je ne sais même pas s'ils vont se rendre compte qu'il manque deux boîtes ! »

Que le hasard soit béni ! Je serre la main de Jim et l'embrasse sur la joue.

« Que devons-nous faire, maintenant ?

– Il faut aviser l'attaché commercial britannique, M. Ronald Blair, qui réside ici, à Veracruz.

– Mais on ne sait toujours pas à qui cette cargaison est destinée, Jim !

– J'y arrive. Nous dirons à Blair d'attendre de nos nouvelles, puis il devra expédier le tout aux bons soins de Patrick, qui s'occupera d'avertir les autorités de Nassau et le Foreign Office. La fourgonnette devrait bouger sous peu. »

Un inexplicable accès de fou rire me tord le visage et le ventre, puis je me calme devant le regard sérieux de Jim.

« Jim, je suis d'une nervosité extrême… j'ai l'impression que je marche sur un nid de vipères. Comment se fait-il qu'une simple coïncidence nous ait si bien servi ?

– Il n'y a pas qu'une coïncidence, miss Mary Ann. On avait remarqué, à Nassau, qu'Anderson était très affairé ces derniers jours. On le surveillait, sachant qu'il voyageait souvent entre les Bahamas et le Mexique. Alors Patrick, à qui j'ai simplement fait part de quelques soupçons, m'a suggéré de prendre le même bateau, et vous connaissez la suite. »

Je ne le quitte pas des yeux.

« Alors, nous avons découvert le pot aux roses ?

– C'est fort possible, peut-être juste la pointe de l'iceberg, mais c'est déjà ça ! Je parie que les Fisheries font partie de la conserverie de Wenner-Gren à la Grande Bahama. Notre découverte va sûrement faire du tort à une des voies de l'exportation de capitaux des

Bahamas. Je suppose que toute une bande est impliquée dans ce trafic.

– M. Camacho, par exemple ?

– Oui, mais cela reste une rumeur, miss Mary Ann. »

Immobile, je serre la bouche, étends la main pour le plaisir de toucher mes cheveux que je lisse, avant d'interroger Jim :

« Et que faisons-nous de Wenner-Gren ? »

Jim réfléchit, rougit faiblement ; ses yeux s'éclairent d'une petite lueur, puis une moue de dérision se forme sur ses traits.

« M. Wenner-Gren mène ses affaires, nous faisons de même, miss Mary Ann ! C'est à nous de trouver à qui cette cargaison est destinée. Et j'ai la quasi-certitude… en quittant le garage, j'étais dissimulé dans l'ombre, alors il ne m'a pas vu…

– Qui ça ?

– Rupert Einhorn et un autre homme qui se dirigeaient vers la fourgonnette. »

Je hoche la tête et souris.

« Et moi, que dois-je faire ? »

Jim me détaille. Son regard est farouche, puis il le baisse sur le butin étalé sur le lit.

« Wenner-Gren s'intéresse à vous, milady, profitez-en ! »

J'étouffe un sanglot dans ma manche, puis je pleure avec violence, me détournant pour ne pas laisser voir mon visage ravagé.

« Le faut-il vraiment, Jim ? »

Je sens ses mains fortes sur mes épaules ; il me retourne vers lui et, d'une poussée un peu brutale, fait chavirer ma tête sur son bras. Son visage est pâle ; mes yeux grands ouverts sont attachés à sa bouche réticente, à ses yeux jaloux qui, pourtant, n'exigent rien. Sa bouche s'approche de la mienne, puis, avec une plainte au fond de sa gorge, il appuie ses lèvres sur ma joue. Je me redresse et baise sa bouche doucement, simplement. Il me repousse. Son visage a davantage pâli et une lueur défiante brille dans ses yeux. Je suis étonnée moi aussi par mon geste irréfléchi. Pourtant, je me languis de Claude.

« Miss Mary Ann, excusez-moi si je vous ai offensée. Je voulais dire que Wenner-Gren pourrait, sans le vouloir, nous livrer des secrets. »

Il met un peu de temps et d'efforts pour se ressaisir. Il penche la tête en respirant profondément ; des mèches épaisses tombent sur son front. Je pâlis à mon tour, me demandant ce que l'avenir m'apportera. Je ferme les yeux. Une sorte de souffle passe dans mon esprit et balaie les idées moroses. Jim, plus calme, ajoute :

« Voilà ce que nous devons faire. Nous nous rendons au bureau de M. Blair et nous lui expliquons tout dans les moindres détails. Non, ne vous en faites pas, je connais l'adresse. D'ailleurs, n'avez-vous pas dit à Wenner-Gren que vous deviez aller saluer un ami de votre père ? »

Énervée, fébrile, je prends une douche, m'habille et me maquille avec soin.

Jim maintient sur son visage son masque avenant alors que nous traversons le grand hall. Je tiens, serré contre moi, mon sac à main dans lequel j'ai placé les deux boîtes que je dois remettre à Blair. La porte de l'hôtel est grande ouverte. Dehors, nous attendons qu'un voiturier nous amène notre automobile. Le soleil de décembre, dans les basses latitudes, est encore haut. Une brise inoffensive réfléchit la couleur du beau temps et les mouettes crient. Du côté de la mer du Mexique, un chapelet de barques se dispersent, toutes voiles gonflées.

« Ce sont des pêcheurs d'anchois, je crois, miss Mary Ann. »

J'acquiesce. Notre voiture est devant nous et je me retourne pour regarder la devanture baroque de l'hôtel… une chevelure blanche derrière un rideau entrouvert disparaît tout à coup.

« Ah, ah, Axel nous surveille !… Ça promet ! »

Nous prenons le boulevard qui suit la côte afin de revenir vers le centre de Veracruz. Jim surveille le rétroviseur.

« Je ne crois pas qu'on nous suive… », murmure-t-il entre ses dents.

Inquiète, soucieuse, un peu obsédée, je ne porte pas tellement attention à la végétation tropicale, mis à part les sculpturaux yuccas qui s'échelonnent sur notre parcours.

« J'ai l'impression que nous ne serons pas longtemps au Mexique, dit Jim pour briser un silence qui dure.

– Je le souhaite aussi. Dites, Jim, on peut faire confiance à M. Blair ?

– Oui, miss Mary Ann, c'est un ami de Patrick ! »

Après quelques tournants, nous prenons la rue Cuauhtémoc et Jim stationne devant le numéro 225.

« Cuauhtémoc était bien le dernier empereur des Aztèques, n'est-ce pas, Jim ?

– Oui, et Cortés l'a fait exécuter.

– Je sais! »

Notre entrevue avec Blair est de courte durée. Il est *so british*, correct, et nous dit avec flegme qu'il attend de nos nouvelles avant d'envoyer notre butin à qui de droit.

« En attendant, dit-il, je le dépose dans mon coffre-fort. »

Je soupire d'aise alors que nous serrons, tour à tour, sa main.

« Vous pouvez compter sur moi, assure-t-il. S'il y a autre chose, faites-moi signe. Et mes amitiés à Patrick quand vous le verrez. »

Nous partons et nous roulons cette fois-ci le long de l'avenue Dias Mirón. Personne ne nous suit. À mesure que nous nous approchons de la mer, le golfe s'étoile davantage. Nous arrivons au Mocambo à temps pour le souper et le rendez-vous avec Wenner-Gren.

« Miss Mary Ann, dit Jim, allons déguster un bon dîner. Et ne vous faites pas de souci, je vous garde à l'œil.

– Oui, Jim, s'il vous plaît. »

Nous nous dirigeons allégrement vers la salle à manger. Les fenêtres ouvertes laissent entrer une odeur sucrée de melons mûrs et d'abricots à laquelle se mêle celle, plus âcre, du citron vert. Je n'ai pas à chercher notre hôte… il s'avance vers nous, un grand sourire sur les lèvres.

« Vous arrivez à temps, milady », dit-il en baisant ma main.

Je le devine plein de zèle alors qu'il nous entraîne, Jim et moi, vers une table ronde, dans un coin, un peu à l'écart des autres convives, où sont déjà assises quatre personnes. Me considère-t-il comme un trophée ou comme une proie ? Je salue tour à tour, en leur serrant la main, Anderson, Sylvia et Rupert Einhorn, qui murmure sur ma main :

« Je suis ravi, lady Mary Ann.

– Lady Belvédère, dit Axel, laissez-moi vous présenter M. Maximinio Camacho, un collègue. »

Un sourire admiratif se forme sur le visage sévère du frère du président du Mexique. Debout, il est un homme de haute taille, avec de fortes épaules, une tête altière aux cheveux lisses noir de corbeau. Il porte un costume sobre, avec lequel jure une cravate multicolore et criarde. « Une sorte de bandit ! » pensé-je en souriant. Il serre ma main dans la sienne… je la retire après plusieurs secondes.

« Enchantée, monsieur Camacho. Puis-je vous présenter M. James McNish-Porter ? »

Je suis assise entre Wenner-Gren et Camacho. Jim est placé à la droite de Sylvia avec Anderson à sa gauche. Il me regarde en me faisant un clin d'œil qui veut dire : « Oh, je me débrouillerai bien, faites-en de même ! »

Je partage un bon repas avec la gentillesse d'une jeune fille bien éduquée, ce qui me donne une audacieuse aisance, surtout en cette compagnie qui, pour le moins, s'avère des plus hétéroclites. Ces bandits me réservent peut-être un chemin semé d'embûches et des émotions fortes, mais, pour l'instant, je dissimule aisément mes pensées et fait preuve de cordialité pour ne pas éveiller leurs soupçons. La conversation n'est pas facile, mais elle s'engage. On parle de tout et de rien. Mes deux voisins dialoguent brièvement en espagnol.

Jim n'a pas l'air d'écouter, mais, d'après son signe de tête, je vois qu'il comprend tout. À part ce petit dialogue, Camacho reste silencieux.

Les plats que l'on nous sert sont excellents : des guacamoles épicés, des fruits de mer servis avec la fameuse sauce *veracruzana*, faite, m'explique-t-on, d'oignons, d'ail, de tomates, d'olives, de poivrons verts et d'épices. La tequila, alcool national des Mexicains, est servie avec les vins.

Wenner-Gren parle beaucoup. Ses yeux se rétrécissent et son visage se durcit alors qu'il me couve d'un regard allumé, presque lubrique. Son sourire de châtelain aux lèvres, il s'irrite de temps en temps et un de ses sourcils danse imperceptiblement. Parvient à mes narines son odeur de santal, de musc, le parfum d'un corps bien soigné. Il change de visage tout en continuant à discuter :

« Mes fouilles à Cholula marchent bien. Nous allons découvrir plusieurs trésors qui permettront de fonder le musée que votre frère propose de construire pour la ville », explique Wenner-Gren en penchant la tête vers mon voisin de gauche, effleurant mon visage.

Camacho répond, avec un accent marqué :

« Le président en sera fort heureux.

– Demain, je me fais un plaisir d'accompagner Lady Belvédère et M. McNish-Porter dans leurs recherches sur l'ancienne culture mexicaine. Milady est journaliste ! »

Dans la bouche d'Axel, on dirait que les mots veulent dire autre chose, mais je souris quand même.

« Axel est un excellent mentor, milady, dit Anderson, et ses connaissances sur la culture indienne sont extraordinaires. »

Lui aussi semble vouloir dire autre chose, mais je passe, commençant à ressentir au cœur le froid annonciateur de l'angoisse. Pourtant, j'essaie de faire bonne figure, d'offrir aux convives mon visage le plus avenant. Je me sais gracieuse, sans fausse coquetterie. Je réponds ouvertement à certaines questions sur le travail de mon père, mais reste vigilante quand il s'agit de politique et de la guerre. Rupert me regarde souvent. Ni lui ni Axel ne mentionnent mon voyage en Allemagne et je leur en suis reconnaissante.

Je suis, tout de même, loin d'avoir l'esprit tranquille au milieu de ces bandits modernes. Je me sens accablée et j'en veux à Axel qui frôle ma jambe de la sienne tout en discutant des vertus de la chartreuse qui nous est offerte. Il me regarde du coin de l'œil.

« Elle est comme une femme, cette chartreuse, dit-il, il faut la goûter à fond ! »

La caresse de sa jambe est insistante. Son insinuation m'exaspère. Coincée, en proie à une rage qui m'étouffe, je désire me battre avec lui… je nous vois, tous deux arc-boutés… il m'attire et je résiste, ses joues sont enflammées par l'effort, il me tient serrée entre ses jambes… je me débats jusqu'à ce qu'un gémissement me laisse comprendre qu'il a répandu son plaisir…

Mon cœur bat si vite que j'ai mal. Mais qu'ai-je donc pour imaginer cela ?

« Milady, dit une voix, on vous offre un autre café ? »

Mon regard s'égare sur les convives autour de la table.

« Oui, je veux bien, merci. »

Moite, je tremble et la soirée s'allonge jusqu'à onze heures. Je dépose finalement ma tasse de café et me lève. Je tends la main à Wenner-Gren. En lui souhaitant bonne nuit, j'évalue le ravage discret du temps sur ses traits : une sorte d'affinement rétrécit le champ de sa joue et restreint le bel œil aux paupières bronzées, où un caprice brille. A-t-il capté mes pensées qui l'ont fait jouir dans ma tête ? Sa langue sur mes doigts me le confirme ! Je dégage ma main avec un demi-sourire, jouant un jeu dangereux dont je n'ai guère l'habitude.

Je salue chacun des convives et, suivie de Jim, je m'échappe vers les ascenseurs. Ce dîner ne m'a pas apporté beaucoup de renseignements. Mon esprit surmené subit les assauts du désir. C'est comme si je tombais dans un brasier allumé en une seconde par le souvenir d'un geste sur ma cuisse et sur ma main. Immobile, les genoux joints, je me consume aux flammes d'un désir interdit… puis, le chasse. Je risque, au moindre mouvement, d'aggraver ma blessure.

« Pardonne-moi, Claude, je ne m'y attendais pas… »

Chapitre XXIV

Le chauffeur de Wenner-Gren – le même qui m'a amenée à l'hôtel Victoria – enlève sa casquette et m'aide à monter dans la Daimler ; ses yeux sont imperturbables, mais j'y vois danser une petite lueur.

Décontracté, habillé d'un short de toile naturelle et d'une chemise à manches courtes, Wenner-Gren nous rejoint. Prend-il de petites vacances sentimentales en notre compagnie ? Quant à moi, j'ai revêtu une jupe courte avec chemisier assorti, entassé dans mon sac des crayons, des carnets et, caché sous une écharpe, mon *phrase-book*. Jim, lui, fait très sportif dans son pantalon blanc et son gilet de coton.

Nous allons, par un matin de feu incandescent et qui fait fondre le bitume, vers des voies désertes. Nous dépassons des jardins endormis où bâillent des chiens et où de sombres hibiscus brûlent, par bouquets isolés, sur les allées de gravier. Arrosés, les géraniums à la couleur de sang gardent une sueur irisée que les rayons du soleil essuient et exhalent leur parfum suave qui fait songer à l'amour. Dans ce pays loti, je m'attache surtout à ce qui demeure naturel, hostile à la fantaisie humaine.

« Miss Mary Ann et Jim, je vous offre toute ma journée. Je serai votre guide et vous ferai voir des merveilles, dit Wenner-Gren, assis entre Jim et moi. Pour commencer, nous visiterons la région environnant le lac Catemaco, qu'on a surnommée la Suisse de Veracruz. S'y trouvent des sorciers et des jeteurs de sorts… Beaucoup de Mexicains y viennent pour faire une *limpia*, se délivrer d'un mauvais sort. »

Il parle d'une voix égale, me regarde et agite vivement une main en l'air comme pour dire : « Ça vous intéresse ? »

Je pourrais m'essayer à l'ironie, mais je me sens surtout intimidée. Enfin, qu'est-ce que je deviens là-dedans ? Dans la voiture, par le truchement d'une chaleur sourde, son corps près du mien fait naître un malaise… je perçois l'agitation d'Axel.

« Vous voyez aussi l'Orizaba, continue-t-il, ce pic volcanique qui fait partie de le Sierra Madre orientale. Si vous le désirez, nous pourrions grimper au sommet, mais pas aujourd'hui, il atteint plus de cinq mille mètres. Nous y verrons peut-être un condor ou deux. Mais pour être sûr de voir ces merveilleux oiseaux, il faut aller dans la cordillère des Andes… »

Je frissonne visiblement, secoue la tête, remue les épaules.

« Je vous remercie, Axel. Je tiens surtout à voir les ruines des pyramides et à fouiller l'histoire locale. Jim et moi avions fait nos plans autour de Palenque et Chichén Itzá. Mon père attend mon retour dans six jours, alors, si c'est possible, nous irons aussi voir Teotihuacán, aux abords de Mexico. »

J'ai la sensation et le pressentiment que mes paroles lui déplaisent… le petit pli au-dessus de la lèvre supérieure, le relèvement des sourcils, les poings qui se referment dénotent son mécontentement. Nous avons beau être cordiaux, le silence règne ; la gaieté, en ce moment, n'est guère plus accessible que la douceur. Je souris, pour faire quelque chose. Wenner-Gren veut dominer notre journée.

« Regardez, miss Mary Ann, dit Jim, nous montons rapidement. »

Cher Jim, se doute-t-il de mon trouble ?

« Nous serons à un peu plus de deux mille mètres lorsque nous déboucherons à Cholula, dit Wenner-Gren. La grande pyramide est au centre de la ville, pas loin du *Zócalo*. Une de mes équipes déblaie un tunnel derrière elle. »

Il s'appuie contre le dossier du siège et parle avec zèle de Cholula et de sa pyramide :

« Elle est la plus grande pyramide au monde et a probablement été, à l'origine, dédiée à Quetzalcóatl, le dieu serpent à plumes, symbole de fertilité pour les indigènes jusqu'à l'ère des Aztèques et la conquête espagnole. C'est peut-être curieux, mais il est encore vénéré de nos jours. Cholula a été un lieu de culte très important jusqu'au temps de Cortés. »

La voiture s'engage dans la *Ruta* Quetzalcóatl et, après quelques virages à gauche, puis à droite, s'arrête devant le Patio de los Altares. Nous descendons et arrivons devant un genre de colline au sommet de laquelle se dresse une belle église blanche.

« Cette église est la Nuestra Señora de Los Remedios, elle est le symbole classique de la conquête, précise Wenner-Gren. Cortés avait fait le vœu de construire dans la ville une église pour chaque jour de l'année ou d'en construire une plus élevée que tous les temples païens. On dénombre aujourd'hui trente-neuf églises à Cholula. Comme vous voyez, la pyramide est encore, en partie, envahie par la végétation. »

Axel prend mon bras et je le laisse faire.

« Venez tous les deux, dit-il d'une voix enthousiaste, je vous fais voir nos fouilles. L'archéologie est une de mes passions. »

Ce disant, il serre ma main fortement. Nous contournons le côté sud-est de la pyramide et débouchons sur un véritable chantier de débris, de pierres de toutes les couleurs et de toutes les formes, dont plusieurs sont entassées avec soin, séparées les unes des autres par des plaques en bois portant des caractères et des dessins. Un homme s'approche vivement de nous, enlève son chapeau de paille et s'adresse à Wenner-Gren, d'une façon frénétique, en langue suédoise mêlée de mots espagnols. Je distingue le mot étrange de *chac mool*.

Wenner-Gren lève les mains au ciel et, prenant mon bras, il m'entraîne vers l'entrée du tunnel. Je réprime un frémissement.

« Venez, venez… », crie-t-il à Jim, qui s'empresse de nous suivre.

Des douzaines de lampes à huile sont accrochées aux parois du tunnel. Quelques archéologues réputés – dont le célèbre Zweg, qui continue de discuter avec Wenner-Gren – sont à creuser sous la pyramide afin de la sonder et en explorer les constructions successives. Je ne comprends pas tout de suite l'agitation de Zweg alors que nous nous enfonçons plus profondément dans le tunnel. Le faisceau d'une puissante torche électrique révèle un genre de statue, une forme humaine couchée

– il lui manque la tête – les genoux relevés, s'appuyant sur ses coudes ; les bras remontent jusqu'au ventre où se trouve une dépression de forme ronde.

« Eh oui ! s'exclame Wenner-Gren, il s'agit d'un *chac mool*, petit de taille si on le compare à d'autres mais, sans aucun doute, c'est un *chac mool*. Où l'avez-vous trouvé ? »

Ce mot *chac mool* tourne dans ma tête... ce n'est qu'un mot, mais quel son nouveau, quel intérêt il éveille en moi par sa spontanéité et sa fraîcheur !

Zweg indique, de la main, le fond du tunnel.

« Il était dans le coin d'une sorte de petit temple. Nous cherchons, en ce moment, la tête.

– Monsieur Zweg, crie une voix lointaine, venez voir ! »

Wenner-Gren contemple, en silence, la statue à ses pieds, puis, s'asseyant sur ses talons, il touche la dépression au centre du ventre de la statue.

« Cette statue servait aux offrandes et ceci est l'endroit où l'on déposait, encore battant, le cœur des sacrifiés. »

Il prononce ce dernier mot sur un ton singulier. Mon esprit surmené subit l'assaut des mots employés à bon escient. Dans ses yeux danse un petit feu. Si nous étions seuls, oserait-il me forcer à faire l'amour sur cet autel ?

Je tourne mon regard vers le fond du tunnel alors qu'une voix appelle Wenner-Gren. Jim se rapproche de moi.

« Allons prendre l'air, miss Mary Ann, on étouffe ici. »

Wenner-Gren nous barre la sortie.

« Attendez un petit moment, je suis sûr que se prépare une surprise. »

En effet, Zweg arrive, essoufflé, portant dans ses mains une tête arborant un genre de casque carré et dont les yeux fixes semblent raconter toute une histoire.

« Voyez, monsieur Wenner-Gren, elle s'applique exactement sur le *chac mool*... »

Je ferme les yeux. Dans ma tête se bousculent les images évocatrices des offrandes de cœurs palpitants à Quetzalcóatl. Je chancelle. Jim prend mon bras et m'amène dehors. Je respire à pleins poumons, regarde vers le haut de la pyramide construite par des hommes morts depuis longtemps. Il me sera difficile d'oublier l'image de leur *chac mool* avec son échancrure de couleur marron foncé.

« Excusez-moi un moment, miss Mary Ann, je vais prendre des photos », dit Jim.

Il s'éloigne et Wenner-Gren se rapproche de moi. Je ne m'écarte pas de lui, semblant obéir à un dessein imprécis et dangereux. Le cadre autour de nous est dompté par le soleil. À travers la semelle de mes chaussures, je ressens la résistante sécheresse de la terre brûlée. Je serre mes cils sur deux petites larmes que je ne veux pas laisser couler, fuyant toute émotion. Pour faire bonne contenance, je sors mon calepin et mon crayon de mon sac. Des monarques, ces grands papillons, scintillent par milliers autour de nous.

« Pas maintenant, dit Axel. Je vous en prie, Mary Ann, écoutez-moi... »

Je secoue vigoureusement la tête. Je ne veux pas entendre ce qu'il va me dire et je m'éloigne.

« Mary Ann, je vous fais peur à ce point ?

– Non, Axel, dis-je en me tournant vers lui, mais je sais ce dont vous êtes capable ! Votre effronterie d'hier soir, par exemple. »

Ses cheveux blancs sont en désordre, la lassitude amincit son visage et ses yeux sont languissants. Il se rapproche et me parle lentement… son accent suédois est plus doux.

« Mary Ann, je m'excuse pour hier soir, j'avais trop bu. Sérieusement, je me suis laissé prendre au jeu que je vous ai imposé. Oui, Mary Ann, vous avez payé votre dette et Claude a eu sa liberté. »

Il s'arrête de parler, puis il murmure :

« *Jaq älskar dig*, Mary Ann. »

Je hausse les épaules et me détourne, je connais un peu le suédois maintenant.

« Mary Ann, continue-t-il, vous avez joui de moi, vous m'aimez donc d'une certaine façon… vous m'aimez, ne serait-ce que physiquement… »

Je suis sûre d'avoir pâli alors que je me retourne et lève une main pour le frapper. Il la retient.

« Je vous défends, Axel, je vous défends de faire allusion à cette soirée, vous m'entendez ? »

Je libère ma main et le frappe à la poitrine, à plusieurs reprises… j'en ai les larmes aux yeux. Ses paupières se ferment et j'entends la modulation intelligible d'un début de plaisir… Je recule, effarée. Cet homme est un démon de la luxure. Des pas se rapprochent. Il ouvre les yeux et enfonce vivement une main dans la poche de son short.

« Voilà Jim qui revient ! » dis-je.

J'endure avec difficulté le soleil, l'endroit où nous sommes ; une expression de sévérité se forme sur le visage d'Axel, un sourire amer et triste qui n'a point d'âge.

« J'ai pris de bonnes photos, ce qui va rehausser votre texte, miss Mary Ann. Je vois déjà… »

Il s'arrête et me regarde.

« Vous ne vous sentez pas bien, miss Mary Ann ?

– Je crois que nous avons tous besoin d'un bon déjeuner, coupe Wenner-Gren. Je connais un excellent restaurant tout près... Ensuite, je vous ferai visiter un trésor d'église baroque. »

Un peu de vent s'est levé. Je sors du restaurant revigorée, satisfaite par une soupe de poisson bien épicée, accompagnée d'un bon vin mousseux, enivrée par la dégustation préalable de Margaritas. Axel a bu verre sur verre avec moi, mais Jim s'en est tenu à un cocktail et à un verre de vin. Je pouvais lire l'expression sévère de désapprobation dans son regard que j'essayais d'ignorer. Pour la première fois de la journée, je ressentais une plus grande liberté et un immense désir de rire, encore et encore. Je crois même que je me suis laissée aller au flirt.

Un poids pèse tout de même sur mon cœur : la mission que m'a confiée Churchill n'est pas terminée. J'espère que ce sera le plus tôt possible, car je suis vacillante et vulnérable... je me demande si Axel détient la clé de ce que je cherche...

La grande Daimler nous amène à la petite bourgade de Tonantzintla et s'arrête devant le Templo de Santa Maria, une église baroque consacrée à la Vierge dans laquelle nous entrons.

« Cette église, dit Wenner-Gren, figure parmi les plus exubérantes du Mexique. Regardez, mais regardez tous ces motifs sculptés ! »

En effet, une gigantesque coupole est littéralement couverte de saints, de démons, de fleurs, de fruits, d'oiseaux, tous en relief, en stuc polychrome doré à l'or fin, pas un pouce n'en est dépourvu.

« Mon Dieu, murmuré-je, je n'ai jamais vu une pareille splendeur. C'est fou, c'est divin, c'est un gigantesque poème théologique qu'il y a là !

– Il n'y a que le Mexique pour vous l'offrir ! » ajoute Axel, enjoué.

La tiède et étincelante pénombre de l'église me fait frissonner. Jim prend des photographies. Les éclats de lumière de son flash rebondissent comme les éclairs d'un orage électrique. Jim est tout sourire alors que nous remontons dans la voiture.

Je crois qu'aujourd'hui tous mes démons se réveillent… mes yeux s'allongent et je détaille, perplexe, tout autour de moi, la petite ville dormante et, par-dessus les toits rouges de la rue que nous prenons, l'horizon qui commence à rosir avec le coucher de soleil. Je tombe dans un inexplicable accès de fou rire, puis je me tais. J'ignore vers où nous nous dirigeons, mais nous allons vers le soleil, vers l'ouest, et nous traversons de beaux paysages durant à peu près une heure.

« Je me permets de vous amener à Cuernavaca, espérant que vous accepterez mon hospitalité, mais aussi pour vous faire voir quelques curiosités que seule cette ville peut vous apporter », dit Wenner-Gren.

Une chaleur me monte à la tête.

« Déposez-nous à l'hôtel, si vous voulez bien. J'ai déjà beaucoup à écrire sur notre visite à Cholula.

– Non, vous êtes tous deux mes invités. La maison est grande et vous pourrez en faire à votre guise. Une machine à écrire sera mise à votre disposition, Mary Ann. »

Ses yeux insistent. Est-ce le hasard qui me propulse dans la tanière de Wenner-Gren ? Je frémis. Mon esprit tourne autour de ce point d'interrogation. Ce n'est plus une pensée, c'est un coup de théâtre de la destinée! « Surtout, Marianne, n'oublie pas Churchill... Oui, c'est pour Churchill que je suis à Cuernavaca... », me dis-je en soupirant.

Je me sens très fatiguée, je crois que j'ai assez vu de choses anciennes pour la journée. J'ai grand besoin de me rafraîchir. J'ai soif. Je suis lasse. Toutes les images d'aujourd'hui restent séparées, car je ne peux leur conférer respectivement leur propre identité. J'écrirai mes impressions lorsque je serai reposée. J'appuie ma tête sur le dossier de notre banquette alors que la Daimler s'engage sur le terrain d'une grande propriété, une immense et luxueuse maison de style espagnol.

La voiture s'arrête devant un fronton triangulaire supporté par quatre piliers de haute taille. Derrière, une tour avec des petites lucarnes brille dans la lumière du soleil couchant. Sur son toit, une girouette à deux coqs se faisant face tourne sur elle-même.

La grande demeure est située sur une petite butte qui semble avoir été pétrie rien que pour elle. Un peu plus loin, derrière un bosquet d'eucalyptus, du côté ouest de la maison, une piscine illuminée brille et, sur une paire de piliers, des portes en fer forgé sont ouvertes. Au bout de l'allée, près d'un escalier à balustrade, le regard est attiré par la haute porte principale et des lanternes en métal doré allumées.

Deux hommes viennent à notre rencontre. Rapidement, Wenner-Gren engage une conversation avec l'un d'eux.

« Ma femme est toujours souffrante?

– Oui, *señor*, madame désire prendre le dîner dans sa chambre.

– Très bien. Voyez à ce que Lady Belvédère soit à l'aise dans la chambre bleue et M. McNish-Porter, dans la chambre voisine de la salle de sport à l'étage supérieur. »

Puis, se tournant du côté du chauffeur, il ajoute :

« Vous serez à la disposition de Lady Belvédère et de M. McNish-Porter demain matin ! »

La voix de Wenner-Gren est celle d'un homme habitué à l'obéissance, tranchante et inflexible.

« Venez, Mary Ann. Venez Jim. Soyez les bienvenus chez moi. Miguel va vous conduire à vos chambres. J'espère que vous y passerez quelques jours. Excusez-moi. »

Il s'éloigne et se dirige vers l'arrière de la maison en contournant un grand balcon qui s'allonge de ce côté de la grande demeure. J'entends grincer une grille. Un bout d'arc-en-ciel – une douce pluie se termine – brandit en l'air un reste merveilleux de voûte dont les couleurs meurent ensemble. En face, le soleil qui descend sur des cercles de rayons divergents illumine la devanture d'un genre de castel avec encorbellements, tourelles et corniches soutenues par des piliers d'un blanc de chaux. Des allées d'hortensias roses et d'hibiscus couleur de sang s'étendent symétriquement sous de hauts palmiers.

Nous suivons Miguel sur un perron éblouissant avant d'entrer dans une pièce sombre, fermée aux rayons du soleil. La basse température que maintiennent persiennes et rideaux tirés me coupe le souffle. Les parfums de miel des meubles, de fleurs fraîches, de frangipane et de gazon coupé se mélangent dans l'atmosphère. Mes yeux s'habituent à la pénombre et discernent le rouge d'une tenture, le noir et l'or assourdi des rideaux et le riche ameublement d'une antichambre. Nous suivons Miguel qui s'engage dans un long couloir aux fenêtres aveugles et nous débouchons dans un grand salon de forme ovale, une espèce de galerie, de musée peut-être, dans lequel un bureau sculpté et sombre occupe tout un pan de mur. Dans ce salon fermé, je regarde le velouté du mobilier, les vitrines claires alignées le long des murs, remplies de figurines et d'objets insolites. Des étiquettes écrites à la main révèlent leurs origines. « Wenner-Gren fait des pillages... », pensé-je. Des armes antiques, des épées et des lances miroitent et, dans un coin, un petit canon vert, encore incrusté de balanes. Sur les murs sont accrochées des peintures impressionnistes de fruits, de fermes et de femmes nues. Au fond, une porte de bronze bruni est semi-ouverte.

Nous sommes, sans doute, dans le *inner sanctum* d'Axel Wenner-Gren. Miguel m'indique que ma chambre donne sur ce salon, qui doit aussi servir de bureau à Axel. Il en ouvre la porte. L'air frais me dépouille de la langueur qui m'envahissait.

« Vous entrez une minute, Jim ?

– Excusez, *señorita*, je dois montrer au *señor* sa chambre. C'est l'ordre de *señor* Wenner-Gren. »

Je ne réponds que d'un signe hautain, un peu offusquée.

« Miguel, pourriez-vous me faire parvenir une machine à écrire ? M. Wenner-Gren me l'a déjà promise.

– *Si, señorita.* »

Je regarde d'un œil fatigué l'opulence de ma chambre bleue, la moquette cérulée, l'ameublement de satin bleu marine, les persiennes or et bleu électrique. Je me laisse tomber dans un fauteuil et soupire longuement. Les sourcils froncés, je mesure le changement qui s'opère en moi – je ne songe pas tellement à Claude ni au péril de le perdre… non, je ne perdrai pas Claude, mais à l'intérêt embarrassant que je porte à un homme déjà mûr.

Je me fais couler un bain que je parfume de santal et m'y plonge, comme dans un refuge, crispée et mal à l'aise… puis, je me détends. Je m'enveloppe d'un vêtement de soierie orientale, sans doute posé là à mon intention, que j'enfile dans l'ombre d'un cabinet tiède.

Je suis pleine d'appréhension au seuil de la soirée qui se prépare et je sors dans le salon qui jouxte ma chambre pour examiner la collection de Wenner-Gren. Je vois les jumelles, le don d'Hermann Goering, que j'ai rapportées d'Obersalzberg, qui côtoient des médailles de toutes sortes. Aucune svastika dans tout cela !

Moins fatiguée, l'œil sur la fenêtre ouverte, je guette l'approche du soir, je ne veux pas que l'ombre me surprenne. On frappe finalement à ma porte. J'ouvre. Un jeune homme pousse une table roulante chargée de plats, de verres, d'une bouteille de champagne dans un seau jusqu'au fauteuil que je viens de quitter.

« Pour votre plaisir, *señorita.* »

Peu après, on frappe encore à ma porte. Un autre jeune homme entre, poussant une table sur laquelle sont posées une machine à écrire et des feuilles de papier, qu'il place près de la fenêtre.

J'aime bien les dîners impromptus, mais est-ce le protocole de la maison qui veut que je dîne seule ? Un clocher éloigné sonne les complies. Une dernière flambée du couchant danse sur les murs bleuissants et fait étinceler le cristal des verres. Je me verse du champagne que j'avale d'un trait. J'ai soif bien sûr, mais il me semble aussi que j'ai besoin de courage. La sonnerie du téléphone me fait sursauter.

« C'est Jim, miss Mary Ann. Tout va bien ?

– Oui, je suis dans une belle chambre bleue avec un repas tout préparé en face de moi.

– Il en est de même pour moi. Vous aimeriez faire une promenade au jardin ?

– Je ne crois pas, Jim. Je vais me servir de la machine à écrire qu'on vient de m'apporter, taper mes notes sur Cholula et me coucher de bonne heure. Je vous verrai au petit-déjeuner, et puis nous irons à Teotihuacán. »

Jim hésite, puis il reprend :

« Vous êtes sûre que tout va bien ?

– Mais oui, Jim, je vous assure. Je peux même fermer ma porte à clé si c'est ce que vous voulez dire ! »

Est-ce un léger rire ou une moquerie que j'entends alors qu'il me souhaite une bonne nuit ?

« Bonne nuit, Jim. On se verra au petit-déjeuner. »

Je bois une autre coupe de champagne, mon appétit s'aiguise. Je mange avec gourmandise une tranche de poisson fumé, du fromage, des pêches et je bois encore. Ma vigoureuse jeunesse et la puissance de ma pensée sont en jeu ce soir, un jeu qui va me forcer à dire des choses que je ne pense pas encore, un jeu qui m'excite malgré moi. Ces pensées persistent jusqu'à ce que je m'installe devant la machine à écrire pour y insérer une feuille de papier. Dehors, il pleut soudainement. Les arbres ruissellent. Une longue goutte froide roule le long de la vitre et tombe sur ma main. Derrière moi, la chambre est sombre. J'allume un lampadaire que j'approche de ma table à écrire. Je tape mes impressions de la journée et décide d'en tirer un article pour Dupuch. Je m'arrête, doutant de moi. N'est-ce pas trop formel ? Non, je continue sur le même mode rassurant, sans sombrer dans des généralités mélancoliques sur les Indiens d'autrefois.

Ce faisant, j'appréhende tout de même l'apparition de Wenner-Gren.

Je sursaute. J'entends des pas étouffés dans le salon d'à côté. On y brasse des paperasses, des portes sont ouvertes, puis refermées. Cela dure et dure. La sonnette du téléphone résonne, Wenner-Gren répond, en suédois :

« Ça peut attendre ? Non ? J'étais dans mon bureau en bas ! »

Il écoute.

« Je n'y vois aucun problème, pourvu que ce soit fait tout de suite. »

Puis, un silence suit. Il baisse la voix et se met à murmurer, mais mon oreille fine capte tout.

« Oui, exactement, vous devez transférer immédiatement le tout, oui, le tout, de Norman's Cay jusqu'au côté est de Sail Rock. Compris ? Je vous rappelle dans la matinée. »

Il raccroche.

« Norman's Cay au côté est de Sail Rock, Norman's Cay à Sail Rock », répété-je à voix basse.

Non, je n'oublierai pas cette phrase, car je crois que ce sont les emplacements que Jim et moi désirons trouver. Dieu merci, mon ange gardien veille sur moi !

Si je pouvais dévider à rebours cette journée, j'aurais déjà prémédité ma fuite et serais partie loin, très loin. Mais non, je ne l'ai pas fait, voulant mener ma mission jusqu'au bout, oui, jusqu'au bout! La grâce passagère qui me touche se retire… et je retrouve ma véritable personnalité, je redeviens celle qui aime son jeune mari, ardent et sincèrement épris. Je ne veux plus de l'homme à côté, ce ravisseur qui m'arrache à moi-même, ce démon qui semble me posséder corps et âme. Pourtant, mes sens s'élancent vers lui, alors que je voudrais fuir.

Sur ces entrefaites, Axel entre, vêtu d'un peignoir de soie, comme le mien, et je me sens happée par le regard chaud et dangereux de cet homme au profil effilé. Je sais que je cesserai de m'appartenir s'il pose sa bouche sur la mienne. Au moment où il se rapproche de moi, je recule. Ses yeux brillent, il m'éblouit… un petit choc mystérieux et malfaisant heurte mon cœur, une sorte de foudroiement me paralyse. Axel connaît la faille de *mon* désir. J'ai, au bord des lèvres, le petit «ah!» étouffé d'une blessée qui souffre. Une héroïne tout en chair comme moi peut-elle triompher de ses démons?

«Axel, ne faisons pas de bêtises. Quittez-moi, je vous prie.

– Vous quitter? Je n'en ai pas du tout l'envie.

– Je n'ai pas de dette à vous payer, aujourd'hui. Et vous n'allez pas me forcer…»

Il m'interrompt:

«Je n'aurai pas à le faire, Mary Ann! Vous me désirez autant que je vous désire.»

Je ne suis pas dupe de mon indifférence feinte. Je le regarde avec hostilité. Tandis que mes sens murmurent: «Prends-moi!», mon cœur se défend et me sermonne. Pourtant, il est là, tout près de ma main…

La demie d'une heure sonne très loin. La bouche d'Axel s'approche de la mienne. Je le repousse, sans souffle… la trahison et l'abandon sont là qui me terrassent.

Axel me soulève fougueusement et me lance sur le lit, où je rebondis. Je suis cette femme aux yeux fermés, cette brute avide de plaisir. Voici l'heure la plus ambiguë de la nuit, dans ce lit étranger où, excitée, les jambes nerveuses, je ne peux faire autrement que m'abandonner à ce voluptueux corps qui ignore tout des préliminaires amoureux et ne veut qu'une pure sexualité. Le fruit défendu est là et je suis à sa merci…

Je ferme les yeux et aspire l'air entre mes dents comme par un grand froid… je perds conscience au milieu d'un mot… le délire tord mon ventre, je vire sur mes reins, l'éblouissement du plaisir ne suffit pas à me voiler celui qui, penché sur moi, me regarde avec fougue alors que son corps accélère ses mouvements. Je fouette l'air de mes bras, mes mains s'agrippent à la tête du lit… un cri rauque, sauvage, s'échappe de ma bouche… je hurle ma jouissance…

Dans le grand lit embaumé de nos deux corps, je me venge, silencieuse de nouveau, de tant de plaisirs et je baise la bouche d'Axel un peu cruellement… je voudrais, de mes dents, couper sa langue… Je m'abîme dans mon baiser, à bout de souffle.

Axel tourne vers moi une merveilleuse figure de bête, la lèvre relevée et meurtrière, une expression forcenée… Puis, tout est aspiré par une autre offre encore plus effrénée, un besoin impérieux, une sorte de colère érotique qui n'en finit plus et qui exacerbe une fièvre si intense que nos cris de plaisir durent, encore et encore, jusqu'au bout de notre souffle une fois de plus…

J'étouffe mes sanglots, la tête sur mon bras plié. Je fais des efforts pour me ressaisir. Je marche jusqu'à la baie ouverte, attirée par le bleu de la nuit. Les reins las, les poignets et les mains fourmillants, je finis par revenir près du lit. Je regarde le visage endormi d'Axel absorbé par la nuit claire et encadré de cheveux blancs. Une musique de guitare recommence, mais le vent, capricieux, détourne le son de l'instrument. Je regarde de nouveau dehors. Une longue pluie tricolore, comme une aurore vagabonde, s'est remise à tomber et raye le ciel au-dessus du parc. Le carnaval doit se poursuivre.

Je cesse d'hésiter dès que la nuit se referme et je me glisse dans le lit, soupirant un peu nerveusement en refrénant mon envie de toucher la peau nue… Un désir insatiable me dévore de nouveau, la vue du corps de cet homme plus âgé que moi me chavire… Mon Dieu ! Il pourrait être mon père… Je promène avec assurance mon regard sur son ventre plat, jusqu'à l'étrange motif de son capricieux sexe…

Je respire sur mon corps l'arôme même de ma solitude, l'âpre parfum de musc – c'est aussi le parfum de mon père – du corps de l'homme qui vient de me prendre. Fatiguée, repue, un bras étendu, l'autre replié sous moi, je laisse mes larmes de remords se perdre dans l'oreiller.

Je culpabilise. Il est bon que le remords explose dans la solitude. J'ai soudainement peur. L'amour excessif que je porte à mon père n'est-il que physique ? J'ai désiré Wenner-Gren parce qu'il remplaçait en quelque sorte ma figure paternelle… Une lumière aveuglante perce mes paupières. C'est cela ! Cela ne peut être autre chose ! J'étouffe mes sanglots. Mon père et Axel ne font-ils qu'un dans mon lit ? La honte fait battre bruyamment mon cœur… pourtant, je caresse légèrement la poitrine qui se soulève à chaque respiration, le ventre plat… ma main descend…

Non! crie une voix en moi. Je ne dois pas! Je suis avide de sommeil, épuisée. Le jeu des similitudes perd lentement de son attrait. Puis-je laisser cette tourmente derrière moi? Oui, je rêve et je suis très fatiguée. Mon angoisse s'effrite petit à petit. À partir de maintenant, mes relations avec mon père seront différentes!

Accablée, avec la conscience du buveur assouvi qui sent ballotter dans son ventre le vin qui lui brouille l'esprit, je me lève, me dirige vers le seau à champagne et, coup sur coup, j'avale deux coupes du nectar presque tiède. Les bulles chatouillent mon palais.

Le jour est encore loin, mais déjà une parcelle de la nuit, plus claire que l'autre, sépare le ciel. Je me recouche, me replie dans l'attitude souple et souveraine de mes sommeils d'enfant.

Au matin, je suis seule lorsque je m'éveille. Je me secoue, me lève et vois que la brèche bleu marine, à la fenêtre, blanchit. J'ouvre les volets et admire, à la place de la lumière que j'appréhendais, une aube pâle et des plantes qui ploient sous leurs feuillages mouillés. Un oiseau chante dans le lointain, en sourdine. Une odeur de muguet erre dans l'air. Je respire sur moi le don qu'un démon autoritaire m'a remis et je souhaite renaître sans mémoire, avec le soleil virginal.

Chapitre XXV

Aujourd'hui, j'ai peur ! Peur de souffrir ! Je regarde dehors le beau jardin, attentive à l'agréable silence, où seule se débat sourdement l'eau d'une fontaine, brillante comme un vif lézard argenté. Du plus profond de mon tourment émerge un débat qui monte, qui se fraie un passage vers le jour. Le temps me presse. Je dois affronter la vérité… ma vérité, aussi perverse soit-elle. La peur que je ressens est comme un voile qui colle à ma peau… mais on n'en meurt pas. Je le porterai peut-être de nouveau si, comme cette dernière nuit, *je ne peux faire autrement* ! Ai-je donc l'âme d'une jeune barbare qui peut bondir si brusquement vers l'amour bestial, agressif ? Ne suis-je que l'esclave de moi-même ?

Je ne veux pas, car il ne faut pas, ni pleurer de honte, ni casser les vitres, ni ravager le mobilier bleu à coups de pied. Je juge ma tocade pour ce qu'elle est, une aventure, mais qui avait un but. Je m'évaderai sous peu.

Inquiète, la peau tremblante, je prends une douche et essaie d'organiser ma journée. Je me regarde, les cheveux lisses, le visage mince, la peau blanche et le regard honteux… c'est du bout des lèvres que je parle à la glace :

« Dieu me préserve, j'ai été tentée… »

Je scrute la glace. Mes cils longs et si foncés battent doucement et me donnent un air de fausse pudeur, de coupable émoi, ce qui me trouble davantage.

Mon cher père... Comment vais-je maintenant le voir ? Je le blâme... et puis, je l'admire avec un peu d'effroi. Suis-je donc si naïve et si peu femme du monde ? Wenner-Gren sait-il comment me dompter ? Ne sait-il pas exactement quoi faire de la petite illuminée que je suis, alors que je courais vers un bref plaisir et qu'il murmurait sur mon visage humide :

« Jouis de moi, mon amour, tu m'appartiens... *Jaq älskar dig !* »

Son corps s'échauffait vite... une peau si vivante, chaude comme la mienne. Ah, toute la sollicitude sacrilège dont il faisait preuve, manipulant les attentes, les retours, la mêlée lente puis rapide pour me faire jouir ! Il rythmait nos deux corps qui se balançaient comme pour bercer ou endormir une blessure. Je me sentais un peu violentée..., et j'y consentais.

Enfin, à quoi tient l'amour de cet homme s'il n'est en vrai que concupiscence ? Et le mien ? Est-il autre que le masque de l'inceste ? Je me raidis, passe une main devant mes yeux comme pour écarter une vision... J'y songerai plus tard.

Mais, finalement, c'est moi qui ai gagné ! Je serre les dents en pensant aux sentiments contradictoires et déplaisants que j'éprouve pour Axel et qui finissent par s'évaporer à mesure que le jour se lève. Mais oui, c'est moi qui ai gagné : je lui ai volé un secret et j'ai joui de lui ! « Merci... », murmuré-je.

Je rêve, respirant autour de moi le parfum de musc qui flotte encore dans l'air. Je secoue mes cheveux...

oui, il me semble qu'eux aussi sentent le musc. Qu'importe, maintenant ! Le soleil, derrière les persiennes, illumine ma chambre d'un bleu de phosphore. Aujourd'hui, je souhaite redevenir pareille à moi-même, sans trop penser ni souffrir. Je le souhaite tellement que, quelque part, un dieu devrait s'émouvoir et m'exaucer.

Flottant comme dans un rêve, je descends les escaliers, très digne et très troublée à la fois. Je consulte ma montre, c'est l'heure du petit-déjeuner, et je rejoins Jim dans la salle à manger. Je le trouve agité, les yeux ombrageux et la bouche sèche. Je le croirais prêt à n'importe quel enfantillage ou sauvagerie. Une cruelle pensée serre mes tempes… Est-ce que Jim m'espionne ? Travaille-t-il pour son prince bien-aimé, mon père ? Non, c'est impossible ! Jim est de mon côté ! Je le regarde avec beaucoup d'attention. Ses yeux posent des questions et je baisse les miens.

Une odeur d'oranges et de mangues entre par la fenêtre ouverte. Les persiennes sont déjà fermées. Les propriétaires du castel aiment-ils l'ombre ou est-ce simplement le caprice de Mme Wenner-Gren ? Va-t-elle prendre le petit-déjeuner avec nous ? Elle est souffrante, paraît-il…

« Sa maladie, c'est l'alcoolisme… », chuchotait-on au grand bal donné à Government House.

Nous sommes seuls, excepté deux hommes qui vont et viennent dans l'immense salle à manger de style mexicain, avec dorures, coloris chauds et cristaux. L'odeur puissante d'un café fort détend mes nerfs. Un jeune homme s'approche de nous.

« Des tortillas, des confitures et du café, s'il vous plaît, dis-je.

– La même chose pour moi », lance Jim.

Je m'assieds et je crayonne rapidement quelques mots sur mon calepin que je passe à Jim. Il place ma note vivement dans la poche de son pantalon lorsque des pas résonnent dans le couloir. Je respire profondément et les yeux de Jim s'accrochent aux miens. J'ai l'impression d'être une menteuse éhontée, puisque je lui dissimule ma folle nuit, mais il a compris.

« Jim, partons aussitôt que possible !

– Nous devons aller à Mexico quand même, pour la forme. »

J'acquiesce vivement et lui tends une lettre.

« Voulez-vous passer cette lettre au majordome, Jim ? Quelques mots de remerciement pour Wenner-Gren, c'est tout !

– Vous permettez que je la lise ? » demande Jim.

Je le regarde, offusquée.

« Jim ! Oseriez-vous commettre une telle indélicatesse ?

– Miss Mary Ann, vous devriez comprendre...

– Très bien, lisez-la et cachetez-la ! »

J'ai seulement écrit quelques phrases sans laisser paraître le moindre déséquilibre moral. Peut-être même y ai-je laissé percer un peu de froideur ou même un peu de dignité en signant ma courte lettre Lady Belvédère et en la terminant d'un post-scriptum en suédois : « Excellent séjour ! Souvenirs affectueux. »

« Très malin ! » dit Jim en hochant la tête.

Il baisse la voix ; elle n'est qu'un murmure :

« La fourgonnette est cachée derrière le garage.

– Désormais, Jim, je vous appellerai *la fouine* ! »

Nous sortons et mon soupir excédé meuble un peu l'interminable moment qu'il nous faut attendre avant que la voiture que Jim a poliment commandée arrive.

Une chaleur torride règne déjà. En attendant la voiture, je cueille un abricot et me sermonne : « Arrête-toi et regarde autour de toi ! Cet instant est magnifique. Y a-t-il ailleurs un soleil aussi riche, des couleurs aussi vermeilles, des fruits aussi sucrés ? Redeviens cette enfant ivre de vie ! Tu es fraîche, tu as des dents, des membres, des yeux, une bouche douce et vulnérable. Tu ressens ta première déchéance ? Non, Marianne, ta seconde… accepte-la, n'y pense pas et ne souffre plus ! »

La Daimler arrive enfin. Nous montons. Derrière nous, le grand castel semble dormir. « Adieu, Axel ! » murmuré-je dans ma tête. J'avale ma salive… je savoure encore sa présence. Deux larmes se mettent à couler sur mes joues, que j'essuie avec impatience.

« Jim, allons à Teotihuacán ! Nous nous arrêterons en route pour boire quelque chose. Nous avons un message à livrer à M. Blair. »

Je parle à voix basse, même si la vitre qui nous sépare du chauffeur est fermée.

Sans avoir à traverser la ville de Mexico – le trafic est quand même dense –, nous approchons Teotihuacán. À la demande de Jim, le chauffeur s'arrête devant un hôtel et nous lui offrons une boisson rafraîchissante, mais il nous montre un bidon d'eau et nous dit qu'il préfère nous attendre dans la voiture. Une fois assis, nous commandons des citrons fraîchement pressés et une bouteille d'eau minérale. Jim se lève et s'achemine vers une cabine téléphonique.

Une ardente paresse écourte les heures. La chaleur est sèche et lourde. Les rayons du soleil balaient l'avenue des Morts, puis continuent leur route et illuminent la grande pyramide du Soleil pour enfin embellir celle de la Lune. Je ne souris pas, parle un peu. Jim et moi regardons Teotihuacán, la cité des dieux, abandonnée depuis des siècles. Je contemple les ruines de la Citadelle et le temple de Quetzalcóatl orné de sculptures et de bas-reliefs.

Se dégagent du lieu une impression d'angoisse, de fausse sérénité, et une immense tristesse. Y a-t-il des *chac mool* teintés de sang bruni en haut de la grande pyramide du Soleil ? Derrière mes yeux embrouillés, je vois les corps sacrifiés, privés de leurs cœurs, jetés en bas des éternelles marches vers la foule excitée, alors qu'une ferveur quasi religieuse la pousse à s'emparer d'eux…

« Jim, y avait-il des rituels de cannibalisme ici, à Teotihuacán ?

– Les livres d'histoire en font mention, miss Mary Ann.

– Quelle barbarie !

– Est-elle pire que celle de Hitler en Europe, miss Mary Ann ? »

Je respire l'odeur morte de la ville… elle me fait un peu peur. Des fantômes s'y promènent, peut-être Moctezuma lui-même, à la recherche d'une revanche. Au loin, une colline fume d'arbres blancs, chacun d'eux éthéré et velouté comme une nue ronde. Derrière elle se découpe la Sierra Madre orientale. Un halo rouge de poussière est poussé par le vent tout le long de l'avenue des Morts. J'étouffe. Il faut que je m'éloigne de ce lieu. Plus rien ne m'y retient, vu que j'ai tout ce qu'il faut pour écrire un bel article.

« Partons, Jim, et rentrons à Veracruz. »

Devant l'hôtel Mocambo, nous remercions le chauffeur de Wenner-Gren. Alors qu'il tourne le coin, Jim se rend au garage et revient avec notre voiture.

Au 225 de la rue Cuauhtémoc, Blair a déjà fait le nécessaire et transmis nos messages avec les pièces à conviction. Il nous fait part de la suite des opérations, dont nous devrons garder le secret et qui me serviront plus tard pour mes articles.

Chapitre XXVI

À mon retour à Nassau, je croise Wallis dans l'escalier. Pookie se lance contre moi et je me penche pour le flatter.

« Bonjour, madame, vous allez bien ? »

Elle penche la tête en signe d'assentiment, son visage est tiré et très pâle. Sa supposée mauvaise condition m'attriste et m'irrite. Décidément, malgré ma fréquentation des bonnes religieuses, je n'ai pas l'âme d'une sœur de charité !

« Viens, Pookie », dit-elle en continuant à descendre l'escalier.

Elle m'énerve, cette belle-mère.

« Excusez-moi, madame, est-ce que mon père est là ? »

Sans se retourner, elle répond :

« Le duc de Windsor est à son bureau et ne désire aucunement être dérangé ! »

Je me rebiffe.

« Merci, madame, mais il fera sûrement une exception pour moi ! »

Je m'attarde à regarder son élégante et mince silhouette disparaître vers le salon et la terrasse. Elle possède les hanches d'un jeune homme. Serait-elle androgyne ?... C'est ce que l'on dit d'elle. Est-ce son charme de garçon manqué qui attire mon père ? Tout est si compliqué entre eux que ma tête tourne.

Le silence est lourd, rien ne bouge dans Government House. Le début d'après-midi est étouffant. Il y a quelque chose de changé dans le petit royaume de mon père... est-ce que ce sont mes traces qui s'effacent lentement ? Je jette un coup d'œil de regret sur le grand portrait de mon arrière-grand-père, Edward VII ; sa vibrante tunique rouge et son œil malin me réconfortent.

« Bien le bonjour à vous, murmuré-je dans sa direction, vous me faites du bien ! »

Je ne m'aime guère aujourd'hui, me sentant insociable, révoltée, incapable de concessions, un peu maniaque et menteuse par pudeur. Espérons que demain je me trouverai de nouveau charmante.

Je ramasse ma petite valise et entre en hâte dans ma chambre, soupirant d'aise en me laissant tomber sur mon lit. Une lettre de Claude m'y attend. Je la lis avec le calme mélancolique du remords et l'angoisse d'un malheur inattendu..., mais non, il n'y a pas de mauvaises nouvelles. L'image de Claude a été refaite bien des fois dans ma tête et dans mon cœur et s'est interposée dans le souvenir cruel de mon aventure au Mexique.

Est-il monstrueux, ce souvenir ? Oui ? Non ? J'ai désiré qu'un autre homme que Claude me fasse l'amour et, dans ma pauvre petite tête, il remplaçait mon père... N'était-ce que l'assouvissement d'un désir qui en cachait un autre, incestueux celui-là ? Mon visage se mouille.

Un nuage couvre le soleil haut dans le ciel et je vois passer au-dessus de la statue de Christophe Colomb les ventres roses, les grands becs courbés et les pattes orangées d'un couple de flamants.

Mon récent passé continue à exister et il me faut lui substituer un merveilleux âge d'or, l'âge de Claude et moi... la vraie réalité. Il m'aime et je l'aime. Je regarde sa photo sur ma table de chevet. Sa bouche qui sourit d'être désirée, ses joues veloutées, ses cheveux dont une mèche tombe sur son front, ses yeux dont je connais si bien le bleu qui se cache sous des paupières à demi fermées plus belles qu'un regard.

« Tout doucement, bientôt, je serai à toi ! »

J'essaie encore une fois d'obtenir la communication téléphonique avec Londres.

« C'est impossible, me répond une voix neutre. Il y a très peu de lignes pour l'Angleterre actuellement, même pour Government House. Réessayez demain, madame. »

Alors, j'écris à Claude et lui donne la date de mon retour.

L'année 1942 s'achève bientôt. Où passerai-je le jour de l'An ? En Angleterre, sûrement ! Une ombre brusque assombrit ma chambre, un orage se prépare. Tant pis, c'est la saison des pluies à Nassau. Je relis la lettre de Claude. Une phrase qu'il m'a dite lors de mon départ de Biggin Hill, en Angleterre, me revient en mémoire : « N'oublie pas d'écouter la BBC à vingt heures tous les jeudis ! »

Le post-scriptum de sa lettre me le rappelle : « La BBC, mon amour. » Je ressens l'amertume d'avoir oublié... et pour cause, j'étais accaparée par tant de choses. Mon esprit revoit la grande ville tragique où pleuvent les bombes et où les Londoniens se terrent pour survivre. Malgré tout, la lettre de Claude est optimiste ; il a loué un bel appartement dans le Wilton Crescent à Knightsbridge, notre futur nid d'amour. Londres est plus calme depuis que les Alliés mènent leurs actions offensives contre l'Allemagne.

Je sursaute. Vingt heures, a-t-il dit..., ce qui fait, avec le décalage horaire, quinze heures à Nassau ! Et nous sommes jeudi. Je dévale l'escalier, cours à travers le salon et entre dans la bibliothèque à bout de souffle. Le poste de radio n'est plus à sa place et je regarde autour de moi... Il est près du fauteuil que mon père préfère. Je tourne les boutons de la bande des grandes ondes ; des bafouillages se suivent les uns après les autres jusqu'à ce qu'une voix, sûrement britannique malgré qu'elle m'arrive embrouillée, annonce le programme de la BBC. Le son se stabilise et, soudain, j'entends la fin des nouvelles anglaises, même si la voix s'éloigne de temps en temps...

« La France s'en remet, mais les Allemands fulminent encore du sabordage de la flotte française à Toulon... Mussolini a donné sa permission pour un retrait de troupes en Tunisie afin de venir en aide à Rommel...

« Nous serons sur les ondes pour d'autres communiqués dans une heure, annonce ensuite une voix bien modulée. Maintenant, la BBC a le plaisir de vous présenter le pianiste Claude de Foucault et son programme hebdomadaire de musique classique. »

J'écoute le concert de Claude. Sa musique me parle. Il joue la *Pastorale* de Beethoven... Ah oui, il l'a déjà jouée pour moi et je l'apprécie ! Les douces images que sa musique évoque, comme dans un rêve éveillé, restaurent ma *vraie* vie et mon *vrai* cœur.

J'interprète mon rêve. Cette tendre musique est comme l'offre d'un rendez-vous, mais… je me réveille, prête l'oreille attentivement. Il n'y a pas d'erreur possible ! Des fausses notes se glissent dans le *scherzo* du troisième mouvement. Je me mets debout. Non, ce n'est pas Claude qui se trompe. Impossible !

Un grand sourire de compréhension transforme mon visage. Il envoie des messages sous la directive de Churchill et du SOE, j'en suis sûre ! Est-ce qu'Emmy Goering est à l'écoute, essayant de les décoder ?

Puis, j'entends la voix bien-aimée :

« Je vais jouer, maintenant, pour ma princesse inconnue, et pour tous ceux qui sont séparés de leurs bien-aimés, cette musique qui parle au cœur : la *Pathétique* de Beethoven. »

Je suffoque, parle à voix basse et ma voix résonne comme étouffée par de lourdes tentures. Tout est si changé. Le parfum rafraîchissant de la pluie qui tombe dehors atténue toutes les autres odeurs. Je m'interroge. Je dialogue avec moi-même, pleine de craintes… puis, j'éclate en sanglots. Claude me parle d'amour avec sa musique, et moi, je lui ai été infidèle. Non, je ne mérite pas cette dévotion ! Je détourne les yeux de l'appareil de radio, rougissant, essayant de me défendre. La musique monte en crescendo. L'angoisse que je nourris, que j'exagère, s'atténue petit à petit et je laisse la *Pathétique* calmer mon âme effarouchée.

Je me prends trop au sérieux, ça, c'est certain ! Je me lève et arpente la pièce jusqu'à la fin de la sonate. Claude souhaite une bonne nuit à ses auditeurs et à tous ceux qui s'aiment. Je m'assieds lourdement et redis tout haut des mots qui agissent comme un baume :

« Le soir, la pluie, la solitude… me guériront. Oublie ! Oublie tout, sauf la nuit, l'isolement et le souvenir de celui que tu aimes ! »

J'ouvre la porte en vitesse, les yeux embrouillés, et m'élance dans le corridor. Avant que tout redevienne simple, léger, tenace, normal, il me faudra patienter, patienter ! Je ne regarde pas où je vais et me heurte à quelqu'un, c'est mon père.

« *My darling little girl*, qu'est-ce qui t'arrive ? On dirait que tu as vu un fantôme ! »

Il m'attire contre lui. Son parfum de musc et de tabac blond remplit mes narines et je sens mes jambes s'amollir. J'essaie de le repousser. Il me serre plus fort contre lui et appuie ma tête sur son épaule.

« Là, reste là, murmure-t-il dans mes cheveux. On parlera de ce qui te chagrine tant, mon amour. On parlera de ton voyage… »

Mon émotion épaissit l'air. Mon rêve s'effrite. Je m'écarte, farouche. J'ouvre les yeux. Le visage près du mien sourit avec une familiarité tout amicale. Le bleu délicieux de ses prunelles devient plus sombre et son visage exprime soudainement une angoisse et une supplication.

« Ne me laisse pas ! » semble-t-il dire.

Je cache mon agitation sous une gentillesse diffuse.

« Excusez-moi, *father*, je dois travailler à mes notes. Il me faut apporter mon article à Étienne Dupuch dans quelques jours ! On se verra plus tard ! »

Que sont devenus mes devoirs filiaux, la tendresse que j'éprouvais pour mon père ? Je sens mon cœur se rétrécir, se durcir et bondir ! Nos chemins, qui se sont rejoints il y a peu, devront se séparer. Cela ne peut être autre chose ! Je rends à mon père sa place dans l'univers, parmi les spectacles d'un temps révolu. Adolescente, j'avais enfin appris que j'avais un père anonyme, mais ce n'est que plus tard que je le vis pour la première fois… Il était un homme célèbre. Je l'aimai dès lors et je l'aime encore. Non et non, je ne pourrai jamais l'exiler de mon cœur ! Mon très cher papa, je m'éloigne de lui. Je sais que son regard me suit…

« On se voit au dîner, Mary Ann ?

– Oui, *father* ! »

Je m'assieds à mon bureau, dans la petite pièce adjacente à ma chambre. Une machine à écrire portative, encore dans son étui, est là qui m'attend. Une feuille portant les armoiries du prince de Galles y est attachée : « Bon succès, *darling* ! » Je souris quand même. Il fait sombre dehors, comme si la nuit tombait déjà. De ma fenêtre, je regarde l'immensité marine au-delà de Hog Island et vois le paysage trembler dans la légère brume de chaleur. L'île est basse et s'élève tout de même vers le ciel ; quelques petits feux de jetée scintillent. Les arbres devant Government House filtrent l'onde ralentie.

Puis, je fouille dans mes calepins, sors ma nouvelle machine de son étui et y insère une feuille blanche. C'est donc ici que je fais peau neuve, que je me reconstruis, que je renais… ce n'est pas au-dessus de mes forces. Ma vie ou ma mort ne peuvent dépendre d'un faux amour. Même si je suis très fatiguée, je cherche dans ma mémoire et dans mes notes. Puis je tape, lentement pour commencer, le titre de mon article : « Un exode, une randonnée dans l'histoire ».

Je réfléchis quelques secondes avant de continuer.

« Ce fut pour moi une immense joie de parcourir une partie du Mexique et de sa splendeur… »

Je raconte au présent narratif ma randonnée dans le pays des descendants des Olmèques et de Cortés, sombrant brièvement dans leur cruelle histoire. Je décris le carnaval, l'esprit de ce peuple bigarré, chaleureux, enjoué et triste en même temps. Se mêlent à cette vie exotique quelques exilés, ceux qui fuient l'Europe et cherchent le beau temps et ceux qui sont à la poursuite de gains dans le sillage de la guerre. Je parle des rumeurs de protection d'or nazi dans les caveaux de banques reconnues… Je n'ose, tout de suite, parler de recyclage d'argent sale, comme je l'ai promis à Blair ; ce sera pour plus tard. J'évoque, pour finir, le climat enchanteur, la musique, Teotihuacán…

Je relis ce que j'ai écrit. J'ai là un article qui, je le crois, plaira à Étienne Dupuch. Va-t-il tout accepter ? Oserai-je l'offrir à Lord Beaverbrook ? Mon métier de journaliste doit prendre son essor.

Je souris tout à coup. Ai-je gagné la partie d'échecs que je m'étais promise ? Puis-je m'exclamer : « Échec au roi ! » On frappe à ma porte :

« Milady, excusez-moi, on vous attend pour le dîner !

– Merci Isolyn, je descends dans une minute. »

Après une toilette hâtive, je rejoins la dizaine d'invités que mon père et sa femme reçoivent deux fois par mois… c'est l'une des petites réunions des gens importants de Nassau. Je reconnais sir Harry Oakes et sa femme, qui, en me tendant la main, ont une drôle de mine. Ils ont l'air naïfs et gauches. Une forte prémonition serre mon cœur en regardant Harry Oakes, comme si je le voyais pour la dernière fois. Mon père me présente aux autres :

« Mary Ann, voici… »

Je joue les curieuses et cela m'amuse.

Les cocktails terminés, le repas s'ensuit, impeccablement servi. Les conversations banales, les rires faux et les bons mots continuent, ces derniers se faisant plutôt rares. Je prends part, puisqu'on me l'a demandé, aux discussions. Mais cette soirée signifie aussi autre chose, car la rivalité entre Wallis et moi semble prendre une tout autre tournure.

Après le départ des invités, nous sommes, mon père, sa femme et moi-même, à prendre l'air du soir sur la terrasse lorsque Wallis, énervée, les bras en l'air, se met à parler si vite que, pendant un moment, je ne comprends pas un mot.

« Pas si vite, mon amour, dit mon père en prenant son bras.

– Tu ne comprends pas, David, j'ai perdu ma broche en diamants, celle qui était là, là, continue-t-elle en portant son index à son épaule.

– Je vais sonner…

– Non, non et non. Tu dois la chercher ! Rentrons au salon ! Elle est peut être sous un meuble… Regarde, mais regarde, David ! »

Je vois mon père battre doucement des cils et ses yeux clairs fixent le visage pâle de sa femme. Lentement, il s'agenouille et, à quatre pattes, comme un chien, regarde sous les fauteuils. Ah, la perversité de cette femme me rend furieuse ! Mon père est un homme qui mérite d'être traité avec plus d'égards. Je m'élance vers lui et le force à se remettre debout. Puis, courroucée, je me tourne vers ma belle-mère :

« Comment osez-vous, madame, humilier mon père ainsi ! Avez-vous oublié qui il est ? Oui, je sais, il est votre mari, continué-je en levant la main pour arrêter toute réplique, mais il est aussi l'ex-roi de l'Angleterre et vous, une roturière, ce qui ne vous autorise pas à lui donner de tels ordres… Comment osez-vous… ? »

Elle veut parler, mais les mots lui manquent. Je regarde mon père, la stupeur a envahi son visage où se dessine peu à peu une grimace amère et triste. Wallis respire l'air en suffoquant, puis s'assied lourdement dans un fauteuil.

« David, finit-elle par dire d'une voix brisée par l'émotion, tu vas laisser ta pimbêche de fille me parler ainsi ? »

J'étends ma main vers mon père.

« Ce n'est pas à lui de répondre, madame ! J'ai agi de mon propre gré… et ça n'a rien à voir avec lui. Je suis majeure et vaccinée ! »

Le visage de Wallis est livide. Elle me fait un peu pitié, mais ses yeux foncés, posés sur moi, sont froids et cruels. Sa voix hoquette comme si elle reprenait ses sens :

« David, le temps est venu de choisir… c'est elle ou moi ! »

De nouveau, ma main se dirige vers mon père. Ma voix est calme. Je me plante, rigide, entre les deux parties de mon existence.

« Madame, mon père n'a pas à faire de choix. Je retourne en Angleterre dans un peu moins d'une semaine. D'ici là, j'ai l'intention de demeurer à Government House, mais, pour vous, madame, je serai invisible ! »

J'ai peur de perdre ma fausse assurance et, lorsque je regarde mon père, une eau piquante mouille mes yeux.

« *Sorry, father, but she asked for it !* »

Je m'approche de lui. Son regard, pâle et fuyant, veut dire tant de choses que je l'embrasse sur la joue.

« Je voudrais vous parler demain matin », murmuré-je.

En partant, je donne un coup de pied dans un fauteuil, le renversant.

« Tenez, madame, la voilà votre épingle. Je vous conseille d'être plus vigilante à l'avenir ! »

D'un tour d'épaules, avec un mouvement de sourcils et de lèvres, je les quitte sans regarder derrière moi et retrouve ma chambre avec gratitude. Je m'écrase sur mon lit pour y verser des larmes, émue, inquiète et déçue. Je pleure ce qui semble me faire défaut, ce qui se dérobe à moi, ce qu'il va me falloir chercher très loin de mon père. Je lutte contre le désir de redescendre et de lui demander pardon…, mais seulement à lui puisque c'est à lui que j'ai fait de la peine. Elle, elle ne le mérite pas ! Je retrouve mon âme de petite fille naïve, avec un cœur tout chaud d'impatience et d'inquiétude. Est-ce que le bonheur d'avoir connu mon père trop tard m'a rendue plus avide de lui ? Et ce même bonheur dont le manque m'a rendue malheureuse, puis-je le juger vraiment ? Une seule personne peut en décider… moi-même.

Je secoue la tête, n'essuyant même pas mes larmes. J'essaie de me consoler, prolonge ma pensée, puis élimine les visions qui m'attristent… je la fixe surtout sur la belle image de ma table de chevet où trône le portrait de mon mari enchâssé dans l'or de nos heures magnifiques.

CHAPITRE XXVII

Mon père me regarde, le regard chargé de reproche et de chagrin, puis il ferme les yeux. Il a l'air si fatigué. Je m'enlise dans la matinée déjà chaude. Émane de cet homme ému une douce odeur qui me pousse vers la tristesse. Il est habillé d'un costume pâle impeccable avec une chemise bleue assortie à la couleur de ses yeux.

« *Father*, laissez-moi parler sans m'interrompre. J'ai tellement de choses à vous dire que je ne sais où commencer. Je vous aime, *father*, peut-être plus que vous ne le croyez… »

Il semble m'implorer, ses yeux m'interrogent. Je cherche à lui expliquer que la situation entre sa femme et moi devait aboutir à une brouille, que la dédaigneuse dominance de Wallis recèle un amour compliqué et tyrannique. Il secoue la tête. Il passe une main sur ses joues creuses et, de l'autre, secoue la cendre de sa cigarette dans un cendrier. Mes paroles sonnent-elles comme celles d'une rivale cherchant à anéantir une perfide belle-mère ?… Mais non, rien de cela ! Le joug de Wallis ne pèse pas sur moi.

Je regarde la lumière bleue qui s'accroche au triste visage de mon père. Un merle pousse un cri si long, si distinct et si étranger à la mélodie qu'on associe au gazouillement des oiseaux que j'ai la sensation qu'il me sort d'un rêve. Mon père semble ne pas l'avoir entendu.

« *Father*, lui dis-je, je pars sous peu et je ne sais pas quand je reviendrai. Je ne veux rien savoir de votre femme ni de votre vie de couple, car c'est votre affaire…, mais je ne supporte pas que Wallis, devant moi, vous asservisse comme elle l'a fait hier soir. Non, *father*, dis-je en levant la main pour arrêter sa réplique. Vous n'êtes pas parfait, mais vous êtes l'ex-roi d'Angleterre et, surtout, vous êtes encore mon sire Lancelot… et vous le serez toujours. Il n'y a pas grand mérite à démêler mes sentiments pour vous puisque je vous aime… et je vous aimerai toujours malgré les controverses qui vous suivent de continent en continent. »

Il demeure muet, comme tari, et hoche la tête affirmativement. Son visage est étrange et angoissé comme s'il refusait tout soulagement. Puis, un léger trouble de ses prunelles et un mince sourire me montrent qu'il ne renonce pas à me comprendre. Il se lève. Au-dessus de son corps défini, éveillé, expressif, les traits de son visage s'agitent. Je ne trouve rien à dire lorsqu'il s'approche de moi et ouvre ses bras.

« Viens, *my darling little girl.* »

Je m'installe dans le bonheur de le savoir encore à moi. Il étend une main vers mon front qu'il attire contre son épaule. Le parfum de musc qui se dégage de lui me bouleverse et je ravale un sanglot. Sa voix tremble alors qu'il murmure dans mes cheveux :

«.Tu seras toujours *my darling little girl*, Mary Ann. Je t'aimerai toujours et je n'échangerais pour rien au monde mon amour pour toi ! Tu dois partir puisque la vie t'appelle ailleurs. Wallis et moi, nous demeurerons ici… j'ai besoin d'elle, Mary Ann, et ce que tu appelles ma soumission, eh bien, elle me comble. Tu comprends, Mary Ann, ma famille me tient éloigné de mon pays, je vis l'existence d'un exilé et ce n'est qu'avec Wallis à mes côtés qu'elle devient supportable. Elle bâtit autour de moi un petit royaume, Mary Ann. Je ne suis plus le prince de Galles bien-aimé ni le roi Edward VIII… j'essaie tout simplement de faire un beau travail, ici, aux Bahamas… du moins, je fais de mon mieux. J'espère obtenir un poste plus important dans le futur… »

Je ne peux dissimuler l'hostilité qui s'éveille en moi…

« Ne laissez pas Wallis vous humilier, *father*. N'oubliez pas que vous avez été empereur…

– Ma chère, chère petite fille ! C'est loin, tout ça. Elles étaient trop lourdes à porter tout seul, mes responsabilités de roi. »

Je recule et le regarde avec raideur.

« Vous savez bien qu'il y a eu une cabale contre vous et vos idées trop libérales, contre vos idées pacifistes dites pronazies, *father*. Moi, je crois qu'on vous a forcé à abdiquer ! »

Il abaisse les paupières, serre sa bouche et fait un geste sauvage du menton vers ma main ouverte contre sa poitrine, puis répond du bout des lèvres :

« Ah oui, mes fameuses tendances ! Je ne désire aucunement en discuter ni justifier mon admiration supposée pour Hitler. C'est de l'histoire ancienne ! »

Pendant le silence qui suit, nous nous regardons. Il m'interroge des yeux. Nous sommes tous les deux émus. Une expression presque féminine passe sur ses traits, séduisante… c'est peut-être l'éclat d'une petite parcelle de bonheur ! Il resserre son étreinte. Son visage s'approche du mien et il pose sur ma joue un long baiser chaste.

« Je veux que tu me jures, sur la mémoire de ta mère, que tu me tiendras au courant de toutes tes activités par lettre ou par téléphone, que tu viendras me voir dès que tu le pourras, et je ferai de même, où que tu sois. Ah, voir la fin de cette maudite guerre est mon plus grand souhait ! »

Je ne l'interromps pas. Sombre dans son vêtement pâle, il me dévisage.

« Oui, *father* », lui dis-je finalement.

Je n'ai jamais vécu une heure aussi longue et tant désirée. Enfin, nous pouvons prétendre que tout ira bien, c'est un peu comme un jeu. Comment puis-je mettre mon père en garde contre Christie, Oakes et Wenner-Gren, puisqu'il est déjà impliqué dans leurs affaires ? Mon pauvre papa, sa vie est un drame, ses yeux sont hantés. Sa conception du devoir est si élastique que personne ne pourrait prédire quand sa volonté *royale* – si charmante fût-elle chez un jeune garçon, elle est insipide et dangereuse pour un homme d'âge mûr – le ferait encore une fois changer de direction. Il lui manque tellement de choses.

Sa bouche fatiguée qui sourit, ses joues creuses qui se détendent, ses cheveux striés d'argent légèrement décoiffés, ses yeux dont je connais le bleu et qui se cachent sous des paupières qui se rident, voilà donc l'image que j'emporterai avec moi.

« Oui, *father*, nous nous reverrons. »

Je ressens un état de dénuement physique, l'horreur de mes bras vides alors que je le quitte. Il me laisse m'en aller, discrètement.

Où en sommes-nous à la fin de l'année 1942, tandis que je me prépare à retourner en Europe ? Cette année fut la plus lugubre et la plus austère pour l'Angleterre. Les rations de nourriture ont été coupées et le charbon est rare. La perte de Singapour, maintenant aux mains des Japonais, et le torpillage des cuirassés *Prince of Wales* et *Repulse* ont ébréché l'autorité et la cohésion de l'Empire britannique. Churchill défend ses principes et sa politique avec sa légendaire éloquence, et en réajustant son gouvernement.

Aucun soutien aérien n'a été apporté pour la tentative de débarquement à Dieppe et trois mille Canadiens ont péri dans cette débâcle.

Il y a juste quelques semaines, le 15 novembre précisément, les carillons de tous les clochers des églises britanniques ont sonné la victoire, en Afrique du Nord, de la bataille d'El Alamein, célébrée comme le grand phénomène psychologique de cette Deuxième Guerre mondiale. Encore une fois, Churchill a fait preuve de sa stoïque et caractéristique assurance :

« Ce n'est pas la fin. Ce n'est même pas le commencement de la fin. Mais c'est peut-être la fin du commencement ! »

La campagne militaire de 1942 se termine donc avec les victoires de plus en plus rares des puissances de l'Axe ; les forces alliées, même si leurs victoires ont été défensives, ont redoublé leurs offensives. L'Axe a été mis en déroute à El Alamein et à Stalingrad et les Japonais, en Nouvelle-Guinée et à Guadalcanal.

Que devient mon bienfaiteur d'un jour, Adolf Hitler? Il a, depuis ma visite, despotiquement rempli le rôle de commandant suprême des forces allemandes, de chef suprême du parti nazi et de dictateur de l'Allemagne. Ces trois tâches sont bien au-dessus des forces d'un seul homme! Pourtant, rien ne peut être accompli sans son autorisation.

C'est aussi en cette année 1942, à la conférence de Wannsee, en banlieue de Berlin, que s'organise l'élimination de la race juive – l'application de la «solution finale» selon Himmler, le chef de la Gestapo –, ce qui confirme l'ultime et diabolique cruauté du nazisme.

Et moi dans tout ça? Par moments, j'ai l'impression que je ne suis pas là, que je dors, que ces gens-là n'existent pas. Le cauchemar de la guerre me pèse et je ne me sens pas la force de l'affronter en Europe, mais mon désir de revoir Claude rétablit un ordre plus paisible dans ma tête. Je cherche dans le jardin les bonnes odeurs de l'oranger qui se mêlent à celles de la vanille. Les débuts d'hiver aux Bahamas sont doux, encore pleins de bourdonnements d'abeilles et de vagues parfums de tabac. Les soirs de beaux jours chauds et purs embellissent ma vie et me calment. Assise au jardin, seule, je goûte ma solitude. Ah, ma chauve-souris curieuse revient! Elle descend et frôle mes cheveux, nage dans le ciel, remonte, crisse et happe des choses invisibles, puis disparaît. Je ressens une toute petite angoisse, factice, mais que je nourris, que j'exagère en pensant à mon voyage.

Je recherche de plus en plus la compagnie de Jim. Il a décidé de m'accompagner en Europe et d'y rester un peu, le temps de rendre visite à sa famille en Écosse et d'y trouver son futur lieu de résidence. Nous allons souvent au restaurant, et, rarement dois-je ajouter, je me joins à mon père et à sa femme pour un repas… silencieux la plupart du temps. Heureusement, tous deux sortent beaucoup. Il m'arrive de voir Wallis de temps à autre, traversant Government House comme un fantôme, Pookie sur ses talons. Ces derniers jours, le petit cairn ne vient plus me voir ; on a dû lui faire la leçon. La dure face de Wallis est obscure comme une énigme et il vaut mieux pour moi que je cesse de penser à elle.

La veille de ma dernière soirée, je sens venir l'orage. Les arbres du jardin commencent à chanter sous l'action d'une brise soutenue. Et sur la mer, au-delà de Hog Island, je vois descendre un terrible nuage qui ressemble à une fumée d'encre violette. C'est l'haleine de la tempête qui monte à mes narines, ressemblant à une odeur de champignon. Brusquement, le déluge éclate, poussé par des bourrasques de vent qui me forcent à fermer ma fenêtre. Heureusement, l'ouragan s'éloigne vite et je peux voir les nuages encore gonflés d'eau se disperser, et la pleine lune revenir ; sa lumière verte fait des ombres très noires – elle est si grosse et si brillante que les étoiles ont reculé autour d'elle.

Le lendemain matin, je lis à la une du *Nassau Tribune* :

Une corvette de la Royal Navy a effectué un raid-surprise et a découvert, dans l'île de Sail Rock, dans les Exumas, une cache très importante de ravitaillement sans doute destinée aux U-Boote – des centaines et des centaines de barils de diesel et de boîtes de conserve ont été confisqués.

La Royal Navy aurait agi d'après des informations d'une source sûre mais encore tenue secrète.

Mon sang bat à mes tempes et j'éclate de rire. Je cours à la recherche de Jim, frappe à sa porte et entre en trombe dans ses appartements.

« Ça y est, Jim ! C'est fait, nous avons réussi ! Regardez ! » dis-je en lui tendant le journal.

Il l'ouvre et se réfugie près de la fenêtre. Il est vêtu de sa robe de chambre en plaid écossais, ses cheveux sont défaits. Ne l'ai-je pas vu dans un temps lointain, à New York, alors que, blessé, je le déshabillais pour le mettre au lit, poser cette même robe de chambre sur le pied de son lit ? Cher Jim, j'ai un vague et mesquin petit remords de l'accaparer ainsi, de lui faire partager mes plans, mais heureusement, c'est lui qui a choisi. Qu'elles sont loin nos journées oisives ! Une valise est ouverte sur un fauteuil et une pile de vêtements bien pliés a été déposée sur la table.

« Ce sont de bonnes nouvelles, miss Mary Ann. M. Churchill sera content de votre succès ! »

Je baisse les yeux d'un air maladroitement mystérieux lorsque le regard de Jim m'interroge – le souvenir d'une nuit très chaude s'insinue entre nous – et je crois qu'il lit mes pensées. Je soupire d'une savoureuse angoisse.

« Je l'espère, Jim. Je suppose que je le saurai bientôt, puisque nous serons à Londres dans quelques jours. Le bureau de mon père a-t-il tout arrangé ?

– Oui, tout est en règle. Cette fois, nous ne ferons que deux escales après avoir décollé de Washington ! Une à Terre-Neuve, au Canada, et l'autre à Stornaway, en Écosse, juste avant d'arriver à Londres. Il vous reste à aller voir Étienne Dupuch cet après-midi, à faire quelques achats et nous serons prêts pour notre voyage. »

Finalement, ma dernière nuit à Government House me comble de rêves ensoleillés et enfantins dans lesquels l'été, la chaleur, l'odeur des fleurs se succèdent. Au plus noir de la nuit, je cherche d'une oreille qui tressaille un bruit de pas dans les couloirs et celui de la porte de la chambre de ma belle-mère que l'on referme avec soin. Est-ce un râle essoufflé que j'entends alors que j'essaie de me rendormir afin de retrouver mes prés fleuris et mon apaisante liberté ? Pourtant, une inquiétude palpitante, engendrée par le souvenir de ma culpabilité et d'une vive émotion, m'éveille de nouveau… puis je me retrouve sage, délivrée, seule avec mon désir de Claude… jusqu'au matin.

Chapitre XXVIII

De mes Bahamas ensoleillées, il me semblait que Londres et la guerre étaient deux mots dénués de sens réel et de me retrouver dans la capitale de l'Angleterre, même après une brève absence, me laisse un goût d'irréalité, même si rien n'a changé, excepté, peut-être, qu'on sent moins la menace de la guerre.

« L'apocalypse dans le ciel, a dit un commandant d'escadron, a changé de direction ! »

Claude m'attend à l'aéroport de Biggin Hill. Il me fait signe de loin et, en m'approchant, je vois son visage embelli d'une sévérité étrange. Lorsque je suis tout près de lui, son visage se détend et il m'offre une simple rose.

« Tu as fait un bon voyage, tu n'es pas trop fatiguée ? » demande-t-il.

Une sorte de docilité dans sa voix me surprend. Il s'en rend compte, me regarde dans les yeux, me fait un sourire.

« Je suis si content que tu sois de retour, Marianne, » dit-il sur un autre ton en me prenant dans ses bras et en m'embrassant. Il relâche son étreinte et se tourne vers Jim, qu'il salue amicalement.

La froide brise qui souffle de la terre sent l'huile et la peinture fraîche avec des bouffées de menthe; la poussière que soulèvent les hélices des avions de la RAF remplace peu à peu le bleu immuable qui régnait durant notre descente vers la piste d'atterrissage. Du haut des airs, j'ai vu la partie nord du pays ensevelie sous la neige.

Claude pose sur moi un long regard expressif, rougit lentement et m'avoue:

« Si tu savais comme je suis content de te revoir, ma petite princesse! »

Dieu merci, je le retrouve! J'ai envie de pleurer, de rire et de le serrer dans mes bras. Heureuse de nouveau, je le vois égal à lui-même, mais, pourtant, son premier regard m'a laissée frémissante. A-t-il quelque chose à se reprocher lui aussi?

« Londres est plutôt calme depuis quelques jours. Les sirènes saluent de moins en moins l'arrivée des bombardiers de ces acharnés d'Allemands! Heureusement, ça commence à aller moins bien pour eux! Comme vous avez dû le sentir, l'hiver s'installe, mais je vois que vous portez les vêtements qu'il faut... »

Je souris pour faire bonne contenance. Nous avons tellement de choses à nous dire. Sur la réussite de ma mission, sur la sienne, sur nous... Nous nous retrouvons après une séparation de quelques semaines et, déjà, une gêne s'installe entre nous. Pourtant, je le devine ardent et empressé, je sens son impatience.

« Bon, rentrons à Londres! J'ai déniché, la semaine dernière, un assez beau cabriolet en bon état et qui ne consomme pas trop d'essence... le rationnement est très strict... Alors, c'est moi qui vous conduis. Il fait toujours beau à Nassau?

– Oui, dit Jim, mais il pleut tout de même assez souvent. »

Nous montons dans une Austin marron. Le cuir des sièges est un peu usé, mais une bonne odeur fraîche de cirage s'insinue autour de nous. Jim s'assied sur la banquette arrière. Une barre de soleil chemine sur la route et se pose sur le capot de la voiture. Je reçois son éclat en plein visage. Claude conduit vite ; il me lance de temps à autre un regard en coup de fouet, vif et cordial. Le silence s'installe.

Il y a, dans la guerre, des choses qui font plus de peine que d'autres, je ne saurais dire lesquelles exactement, mais il est pénible de penser qu'une grande partie de l'humanité est écrasée par l'énormité des dévastations. Les nations qui se seront rangées du côté du Droit et de la Justice remporteront-elles la lutte ? Me reviennent à l'esprit quelques mots d'Adolf Hitler : « Cette guerre sera gagnée par ceux qui feront le moins d'erreurs ! »

Ce sera Churchill, qui, à la barre, guidera son monde vers la victoire. J'aimerais bien le revoir.

Nous entrons dans Londres par le sud-est, là où se trouve le quartier qui a le plus souffert des bombardements. Ici plus qu'ailleurs les gens se hâtent avec des colis ou des sacs au bout des bras, leurs masques à gaz autour du cou, alors que nous longeons des rues en partie détruites. Des sapeurs-pompiers s'affairent à maîtriser un feu du côté de Whitechapel. Les tramways et les autobus circulent librement. Nous devons faire quelques détours pour éviter les encombrements alors que nous prenons la direction de la *City*. Jim dirige Claude vers Earls Court Road, où une cousine l'attend.

« Faites-moi signe si vous désirez que je vous accompagne dans vos démarches. Voici mon numéro de téléphone, dit-il en me tendant un bout de papier. Je n'irai en Écosse qu'après le jour de l'An. »

Nous le déposons et Jim garde un visage impassible avec une expression distraite. Il plante son regard aigu sur moi, puis regarde Claude qui lui dit :

« Nous serons au 22, Wilton Crescent, Jim. Venez nous voir quand vous voulez. Vous connaissez ?

– Oui, monsieur Claude. »

La voix de Claude, lorsque nous reprenons notre route, merveilleusement basse et précise, me touche profondément :

« Comment ai-je pu vivre sans toi, ma petite Marianne. J'essayais d'y penser le moins possible… Enfin, tu es là et nous allons être heureux de nouveau ! »

Mes yeux se mouillent. Notre avenir à nous deux, tout entier sans cette brûlante vérité qui ne me laisse maintenant qu'une amertume, est tout près et je peux presque le toucher.

« C'est grâce à toi qu'on a déniché les ravitaillements dans une île des Bahamas, n'est-ce pas ? Ne m'avais-tu pas dit que c'était une partie de ta mission ?

– Oui, Claude.

– Comment y es-tu arrivée ?

– C'est une longue histoire, je te la raconterai. Toi aussi, tu as des choses à me dire, je suppose. J'ai écouté un de tes concerts à la radio !

– Et qu'en penses-tu ? Le service de décodage des Boches ne va pas s'amuser… »

Un rire vague me montre que Claude n'a rien perdu de son ironie ; il me jette un vif coup d'œil, puis, lentement, la voiture contourne Hyde Park Corner pour enfin s'engager dans Wilton Crescent, un beau quartier résidentiel. Nous nous gardons de parler et il gare la voiture devant un bâtiment à deux étages avec des baies vitrées, ouvre la porte d'un mignon appartement au rez-de-chaussée avec tout le confort d'un logis bourgeois qui n'a pas souffert de la guerre. Un agencement de rideaux sur un châssis en bois, derrière la porte d'entrée, donne un air d'antichambre à un cabinet étroit. Deux pièces assez grandes donnent vue sur la rue : le salon et la salle à manger. Deux autres, en arrière, dont une chambre à coucher, s'ouvrent sur un petit jardin très clair. La salle de bain, les penderies, la cuisine occupent la zone entre le devant et l'arrière de l'appartement. L'ameublement de la salle à manger est pratique et élégant, en faux Hepplewhite, la porcelaine est blanche et la nappe, damassée. Dans le salon, un piano Baby Grand occupe la place d'honneur. Des cahiers de musique sont entassés sur une table entre deux fauteuils et un sofa remplit l'angle de la baie vitrée. Un feu de charbon grésille dans la cheminée. Au-dessus, un ancien miroir reflète une plante au feuillage touffu, parsemé de petits pompons rouges.

Dans la chambre, une chaise longue recouverte de velours bleu trône dans un coin à côté d'un petit bureau qui détonne par sa petitesse et son ancienneté. Le lit, habillé d'un couvre-lit de soie bleu marine, est flanqué de deux tables de chevet et sur l'une, un vase de fleurs multicolores ajoute une note de gaieté au coin près de la fenêtre.

Claude me suit, silencieux, et, lorsque je m'arrête, il regarde mon visage, mes mains, mais un rayon de soleil bas le contraint à cligner des yeux. Son sourire se change en une petite contraction désolée et il dit :

« Ça ne te plaît pas ?

– Mais oui, Claude, c'est parfait ! Je n'aurais souhaité mieux ! »

Il me dévisage toujours avec cette drôle d'expression. Son magnifique visage éclate de jeunesse, ses yeux sont comme un azur assombri. Le soleil illumine sa joue bien rasée, sa bouche au repos profite du sillon qui divise sa lèvre supérieure. Il est si beau. Il respire vite. Je perçois le parfum de lavande qui se dégage de ses vêtements. Il est à quelques pas de moi…, mais la distance entre nous augmente. Notre étrange humeur s'élance, palpe et découvre… quoi ? La complaisance de ceux qui sont infidèles semble se glisser en nous, du moins c'est ce que je ressens. Ai-je un air suspect ? Ma vue se brouille sous le poids de son regard. Une précipitation anguleuse me gouverne. Je bouge, marche d'une pièce à l'autre, ouvre des portes, et ma vue se brouille de plus belle. Une anxiété sans nom serre ma gorge, je sens des larmes s'accumuler derrière mes paupières.

« Notre petit nid d'amour sera merveilleux, Claude, j'en suis sûre ! Nous serons heureux…

– Viens ici, Marianne ! » dit sa voix derrière moi.

Je baisse la tête. D'un violent mouvement de bras, il me tourne vers lui, son regard est plein de questions et trahit une certaine impatience… je frémis, je me tourmente. Ah, ce corps qui s'approche de moi, ces bras qui m'attirent et qui me forcent à m'appuyer contre lui.

« Notre pacte, ma petite Marianne ? »

Deux petites larmes glissent de mes yeux et je reconnais sur mes lèvres la bouche de Claude et son empressement coutumier… et je chancelle. Je sens une crainte vibrer dans sa voix lorsque, me relâchant, il insiste :

« Tu ne l'as pas oublié, Marianne ? »

Ses yeux m'éblouissent. Je secoue la tête. Je l'aime depuis toujours, comme aujourd'hui, d'un amour fougueux. Il est ce que j'ai choisi de plus beau, ce qu'il y a de mieux, et je souffre de l'indignité de ma conduite.

« Embrasse-moi, Marianne ! »

Ah, la joie précipitée d'une bouche qui m'attend, plaisir plus riche que les autres plaisirs ! Je fais taire mon cœur affolé et j'enroule mes bras autour du cou de Claude. Donner ce baiser devient une sorte de frénésie, une communion où se réfugie notre éblouissante histoire d'amour. Je subis une transformation magique et, séduite, j'accepte le bonheur offert.

Claude se dégage, me retient par les mains, se penche pour m'embrasser de nouveau. Une singulière expression flotte dans son regard.

« Ma petite Marianne, je dois me sauver. J'aurais vraiment aimé qu'on passe cette soirée ensemble, mais j'ai un enregistrement dans une demi-heure à la BBC, avec Agnès, pour notre émission de demain. Je n'ai pas pu m'y soustraire… je regrette. Je serai de retour dans moins de deux heures. »

Ces quelques mots refroidissent l'atmosphère électrique. Est-ce sa mission qui surgit entre nous ? En un autre temps, nous serions déjà au lit. J'éprouve, au niveau du cœur, une contraction pénible et j'éclate d'un rire nerveux.

« Tu me dis qu'Agnès est ici, avec toi ? »

Il pâlit. Une gêne évidente monte de sa bouche entrouverte à ses yeux dont l'éclat azuré s'éteint. Il ne dit rien. Une sorte de consternation, comme s'il était pris en faute, passe sur ses traits, puis, nonchalamment, il hausse les épaules, attendant et calculant ma réaction…

« Quoi alors ? Est-ce que, par hasard, tu veux aussi me dire, par ton air, que tu as couché avec elle ? »

Il tressaille, exhale un soupir irrité et s'obstine dans un silence révélateur. Il n'ose même pas nier… Où est passé l'homme du monde, sûr de lui, de son public, de moi ? C'est si peu de son genre ! Je déteste soudainement la nuit qui tombe et la pénombre de la chambre… S'établit entre nous – oh, comme je voudrais le distancer ! – un lieu commun qui nous sépare, celui de la dispute et du mensonge. Je remue moi-même le couteau dans la plaie, comme si je cherchais à souffrir un peu plus.

« Toi et Agnès, Claude ? J'ai de la difficulté à y croire.

– Bon, dit-il d'une fausse voix qui s'affermit. Je pourrais nier. Tu me poses une question, alors nous pouvons en parler, à moins que tu préfères ne pas en parler… Bon, je sais attendre… J'ai une bonne bouteille de mousseux au frigo. Tu en veux un verre ? Ça te remettra, tu as l'air fatigué, ma petite Marianne, ton voyage a été long. »

Quel culot ! Il m'annonce une aventure amoureuse avec une amie, lesbienne par-dessus le marché, et, avec assurance, il décrète que je suis fatiguée ! Sans attendre ma réponse, il tourne les talons, disparaît vers la cuisine et revient avec deux coupes pleines de vin pétillant. J'aspire la crainte de mes réactions en laissant les bulles du vin chatouiller mon palais, puis, d'une main leste, je lui lance le reste de mon verre au visage. Je ne m'écarte pas de lui et ris tout à coup, la tête levée. Je passe, en quelques secondes de la consternation à la malice, du drame à la comédie, m'essayant à la révolte…

Claude essuie son visage avec une serviette qu'il ramène de la salle de bain et me regarde comme s'il reprenait ses sens.

« Il était pourtant bon, ce vin », grommelle-t-il entre ses dents.

Je le battrais. Je m'avance vers lui, les poings tendus.

« Va à ta répétition, Claude, et demande à Agnès de t'héberger. Ça lui plaira sûrement maintenant qu'elle a changé de camp. »

Il me regarde droit dans les yeux et dit d'une voix ferme :

« Non, Marianne, je reviens ici dans deux heures, tu peux y compter ! »

Il me tourne le dos, empoigne son paletot et se dirige vers la sortie. Je lance ma coupe dans sa direction, mais j'ai mal visé et elle s'écrase contre la porte de l'antichambre. Jetant un regard en arrière, il ajoute sèchement, avant de claquer la porte :

« Toi et ton Wenner-Gren, on en parlera aussi, si tu veux ! »

Mon cœur bat plus vite et me fait mal. Exténuée, je tends l'oreille. À travers ce léger mouvement, tout mon corps semble exprimer la défaite et un peu d'espoir. Toute à ma fureur féminine, je tombe assise, mes mains tâtonnantes cherchent quelque chose à démolir, en vain. Je voudrais crier, mais je tousse et sens monter l'assaut des larmes.

« Qu'est-ce qu'il m'a fait ? » murmuré-je.

Consternée, je reste sans arguments… n'ai-je pas à m'accuser, moi aussi ? Je revois tous les détails de ma propre trahison et je gémis… oui, j'ai trahi Claude avec un ami de mon père et je l'accuse quand même de me rendre si malheureuse. Et s'il aimait Agnès ? Je frissonne soudain, mes dents claquent dans ma bouche. Grelottante, je me dirige vers le foyer et m'agenouille devant l'âtre. En un geste mécanique, j'ajoute du charbon aux braises et, en peu de temps, le feu reprend de la vigueur. J'enroule mes bras autour de mes genoux et me berce sur ce rythme qui balance les enfants peinés. Puis je revendique, corps et âme, la jalousie, la fureur lente à se calmer. Ah, je veux que Claude oublie le nom même d'Agnès ! Mais comment le pourrait-il puisqu'elle est sa collègue ? Il a fait l'amour avec elle… Agnès, vigoureuse de sex-appeal, dont le sang chaud donne à son corps un attrait sensuel… Mais n'accordait-elle pas, dans le temps, ses faveurs aux femmes ?

Je refuse de me complaire dans le malheur. J'endosse mon manteau, pose mon chapeau sur ma tête, saisit le porte-clés sur la petite table de l'entrée, le mien je suppose, et, à mon tour, je sors en claquant la porte pour chercher un restaurant.

Une centaine de pieds sur ma gauche, je crois voir dans la noirceur environnante des gens qui circulent. Évidemment, il n'y a aucun réverbère allumé, c'est le black-out, et toutes les fenêtres des immeubles de la rue sont noires. Je n'ose m'aventurer seule. À tâtons, j'introduis ma clé dans la serrure de la porte d'entrée et écoute, effrayée, le vrombissement étourdissant des avions qui passent à basse altitude au-dessus de Londres. Je réalise qu'il s'agit d'une escadrille de Spitfire qui accompagnent les bombardiers Lancaster en direction du sud. Je respire mieux, ils se dirigent vers l'Allemagne sans aucun doute.

Une fois rentrée, j'examine toutes les fenêtres et tire avec soin les rideaux noirs du black-out. Me sentant un peu plus en sécurité, je me rends dans la cuisine et ouvre le frigo. S'y trouvent un plat de salade, un morceau de fromage, la moitié d'un pain, une demi-livre de beurre, quelques œufs, deux tranches de jambon et un quart de pinte de lait. Bien sûr, le rationnement est sévère, je le savais déjà. Je n'ai pas tellement faim, mais, comme il y a des heures que je n'ai rien avalé, je me force à manger une tartine de pain beurré et à boire quelques gorgées de lait.

Excessivement lasse, vidée de toute émotion, hormis la blessure que je ressens au cœur, je m'enferme dans la chambre à coucher, après avoir déniché dans un placard un oreiller, des draps, deux couvertures et un pyjama que j'ai lancés sur le grand sofa du salon. Je défais ma valise et range mon linge dans la penderie.

Dormir serait si doux. Je me tourne, en chien de fusil, du côté du mur et songe à notre infidèle amour, à ce qui s'interpose entre Claude et moi. Au plus vif de ma douleur, aux heures où la nuit ravive mon affliction la plus cuisante, avec une fierté à laquelle je crois de moins en moins, il me semble entendre une voix qui chuchote : « Ça va s'arranger ! »

Je glisse dans un demi-sommeil agité, mon corps est secoué de soubresauts. Dans ma somnolence, j'entends le déclic de la porte d'entrée que l'on ferme soigneusement. Tout d'un coup, je suis aux aguets et mon anxiété s'accroît. Claude va-t-il frapper à ma porte, va-t-il insister pour que j'ouvre ? J'éprouve une petite félicité de le savoir de retour. J'écoute des bruits épars dans l'appartement. Dans le salon, il s'exclame :

« Merde ! »

Dans la salle de bain, l'eau de la douche se met à couler, puis le bruit de la porte du frigo me laisse savoir que Claude a faim. Le silence tombe finalement et je lui en veux de m'ignorer. Je n'ai plus envie de dormir. Je reprends mon attente nocturne, pâle comme au seuil de la mort, immobile, imaginant celui qui, probablement, dort, celui qui sait si bien me combler. Moi qui aime tant la volupté… elle me cherche de nouveau, me trouve, rôde lentement autour de moi, me fatigue de son approche invisible, de son assouvissement possible de l'autre côté de la porte et contre laquelle lutte mon sourd orgueil.

L'image de Claude s'épanouit dans mon cœur, se met à briller et je la couvre de mon amour. Ma chambre me semble tout d'un coup moins nouvelle, je réprime les accès de colère qui m'envahissent. Je sais que la nuit permet des miracles, et je ne souhaite qu'être tendre et pardonnée. J'allume ma lampe de chevet et, pieds nus sur le parquet froid, j'ouvre la porte de ma chambre, allume le plafonnier du couloir et me dirige vers le salon.

Je suis saisie d'une admiration qui, en quelque sorte, m'afflige. Puis-je appeler tristesse ce désir mélancolique qui me soulève à la vue de Claude endormi ? Penchée sur lui, je tremble, soupire d'une angoisse que je ne peux nommer tout de suite et qui a un nom, celui de tentation… je désire plus que tout devenir sa servante. Je me sens coupable de le regarder et je vois à peine dans la pénombre ses mains fines et longues qui gisent sur la couverture, ses mains qui ont joué avec Agnès au piano… et ailleurs. Qu'a-t-il fait durant ces dernières semaines ? Et moi alors ? Il bouge, je m'écarte, puis je tends la main pour le réveiller... non, je n'ose pas... il a sans doute besoin de dormir. Je le contemple avec un peu de crainte. Dois-je lui donner un baiser, sans l'éveiller ?

Des oiseaux de nuit crient. Fatiguée de penser, je bâille, la douce chaleur de la cheminée m'engourdit et le malaise de la nuit me pénètre. Je remets du charbon dans l'âtre, empoigne la couverture que Claude a laissée sur un fauteuil, m'en enveloppe, me pelotonne et, ma tête contre le sofa, je glisse dans le sommeil.

Je perçois vaguement que l'on remue près de moi et je délie simplement mes bras sur lesquels repose mon visage. Une voix contre mon oreille me réveille tout à fait :

« Mon amour, ma petite Marianne, comme je suis heureux que tu sois là. Ah ! mon amour, mon amour... »

Il me soulève de terre ; je ne peux me tenir debout tant mes membres sont engourdis. D'avoir été roulée en boule une partie de la nuit me donne des contractures aux jambes...

« Viens, marche un peu, mon amour, tu vas détendre tes muscles... Là, tu vois, c'est remis ! »

Il prend ma main dans la sienne, l'embrasse, la pose contre sa poitrine, puis il se penche sur mon visage. À ce moment précis, je ne désire qu'une chose : que sa bouche vienne entrouvrir la mienne... j'habite encore en lui, il vit en moi, il est venu à moi. Affamés, nous savourons la grâce de la minute présente, le frôlement du bonheur. Il finit par me soulever dans ses bras. Enfin ! Claude aime l'amour autant que je l'aime. Que j'adore l'approche de l'amour ! Mon pouls bat vite… adieu orgueil, veaux, vaches, cochons ! Et j'entends, à travers un léger étourdissement lorsque je sens les draps frais du lit sous mon corps nu, la voix de Claude :

« Marianne, tu ne peux savoir combien je t'aime. Tu es mon unique amour… je te le jure… »

Je glisse un regard brûlant entre mes cils sur le magnifique corps nu penché sur moi… Je me repais à le contempler.

« Je t'aime à en mourir, Claude, crois-moi ! Que notre désir et notre volupté m'ont manqué ! Je t'aime… »

Je ne redoute plus rien et m'abandonne à notre amour, aux jeux que nous avons déjà si bien perfectionnés. Mon désir est si vif, si dévorant que je gémis… je crois que je vais pleurer. Sa bouche presse ma bouche, son corps tout entier interroge mon corps… Je savoure, immobile, l'étreinte rythmée qui commence, lente, puis impatiente et curieuse, fiévreuse et baignée de mots, qui, murmurés, nous font crier et éperonnent notre hâte… jusqu'à la jouissance.

Nous nous endormons finalement, assouvis, et quelques heures plus tard, je m'éveille parce que Claude a bougé. Je suis un peu égarée, mais je sais que je suis dans ses bras, en Angleterre. Je me souviens du plaisir exceptionnel de son beau corps qui vient de se lier à moi avec tant d'exactitude et de son murmure avant de s'endormir :

« Agnès t'aime, ma chérie… elle m'a séduit parce que tu la refuses… et je me suis laissé faire… »

Un reflet de soleil, rebondissant sur une vitre de l'autre côté de la rue, s'infiltre de chaque côté de l'épaisse tenture. Notre chambre s'éclaire de bleu et d'or lorsque j'ouvre les rideaux. J'écoute cette murmurante émanation mystérieuse et douce qu'est le sommeil de Claude. Tant qu'il persiste, je rêve de lui, éprouvant un amour si pur… je ne me lasserai jamais d'entendre et de goûter le sommeil de mon mari, songeant avec volupté à la nuit tardive qui a été sensuellement si délicieuse.

Je regarde le réveil sur la table de chevet et décide de le laisser dormir : il est encore tôt. C'est en me dirigeant vers la cuisine que je me plonge – je quitte mon ancienne existence dans laquelle on me servait, chez le docteur Gatineau et à Government House – dans le temps, dans la vie d'une épouse qui possède son intérieur avec tout ce que l'habitude enserre dans ses filets. Oh oui, je vais bien m'y faire. Il me faudra un panier pour les achats. Je vois le carnet de rationnement de Claude posé sur un meuble. Je sais déjà que Harrod's est tout près et que je devrai trouver une femme de ménage, situer les arrêts d'autobus, apprendre à conduire la voiture, aider Claude dans sa musique et écrire mes articles.

Je vois dans la glace de la salle de bain un visage que la langueur de l'amour et la fatigue du voyage ont aminci, des yeux agrandis, cernés, et une chevelure en désordre mais, sur ce visage, je vois aussi un grand sourire.

Chapitre XXIX

Nous songeons à tout ! Je me lance dans les tâches quotidiennes d'une femme mariée, qui n'a pas l'habitude d'un intérieur à gérer, qui plus est dans un pays en guerre. Je planifie mes journées en fonction de mon nouvel emploi du temps, utilisant au mieux mon grand sens pratique. Claude est si patient que mes erreurs nous font rire, et souvent il me complimente sur mon zèle. Sa situation nous préserve des soucis matériels, heureusement. Il m'apprend aussi à conduire l'Austin ; son amusement à me voir au volant de la voiture me mène du rire à l'inquiétude.

« Tu y arrives, ma petite Marianne, surveille surtout l'embrayage ! » me répète-t-il souvent.

Lorsque les sirènes annoncent un raid aérien, nous nous abritons dans la station de métro South Kensington ou dans les caves du Hyde Park Hotel, les deux étant à proximité de notre appartement.

Dans les restaurants, une limite de cinq shillings par client a été imposée, excepté pour les hôtels plus luxueux comme le Hyde Park où est permis un surplus de quelques shillings, facturé à la ligne « cigares ». Nous y dînons de temps en temps, car le gérant de l'établissement s'est pris d'amitié pour nous, grâce à la popularité de Claude, et nous a invités, lors d'une alerte et subséquemment, à nous abriter dans les caves de l'hôtel.

J'envisage un avenir trouble. J'espère, avec le reste de la population, que cette guerre va se terminer le plus vite possible. Je me résigne. Nous vivons tous notre guerre dans un sens ou dans un autre et l'ivresse du danger fait partie de notre vie quotidienne.

Hormis ses émissions hebdomadaires à la BBC, Claude joue sa musique dans les salles de concert de la capitale ou dans d'autres villes et je l'accompagne souvent. Nous exécutons parfois ensemble quelques pièces à quatre mains que nous avons étudiées dans notre salon.

À Coventry, je n'ai pu retenir mes larmes devant les squelettes des maisons et des édifices en ruine – le centre de la ville a été totalement détruit –, reliques des bombardements acharnés des deux années précédentes. Comme partout ailleurs, les gens s'entassent dans les salles de concert qui restent encore debout. Parfois, nous partageons les salles de spectacles avec des comédiens, comme Flannagan et Allen qui chantent leur rengaine *Underneath the Arches* à qui veut bien les entendre, et des chanteurs populaires, comme la très célèbre Vera Lynn. Sa chanson *There'll be blue birds over / the white cliffs of Dover*… réussit toujours à amener la larme à l'œil des spectateurs. Claude accompagne souvent des chanteurs dans des vieux refrains traditionnels tels que *The Lambeth Walk* ou dans des chansons en vogue comme *We're Gonna Hang our Washing on the Siegfried Line* et *Lily Marlene.*

Noël approche et nous recevons des cartes de souhaits de ma tante la religieuse, des Gatineau, de Government House, signée simplement *Your father*, de Chequers avec quelques mots de Churchill : « *Well done.* Winston », et de Lord Beaverbrook en provenance du *Daily Express* : « Venez me voir au début du mois de janvier. » Je suis comblée, ça promet !

Pour le dîner de Noël, j'ai accumulé les tickets de rationnement de Jim, qui va passer les fêtes avec nous, car sa cousine se rend dans le Derbyshire chez des parents, ceux de Daisy et les nôtres afin de préparer un petit festin. Daisy est notre bonne à tout faire depuis quinze jours et, à aucun moment, je ne lui ai dévoilé ma véritable identité. Pour elle, je suis simplement madame de Foucault, rien de plus.

Daisy est seule depuis plus d'un an. Elle habite chez une amie à Hammersmith, son appartement de Peckham, dans l'est de Londres, ayant été détruit. Son mari est au front et ses deux enfants ont été évacués dans le Somerset, dans le sud-ouest du pays. Pour leur sécurité, beaucoup d'enfants londoniens passent les années de la guerre dans le Devon, le Somerset ou en Cornouailles, ces comtés étant, d'un point de vue stratégique, hors de portée des bombardiers allemands.

Discrète, très propre, ses cheveux emmêlés dans un serre-tête, Daisy ressemble à toutes les femmes qui ne dorment pas assez. À part s'occuper de nous quatre fois par semaine, elle fait le service dans un Lyon Corner House – cette chaîne de restaurants à bon marché éparpillés un peu partout dans le pays.

Le jour du réveillon, elle m'offre ses services pour Noël, car elle ne se rendra dans le Somerset que le surlendemain. Le matin même, elle arrive de bonne heure, alors que nous dégustons notre petit-déjeuner sur notre minuscule table près de la chaudière de cuisine. Je lui offre une grande écharpe en laine et elle dépose sur la table une belle tarte aux pommes toute dorée qui sent bon la cannelle.

« Merci, Daisy, lui dis-je en l'embrassant sur la joue. Vous êtes une merveille. Où avez-vous trouvé ces beaux fruits ?

– Mon amie a reçu un colis de son frère qui est cultivateur dans le Kent et elle m'a donné une douzaine de pommes... et voilà ! Avec de la farine et de la margarine, j'ai réussi une bonne pâte. »

Elle a un regard de jeune chatte qui brille dans son visage ridé. Dévouée Daisy ! Elle s'occupe de nous avec une affection non dissimulée. Elle fait un peu tout dans notre appartement : la lessive, le ménage, la vaisselle, et, par-dessus tout, elle est bonne cuisinière. Les ragoûts, avec nos maigres rations, deviennent grâce à elle de petits miracles d'ingéniosité. J'ai aussi appris à aimer les abattis et même les tripes qui, elles, ne sont pas rationnées et qu'elle apprête avec des oignons, du poivre, du sel et des pommes de terre. Elle lutte bravement contre ses angoisses avec une adresse surprenante, les oubliant, les déjouant, remportant sur elles de petites victoires. À vrai dire, elle m'est un trésor.

« Nous serons de retour vers cinq heures cet après-midi, Daisy, et nous dînerons vers sept heures. M. Jim sera avec nous.

– Où jouez-vous aujourd'hui, madame ?

– M. Claude et moi devons donner un concert devant un rassemblement de notables, d'officiers et de soldats au Stage Door Canteen, sur Piccadilly. Il y aura beaucoup de monde nous a-t-on dit.

– Oh ! Madame, c'est important tout ça... Noël Coward a déjà joué là.

– Oui, je sais. Je l'ai rencontré, par le passé.

– Vraiment ?

– Oui, Daisy, c'est un homme charmant qui a un énorme talent. »

Elle acquiesce et me dit :

« Vous rencontrez tant de beau monde ! »

Et elle rit volontiers de son admiration, d'un rire jeune qui masque parfois une sorte de détresse qui assombrit son visage, mais que la parole rallume en même temps que son invincible courage.

« Allez vous préparer, madame. Je crois que monsieur est déjà sous la douche ! Laissez-moi m'occuper du reste ! »

La nuit tombe à peine – Greenwich Mean Time est avancé d'une heure durant l'hiver et de deux durant l'été, ce qui permet l'économie d'électricité dans les usines et un plus long travail dans les champs – lorsque nous rentrons. Dans le bleu nocturne, une vieille lune erre dans le bas du ciel, poursuivie par un petit nuage, surprenant de netteté, tel un poisson de métal, qui s'agrippe au disque entamé comme si sa vie en dépendait.

« Nous n'aurons pas de pluie ce soir, Claude, dis-je.

– Non, le ciel est trop clair. Espérons que les Boches vont rester chez eux. Dis donc, Marianne, où as-tu appris la *Rhapsody in Blue* ? Tu l'as drôlement bien interprétée et les GI l'ont vraiment appréciée !

– Je l'ai perfectionnée à la demande de Wallis afin de la jouer au bal du jour de l'An, peu de temps après mon arrivée à Nassau.

– Du temps où tu attendais mon retour, ma petite Marianne ? »

Je serre sa main.

« Oui, mon amour. Tous mes jours étaient angoissés… la musique était mon réconfort. »

Nous entrons. Une grosse bûche brûle dans la cheminée, deux autres de taille moyenne sont posées par terre tout près. Un petit sapin enguirlandé et des branches de houx ornent le coin opposé où Jim, calé dans un fauteuil, moud du café ; une bonne odeur de volaille parfume l'air. Sur la petite table du salon, un cruchon de verre commun et verdâtre entouré de quatre verres invite à la sociabilité.

« Jim, est-ce vous qui avez apporté ces bûches et tout le reste ? »

Il se lève, s'avance vers nous et nous échangeons les vœux d'usage.

« Oui, monsieur Claude. Je suis allé au quartier général de mon ancien régiment des *4th Queen's Own Hussars* pour affaires et j'y ai rencontré un de mes anciens copains. Il est maintenant installé sur un lotissement de banlieue au nord de Londres, à Saint Albans, où il pourvoit aux besoins de sa famille avec un potager, un verger, une basse-cour et situé à côté d'une forêt. Il m'a invité chez lui et je partage avec vous sa générosité.

– Vous êtes un amour, Jim ! » dis-je en lui sautant au cou.

Il accepte ma spontanéité avec un reproche lisible dans ses yeux. Je le relâche, il essuie ses tempes.

« Merci, Jim, dis-je d'une petite voix.

– Voyons, dit Claude, goûtons un peu à ce que ce beau cruchon nous offre. Où l'avez-vous déniché, Jim ?

– Tony fabrique aussi du vin avec les produits de son potager, mais celui-ci est fait des baies du sureau, ce que les Anglais appellent *elderberry wine.* »

Du couloir, j'invite Daisy à venir trinquer avec nous, mais elle refuse.

« Non, madame, je vous remercie. Je n'ai qu'à sentir le vin pour avoir les jambes molles. »

Jim emplit nos verres de son vin jeune, fruité et dont la chaleureuse vapeur réveille notre appétit. Les bruits qui nous parviennent de la cuisine nous indiquent que le repas est presque prêt.

« Eh bien, il est corsé, votre *elderberry wine*, dit Claude en claquant la langue. Quelques verres et on se retrouve… »

Un martèlement contre la porte d'entrée l'interrompt.

« Je vais voir qui c'est… », dit Jim.

Il revient avec Agnès. Rien ne trouble, durant quelques instants, l'immobilité qui m'assomme. Claude, très pâle, m'interroge des yeux, comme si c'était à moi de faire le premier pas. Agnès est tout près de moi, les mains ballantes, emmitouflée dans un grand manteau qui descend jusqu'à terre. Je peux lire dans son regard la défiance, un certain repentir et son attirance pour moi. Les larmes aux yeux, elle dit :

« Marianne, Claude, je ne veux pas passer la soirée de Noël seule avec des étrangers ! »

Je ne sens rien clairement, si ce n'est un grand bruissement intérieur. Un peu de lassitude et d'amertume m'arrache un sourire, même si j'aurais voulu lui crier : « Tu as un de ces toupets, Agnès… ! »

Je m'approche d'elle et l'invite à enlever son manteau et à l'accrocher à la patère de l'entrée que je lui indique. Elle m'empêche de revenir dans le salon, me serre dans ses bras et tremble. Sa voix chaude murmure dans mes cheveux :

« Comme tu as tout découvert, je te jure que ce n'est pas Claude que j'aime, je l'ai séduit parce que c'est toi, Marianne, que j'aime… et je me suis vengée. Tu me pardonnes ? »

Je secoue mes épaules tout en regardant sa bouche rougie et sa palpitation de trahison au repos. Elle ne dit rien d'autre, entrouvre les lèvres, puis les mordille. Ce n'est pas uniquement l'excuse d'un jour de Noël solitaire qui a dicté à Agnès le caprice de passer cette fête avec nous, j'en ai la conviction. Veut-elle rentrer dans mes bonnes grâces ou être près de Claude ? On verra bien ! *Che sera sera !* C'est Noël après tout !

« Viens, Agnès ! Jim est là ! Tu ne l'as pas vu depuis mon mariage !

– Oh, le fameux Jim, bien sûr, s'écrie-t-elle en s'approchant de lui et lui offrant sa main. Comment allez-vous ? Heureux Noël !

– Inutile de te présenter Claude, Agnès ! Chéri, tu lui souhaites un bon Noël ? »

Nous aimons parfois les visiteurs impromptus – nous en avons eu quelques-uns au cours de la semaine – parce que nous nous réunissons pour une heure ou deux et qu'ils ne violent pas la paix de notre demeure. Mais aujourd'hui, la civilité coutumière de Claude n'est pas au rendez-vous… ses sourcils se froncent, il montre l'humeur méchante d'un dieu fâché. Puis, avec défiance, un sourire viril se forme sur son visage et il parle avec une douceur sibylline :

« Pourquoi pas, Agnès, c'est la saison des bons vœux, après tout. »

Je le regarde sans gratitude, car sa désinvolture m'aigrit. Je m'entends penser et je rougis de moi-même. Puis Claude éclate d'un long rire essoufflé, un peu strident.

« Ça alors, c'est le comble. Eh bien, puisque nous serons quatre à table, trinquons de nouveau. Tiens, Agnès ! Prends le verre que Daisy a refusé. Mes enfants, continue-t-il, levons nos verres et buvons à notre bonne santé, à notre succès, sans oublier nos vœux pour Jim qui doit aller en Écosse, et surtout à toi, ma petite Marianne, tout mon amour ! »

Ce qui lui restait à dire ne dépasse pas ses lèvres et il répète dans le creux de mon oreille « mon amour » tout en me serrant contre lui, puis m'embrasse longuement sur la bouche. Me relâchant, il vide son verre, puis le remplit de nouveau. Jim nous regarde tour à tour, un air perplexe sur le visage. Agnès recule un peu et une lame de lumière du plafonnier éclaire son visage. Elle est très pâle. Le temps qui s'écoule dans le silence est assez long.

« Madame, dit Daisy de la porte du salon, le dîner est servi. »

Nous avons fini de manger, et presque de parler. Nous avons plus ou moins épuisé nos sujets de conversation : la musique, la situation internationale, la condition des fermiers en Écosse, la vie londonienne et nos projets particuliers. L'air est encore plein des bonnes odeurs des œuvres culinaires de Daisy : celles du jambon et des tomates qui ont servi de hors-d'œuvre, celles du plat principal composé d'un poulet farci aux légumes et celles, appétissantes, de la tarte aux pommes. Agnès devient de plus en plus animée – son embarras, simulé ou pas, a disparu dès son deuxième verre de vin –, ses mots s'entrechoquent, elle bégaie légèrement.

« Si les Boches ne m'en empêchent pas, je dois partir deux ou trois jours après le jour de l'An. Puis, je commence ma nouvelle tournée aux États-Unis en février. Si je n'ai pas d'avion, je pars avec vous en Écosse pour une semaine, Jim. J'aimerais tellement voir votre pays. »

Un monbazillac que Claude a acheté chez Harrod's fait paresseusement le tour de la table. Jim s'en verse un verre. Il est un peu émoustillé et regarde Agnès avec un grand sourire au visage. Il se cale sur sa chaise et dit :

« Oui, l'Écosse vous plairait, mademoiselle Agnès. Je me ferais un plaisir d'être votre preux chevalier. »

Il parle d'une voix égale et montre un visage sincère. Ses beaux grands yeux se posent librement sur moi, défiants, puis sur Agnès. Elle s'esclaffe, agite ses mains et bredouille :

« Vraiment, vous feriez ça pour moi ? »

Il acquiesce de la tête.

« Bravo ! » murmure-t-elle.

Par des mouvements subtils, le visage d'Agnès laisse voir une lassitude grandissante. Claude, silencieux depuis quelques instants, dévoile ses yeux qu'il tenait baissés et s'adresse à Jim.

« Je vous serais reconnaissant si vous reconduisiez Agnès au Park Lane Hotel. Vous connaissez ? »

Jim fait signe que oui. Agnès baisse les yeux et serre sa bouche.

« J'ai trop bu, 'scusez-moi ! »

Avant de nous quitter, Agnès s'élance, me saisit aux coudes et me donne sur la bouche un baiser incohérent.

« Marianne, Marianne… », murmure-t-elle, et elle nous quitte en courant, suivie de Jim qui nous fait signe de la main.

Il vente dehors et il n'y a pas un nuage. Le ciel est clair. Un immense hibou solitaire et hâtif fouette l'air du battement régulier de ses ailes, passant à toute vitesse au-dessus de nos têtes, traversant la rue dans toute sa longueur sans ralentir son allure, puis disparaissant dans la direction de Berkeley Square. Je referme la porte et tourne la clé.

« Tu sais, Claude, que ce n'est que le second Noël que nous passons ensemble ! Tu te souviens du premier ? »

Il m'attire près de lui sur le sofa au coin du feu. La bûche de Jim se meurt tranquillement et des flammèches la lèchent avant que ses braises ne s'écrasent dans l'âtre. Nous buvons tranquillement ce qui reste du *elderberry wine*. Je pose ma tête sur l'épaule de Claude… la chaleur de son corps m'enveloppe comme une caresse.

« Bien sûr que oui, ma petite Marianne. Ta mère supérieure était morte la veille et tu étais dans notre grange… je m'y étais rendu pour que tu m'aides à panser la blessure à ma cuisse qui s'était rouverte. Tu penses si je m'en souviens ! En plus, c'était la première fois que tu voyais un zizi. »

J'éclate d'un petit rire et le bras de Claude me serre la taille.

« J'étais pour le moins éberluée… Dieu que c'est loin tout ça ! »

Un chuchotement malicieux me charme et me cause un plaisir infini lorsque Claude m'aide à m'étendre sur le tapis du foyer. Je gémis brièvement et ne bouge plus. Claude se penche et s'étend contre moi… la chaleur du feu mourant et celle de nos corps qui s'échauffent si vite nous entraînent, avec élan et avidité, à mourir de plaisir comme si nous atteignions la mort par degrés avant que de lentes et palpitantes contractions nous ramènent à la vie.

Chapitre XXX

Nous ne faisons preuve d'aucune paresse qui puisse écourter les heures. Nous sommes énormément occupés. On s'arrache Claude et il est débordé de travail. J'apprécie la grande fidélité de son public et l'espèce de tendresse qui lui est prodiguée – on apprécie son talent. Le SOE exerce un contrôle serré sur ses émissions et multiplie les fausses pistes mises en code dans sa musique et destinées aux Allemands. Agnès, qui est retournée en Amérique, doit revenir pour participer aux émissions de radio prévues pour l'automne prochain.

Nos jeunes esprits s'angoissent parfois quand l'électricité meurt brusquement – la panne peut durer des heures – ou quand le temps favorise la possibilité d'une attaque de la part des bombardiers Heinkel. La forte pluie de l'hiver tourne parfois en une grisaille fine et vaporisée, qui poudre nos cheveux d'une buée d'argent, nous trempe d'un côté et nous sèche de l'autre.

Je me rends à Fleet Street, où, là aussi, des décombres et des ruines façonnent le paysage. Circulant maintenant sans garde du corps et abritant scrupuleusement mon visage sous de grands chapeaux, je me présente à l'accueil du *Daily Express*. On me guide jusqu'à une salle qui jouxte le bureau du propriétaire du journal, Lord Beaverbrook. Il devrait arriver sitôt terminée une séance parlementaire au palais de Westminster.

L'empressement avec lequel il m'accueille, en se penchant pour baiser ma main, attire les regards de quelques journalistes éparpillés dans la grande salle de rédaction. Il me précède à l'intérieur de son bureau et ferme la porte derrière lui.

« Mary Ann, quel plaisir de vous revoir ! Vous avez une mine superbe.

– Merci, Lord Beaverbrook. Je suis si heureuse de vous rencontrer de nouveau. »

La fatigue et des cernes sous les yeux le font paraître plus âgé… il a près de soixante-cinq ans. Mes recherches sur son compte m'ont révélé qu'il a amassé une fortune en tant que financier au Canada, son pays d'origine, puis qu'il a entrepris une carrière politique et journalistique en Grande-Bretagne. Il est l'un des deux hommes – l'autre étant Winston Churchill – à avoir fait partie d'un cabinet ministériel britannique durant les deux guerres mondiales.

Il sourit pour lui-même, déjà désireux de passer aux choses sérieuses. Il croise ses mains sur son bureau, me contemple et dit :

« Comprenez-moi bien, Mary Ann, cela n'a rien à voir avec un interrogatoire officiel, je voudrais simplement éclaircir quelques questions, de vous à moi… La cache de ravitaillement à Sail Rock, découverte selon des sources fiables mais tenues secrètes, c'était bien vous ?

– Oui. Jim McNish-Porter et moi étions les invités de Wenner-Gren à Cuernavaca et, comme j'avais appris un peu de suédois, j'ai surpris une conversation compromettante. »

Ma voix se tarit. Lord Beaverbrook m'interroge des yeux... que puis-je ajouter pour satisfaire sa curiosité ? Je ne fais qu'un signe des mains comme pour dire : « Passons ! », et l'éclat d'un air de triomphe illumine ses traits.

« Quoi qu'il en soit, ç'a été une réussite ! Et en ce qui concerne le marché illégal d'or et d'argent dans les Bahamas, c'est vous aussi qui avez découvert un des itinéraires des trafiquants ? »

J'hésite un peu et lui fais finalement le récit complet de notre voyage, rendant hommage à la vigilance et à l'astuce de Jim et à l'efficacité de Blair à Veracruz. Je n'omets que quelques détails intimes et personnels. Lord Beaverbrook m'écoute sans m'interrompre et hoche la tête une fois le récit terminé.

« Nous avons enquêté du côté de la conserverie de Wenner-Gren à la Grande Bahama. C'était bien là qu'on mettait en boîte le poisson et l'or. Même s'il était banni des Bahamas, notre ami Wenner-Gren continuait son commerce, oui, son commerce... »

Lord Beaverbrook bute sur ce mot et son regard brille de confiance.

« Nous l'avons déjoué pour le moment. Sa conserverie est maintenant sous surveillance. Ç'a été du beau travail et nous vous en sommes très reconnaissants. Vous avez encore une fois fait preuve de beaucoup de courage !

– C'est mon petit effort de guerre, Lord Beaverbrook.

– Voudriez-vous le continuer ? »

Je ne réponds pas tout de suite. Il reprend :

« Seriez-vous intéressée à écrire pour mon journal ?

– Que m'offrez-vous, Lord Beaverbrook ? »

Il se cale dans son fauteuil. De sa main levée, il délimite dans l'air un niveau élevé et continue :

« Un peu ce que vous voulez !

– Vous me donneriez carte blanche ?

– Entendons-nous bien, milady ! Dupuch, que je connais très bien..., j'ai brassé des affaires à Nassau dans le temps..., m'a fait parvenir vos articles qui ont été publiés dans le *Nassau Tribune*. Vous avez du style, croyez-moi, et la trame de vos histoires, de vos anecdotes cadre parfaitement avec l'époque que nous vivons. Le public a besoin d'être renseigné et diverti. Il veut lire des chroniques intéressantes... »

Son visage montre la même expression de confiance en soi que j'avais remarquée lors de ma visite au *Cabinet War Room*. Devant mon silence, trois petits plis verticaux se gravent plus profondément entre ses sourcils. J'acquiesce et il se détend.

« Alors, vous m'écrivez une chronique hebdomadaire qui sera publiée tous les samedis... vous n'avez évidemment pas à travailler à nos bureaux... vous n'aurez qu'à nous faire parvenir vos textes par courrier si vous le désirez, et si, continue-t-il avec entrain, des situations se présentent où vos aptitudes, vos connaissances et vos affiliations nous serviraient admirablement... »

Je l'écoute avec grande attention, me penche vers son pupitre, y pose une main et, de l'index, le martèle vigoureusement.

« Non, Lord Beaverbrook, je ne me servirai aucunement de ce que vous appelez mes affiliations ! Vous connaissez mon identité, quelques autres personnes le savent, mais je crois qu'ici je suis incognito et je désire le rester, du moins pour le moment ! Je ne veux plus être talonnée par un garde du corps et c'est avec l'approbation de mon mari que je vais essayer, oui, je dis bien essayer, d'avoir une vie normale et faire un travail que j'aime. Oui, c'est vrai, le journalisme m'intéresse et si je réussis, ce sera par mes propres efforts et non parce que je suis la fille du duc de Windsor. On a déjà essayé de m'enlever deux fois au Canada et j'ai eu la Gestapo à mes trousses… alors, c'est fini ! »

Je m'arrête, essoufflée et un peu fière de mon discours. En suis-je à faire la loi à un des gros bonnets de l'industrie journalistique ? N'était-ce pas Hitler lui-même qui m'a reproché de lui faire la loi ? Avant que Lord Beaverbrook me réponde, je me lance dans une autre bravade :

« Ce sera peut-être moins intéressant pour vous, mais j'ai décidé, si vous acceptez mes conditions, de signer mes articles Mary Ann Belvédère et non Lady Belvédère, du moins jusqu'à la fin du conflit et, aussi, si l'occasion se présente, d'être correspondante de guerre. Mary Ann Belvédère restera incognito, pour le public et pour votre personnel. C'est ce que je désire ! »

Pendant que je parle, les yeux de Lord Beaverbrook rapetissent et son visage se durcit, me donnant un aperçu de son tempérament – c'est un homme qui n'aime pas les contradictions. Par des mouvements imperceptibles, ses traits redeviennent ceux d'un homme pragmatique, énergique et bon joueur. Un semblant de sourire en coin se forme sur sa bouche. Je pense qu'il désire ma participation à son journal, qu'elles que soient mes exigences. Il croise ses bras et éclate d'un rire franc et sonore.

« Vous êtes tout le portrait du prince de Galles jeune ! Il était obstiné et audacieux... un vrai fonceur !

– Il était le prince bien-aimé, n'est-ce pas ? Du fond de mon couvent, sans savoir qu'il était mon père, je l'avais déjà choisi comme un de mes chevaliers. Il était mon sire Lancelot. Mon pauvre papa, il a tellement fait de bêtises depuis...

– Mais est-ce qu'il va bien maintenant ?

– Oh oui, il se porte très bien, mais ce n'est pas toujours facile pour lui d'être gouverneur des Bahamas. »

D'un ton plus rétif, j'ajoute :

« Mais il est heureux avec Wallis... »

Lord Beaverbrook me regarde d'un air passif, mais ses yeux semblent dire autre chose. Une anecdote que Jim a recueillie de Patrick, à Nassau, me revient à l'esprit.

« Je sais que vous avez offert votre soutien à mon père durant la crise qui l'a amené à l'abdication... comme beaucoup d'autres, vous étiez contre Wallis. Mais, bien entre nous, pouvez-vous m'éclairer sur la rumeur selon laquelle l'un de vos employés aurait tramé un complot contre Wallis avec un Australien d'Amsterdam ? Une bombe devait l'éliminer ou du vitriol la défigurer et l'aveugler ? »

J'ai touché juste. Ses yeux s'agrandissent, un air de contrariété passe sur son visage, puis il éclate de rire.

« Vous n'avez pas froid aux yeux, Lady Belvédère ! Quant à votre question, la réponse appartient au domaine des rumeurs.

– Lord Beaverbrook, bien entre nous ! »

Il me répond avec un hochement de la tête et un regard très affectueux.

« Des rumeurs, rien que des rumeurs ! L'abdication a été une crise sérieuse. Le peuple aimait Edward VIII, il était très populaire.

– De là à vouloir le garder sur le trône, non ? »

Il ne répond pas et je continue comme si je me parlais à moi-même :

« Maintenant, c'est mon oncle et ma tante qui ont gagné l'admiration du public. Tant mieux pour eux ! Mais mon père en veut encore à oncle Bertie de ne pas octroyer à Wallis le titre de *Her Royal Highness*. Remarquez que je ferais de même… »

Je me lève. Lord Beaverbrook contourne son pupitre et s'approche de moi.

« Ma secrétaire va préparer un contrat, renouvelable à l'année, qui vous sera envoyé par courrier. Vous n'aurez plus qu'à le signer. Et, continue-t-il en serrant ma main, bienvenue à bord ! Nous ferons ensemble du bon travail. Surtout, Mary Ann, vous permettez que je vous appelle Mary Ann ? Oui ? Alors, Mary Ann, je vous prie de me consulter aussi souvent que vous le désirez. J'insiste ! »

Entre lui et moi se scelle une amitié, j'en suis sûre. Peut-être parce que je suis Lady Belvédère ou canadienne ? Qu'importe !

Demain, je penserai davantage à ma nouvelle vie… au travail, au repos, à Claude. Ce ne sera pas si simple de tout accorder. Emprunterai-je une nouvelle voie qui va redéfinir ma vie déjà bien remplie ? Claude et sa musique… moi et mes écrits… voyagerons-nous vers des destinations différentes ? Mon Dieu, faites que cet avenir soit harmonieux !

Avant de rentrer, je descends Fleet Street afin de visiter l'un des chef-d'œuvre baroques classiques de sir Christopher Wren, la cathédrale anglicane de Saint-Paul. Son magnifique et légendaire dôme n'a de rival, dit-on, que celui de la basilique Saint-Pierre de Rome. Sur la place Ludgate Circus, la fameuse cathédrale que j'ai si souvent admirée dans mes livres d'histoire est là, devant moi. Comme beaucoup d'édifices du voisinage, elle a été en partie endommagée par les bombes allemandes.

Je me sens séparée, non seulement du jour glacé qui s'étend sur Londres et des gens qui, pressés, se hâtent vers les bouches du métro ou vers les arrêts d'autobus, mais aussi de mes préoccupations, devant la cathédrale ravagée. La lumière douce de cette fin d'après-midi, mystérieusement sereine, pare le monument blessé d'une inutile beauté… j'en ai presque les larmes aux yeux. Je monte les marches du parvis et pénètre à l'intérieur.

Quelques siècles ont passé sur Saint-Paul ; je me sens si petite devant sa splendeur quasiment intacte ; ses grandes colonnes, sa longue nef principale, ses transepts, ses chapelles axiales, son autel. Dehors, c'est peut-être Pompéi par fragments, mais ici règnent le calme, l'idéal symbolique de paix, loin des folies de la guerre. Quelqu'un s'exerce à un oratorio de Haendel… l'acoustique est extraordinaire, chaque note s'égrène dans l'air et résonne profondément avant de se perdre vers la lanterne du dôme. Un parfum acide et capiteux s'échappe d'un bouquet de fleurs dont j'ignore le nom, qui trône sur l'autel.

Dans la crypte, je me plonge dans l'histoire anglaise; je m'arrête longuement devant le mausolée de Lord Horatio Nelson, le vainqueur de la bataille de Trafalgar, qui mit fin pour toujours aux plans de conquête des îles Britanniques par Napoléon, et devant celui du duc de Wellington qui, lui, battit finalement l'empereur français à Waterloo et força son abdication.

L'histoire de ces grands hommes, qui ont si fortement marqué un moment du passé et rehaussé la gloire de la Grande-Bretagne, est aujourd'hui beaucoup plus essentielle puisqu'elle met en valeur celle de Winston Churchill. Ce dernier n'a pas à prendre part aux combats, excepté pour se faire voir des troupes – il a déjà gagné ses galons à Cuba, en Inde et dans le Sud de l'Afrique –, mais sa détermination à gagner la guerre fera de lui aussi un grand homme. Mon opinion est qu'il l'est déjà!

Dehors, en peu de temps, la nuit tombe. Je presse le pas quand le bruit de deux détonations – des bombes à retardement probablement, dernières lâchetés de Hitler –, l'une du côté de la *City* et l'autre juste à côté de Saint-Paul que je viens de quitter, me clouent sur place… c'est comme si les bombes avaient éclaté tout près de moi.

Il est faux de croire que l'intensité des craintes correspond uniquement à celle des dangers qui les inspirent. Je suis saine et sauve, mais où est Claude? Y a-t-il eu des explosions près de la BBC? Y aura-t-il encore des morts et des blessés? Je presse le pas pour fuir, tourne plusieurs fois sur moi-même et me dirige vivement vers un arrêt d'autobus. Je prends celui qui termine sa route à la gare Victoria, quitte à descendre à Hyde Park Corner, à quelques pas de l'appartement.

Les camions des sapeurs-pompiers dévalent les rues dans un tintamarre de sirènes – l'autobus se range pour les laisser passer – et se dirigent vers Blackfriars Bridge. Une colonne de fumée noire tranche, par-dessus les toits de Fleet Street, l'horizon de la partie de Londres où se trouve la *City*.

Ma journée s'est drôlement déroulée. Ma vie prend un nouvel essor… je suis officiellement lancée dans le labyrinthe du journalisme, qui me dépassera peut-être. Ai-je ce qu'il faut pour ce métier ? Une hardiesse singulière, de l'inspiration, un esprit ouvert… J'esquisse un pauvre petit sourire. Au moins, je suis débordante d'espoir, tendue vers mon avenir avec l'élan brillant du soldat… puis, je me souhaite une sérénité dont je sens de loin le souffle calmer mes angoisses.

Mon autobus passe devant Buckingham Palace. La partie de sa devanture qu'une bombe a touchée a été déblayée et ne laisse voir qu'un trou béant. Que la vie est cocasse ! S'il en avait été autrement, c'est moi qui aurais établi résidence dans ce palais à la place de mes deux cousines… et je serais l'héritière du trône. Ma vie aurait alors penché dans un autre sens. L'aurais-je désiré ? Mon père, couronné roi, m'aurait-il reconnue comme sa fille ? Il m'est déjà arrivé d'y songer et d'élaborer deux ou trois scénarios contradictoires… Non, tout ça n'est pas pour moi, j'ai déjà assez vécu en cage !

L'autobus contourne la place en face de Buckingham Palace où la reine Victoria en marbre blanc est assise sur son immense trône. Elle aussi est une de mes ancêtres. En faisant un rapide calcul, je me rends compte qu'elle est mon arrière-arrière-grand-mère et que son règne a duré soixante-quatre ans.

Je savais déjà que j'avais une ascendance bien cotée, semée d'Allemands. Victoria et son mari allemand, Albert, eurent beaucoup d'enfants, qui essaimèrent un peu partout en Europe et qui, à leur tour, eurent une progéniture qui combla les besoins matrimoniaux de plusieurs maisons aristocratiques du continent. Ma grand-mère Mary de Teck était elle aussi allemande. La première famille du Royaume-Uni fait donc partie d'un « clan teuton ». C'est d'une ironie !

Claude m'attend. Nous nous rendons au Wigmore Hall où il est la vedette d'une série de concerts pour une durée d'un mois avant que ne commence une longue tournée dans le pays.

« Claude, je suis maintenant Mary Ann Belvédère, journaliste attitrée du *Daily Express*, lui dis-je en rentrant.

– Ça y est, mon amour ? Félicitations ! Je suis persuadé que tu vas éclipser tes collègues ! Tu as un véritable talent, tu sais !

– Ce qui m'arrange, c'est que je peux travailler où je veux ! Je n'ai pas à aller aux bureaux du journal ! Alors, je t'accompagne dans tes tournées ! »

Il m'attrape, me fait virevolter, puis me serre fortement contre lui.

« Ça, c'est une de mes meilleures nouvelles. C'est épatant, ma petite Marianne, tu pourras donc jouer avec moi ! »

Et c'est ainsi que j'entreprends, avec Claude, une suite de déplacements en wagon-lit. Vus d'un train, les levers de soleil ont un charme particulier. Ce matin, réveillée tôt, je regarde flotter au-dessus des forêts noires des nuages échancrés dont le doux duvet est d'un rose fixe. Voici l'aurore! Le ciel devient tout à coup d'un incarnat que je tâche, en collant mes yeux à la vitre, de mieux voir, car je le sens étroitement en rapport avec l'existence profonde de la nature. Mais la voie ferrée changeant de direction, le train tourne et la scène aurorale est remplacée par un village nocturne aux toits bleu clair de lune sous un ciel encore parsemé d'étoiles.

« Regarde comme c'est beau, Claude!

– Non, mon amour, j'ai mieux à faire, me répondil en m'attirant contre lui. Le bruit des roues sur les rails, le mouvement du train, ça ne te dit rien? »

CHAPITRE XXXI

Le temps doit sembler long sur le front russe. Nous ignorons peut-être la situation réelle, mais il me semble, surtout au début de l'année 1943, que ce conflit s'ancre dans les contradictions d'une guerre d'attrition. La VIe armée allemande capitule au début du mois de février. Les Alliés, enfin, sont en mouvement. L'année débute avec une rencontre entre Churchill et Roosevelt à Casablanca – j'aurais désiré prendre part à cette conférence comme correspondante de guerre, mais Lord Beaverbrook a refusé.

« Il y aura d'autres occasions pour vous, a-t-il répondu. Le *Daily Express* est pour l'instant bien représenté. »

Que se passe-t-il à Casablanca ? On écrit longuement sur les deux chefs d'État qui, en l'absence de Staline, immobilisé par sa guerre à Stalingrad, discutent de graves problèmes : ceux du nord de l'Afrique, du Pacifique et de la continuation des bombardements en Allemagne. Combien d'autres ? Le général de Gaulle est invité à Casablanca. Pourquoi ? Cherche-t-on à abriter le chef des « Français libres » sous un manteau de respectabilité constitutionnelle en prévision de l'invasion ? L'avenir nous le dira bien, je suppose.

Au mois de mars, les Allemands sont au même point que l'année précédente ; ils reculent vers leurs frontières. Ce même mois, Rommel quitte définitivement l'Afrique. En mai, Churchill reçoit du général Alexander un message réjouissant :

Sir, c'est mon devoir de vous rapporter que la campagne de Tunis est terminée. Toute résistance ennemie a cessé. Nous sommes maîtres du littoral nord-africain.

Bravo ! Quant à moi, je tente en ce début d'année de rédiger mes chroniques ; celles que je destine à Étienne Dupuch se limitent à un recensement des nouvelles, où j'entasse des anecdotes de la vie londonienne de tous les jours, pesant la valeur de chaque mot. J'espère qu'il sera content. Pour le *Daily Express*, c'est plus difficile. J'essaie de rassembler des faits réels que j'assortis de faits imaginaires afin d'en faire un conte. Je relis ce que j'écris, m'interroge, épluche les pages du *Daily Express.* Devrais-je plutôt me concentrer sur l'actualité ou sur la guerre ? Que puis-je décrire de la lutte de chaque jour, sur la conservation de l'énergie, sur les recettes de mets qui cadrent avec le rationnement ? Je ne suis là que depuis quelques semaines ! Les reporters et les correspondants du *Daily Express* sont mieux équipés que moi pour le faire. Je crains mes limites. En désespoir de cause, j'appelle mon mentor, Lord Beaverbrook, pour lui soumettre une idée qui me trotte dans la tête depuis quelques jours. Ce n'est pas facile d'avoir au bout du fil un homme qui, en plus d'être propriétaire d'un journal, est aussi ministre du gouvernement. Enfin, j'y arrive.

J'avais, au cours de notre dernier entretien, apprécié sa subtilité, mais, présentement, c'est à l'homme d'affaires que je m'adresse. Son petit discours tourne à la polémique. Veut-il m'épater, me rassurer ? C'est vrai qu'au *Daily Express* ils sont tous échauffés par le conflit, dressant le bilan de la guerre, chargeant de crimes l'ennemi qui osa nous défier, appuyant la politique de Churchill, chantant les louanges de nos armées, décrivant les souffrances, le tourment de chaque individu, et, par-dessus tout, lorsque Hitler n'accapare pas les gros titres, donnant au public les informations qui le concernent.

Lord Beaverbrook n'a pas à exercer son éloquence sur moi puisque je suis tout à fait d'accord avec lui. Est-ce la vitalité singulière de son passé qui le pousse à vanter le *génie* de son personnel ? Il m'écoute finalement, puis garde le silence durant un moment qui s'allonge, encore et encore… il n'a pourtant pas raccroché et, passant le récepteur à mon autre oreille, j'attends. Je sursaute lorsqu'il se lance de nouveau dans son monologue sur les éditoriaux et les rubriques du journal : cinéma, théâtre, spectacles, mode, mais il en vient enfin à mon projet, qu'il accepte !

« Faites-nous parvenir quelques pages afin de décider de l'ampleur de votre rubrique. Vous en avez le titre ? »

Je touche le bois de ma table de travail.

« Oui. *Le Royaume de mon père…* Qu'en pensez-vous ? »

Je lui propose d'écrire près de mille mots par semaine, et la saga pourrait alors continuer *ad infinitum.* Je serai fidèle à mon histoire tout en utilisant des noms de personnes et de lieux fictifs. C'est au moment même où Lord Beaverbrook raccroche avec ces quelques mots : « Lady Belvédère, j'attends de vos nouvelles », que je reconnais, au battement de mon cœur, à ma fièvre, que mes conjectures prennent fin et que commence l'effort soutenu d'une descendante de la reine Victoria pour réussir dans son métier.

Mon héroïne réclame que la lumière soit faite sur son histoire et sur ses origines. Elle bondit au premier plan et y installe ses franches couleurs : ce sera le journal d'une petite fille enfermée dans un couvent. Je mets une feuille blanche dans ma machine à écrire Underwood et tape : « Il était une fois... »

Ainsi, comme dans un conte, débute mon premier chapitre. Je me retranche dans le lyrisme, respirant l'amour de mon passé et me remémorant les grands troubles, la solitude, les fêtes, les belles amitiés et les amours défendus, les amères saisons. J'ai envie de grandir avec mon personnage, mais je dois commencer par le commencement !

« Une petite fille... » La lente chimie de mon feuilleton pourra s'éterniser.

L'histoire devient, au fil des semaines, un véritable succès, oui, un grand succès même ! L'histoire de Marianne, sous le nom de son sosie Annie, est un mystère, signé par son auteur, Mary Ann Belvédère. Du courrier arrive au *Daily Express* qui demande une photo d'elle ! Lord Beaverbrook refuse.

Jim est de retour de son voyage en Écosse, où il a trouvé ce qu'il cherchait. Il rentre au Canada parce que la mère de Margaret est décédée. Je suis triste, tout simplement. Aujourd'hui, le jour est blanc sous un soleil morne entre deux nuages orageux. Il va encore pleuvoir !

CHAPITRE XXXII

Un crime crapuleux, aux Bahamas, occupe la une des journaux, en marge des nouvelles de guerre et, pour quelque temps vers la fin de 1943, captive l'imagination du public. Un ami de mon père et de Lord Beaverbrook, sir Harry Oakes, que j'ai connu pour l'avoir rencontré quelques fois, a été assassiné.

Le meurtre devient rapidement une des célèbres affaires de l'époque, pouvant se comparer au meilleur des romans à clés d'Agatha Christie. Soucieuse, je me ronge d'impatience. Le gouverneur, mon père, manque de tact et invite des policiers américains à mener l'enquête, au lieu de s'adresser à Scotland Yard. Complots, gangstérisme, magie noire, sous-entendus et activités mafieuses permettent de tracer un triste tableau d'incompétence, de dissimulation et de véritable négligence de la part des autorités.

Pauvre Harry. Il a été tué de quatre coups de poignard dans son lit, puis recouvert de plumes auxquelles on a mis le feu. On accuse son beau-fils, mais, à cause du manque de preuves, on finit par le relâcher. En fin de compte, le meurtre d'Harry reste un de ces grands crimes non résolus.

Harold Christie, qui avait beaucoup à gagner en éliminant Oakes, est aussi soupçonné du crime. Mais il est si à l'aise qu'il joue avec bonne grâce son rôle de suspect non coupable. Oui, pauvre Harry ! On ne sait pas qui l'a assassiné ! C'est quand même déplorable tout ça !

J'ai quelquefois pensé à ce Canadien de naissance qui suivit sa passion, sa fièvre de l'or, et devint immensément riche. Malheureusement, Harry a probablement mal jugé ses collègues, ses amis. Qui sait ? Je suis triste ! Mon père s'en tire mal une fois de plus ! Son jugement étonne ceux qui surveillent la situation aux Bahamas. Et je me demande, au plus noir de mes doutes, si l'incompétence de mon père dans l'affaire Harry Oakes n'est autre qu'un rideau de fumée qui cache son implication dans les affaires louches de Nassau ?

Mon pauvre papa est-il si jobard ou est-ce Wallis qui le conseille ? Mon amour paternel m'incite à blâmer Wallis ! Je me demande aussi comment a réagi ma belle-mère lorsque fut annoncée l'exécution de son ancien amant, le comte Galeazzo Ciano, en janvier 1944, pour trahison ? A-t-elle dissimulé son émotion à mon père ? A-t-elle pleuré son amour perdu ? J'en doute fort ! Suis-je méchante ? *Her Grace* Wallis continue sûrement à jouer son rôle *royal* de femme du gouverneur des Bahamas, son île d'Elbe peut-être, mais c'est tout ce qu'elle mérite !

J'aime me tenir au courant des faits ; les nouvelles que diffusent la BBC et les journaux me redonnent de l'espoir. On annonce que 1944 sera l'année de la *Libération.* Les empires allemands et japonais sont à peu près intacts, mais leurs fronts sont gravement érodés. Les avions de chasse Mustang, d'une autonomie de mille huit cents kilomètres et équipés des puissants moteurs Rolls-Royce Merlin, accompagnent les bombardiers dans des raids de jour sur l'Allemagne. Les usines de pétrole sont détruites. On déverse sur Berlin cinquante mille tonnes de bombes. Hambourg est dévasté. Les industries de la vallée de la Ruhr sont aux trois quarts démolies.

Que nous réserve l'avenir ? L'hiver est froid. Une série de raids brutaux, spasmodiques heureusement, nous frappent. Que faire sinon tenir le coup ? Tout semble intact devant mes yeux. Les dernières feuilles sombres pendent encore à un arbre de notre petit jardin. Les géraniums ont perdu leur couleur, mais refusent de mourir. Notre rue n'a pas souffert, mais un peu plus loin, Berkeley Square a été touché. *A nightingale sang in Berkeley Square*, chantait Vera Lynn. Le petit rossignol reviendra-t-il dans son parc abîmé ?

Je regarde, à l'affût, et dévore les nouvelles de la guerre. Pour le moment, ce n'est pas brillant ! La Luftwaffe se prépare à fabriquer des avions à réaction. Ce n'est que cela ? Des avions à réaction ? Je hausse les épaules.

« Dame, non, ça va de soi, nous les aurons en premier ! » dis-je.

Et ce n'est pas tout. Les scientifiques allemands testent des fusées sans pilote qui promettent de rendre le sud de l'Angleterre inhabitable et ils commencent à diviser l'atome en vue de la fabrication d'une bombe nucléaire. Je revois Hitler, sa grande bouche serrée, laide sous son long nez, hurlant à ses esclaves : « Faites-moi une bombe atomique ! » Quelle vision, *mein Got* !

Il fait frais et triste dans le pub du Cheshire Cheese, où j'attends le retour de Claude. Je me crois en retard à notre rendez-vous, car je viens de quitter les bureaux des Women's Voluntary Services. J'offre quelques jours par semaine mes services au mess, à la cantine et dans les maisons de retraite. Je joue du piano, participe à la distribution des repas et accompagne Claude lorsqu'il conduit des ambulances.

Impatiente, je piétine le traditionnel bran de scie des anciens pubs, qui protège les planchers en absorbant les liquides que laisse tomber la clientèle, et commande une bière blonde. Aujourd'hui, Claude donne un récital et dirige une répétition à la St. Paul's Choir School, sur Carter Lane. Chaque fois que la porte s'ouvre, je tourne la tête..., mais ce n'est pas Claude. Je commence à m'inquiéter.

Une équipe de sapeurs-pompiers dévalent la rue, s'arrêtent devant le Daily Express Building, voisin du pub où je suis, puis descendent la côte, remontent Ludgate Hill en direction de la cathédrale, leurs sirènes déchirant l'air, et tournent à droite. Mon Dieu, ce n'est pas loin d'où Claude se trouve! Je me précipite avec quelques clients du pub, les autres, blasés, continuent de boire leur bière. Le jour touche à sa fin. Dans le quartier de la ville que dominent le clocher de St. Clements et le dôme de St. Paul's, le ciel a l'air d'une immense mer nuancée de turquoise qui se retire, séparée par une colonne de fumée noire. Pourtant, il n'y a pas eu de bombardements depuis quelques jours... Au-dessus de ma tête, alors que je marche très vite vers les gros camions de pompiers, un rossignol entonne sa gamme chromatique imparfaite, l'interrompt par une sorte d'enrouement, puis disparaît par-dessus les toits. Va-t-il vers Berkeley Square ?

Des gens inquiets rôdent et tâchent de franchir le cordon des policiers et des pompiers pas loin de la St. Paul's Choir School qui est en feu. Des flammes s'échappent du toit et des fenêtres, une odeur âcre et étouffante s'insinue partout. Je m'élance… on me retient.

« Laissez-moi passer, crié-je aux policiers qui barrent le lieu du sinistre, mon mari est à l'intérieur.

– Non, madame, me dit-on, vous ne pouvez pas passer, c'est trop dangereux.

– Laissez-moi donc, dis-je en me débattant.

– Non, madame. Aidez-nous plutôt à conduire les enfants hors d'ici. Vous ne pouvez rien faire là-dedans. »

Des clameurs suppliantes éclatent. Des enfants, couverts de suie, quelques-uns avec leurs vêtements en partie brûlés, sont escortés, un par un, à travers la fumée et les bras qui se tendent vers eux. Les plus petits portent des stries blanches de larmes qui continuent à couler sur leurs visages. Je m'agrippe à un grand garçon que j'ai déjà rencontré à une répétition, qui soutient un plus jeune qui tousse à n'en plus finir.

« Où est monsieur Claude, est-il sain et sauf ?

– Oh, madame de Foucault, monsieur Claude nous a sauvé la vie, dit-il en remettant sa charge à une maman éplorée.

– Où est-il ?

– Il est par là, répond-il en agitant sa main vers l'enfer du sinistre. C'est un héros ! » continue-t-il avant de courir vers un homme qui lui tend les bras.

Je reste là, paniquée, réduite à l'impuissance, regardant les grands jets d'eau qui, lentement, étouffent les flammes ; des étincelles dessinent des danses macabres dans la nuit qui descend. Un brouillard noir s'étend au-dessus de nous, des débris flottent dans l'air, poussés par le vent qui se lève… le moment est instable, sombre. Mais où est Claude ? Les Londoniens ont peut-être l'habitude des cataclysmes, mais pas moi, surtout maintenant que mon mari en fait directement partie. Je suis atterrée, Claude n'est toujours pas là. L'incendie maîtrisé, les pompiers commencent à fouiller les décombres. Les murs semblent intacts, mais l'un d'eux s'effondre dans un vacarme assourdissant. Je console quelques enfants jusqu'à ce que leurs parents arrivent. La cendre et la suie tombent sur mes cheveux et mes épaules, je sanglote. Les larmes coulent lentement sur mon visage, mais je demeure sur place, incapable de bouger, mes jambes me portent à peine. Un policier, recouvert de poudre grise, s'approche de moi. J'éprouve une douleur étrange à l'estomac.

« Vous attendez quelqu'un, madame ?

– Oui, monsieur l'agent, mon mari, Claude de Foucault, le pianiste… Est-il ?…

– Oh non, madame, il n'y a eu aucun mort et c'est grâce à M. de Foucault que tous les enfants sont sains et saufs. Il a fait preuve d'une bravoure exceptionnelle. Venez, je vous conduis à lui. Venez, madame », dit-il en prenant mon bras.

J'obéis en soupirant profondément. L'air malsain me fait tousser. Je suis complètement vidée. Nous contournons des gens qui circulent d'une personne à une autre, comme s'ils étaient à la recherche de quelqu'un ou de quelque chose. Une odeur âcre et soufrée nous assaille lorsque nous nous approchons du squelette de l'école. De loin, j'aperçois Claude, une couverture sur les épaules, qui essaie de quitter un groupe d'une douzaine de personnes, dont la moitié sont des policiers – quelques-uns portent des galons aux manches ou à leurs couvre-chefs – et les autres, des reporters, caméra à la main.

Je cours vers lui et il s'échappe en disant :

« Je vous ai tout raconté, voici ma femme, excusez-moi ! »

Je me jette contre lui et il m'entoure de ses bras.

« Mon amour, mon amour, je croyais que tu avais péri… », répété-je à plusieurs reprises.

J'embrasse son visage noirci de suie et passe ma main dans ses cheveux mouillés.

« Tu es là, tu es là… Dieu soit loué !

– Encore une photo, monsieur de Foucault ! réclament les photographes.

– Non messieurs, ma femme et moi rentrons. Je vous en prie, laissez-nous passer ! »

Le chef de police disperse les gens et nous offre de nous reconduire, ce que nous acceptons avec reconnaissance. À l'intérieur de la voiture, Claude, transi, ne peut s'empêcher de trembler. Je l'entoure de mes bras et appuie sa tête sur mon épaule. La douceur d'être avec lui me détend… je sors d'un choc terrible. Nous restons silencieux. La voiture s'arrête devant notre appartement, à Wilton Crescent.

Je prépare un bain très chaud, y ajoute des sels de bain parfumés au géranium, puis aide Claude à enlever ses vêtements détrempés et à se glisser dans l'eau savonneuse. Il soupire d'aise, les coins de sa bouche tressaillent et ses yeux s'emplissent de larmes.

« Tu as un peu le visage d'une *golliwog*, tu sais, lui dis-je.

– D'une golli… quoi ?

– Tu sais, ces poupées de son au visage noir.

– Ah bon ! Dieu, que je me sens bien maintenant ! Je vais drôlement m'en souvenir, de ce concert… tout marchait si bien.

– Une seconde, Claude, je vais à la cuisine allumer la cuisinière afin de réchauffer le repas que Daisy nous a préparé et faire cuire les légumes. Je reviens tout de suite. Tu as bien des choses à me raconter, mon amour. »

Un quart d'heure plus tard, je trouve la serviette de bain par terre et Claude profondément endormi dans le lit. La fatigue amincit son visage. Des cernes font paraître ses yeux fermés plus grands, ses lèvres forment un demi-sourire, ses cheveux humides descendent en désordre sur son front. Mon amour de Claude est mon mari depuis près de deux ans et je l'adore toujours. Je remonte les couvertures sur son torse nu, éteins la lumière, ramasse ses vêtements mouillés pour les faire sécher. Une lettre tombe de la poche de sa chemise, l'écriture est délavée et illisible mais la signature floue est d'Agnès. Les nerfs à fleur de peau, je me mets à trembler.

« Voyons, Marianne, cela ne veut rien dire, tu verras… », murmuré-je.

Pourtant, je n'écoute que mon désarroi, ma jalousie. Agnès, encore Agnès ! Je sors dans notre petit jardin et, dans l'air vif et froid, je calme, comme je le peux, mes nerfs agacés. C'est bien dans ce genre de situation que l'estime de soi nous tonifie, non ? Moi, je saute toujours trop vite aux conclusions. Une fois dans la cuisine, je ferme le gaz de la cuisinière et, à mon tour, me prépare pour la nuit.

Le lendemain, alors que Claude dort toujours, je lis le journal qui donne un compte rendu détaillé des événements d'hier soir. Le titre me saute aux yeux: « La grande bravoure d'un Canadien français ! »

M. Claude de Foucault, le fameux pianiste, a, à lui seul, sauvé la vie des enfants et des jeunes gens de la St. Paul's Choir School qui étaient présents à son récital et à l'une des répétitions qu'il avait accepté de diriger pour quelques mois. Une bombe incendiaire à retardement, probablement coincée sur le toit, a dû en partie exploser au cours de la nuit précédente et le feu a couvé parmi les poutres, l'isolant – de la paille tassée – et brûlé lentement les murs de bois jusqu'à ce qu'une partie du bâtiment s'effondre, bloquant les portes de sortie de la salle où le concert et la répétition avaient lieu. Le bâtiment même était alors dévoré par les flammes.

M. de Foucault et les élèves ne se sont rendu compte de la situation que lorsque le plafond de la salle où ils se trouvaient a pris feu, en même temps que des murs s'écroulaient. Coincé à l'intérieur avec les enfants effrayés, les sorties de secours bloquées, M. de Foucault a entrepris, armé d'un pic et d'une hache qui avaient été laissés dans une armoire pour des travaux ultérieurs, de démolir une haute fenêtre et une partie du mur. Cela fait, il a pu alors passer un à un les élèves aux gens qui s'étaient rendus sur les lieux. Les pompiers ont fait le reste.

M. de Foucault a fait preuve d'un courage exceptionnel dans une situation difficile. Les actes de courage sont nombreux dans notre pays en guerre, mais le sang-froid de ce jeune homme dans une situation critique atteste que l'héroïsme et la hardiesse vivent toujours dans le cœur des braves et, par conséquent, Claude de Foucault est une inspiration. Nous, les Anglais, remercions ce jeune étranger qui vit parmi nous durant l'une des époques les plus difficiles de notre siècle.

Je contemple sur la photo du journal mon Claude échevelé, son visage noirci éclairé d'un sourire tout blanc, et je pousse un profond soupir.

L'heure matinale est bleue, le vent déjà fort rabat dans la cheminée une fumée odorante de pin brûlé ; des bruits m'arrivent de la cuisine. Daisy est à son travail. Et moi, je suis nerveuse, j'ai mal dormi et j'ai décidé de ne rien dire. La lettre d'Agnès sera mon secret… et celui de Claude.

Quelques vers d'un poème de Verlaine, « Les Fleurs d'automne », annoncent à la Résistance française l'invasion de la France, le 6 juin. Ce jour même, Claude est convoqué à Buckingham Palace et je suis son invitée. Je l'aide à sortir de leurs housses sa jaquette, son pantalon rayé et son haut-de-forme ; il n'a pas eu l'occasion de les porter depuis notre mariage et, aujourd'hui, ils sont de rigueur pour la cérémonie au palais. Quant à moi, je porte ma plus belle robe et un chapeau avec accessoires assortis.

En arrivant, nous regardons de près la partie du palais que les bombes ont détruite. Le souverain, mon oncle Bertie, George VI, doit décorer Claude de l'Order of the British Empire pour sa musique, son effort de guerre et sa grande bravoure lors de l'incendie de la St. Paul's Choir School.

Nous sommes plusieurs à attendre dans une grande salle de réception, aux murs tapissés de damas de couleur cerise foncée et où sont suspendus des tableaux… la plupart sont peut-être mes ancêtres, qui sait ? Je distingue quand même un Turner et deux Constable. Des meubles style Chippendale et quelques Louis XV agrémentent des endroits *comme il faut* au-dessus desquels des lampes torchères baignent les alentours d'une douce clarté. Que font-ils de l'économie d'électricité, alors ? Nous attendons debout, car aucun siège n'a été mis à notre disposition.

Le roi, en uniforme d'amiral commandant en chef, apparaît soudainement, accompagné de quelques personnages, dont l'un est sûrement son secrétaire privé. Claude est le troisième à recevoir son insigne. Le roi s'attarde devant lui et lui parle longuement. Une vingtaine de personnes reçoivent des honneurs, dont plusieurs militaires. La cérémonie terminée, mon oncle hésite. Il se tourne vers nous, nous regarde, hésite de nouveau, puis décide de se retirer suivi de ses acolytes. Son désarroi me fait un peu pitié. Je suis persuadée qu'il connaît mon identité, mais qu'il n'a pas osé faire un petit geste de réconciliation. Tant pis ! En somme, je ne cherche rien si ce n'est être la fille de mon père, sans toutefois devenir la nièce dévouée du roi de la Grande-Bretagne.

Et Claude ? Il regarde son insigne qui repose sur un lit de velours dans son écrin… et sourit.

« Tu te rends compte, ma petite Marianne. Je suis Claude de Foucault, pianiste de renommée, décoré de l'Ordre de l'Empire britannique ! Tu ne trouves pas que ça sonne bien ? En plus, je suis sûr que n'importe qui aurait fait la même chose, ce soir-là !

– N'oublie pas ta musique, Claude, c'est surtout pour cela que tu as été reconnu ! »

Chapitre XXXIII

Nous avons beau savoir que les mois passent, que notre univers est mouvant, qu'il est entraîné dans un temps incertain, que les armées continuent de se battre, notre raison nous pousse au calme, car nous avons l'impression de fortifier l'histoire. L'écroulement du IIIe Reich apparaît de plus en plus certain. Depuis le débarquement des Alliés en Normandie, le *D-Day*, les Allemands ont à se battre sur trois fronts, serrés de tous côtés par les forces armées et les partisans, sous des bombardements continuels.

Notre vie, à Claude et à moi, n'est guère paisible et dans le brouhaha des événements, nous sommes affamés de nouvelles. Nous lisons les journaux noirs de photographies des villes bombardées, d'avions en flammes, de gens qui ont tout perdu. Nous allons au cinéma pour le journal d'actualités cinématographiques *Pathé* qui nous montre des images des conflits. Mon monstre tragique, Hitler, est, paraît-il, enfoui dans le monde dément de ses blockhaus souterrains, se bâtissant une certitude illusoire quant à sa victoire. Entouré de ses partisans aussi fanatiques que lui, il fait montre de mépris à l'endroit des faits et semble incapable de prendre des décisions ou d'organiser la retraite de ses armées. Sous les bombes et les décombres, le peuple demeure fidèle à lui-même dans son attachement pathologique à la discipline que la propagande national-socialiste lui a si adroitement inculquée. Hitler n'a-t-il pas dit de lui-même: «Ma vie entière a été un effort continu à persuader le peuple.»

Pour son peuple, l'ivresse des victoires fait place au désenchantement et à une lourde léthargie; il commence à ne plus écouter les appels au courage et à la détermination... écoute-t-il plutôt les messages des Alliés qui lui demandent de se préparer à la défaite?

Nous, les Britanniques, Claude, moi, nous occupons une place sans cesse accrue dans l'époque à laquelle nous vivons. Nous le sentons. Les Américains le sentent. Les Alliés le sentent. Mais la guerre n'est pas finie. J'éprouve parfois un sentiment de fatigue et d'effroi lorsque les nouvelles ne sont pas trop rassurantes. Un mois après le début de l'opération Overlord, la ville de Caen, en Normandie, est enfin prise par les Alliés; c'est déjà quelque chose, même si elle est, excepté pour ses deux abbayes, détruite. C'est si triste de voir anéantis une telle quantité de monuments.

C'est notre ennemi, mais je ne peux retenir un sentiment de tristesse à l'annonce de la mort du maréchal Rommel – le célèbre renard du désert. Il fut forcé de choisir entre la cour martiale, car il était devenu suspect à Hitler après le complot fomenté par des généraux qui désiraient le renverser, et le suicide, comme le lui ordonnait le Führer, qui serait présenté comme une mort héroïque. Il opta finalement pour le suicide, afin de protéger l'honneur de sa famille.

Quelle est notre attitude, à nous, dans le flux et le reflux de la lente marche vers la victoire ? Elle se résume, comme pour la plupart des Britanniques, à l'attente ! S'ensuivent encore des bonds inégaux du cœur, des troubles du sommeil, et parfois une crainte irraisonnée des raids de V2. Nos inquiétudes nous poussent souvent en quête de diversions. Nous passons de belles heures à recevoir des amis au *five o'clock tea*, Claude réservant ses soirées pour ses concerts. Daisy prépare des *scones* aux raisins, tartinés de margarine et de confiture de fraises maison, qu'elle nous sert avec le thé alors que nous bavardons. Fervent, Claude parle avec ses confrères de ses projets de composition d'un concerto pour piano qu'il intitulerait : *London Concerto*. Je savoure l'humeur gaie de notre petit groupe d'amis, contents de nous revoir et de partager nos expériences. Ces moments nous laissent éreintés, la bouche sèche d'avoir tant parlé. Parfois, nous nous retrouvons à Hampstead et à Camden Town, chez d'autres amis. On m'accepte comme je suis, sans cérémonies.

Nous recevons, par l'intermédiaire de l'ambassade du Canada, une invitation à déjeuner à Knole, le grand manoir élisabéthain de la famille des Sackville, qui se situe dans le Kent. C'est une belle occasion pour Claude, car un des invités du manoir est nul autre que le grand compositeur britannique Ralph Vaughan Williams. Ce dernier a grandement apprécié les nuances que Claude, dans un concert, avait apportées à sa musique et c'était pour lui un honneur de faire sa connaissance.

Dans l'Austin bien astiquée, nous quittons un Londres poussiéreux qui répand son trop-plein de ruines et filons vers le sud, prenons à gauche sur la route de Douvres pour enfin nous retrouver à Sevenoaks et Knole. En remontant l'allée qui mène au manoir, nous admirons un grand parc, plat, soigné, qui n'a, du côté sud, aucune limite visible et où des chevreuils se promènent. Je contemple avec admiration l'énorme manoir qui se dresse devant nous. Nous nous arrêtons un moment devant la légendaire *Clock Tower* où, selon les chroniques du temps, un ancien propriétaire gardait, sous les verrous, sa maîtresse. L'immensité du parc, les bornes de pierres de grande taille, les contreforts argileux donnent au lieu une allure campagnarde que j'apprécie. L'air pur, sa légèreté et les baumes de la pelouse fraîchement tondue pansent nos récentes fatigues.

Que puis-je dire de Knole? Le manoir est très connu des Anglais, faisant partie de leur fierté nationale. Excentrique et hétérodoxe, il compte trois cent soixante-cinq pièces qui représentent chaque jour de l'année, douze salles de réception, symbolisant évidemment les mois de l'année, et il témoigne glorieusement de l'ère élisabéthaine dans toute sa splendeur. L'intérieur est orné de panneaux de chêne sculptés, de tentures sombres, de lourds meubles de plusieurs époques et de splendides vitraux.

Claude est impatient, une nervosité imprègne tous ses mouvements. Depuis quelques jours, il ne cesse de parler de ce prochain tête-à-tête avec Vaughan Williams et il se tourmente. Enfin, le maître est là, entouré de quelques disciples. Sa noblesse, son aisance, son élégance, la vivacité de son regard le distinguent des autres. Lentement, il s'avance vers nous. Ses yeux clairs nous fixent avec un peu d'impatience… «J'espère qu'il est de bonne humeur, pensé-je, sinon Claude sera déçu.»

Par des mouvements imperceptibles, les traits de Vaughan Williams s'éclairent. Il penche sa haute taille sur ma main en murmurant :

« C'est un grand bonheur de faire votre connaissance, madame. »

Il serre la main de Claude.

« Et vous, monsieur de Foucault, je désire vous féliciter. Vous interprétez d'une main de maître ma musique.

– Je vous remercie, vous êtes trop aimable. J'étudie en ce moment votre *Fantaisie sur un thème de Tallis.* »

Il agite vivement une main en l'air et il sourit.

« Un de vos confrères me dit que vous vous lancez dans la composition… »

Un petit feu brille dans ses yeux. Est-ce une manifestation ambiguë de politesse ou une simple curiosité professionnelle ? Un peu d'hostilité peut-être ?… Non, me voilà encore à tirer des conclusions trop rapidement !

« Mon mari est heureux de vous rencontrer, monsieur. Il aime interpréter votre musique et, oui, c'est vrai, il a un projet en tête. »

Il se tourne vers moi et, de nouveau, agite ses mains au bout de ses manches noires. Je lui adresse, avec un hochement d'affirmation, mon regard le plus sincère, accompagné d'un grand sourire.

« Ah oui, madame, dit-il, vous êtes l'auteur du feuilleton *Le Royaume de mon père*, n'est-ce pas ? Très intéressant ! Je me demande s'il est vraiment fictif ! »

Il sourit de nouveau, puis change de visage, prend Claude par le bras, enlace le mien et, en nous entraînant vers la salle à manger, dit :

« Je serai de retour à Londres dans une semaine. Pourquoi ne viendriez-vous pas me voir ? On discutera de votre musique et de votre projet. Un talent comme le vôtre est remarquable, mais la composition est autre chose. La structuration d'une œuvre musicale comporte bien des pièges et, si mon expérience peut être d'une quelconque utilité, je me ferai un plaisir de vous aider. Une de vos collègues, canadienne, me visite souvent… elle aussi joue mes œuvres et nous travaillons ensemble son beau talent… je me suis lié d'amitié avec elle, Agnès Bujold, une femme épatante ! Voici ma carte, continue-t-il en lâchant mon bras et en fouillant dans une poche de laquelle il extirpe une carte de visite.

– Je ne demande pas mieux, dit Claude, qui a pâli. Merci. Si vous le permettez, je vous appelle sitôt que vous serez rentré à Londres. »

Agnès et Vaughan Williams maintenant ! Encore elle ! Elle s'infiltre de nouveau dans mon territoire, ou plutôt dans notre territoire ! Va-t-elle me dépasser ? J'entends son long pas qui fait un bruit doux et velouté dans mon imagination… elle apparaît dans mon esprit, sa chevelure noire bleuissant, ses mains nues qui implorent Claude… et qui m'implorent moi aussi. Je trouverai bien moyen de la repousser !

Le déjeuner, léger mais nourrissant, est accompagné de vins fins. Nous sommes une dizaine de convives autour de la table. De la cuisine qui jouxte la salle à manger, intime et simple, nous parvient le babillage en sourdine du personnel.

Il ne manque pas beaucoup de choses à cette journée alors que nous reprenons la route du retour, tard dans l'après-midi. La lune croissante, blanche dans le plein jour, joue entre les petits nuages. Une pluie est tombée durant le déjeuner et une vague odeur de brouillard et de sous-bois fait un bout de chemin avec nous. Je lève les yeux vers un ruisseau de ciel serré entre les hauts arbres d'une forêt… j'imagine le murmure du feuillage, puis j'entends le cri clair d'un merle.

Une fois arrivés à l'appartement, nous cherchons le repos, sans rien dire. Je me sens traquée et je ne sais pourquoi. Une petite secousse nerveuse, peut-être… Le nom d'Agnès se faufile dans le paysage de cauchemar que je n'ose pas encore trop élaborer.

Un long repos allège tous mes membres, comme si j'avais soudain fini de penser. Il me semble que je viens d'ordonner, avec Claude, les détails d'un projet ambitieux, le rythme d'une cérémonie prochaine.

Vers la fin du mois de juillet, un attentat contre Hitler échoue. Alors que le Führer se trouve à son quartier général, à Rastenburg, des travaux de réparation étant en cours dans l'habituel bunker, une bombe placée dans un hangar jouxtant le nouveau lieu de réunion explose. Il n'est que blessé et les conjurés sont tous exécutés.

Depuis la mi-juin, Londres est la cible des V1, puis des V2, fusées de représailles autoguidées. Leur sifflement infernal varie selon l'altitude de leur trajectoire… puis, il cesse pour un court moment, chacun retient son souffle… et c'est l'explosion. L'East End est encore une fois le plus durement touché. Nos fusils antiaériens, assez vite, crachent le feu, et nos avions de chasse ravagent les rampes de lancement avant que leurs agressions ne deviennent catastrophiques. Je dis « nos », car Claude et moi sommes si bien intégrés à la société britannique que ses victoires aussi bien que ses défaites deviennent nôtres.

Nous entrons donc tous dans la période de la lente marche vers la victoire contre le nazisme. Le général

Patton, à la tête de la IIIe armée américaine, pousse ses troupes et ses chars blindés vers la France, réalise la percée d'Avranches, libère la Normandie et la Bretagne, avec l'aide des partisans français et des armées alliées sous le commandement de Montgomery, le fameux général Monty qui avait mis Rommel en échec à El Alamein. Il y a bien quelques heurts entre Montgomery et Patton mais dans l'ensemble l'optimisme et la bonne entente règnent dans les rangs. L'armée allemande recule vers ses frontières. Les Américains atterrissent dans le sud de la France, remontent, sans entraves, la vallée du Rhône. Les Alliés sont aux portes de Paris. Le 25 août, la ville est libérée et le général de Gaulle entre dans *sa* capitale. À l'hôtel de ville, il refuse de proclamer la restauration de la République, affirmant qu'elle n'a jamais cessé d'exister et qu'il en est le président. Le gouvernement de Vichy est aboli. Que va devenir le maréchal Pétain, vainqueur de la bataille de Verdun, devenu, après l'Occupation, collaborateur ?

Au début de l'automne, deux millions de soldats sont en France, dont plus de la moitié sont américains. Le reste du pays est libéré. Eisenhower est déclaré chef de toutes les armées alliées, un rôle que l'ingénieux et pourtant vif Montgomery convoitait pour lui-même, mais passons… les Américains nous aident à gagner la guerre. Eisenhower déclare, le 15 septembre : « Nous capturerons bientôt les zones de la Ruhr, de la Saar et de Frankfurt ! »

Churchill et Roosevelt se rencontrent à Québec. Le chef britannique désire une politique stratégique contre l'expansionnisme des Russes. Selon lui, Staline vise à l'établissement d'un communisme mondial, mais Roosevelt refuse.

Des endroits deviennent célèbres pour les victoires ou les défaites qui y ont pris place… Anvers, Arnhem, Metz, Aix-la-Chapelle, Strasbourg. Du côté est de l'Europe, l'Empire allemand s'écroule. Les Russes, sous la bannière communiste, avancent et libèrent les pays annexés par les nazis. En octobre, ils entrent à Belgrade. Tito établit son gouvernement, indépendamment des Russes. À la fin de 1944, il ne reste plus à l'Empire allemand que la Croatie, la Slovénie, une partie de la Tchécoslovaquie et le nord de l'Italie. Mon monstre tragique, Hitler, quitte ses quartiers généraux de Rastenburg et rentre à Berlin. Sa carrière de conquérant est terminée.

La libération du Pacifique suit la même voie et le général MacArthur s'y emploie.

Churchill voyage. Il rend visite à Staline à Moscou. Le jour de Noël, il se rend à Athènes. Le torpillage du *Tirpitz*, le dernier cuirassé allemand, améliore la situation navale des Alliés. Hitler lance une dernière contre-attaque dans les Ardennes où, quatre ans auparavant, il achevait la conquête de l'ouest en un seul après-midi. Le front des Alliés est menacé, mais les Allemands sont coincés à dix kilomètres de la Meuse. L'année se termine donc avec les derniers efforts – inutiles – de défense allemands. En désespoir de cause, Hitler mobilise tous les hommes valides de seize à soixante ans.

Que nous arrive-t-il alors que se prépare la fin de la guerre ? Il me semble que je savoure sans effort ce moment historique qui va couronner la victoire. Nous avons beaucoup de travail… j'écris et Claude continue ses concerts et ses émissions radiophoniques. Il travaille avec Vaughan Williams, avec qui il se lie d'une grande amitié. Mon mari se complique un peu l'existence, mais son concerto progresse. Il désire composer quatre mouvements. Son *allegro*, le premier mouvement, est presque terminé. Il ébauche un *andante* et un *adagio ma non troppo*. Le célèbre chef d'orchestre tchèque Walter Süskind répète avec lui les mouvements déjà achevés. Claude se surmène et notre vie intime en pâtit. Je ressens parfois une solitude qui ne ressemble pas à la paix que je souhaite pour nous deux. Je trouve les heures longues à dialoguer seule avec ma machine à écrire. Ma pièce résonne des bruits de la rue qui montent par la fenêtre ouverte et j'y retrouve alors le contraste des sons gais du dehors et celui, plus monotone, du langage haché de mon Underwood.

J'oublie mes doutes sur Claude. La bonne chaleur et l'empressement de nos heures d'amour se font parfois attendre, mais, lorsque le désir s'empare de nous, nos pensées s'harmonisent avec nos corps qui s'étirent et la fièvre monte… nous nous complétons si bien que nous réinventons sans cesse notre sensualité. J'emplis le creux de mes paumes d'un petit trésor viril, d'atomes colorés… Quand le glissement bleuâtre de l'aube vient, nous savourons encore les petits démons du midi qu'elle nous apporte amoureusement… comme ceux qui ont bien soif et qui boivent d'un trait jusqu'au bout de leur haleine.

Les émissions radiophoniques de Claude prennent un nouvel essor. Sur une longueur d'ondes déterminée par le SOE, Claude s'adresse directement au peuple allemand dans leur langue. Il amalgame sa musique à des anecdotes, conjurant les Allemands d'apprécier la musique en cette heure fatidique, les invitant à rêver, sans toutefois jouer le double jeu de la propagande.

« Je crois que beaucoup d'Allemands reconnaissent l'erreur d'avoir misé sur le Führer, m'a dit Claude. Heureusement, il ne les a pas tous ensorcelés ! »

Notre ration d'essence le permettant, nous faisons des excursions vers Brighton ou Bournemouth, sur la Manche, contents de quitter Londres, mais aussi contents d'y revenir. Nous avons soif de la mer, de l'inflexible horizon, bleu contre bleu. Nous aimons les villages et les collines des South Downs. S'y trouvent quelques ruines, sèches, mais peu nombreuses fort heureusement. Nous passons, près de la mer, de belles soirées baignées par le clair de lune, ou alors nous marchons dans des champs et des bosquets qu'embaument la menthe sauvage et les pins résineux.

Nous nous efforçons à la sérénité, malgré nos emplois du temps chargés et notre consciencieux zèle. Nous ne languissons pas dans l'observation du présent, nous le vivons.

Les événements de 1945 se succèdent avec rapidité. Les bombardements régionaux en Allemagne recommencent et Dresde est rasée… le 13 et le 14 février, elle est bombardée par plus de mille avions. Sans rencontrer la moindre résistance, l'armée de Montgomery traverse le Rhin, le 23 mars. Le 12 avril, le président Roosevelt meurt et est remplacé par Harry S. Truman. À Berlin, Hitler croit que la mort du président américain tient du miracle, mais cette illusion est de courte durée. Il célèbre son anniversaire le 20 avril ; c'est aussi la fête qui sonne le glas du IIIe Reich, sans aucun doute. Deux jours plus tard, Hitler fait ses adieux à ses lieutenants Keitel et Jodl en les exhortant à continuer la guerre. Seuls Goebbels et sa famille demeurent avec lui dans le bunker.

Le reste de l'Italie est libéré. Les câblogrammes du 24 avril nous apprennent le sort du chef fasciste Mussolini : un partisan communiste s'est présenté à la ferme, près du lac Como, où Mussolini et sa maîtresse, Clara Petacci, étaient enfermés.

« Vous venez pour me sauver ? s'informe Mussolini. Je vous donnerai un empire ! »

Clara fouille sous les couvertures. On lui demande ce qu'elle fait et elle répond :

« Je cherche ma culotte ! »

Le colonel les amène à une centaine de mètres sur la route, adosse Mussolini contre un mur et, lorsque Clara s'élance pour le protéger, il les fusille tous les deux. Quelques heures plus tard, leurs cadavres sont transportés à Milan et pendus la tête en bas près d'un garage.

Pauvre Mussolini, il a été un dictateur de petite stature qui voulait jouer dans la cour des grands. *Bandito e puta.*

La course vers Berlin s'intensifie. Staline, disent les journaux, se méfie des *soyuznichki*, les petits Alliés, qui auraient l'intention d'atteindre Berlin avant l'Armée rouge. C'est alors qu'il organise sa propre course. Nous sommes le 29 avril. Hitler comprend que, pour lui, c'est la fin. Il épouse sa maîtresse Eva Braun, désigne l'amiral Dönitz comme son successeur et rédige son testament… la dernière phrase est on ne peut plus hitlérienne :

Par-dessus tout, je demande aux gouverneurs de la nation et à ceux qui les serviront d'observer scrupuleusement les lois de notre race et de s'opposer impitoyablement aux empoisonneurs de tous les peuples, la juiverie internationale.

Le lendemain, Hitler fait ses adieux à ses quelques disciples. Lui et sa femme de quelques heures se retirent dans leurs appartements. Elle s'empoisonne, il se tire une balle dans la tête. Dans le jardin, ses gardiens SS imprègnent les cadavres d'essence et y mettent le feu.

Je regarde le journal avec une certaine incrédulité. Le monstre tragique est enfin mort ! Le drame de notre époque, les combats sanglants, l'extermination des Juifs, la mort de millions de personnes, la destruction d'une partie de l'Europe… toutes ces malédictions reposent sur ce cadavre calciné. Mon Dieu, faites que Lucifer ait son âme ! L'abîme qu'il a creusé est béant et sera long à combler. Je m'arrête, pour me rappeler qu'il y a déjà quatre ans, je faisais face à cet homme déshumanisé avec une profonde défiance, dans son Nid d'aigle. Ce jour-là, il n'a pas été le monstre sadique, mais il m'a accordé une grande faveur, témoignant plutôt d'une douceur pleine de ténèbres. J'ai même ressenti un genre de connivence entre lui et mon père. Il y avait dans ses yeux quelque chose d'immatériel, d'intouchable ; c'était peut-être un trait permanent de sa personnalité. En un coup d'œil rétrospectif, je me demande parfois si cette intangibilité ne l'a pas caractérisé depuis sa jeunesse jusqu'à son suicide. Enfin, il n'est plus et je ne parlerai plus désormais de ma rencontre avec lui. Je me suis servie de lui, de ses amis, et j'ai gagné ! Il ne fait aucun doute que l'histoire du Führer sera rendue publique, du berceau au cercueil. Un nom, c'est tout ce qui reste bien souvent dans la mémoire collective, mais celui d'Adolf Hitler, aussi bizarre cela soit-il, restera pour moi attaché à un souvenir vivace : l'emprisonnement de Claude.

Le 1er mai, Goebbels se suicide avec toute sa famille. Le 7, Jodl signe une capitulation sans condition aux quartiers généraux d'Eisenhower, à Reims. Le lendemain, c'est le maréchal soviétique Joukov qui reçoit la capitulation allemande à Berlin.

La guerre est terminée! Le *V-E Day* – le jour de la Victoire en Europe – est célébré le 8 mai. Tous les doutes et toutes les inquiétudes quant à l'avenir disparaissent comme par enchantement, les difficultés ayant perdu toute importance. Parmi toutes ces images évoquées, un azur profond enivre mes yeux. Des impressions de fraîcheur, d'éblouissante lumière tournoient autour de moi. C'est un jour où le temps en suspens coule en moments bleus et or, un jour clément et indulgent.

Le pays est en liesse, l'euphorie gagne tout le monde. Un peu partout on tire des feux d'artifice. Les lampadaires de Londres brillent de nouveau. La jubilation et les réjouissances débordent à tous les coins de rue. Dans Hyde Park, Claude et moi regardons le défilé qui s'avance au son du tambour, alors que des centaines et des centaines de personnes brandissent l'*Union Jack*. Un grand feu, au milieu du parc, est alimenté par les tentures noires du black-out... à chaque rideau dévoré par les flammes, des applaudissements éclatent. On boit, on rit... il fait bon de rire aujourd'hui. À travers les cris de joie, on entend parfois:

« *We've done it! We've done it!* »

On demande à mon mari en lui tapant dans le dos:

« Vous allez jouer *Rule Britannia* pour nous, monsieur de Foucault! Après, vous pourrez aussi jouer *Ô Canada*, si vous le voulez. On doit beaucoup aux Canadiens, nos amis! »

– Oui, à mon prochain concert, c'est promis ! » répond-il inlassablement.

« Quel beau jour pour l'Angleterre, Claude !

– Et pour beaucoup de pays. Reste le Japon, mais je crois que ce ne sera pas long ! »

Notre vie de militants est-elle terminée ? Peut-être ! Par moments, nous pensions ne jamais en voir la fin. Mes rêves ressuscitent. De temps à autre, la confusion des paroles et des gestes d'une parcelle de mon passé, celle de mon amour défendu de Cuernavaca, me hante… je me rappelle les arguments contradictoires auxquels j'essayais à tout prix de croire. Je veux me convaincre que c'était pour les besoins de ma mission, rien de plus. Mais je n'en ai guère la ferme certitude. Avec Claude, j'ai accompli ma mission anglaise, et lui aussi. Il y a également autre chose, qui n'a rien à voir avec nos réussites dans le pays : nous avons partagé, avec les Britanniques, leur courage, leurs plus belles heures, et nous en sommes fiers.

Chapitre XXXIV

Claude est invité à donner un concert à Paris pour célébrer la Libération. C'est, pour lui, une sorte de revanche puisque les Allemands, lors de la reddition de la capitale, l'avaient contraint à jouer pour eux. Maintenant, il peut jouer librement pour le général de Gaulle et les Français.

La journée de notre arrivée dans la capitale est douce et belle. Je perçois le bleu clair, l'obliquité de la lumière derrière la tour Eiffel, l'Arc de Triomphe, autour de l'obélisque de la place de la Concorde. Quelle belle ville ! Paris est intact ! Nous descendons au George V sur les instances d'un comité d'accueil. Ai-je déjà pris goût aux grands palaces ? Bien sûr, puisque, avec mon père, je ne pouvais faire autrement, mais il ne me serait pas difficile de m'en passer.

Nous sommes précédés – Lord Beaverbrook a tenu à en avoir l'exclusivité – par le récit de notre épopée, celle du travail d'espionnage de Claude en France, de son arrestation et de sa séquestration à Dachau, de ses blessures aux mains, infligées par la Gestapo, et de ma visite à Hitler afin de plaider sa liberté, moi, Lady Belvédère, la fille du duc de Windsor. Mon identité n'est plus un secret sur la scène internationale. Nous sommes des célébrités.

Pour accommoder les journalistes, la direction du George V a aménagé l'un des salons de l'hôtel en salle de conférence. J'écoute en frémissant ces curieux qui nous bombardent de questions, entièrement rattrapée par le souffle du passé. Ils nous interrogent comme si nous devions *tout* leur raconter. Ils se taisent et écoutent sans nous interrompre. Avant de commencer la conférence de presse, je clarifie les choses :

« Je ne consens aucunement à parler de la famille royale anglaise et de mon père. »

Claude commence son récit, je le poursuis et nous prenons la parole à tour de rôle. J'aspire l'air avec force lorsqu'on me pose certaines questions et je finis par lever la main.

« Messieurs, mesdames, mon mari et moi avons raconté notre histoire en ce qui concerne Dachau et le Nid d'aigle. Quant aux autres questions, j'ajouterai simplement que le pronazi en question est un homme d'affaires de la société de Nassau, qui avait déjà projeté, pour son homme de confiance, un voyage en Allemagne… voyage qui m'a permis ce que vous savez… »

D'autres mains se lèvent et je réponds aux journalistes qui cherchent à savoir mon opinion sur Adolf Hitler :

« Eh bien, messieurs, mesdames, mon impression a été, et elle l'est encore, qu'il s'était enveloppé de l'aura d'un leader, libéré, se croyait-il, des faiblesses et de la défaillance humaines, que ses moindres vœux étaient bénis par la Providence elle-même ! Le Führer n'était qu'un dangereux mégalomane ! Bien sûr, lors de mon audience avec lui, j'ai eu peur. Son regard était hypnotique, très bleu, mais lorsqu'il a redressé ses épaules voûtées, je ne le craignais plus. Croyez-moi, je ne suis pas la seule à avoir eu ces impressions de lui. Pour terminer, je dois ajouter que le travail de Claude de Foucault dans votre pays surpasse de beaucoup mon effort pour me rendre en Allemagne et pour monter au Nid d'aigle. J'étais protégée… »

On se presse contre notre table. Claude se lève.

« Lady Belvédère et moi vous remercions de tout cœur et vous prions de nous laisser partir, nous avons beaucoup à faire.

– Milady, que pensez-vous de votre belle-mère, Wallis ? »

Je ne sourcille pas et, tout sourire, fais un geste de la main pour signifier que je refuse de répondre, puis Claude et moi quittons la pièce, derrière le directeur de l'hôtel et ses sous-fifres.

Je suppose que le public se fera une idée de nous au travers de cet entretien, mais tant pis. On verra bien ! De plus, les articles monteront probablement en épingle les explications les plus simples, mais je n'y peux rien. Nous faisons aujourd'hui partie de l'histoire à la mode et l'encre coule.

Tout le monde danse et les militaires sont partout. Un froid se glisse entre Anglais et Américains… ces derniers se sentent un peu trop chez eux et sont excessivement bruyants. Ils se promènent dans les rues de Paris, les jambes pendantes à l'extérieur de leurs jeeps. Vraiment, quel manque de bienséance et de modestie ! Malgré tout, Paris conserve son charme, même après quatre années d'occupation allemande.

Les collaborateurs sont stigmatisés, montrés comme le symbole de l'horreur. Je vois, à des coins de rues, des femmes qui ont été les petites amies ou les collaboratrices des Allemands, tondues en public. Ces malheureuses se croyaient-elles donc sûres de la défaite définitive de leur pays ? C'est exaspérant et navrant ! La France se venge et fait la sourde oreille aux paroles de pitié de ses propres enfants fautifs. Maurice Chevalier, le chanteur populaire, est critiqué pour avoir poursuivi ses tournées dans la France occupée. La douce France va-t-elle lui pardonner son erreur ? Et que fera-t-on de la styliste Coco Chanel, soupçonnée d'espionnage ? On l'arrête… puis elle est relâchée… et pour cause ! Elle possède, selon les rumeurs, plusieurs atouts en réserve qui pourraient révéler, si elle était traduite en justice, la collaboration nazie de hauts fonctionnaires, dont le duc de Windsor. On dit que Churchill lui-même s'en mêle et que la cour d'Angleterre, malgré son horreur des Windsor, ne pourrait tolérer un procès contre l'un des membres de la famille royale. L'actrice Arletty est aussi dénoncée… sa réponse est sèche et brève : « Mon cœur appartient à la France, mais mon cul m'appartient et j'en ai fait ce qui me plaisait ! »

Tino Rossi, le ténor corse, chante *Sur les ailes de France*… Édith Piaf, *La Vie en rose*. Le maréchal Pétain est revenu en France et subit son procès devant la Haute Cour de justice.

Il n'est pas facile de parler de choses qui sont sans précédent dans l'histoire du monde – pourtant la Première Guerre mondiale n'est pas si éloignée – et les Parisiens continuent de goûter à la Libération, essayant d'oublier les événements qui ont bouleversé leur patrie.

Le palais Garnier, sur la place de l'Opéra, rouvre ses portes pour une soirée de gala. Une lune sereine verse sur les monuments la beauté de sa lumière, qui rivalise avec les projecteurs de la tour Eiffel et les lumières qu'on allume à la nuit tombante. Une chaleureuse vigilance est source d'émotions et inspire une sorte de reconnaissance et de calme. Une nuit transparente et sans souffle règne alors que Claude et moi nous dirigeons vers le palais Garnier. J'imagine la Seine coulant sous ses ponts, comme la Tamise à Londres, dans une ville en paix, et je me promets une promenade sur ses quais. Sur les marches de l'opéra Garnier, la garde républicaine, dans ses habits de cérémonie et en rangs serrés, joue des marches militaires. Paris est en fête.

Le début de notre soirée se déroule assez rapidement et j'en ressens une félicité, une bienheureuse impression. On m'installe dans une loge. Que de têtes au-dessous de moi! Le palais Garnier déborde de monde. Les lumières rougissent dans un halo de poussière. De grands artistes sont réunis. Benjamino Gigli, le célèbre ténor italien, chante *Nessum Dorma*, extrait de l'opéra *Turandot* de Puccini. La Callas, la nouvelle diva à la voix bouleversante, nous offre *Casa Diva*, de l'opéra *Norma* de Bellini. Agnès entre en scène au début de la seconde partie du spectacle, resplendissante et moulée dans une robe de satin carmin. Une boule nerveuse me monte de l'estomac à la gorge et reste là, à m'étrangler. Agnès lève les yeux vers ma loge et sourit, puis incline la tête sous les applaudissements et s'assied au piano. Je regarde farouchement autour de moi, mais je me sens à mon avantage et la toise de haut. Je dois avouer que son talent s'est développé, elle joue aussi du Vaughan Williams.

Vient ensuite le tour de Claude. Il exécute des pièces de Mozart, notre fameuse *Pathétique* et il termine le concert en jouant le concerto *Empereur* de Beethoven avec l'Orchestre national. Heureusement, Agnès ne joue pas avec lui ! C'est toujours ça !

Le général de Gaulle, noble comme un saint, droit, rigide, solennel, nous parle gravement, sans manières. Le Grand Charles ! N'a-t-il pas dit de lui-même : « La France, c'est moi ! »

Depuis quelques semaines, il a admirablement bien réorganisé la République et son peuple est content. Aujourd'hui, en serrant les mains des artistes réunis sur la scène, Charles de Gaulle est un grand homme, mais je me dois d'ajouter : « Pas aussi grand que Churchill, mon ami ! »

CHAPITRE XXXV

« *My darling little girl!* Comment vas-tu ? »

Je m'arrête, ne pouvant plus bouger, comme il arrive quand une vision requiert des perceptions plus profondes et interpelle notre être tout entier. Je tiens le combiné contre mon oreille, je l'éloigne, puis, au bout de quelques instants, dis d'une voix forte :

« *Father*, où étiez-vous ? Cela fait des semaines que j'essaie de vous joindre ! Vous ne répondez pas à mes lettres... alors ?

– Excuse-moi, *darling*, j'étais aux États-Unis. J'ai décidé de remettre ma démission comme gouverneur en mars, plutôt que d'attendre la fin de mon mandat, puis nous avons quitté les Bahamas. Ma femme ne pouvait plus tenir le coup, *darling*, et surtout supporter cette petite vie de village qui nous était imposée. Comme il nous était impossible de rentrer en Europe puisque aucun paquebot ne pouvait traverser l'Atlantique, nous sommes revenus aux États-Unis. Wallis a insisté. Tu m'écoutes, *darling*? »

J'ai l'impression de suffoquer. Ce nom de Wallis me pèse, m'étouffe ! Encore et toujours Wallis ! Je détourne la conversation par discrétion, par scrupule aussi. Ma pensée recherche des harmonies plus subtiles. J'hésite.

« *Darling?*

– Oui, *father*, je suis là. Eh bien, Claude et moi resterons en Europe encore pour un certain temps... Il a vaguement été suggéré que je couvre la conférence de Potsdam, mais Lord Beaverbrook a délégué un collègue et j'irai plutôt à Nuremberg.

– À Nuremberg, *darling*?

– Oui, là où aura lieu le procès des auteurs des crimes de guerre nazis, *father*.

– Et tu y seras en tant que correspondante ?

– Non, pas tout à fait. Je serai surtout observatrice. Un collègue se chargera des nouvelles au jour le jour... J'ai aussi l'intention de voyager en Allemagne et de faire des articles sur ce que je vois, des interviews avec les gens du pays, enfin de tracer des portraits personnels et, croyez-moi, *father*, j'aurai beaucoup à dire ! »

J'attends, la ligne crépite un peu et se stabilise. Mon père est silencieux et je continue :

« Deux personnages m'intéressent surtout : Goering, que j'ai rencontré au Berghof de Hitler, et Ribbentrop. Vous avez connu ce dernier lorsqu'il était ambassadeur en Angleterre sous votre règne, n'est-ce pas ?... »

Il ne répond pas et je choisis de lui porter un coup...

« On ne peut empêcher les rumeurs, *father*, je le regrette... mais le nom de Wallis Simpson refait surface de temps en temps, associé à celui de Ribbentrop, du temps d'avant la guerre, mais... »

Mon père me coupe la parole. Sa voix est forte, mais elle tremble.

« Non, Mary Ann, tu ne vas pas traîner… »

C'est à mon tour de l'interrompre :

« J'allais dire, *father*, que je ne commettrai pas d'indiscrétion au sujet de Wallis, car ces secrets ne serviraient pas à faire valoir ce que je cherche. On ne pourra accuser Mary Ann Belvédère de monter une cabale contre sa belle-mère ! »

Je lui laisse la parole. Il tousse un peu, s'éclaircit la voix, puis reprend :

« Tu es bien lancée dans ta profession, *my darling little girl*. Ne sois pas dure avec ton vieux père. On doit sûrement être curieux… »

Je l'interromps :

« *Father*, j'ai jusqu'à présent refusé de dire quoi que ce soit sur ma famille et je ne vais pas changer de conduite, c'est un principe inviolable chez moi !

– Merci, *darling*. Tu sais que j'ai commis des erreurs…

– Oui, je sais, *father*. Comment allez-vous ?

– Je me porte bien. Nous sommes toujours bien reçus par les Américains. Nous resterons aux États-Unis jusqu'à ce que les paquebots transatlantiques recommencent à naviguer.

– Et les Bahamas ? »

Il réfléchit quelques secondes, puis répond :

« Les Bahamas n'ont pas été une période très heureuse pour nous. J'ai réussi à gagner une ou deux batailles contre l'égoïsme d'une administration où l'esprit de clan dominait. Je crois que je laisse les îles un peu comme elles étaient avant mon arrivée.

– Savez-vous, *father*, que vous avez quitté Nassau le même jour que Hitler s'est suicidé ? »

J'entends une quinte de toux et une voix éraillée qui dit :

« Une macabre coïncidence, *darling*, je n'y accorde aucune importance.

– Il y a eu un temps où vous admiriez Hitler.

– Oui, mais longtemps avant qu'il ne devienne le fou que l'on sait ! »

Un long silence.

« Je dois te laisser, *darling*. Nous dînons à la Maison-Blanche avec Harry Truman, ce soir.

– Bon appétit, *father*, on se revoit en Europe d'ici peu, j'espère.

– Oui, *darling*, à bientôt ! »

Quelle ironie à faire pleurer ! Ne se rend-il compte de rien ? J'ai pourtant le souvenir très net d'avoir été plus chérie par lui et je souffre un peu de sa trahison et de sa froideur. Je réfléchis à ma tristesse, au vide de ses derniers mots, à mes sentiments pour lui. De souffrir de son manque de chaleur serait peut-être un enfantillage puisqu'il est préoccupé par le désir d'occuper un poste à la hauteur de ses talents. Churchill pourra-t-il l'aider à trouver un poste d'ambassadeur comme lorsqu'il était prince de Galles ? Qui sait ? J'en doute fort, pourtant… Sa carrière de duc de Windsor n'a pas été brillante ! Sa légende de prince charmeur a été emportée par la débâcle des Bahamas.

Le printemps est précoce, cette année. Grâce aux soins d'Albert, un ami de Daisy, notre petit jardin s'épanouit. De nombreuses jonquilles ont fleuri, maintenant c'est au tour des tulipes, qui nous apportent trois nuances de roses, des azalées, qui sont encore en pleine floraison, et du muguet, si savamment parfumé. Notre petit jardin déborde de vie, surtout à la pointe du jour et au coucher du soleil. Les fauvettes glissent pour le plaisir, sans cesse, le long des branches du sycomore qui est en bordure du jardin voisin et les mésanges bleues, ivres de courage, écartent les geais et les guêpes qui osent s'aventurer dans leur paradis. Albert a construit une mangeoire pour oiseaux, protégée des écureuils, et Daisy y dépose, deux ou trois fois par semaine, une pâtée de noisettes écrasées mélangées à du son d'avoine.

Agnès, quelque temps après son concert parisien, est revenue en Angleterre.

« J'ai une tournée, mes enfants, nous annonce-t-elle au téléphone. Vous m'invitez à dîner ? Je ne suis là que pour quelques jours avant de me rendre à Leeds, Manchester et Édimbourg ! »

Claude et moi parlons parfois d'Agnès avec une tendresse bourrue. J'appréhende cette visite et mes yeux sont soupçonneux... Claude s'essaie à la désinvolture alors que je m'effraie et hausse les épaules. Même si nous n'osons nous l'avouer l'un à l'autre, nous savons qu'Agnès, avec ses petits pièges, est autant séduite par Claude que par moi. Je ne suis d'ailleurs pas si honnête. La violence de mon attirance pour Axel et la vanité de ma résistance à Agnès font-elles partie de sentiments plus profonds, parallèles à mon amour pour Claude ?

Même si la guerre est terminée, le rationnement est toujours en vigueur, mais nous avons bien dîné. Daisy s'est surpassée avec un civet de lièvre. Albert, bon trappeur ou peut-être même braconnier, Daisy gardant un silence souriant sur leur provenance, nous a apporté, la veille, un lièvre et deux faisans.

Agnès m'inquiète un peu. Tantôt elle fait montre d'une douceur rusée, tantôt elle a le verbe haut et parle ouvertement de ses conquêtes, de sa musique, de Vaughan Williams, à qui elle s'est attachée et qu'elle nous présente avec passion. Parfois, elle frémit en fixant son regard sur Claude… est-ce une entente, une complicité entre eux ? Son regard plein de malice et de tendre défi a tout de même chaviré durant son bref baiser de bienvenue sur ma bouche, à son arrivée. Son haleine sentait le whisky.

Si elle poursuit sa cour silencieuse de regards qui se posent tantôt sur Claude, tantôt sur moi, elle reste néanmoins réservée dans ses paroles et s'en tient à une gaminerie un peu enfantine.

« Regardez mes mains, j'ai réussi une recette de *nail-power* ! Une merveille qui font de mes ongles courts de petits miroirs arrondis. Et toi Claude, tu soignes tes ongles ? »

Claude lisse ses cheveux en arrière, rajuste sa chemise ouverte et regarde ses mains.

« Eh bien, je les garde courts. Je les brosse tous les jours et je les soigne du mieux que je peux. Je crois que Marianne fait pareil, même si, pour écrire à la machine, elle peut garder ses ongles un peu plus longs. »

Voilà qu'on parle de nos ongles ! Où en sommes-nous ? Claude me regarde en souriant et je me sens plus solide. Puis, son visage se durcit, même si une étincelle brille dans son regard. Craint-il quelque chose, mon beau mari ? Il plonge ses yeux dans les miens, et la voix d'Agnès, un peu pâteuse, nous surprend :

« Est-ce que je vous dérange, mes petits agneaux ? »

L'arrivée de Daisy, qui nous apporte le dessert, de la rhubarbe recouverte de pâte sablée, l'interrompt.

« Une autre petite merveille, Daisy, dit Claude. Où avez-vous déniché de la rhubarbe ?

– Oh, c'est Albert qui se l'est procurée, monsieur Claude.

– Merci, Daisy. »

Claude nous verse un autre verre ; c'est, cette fois-ci, un vin alsacien, un de nos préférés. Agnès l'avale d'un trait avant d'entamer son dessert. Par des mouvements imperceptibles, ses traits s'affaissent. Elle a déjà bu plusieurs verres et ses yeux se voilent. Le son de la sonnette de la porte me fait sursauter.

« Ce doit être pour moi, dit Agnès en se levant, je dois rentrer à Park Lane.

– C'est le taxi de madame, annonce Daisy en entrant dans la salle à manger.

– Merci, Daisy, dit Agnès. Vous êtes un trésor. Prenez bien soin de mes deux amours, continue-t-elle, un rictus sur la bouche. Bon, je m'en vais. Non, non, ne vous dérangez pas, je connais la route. »

Nous l'accompagnons jusqu'à la porte et elle nous serre dans ses bras. Des larmes brillent dans ses yeux et elle murmure dans l'air du soir :

« Je vous aime… tant… »

Elle s'échappe vivement… en titubant.

Ce soir, je ne suis plus à moi. Je suis celle qui effraie et affole Claude, celle qui se jette dans l'amour, comme si c'était pour la dernière fois, et qui s'agrippe, frémissante, au corps de son amant, comme une mendiante…

Les accords de Potsdam sont signés le 2 août de cette année 1945. Ce fut une longue lutte. Certains des protagonistes alliés en sont absents. Roosevelt est mort. Truman, maintenant président, est signataire des accords. Churchill a été battu aux élections durant la conférence et c'est Clement Attlee, le nouveau premier ministre travailliste, qui appose sa signature. Staline, lui, demeure ce qu'il est, le chef des bolcheviks, et scelle lui aussi la destinée de l'Europe en signant ces accords. Les journaux ont abondamment parlé de la conférence de Potsdam, où les trois puissances ont adressé un ultimatum au Japon et fixé les modalités d'occupation de l'Allemagne. On ressent aussi le remous du communisme progressant sous la bannière du drapeau rouge et s'opposant aux idées plus libérales de Truman et d'Attlee. Enfin, tout cela regarde la politique, je ne peux que constater!

Une bombe atomique est lancée sur Hiroshima le 6 août, suivie d'une autre sur Nagasaki trois jours plus tard. Le Japon se rend. La paix mondiale est alors rétablie. Dieu soit loué!

Chapitre XXXVI

Je me perds en sombres conjectures devant une ville où règne le désordre, une ville tourmentée qui, depuis le Moyen Âge, est célébrée comme le centre culturel et commercial de la Bavière, la ville d'Albrecht Dürer, peintre et graveur, celle des merveilles de l'art gothique et de superbes murailles médiévales. Nuremberg! Son histoire récente, durant les *Reichsparteitags*, ces fameux ralliements nazis, l'a rendue encore plus illustre.

Au début de l'année, elle a été la cible des bombes et des tirs d'obus des Alliés, qui l'ont détruite. Pays ennemi, pays conquis et ruiné! Les conséquences de la défaite sont partout visibles; il reste encore des relents de pourriture et la puanteur de la mort rôde. L'esprit vivant de la ville n'existe plus et ne subsiste que la présence des militaires alliés.

Je ne trouve pas de mots pour exprimer le sentiment de détresse qui m'empoigne devant les ruines, à mes pieds. Des flèches d'anciennes églises qui existaient depuis des centaines d'années gisent à terre. D'antiques vitraux sont brisés en mille morceaux. Des maisons et des ponts sont démolis. Presque toute la ville a été ravagée. Est-ce l'ultime et divine justice qui s'est déversée sur elle ? Avant même que les bombes alliées ne l'anéantissent, Nuremberg avait déjà souffert une mort spirituelle. Julius Streicher, gauleiter de la Franconie, dans son journal antisémite *Der Stürmer*, avait gangrené l'esprit de ses habitants. Brutal et dégénéré, Streicher n'avait pas seulement détruit les synagogues de Nuremberg, il avait aussi, dans les *Nürnberger Gesetze* – les lois de Nuremberg –, privé les Juifs de leurs droits de citoyenneté allemande. Je sais que Julius Streicher est parmi les criminels qui sont incarcérés dans la prison près du palais de justice, sur la Fürther Strasse. Oh oui, celui-là aussi, je le tiendrai à l'œil !

Je ne suis pas allée à Berlin pour la signature de l'inculpation, par les juges du tribunal, des vingt-quatre personnes et des huit organisations qui figurent dans la liste des criminels de guerre. À l'exception de Ley, qui s'est suicidé un mois avant le début du procès, de Krupp, qui subira un procès à part pour des raisons de santé, et de Bosmann, qui a disparu, ces responsables des atrocités nazies vont comparaître, ici, à Nuremberg. Le cabinet du Reich, le Parti national-socialiste, les SS et la Gestapo sont au nombre des organisations accusées.

Il y a, d'après les dernières nouvelles, un retard dans la préparation de la poursuite judiciaire contre les chefs nazis parce que les Français ont insisté pour inclure la quantité exacte de bouteilles de champagne qui ont été pillées par les nazis. Finalement, on accepte avec mauvaise grâce le calcul de quatre-vingt-sept millions de bouteilles. Sainte mère ! Le comptage de bouteilles peut-il être pris en considération avec celui des douze millions d'hommes, de femmes et d'enfants qui furent tués de sang-froid ?

La gloire, les triomphes, la course à la guerre, les complicités, les secrets et la cruauté du IIIe Reich sont mis au jour. Des milliers de rapports et d'exposés de toutes sortes ont été découverts et remis aux procureurs du tribunal.

Le procès, que l'on appelle déjà le procès du siècle, doit s'ouvrir le 20 novembre. La ville de Nuremberg a été choisie, car elle est symbolique. Ici, les nazis ont fait l'étalage de leur gloire et de leur force.

Claude m'accompagne pour quelque temps, jusqu'à ce qu'un garde du corps, Lord Beaverbrook a insisté, me soit assigné à Nuremberg. Si j'avais le choix, ce serait Jim qui m'accompagnerait dans cette nouvelle étape… mais c'est impossible, mon ange gardien est au Canada.

Notre vie, à Claude et à moi, est plus harmonieuse depuis la visite d'Agnès. C'est comme si nous nous étions étudiés davantage, nos cœurs se livrant moins à l'inquiétude et aux diversions, nos bras étant plus empressés à serrer le corps aimé, nos hâtes devenues égales et tendres. En accordant mieux les exigences de nos métiers respectifs, nous sommes plus doux l'un envers l'autre, dans la mesure où, dans un mariage, il n'est pas toujours facile d'harmoniser les conceptions.

Lorsque Claude est avec moi, je suis plus heureuse. Depuis notre union, à part les écarts de chacun, j'ai senti s'approfondir notre relation. À les regarder avec lui, les grandes choses semblent s'amoindrir, le sérieux de la vie s'amenuiser, alors que nous laissons les futilités prendre une plus grande importance. Plus que toute autre chose, c'est Claude qui m'a révélé le secret du plaisir donné et ressenti. Je le détiens et j'en jouis avec passion. Plus qu'Axel, il m'a dévoilé le pouvoir, sûr et fréquent, de mon beau corps, souple et effilé, de ma croupe musclée, de mes seins fermes et sensuels, de ma peau lisse et égale comme une belle porcelaine, de mes yeux verts tirant sur le bleu, qui ont gagné en profondeur et, aussi, en inquiétude, de mes longs cheveux presque blonds dans lesquels il aime s'égarer. Avec Claude, je ressens, inconsciemment peut-être, une force neuve, même s'il y reste le *mais* d'un doute, puisque, entre nous, s'introduit parfois l'image d'une autre femme et d'un autre homme. Nous avons accepté de ne pas nous expliquer ni d'essayer de comprendre le pourquoi de nos infidélités. L'amour sexuel était neuf pour moi et la volupté m'était apparue comme une merveille foudroyante. Le plaisir de Claude est plus joyeux, clément et facile que le mien, passionné et sérieux. Alors qu'il me terrasse, ses yeux se noircissent parfois d'un regret si poignant que je le regarde avec inquiétude.

Nous sommes descendus, confinés, devrais-je dire, par le comité international qui s'occupe du procès – je suis l'une des deux cents journalistes de vingt nations – au Faber-Castell in Stein, près de la tour de Nuremberg, que certains drôles ont surnommé l'hôtel Stalag Stein.

Une armoire en poirier, énorme, opprime notre chambre basse aux murs blancs et écrase, entre le lit et elle, une chaise recouverte de velours rouge. Un gros bouquet de camomilles, noué comme un fagot, égaie la cheminée dans un vase de verre bleu et distille un parfum doux. Accoudée à la fenêtre basse, je respire l'odeur des décombres, des cendres, du pétrole, et celle de la flétrissure qui suit les enterrements. Nuremberg ressemble à un étrange abîme qui m'entraîne dans le monde des épitaphes et des cimetières.

« Elle est loin d'être heureuse, la pauvre ville de Nuremberg. Quelle tristesse, Claude !

– Un autre reste de la guerre, ma petite Marianne. Le procès commence demain, profitons-en pour visiter un peu la ville. Ce sera triste à voir, mais, puisque tu es ici en tant qu'observatrice, allons-y ! Qu'en penses-tu ? »

Sous les rayons solaires presque horizontaux d'une fin d'après-midi, je m'imagine qu'une lumière féerique tombe sur une ville qui n'est pas détruite. Je reconstruis dans ma tête les vestiges des édifices effondrés et leur donne leur gloire d'avant la guerre… mais, sur ce qui reste du pont Fleichbrücke qui reliait les deux rives de la rivière Pegnitz, la sombre réalité des déchets et de la ferraille rouillée qui jonchent le lit de la rivière raconte un tout autre et triste scénario. Pourtant, sur sa berge, la moindre créature végétale dresse la tête vers les cieux. Une vigoureuse fougère défie l'automne et pousse d'un tel jet que ses hampes dépliées suspendent dans l'air leurs suprêmes palmes. Plus loin, deux cygnes blancs reposent contre un arbre tombé, sans dormir, car je distingue le mouvement de leurs cous dépliés et repliés. Ils se mettent à nager sur place dans ce petit coin de la rivière où l'eau est calme.

Je regarde et pointe du doigt l'édifice qui domine la ville, le Kaiserburg, le palais impérial médiéval, avec ses tours, ses murs massifs et ses fortifications qui semblent intacts…

« Tu sais, ma petite Marianne, que Barberousse, lui aussi, est passé par ici et qu'il a beaucoup agrandi la forteresse au XIIIe siècle…

– Penses-tu que c'est à cause de lui que Hitler a appelé sa campagne de Russie *Barbarossa* ?

– Probablement. Comme tu sais, Hitler avait fait de Nuremberg *sa* ville et le théâtre de *ses* ralliements nazis pour toujours ! Devant les ruines de *sa* ville, les *Zieg Heil* de ses milliers de disciples, aujourd'hui, semblent bien lointains ! »

La poussière des gravats accumulés en tas, la lumière tamisée de la nuit qui s'approche, les gens qui s'empressent autour de nous me touchent profondément… où vont-ils, tous ces gens, parmi tant de ruines ? Des fouilleurs cherchent à déterrer des petites choses qui pourraient leur être utiles. Parmi toute cette destruction, ma journée a passé comme un cauchemar. Tout cela me laisse les nerfs glacés et l'estomac noué comme souvent après les réveils ou les sursauts au milieu de la nuit.

« J'ai un peu faim, Claude. Si on cherchait un endroit où se restaurer ?

– J'ai déjà arrangé notre premier dîner à Nuremberg, nous allons au Grand Hôtel où logent les Américains. C'était, dans le temps, l'hôtel où Hitler descendait. D'ailleurs, j'ai déjà fait des démarches pour que tu y sois hébergée, au lieu du Faber-Castell. Le sergent Riley, des US Marines, sera ton garde du corps après mon départ. »

D'une main légère, je touche sa joue.

« Merci Claude.

– N'oublie pas que l'on sait qui tu es depuis notre conférence de presse à Paris. Notre photo a été publiée dans beaucoup de journaux, alors, tu vois un peu, tu es toi-même une petite célébrité. J'ai toujours eu un bon rapport avec les Américains et ils se feront un plaisir et un devoir d'assurer la protection de la fille du *dook* de

Windsor, comme ils disent. Maintenant, profitons de leur hospitalité ! J'ai même accepté de jouer pour eux, ici, à Nuremberg.

– Mais quand as-tu préparé tout cela ?

– Eh bien, que penses-tu ? Avant notre départ, pardi ! Il faut que je prenne soin de toi, ma petite Marianne ! »

Dans cette ville en ruine, on trouve, incongrûment préservées, les salles tapissées de marbre du Grand Hôtel. L'architecte, goûtant certainement le grand style, a entassé les uns sur les autres bois dorés et sculptés et lourds cadres à gros ornements. Dans l'entrée trône une énorme chaise à porteurs, lourde et belle, aux flancs de laquelle s'entassent des fruits de toutes sortes taillés en plein bois. Ce manque d'austérité n'est pas déplaisant. Pas nécessairement le genre du Berghof, mais c'était l'hôtel préféré du Führer, ce sera aussi le mien sous peu.

Je suis étourdie par l'animation qui règne au Grand Hôtel. Les Américains se sentent tout à fait chez eux et nous nous retrouvons donc parmi des militaires de tous rangs. Un sergent au visage ouvert et au sourire franc nous amène au mess des officiers où un lieutenant vient à notre rencontre. Il donne du prix à chacun de ses gestes, de ses regards, à ses paroles prononcées d'une voix nasillarde à l'américaine.

« Monsieur de Foucault et madame Windsor, quel plaisir de vous recevoir ! C'est pour nous un honneur. Suivez-moi, je vous prie. J'ai réservé une table pour vous, mon colonel et moi-même. Nous serons plus tranquilles dans ce coin. »

J'entends gronder les dynamos… je suppose que les services ne sont pas encore tous revenus à la normale. Il règne ici la température tempérée d'une salle bien chauffée et les lumières sont nombreuses. J'entrouvre mon manteau. On s'élance pour m'aider à l'enlever.

Le colonel Maguire nous rejoint. Mon regard dévisage cet homme aux pommettes trop hautes sur un menton trop fin. La racine du nez est large et sa chevelure à peu près noire, abondante se dégarnit sur le front. Sa bouche est épaisse avec des coins subtils et ses yeux sont humides.

Notre repas est bon. De délicieuses truites, pêchées le jour même dans la rivière Pegnitz par des soldats américains, rehaussent notre table. Les vivres, amenées à Nuremberg par avion deux fois la semaine, pourvoient aux besoins de la considérable délégation des États-Unis. Je suppose que, comme dans le reste de l'Europe délivrée des envahisseurs, les Américains sont partout. Assise sagement à savourer mon repas, je ne dis pas grand-chose, mais j'écoute. L'endroit est singulier avec ses hauts plafonds et son ornementation fin de siècle. Circulent autour de nous des officiers galonnés – certains sont accompagnés de femmes – qui se préparent, eux aussi, à prendre leur repas. Le ton des voix est strident, mais, dans notre coin à l'écart, une conversation est possible. J'apprends peu de chose, excepté que l'Occupation est en plein essor et que des comptes rendus des activités des diverses organisations sont diffusés tous les jours. Contrôlées par les forces alliées, les informations sont publiées en plusieurs langues. Vers la fin du repas, le colonel Maguire s'adresse directement à moi :

« Madame Windsor, me dit-il, le *dook* de Windsor, monsieur votre père, est en ce moment dans notre pays, si j'ai bien compris ?

– Oui, il s'y repose avec beaucoup de joie, en attendant son départ pour l'Europe. Votre pays a toujours été pour lui très accueillant.

– La duchesse est bien aimée, dans notre pays. C'est incroyable qu'à elle seule elle ait pu faire basculer le trône d'Angleterre ! »

Ah ! Ah ! Elle arrive brusquement la bévue du colonel, mais je n'éprouve aucune gêne et lui réponds par bravade inconsciente, avec un sourire ironique.

« Oui, en effet, mais la royauté britannique possède une ancienne descendance si inépuisable qu'une abdication n'est pas un problème insoluble. Le roi George VI a admirablement pris la relève, si j'ose dire.

– Votre oncle ?

– Oui, exactement. »

Le colonel me dévisage avec une expression de grande curiosité. Je m'attends à d'autres questions auxquelles je ne désire aucunement répondre. Heureusement, les garçons de table, qui se précipitent pour ramasser les couverts, coupent notre conversation. Un second afflux de convives se pressent autour des tables qui se libèrent petit à petit. Avant de me lever, je demande aimablement au colonel :

« J'ai envie de voir le terrain des parades nazies malgré l'heure avancée de la soirée. La pleine lune devrait suffire pour y voir clair, n'est-ce pas ? J'aimerais que vous nous indiquiez comment on peut s'y rendre. Y a-t-il des taxis ou un transport quelconque que nous pourrions utiliser ? »

Le visage du colonel s'éclaire d'un grand sourire.

« Ne vous en faites pas, *little Lady*, je vous y conduis moi-même. Non, non, ce me sera un plaisir, continue-t-il en levant la main pour arrêter mes protestations. Ce sera une expérience pour moi aussi. Ça ne me surprendrait pas d'y voir des fantômes ! La ville de Nuremberg est déjà devenue une *ghost town* de squelettes de bâtiments et de ruines spectrales. Il faudra longtemps avant que la ville reprenne un semblant de normalité. »

Claude prend ma main et m'aide à monter dans la jeep, à côté du colonel Maguire. Nous roulons vers le sud de la ville, en évitant, de justesse parfois, des amoncellements de débris. On se croirait dans une ville peuplée par des esprits malfaisants s'il n'y avait pas quelques lumières éclairant certaines rues et des soldats patrouillant ici et là.

Nous descendons au Marsfeld. Je m'écarte de Claude et du colonel qui continuent leur conversation, regarde briller les ruines à perte de vue, bosselées d'argent, vallonnées de cendres mauves et, derrière nous, à l'autre bout de la ville, la silhouette du Kaiserburg. La lune blanchit d'un bout à l'autre une longue piste de lumière sur la Grosse Strasse, où les blocs de pierre, dont la taille a été ajustée au pas des soldats prussiens, donnent l'effet d'un gigantesque et uniforme jeu d'échecs.

Dans mon imagination, j'entends les claquements de milliers de soldats qui marchent pompeusement au pas de l'oie, leurs pieds noyés d'une brume étincelante. Ils s'approchent avec un son sourd, martelé, répercuté par la dure pierre. La musique d'une symphonie de Bruckner tranche l'air. Sur son estrade du *Zeppelinfeld*, Hitler, le bras droit allongé, reçoit, imperturbable, les *Zieg Heil* de plus d'un million de ses partisans, avant de leur adresser la parole, conviant chacun à participer à l'« Ordre nouveau » qu'il rêve d'instaurer à la grandeur de l'Europe. Derrière lui, tout le long de l'amphithéâtre, apparaît la Cathédrale de glace, un rideau de lumière projeté par de puissants luminaires. Les svastikas noires sur des centaines de drapeaux ondulent dans le vent... Je suis perdue dans le miasme nazi.

« L'âme de Hitler est en enfer ! » me dis-je, cherchant à me rassurer.

Une belle flambée de bois éclaire notre chambre et je tends mes mains vers la flamme. C'est un si généreux feu pour notre première nuit à Nuremberg. Le colonel Maguire nous a déposés, il y a quelques minutes, sur le perron du Faber-Castell. Seule la lumière de la flamme nous éclaire. D'un grand geste, je désigne autour de moi la chambre étrangère et j'essaie de plaisanter.

« Pas brillant, mais ce sera notre foyer pour quelques jours, n'est-ce pas, Claude ? »

Il se penche, m'attrape et m'embrasse sur la bouche. Cela est si tendre que je m'accorde un repos et me laisse allonger sur le tapis de la chambre. Quelle est douce la bouche de Claude, si élastique qu'il faut forcer un peu le passage pour rencontrer ses dents. Je voudrais rester ainsi, terrassée, le cœur battant, tandis que le feu de l'âtre chauffe ma joue et que je regarde sa lueur, au-dessus de moi, dans les yeux bleu pervenche de mon mari. Notre étreinte a l'air d'une harmonieuse lutte, réglée d'avance. Avec la joie intelligente de la chair qui reconnaît immédiatement son maître, je m'empresse, docile, facile, prodigue... c'est si beau, si aisé... le rythme de nos deux corps profondément liés, mon bassin bondissant, nos coups de reins de plus en plus rapides déclenchent une puissante jouissance, celle que nous connaissons si bien...

« Mon amour, mon amour, je suis si heureuse... »

Chapitre XXXVII

Un des jours les plus mémorables de l'histoire de la justice internationale se déroule sous des cieux orageux. Il a plu durant la nuit. Les rues poisseuses sont délavées, et les ruines paraissent encore plus tristes et plus anguleuses sous une teinte grise. L'air est lourd. Les rocs feuilletés et pailletés, les aiguilles des pins, quelques maisons où des rideaux sont tendus sur des fenêtres non détruites égaient quelque peu notre parcours vers le *Justizpalast*, le palais de justice de Nuremberg. C'est là que huit juges, avec leur service d'ordre, seront rassemblés sous les drapeaux des États-Unis, de la Grande-Bretagne, de la France et de l'Union soviétique.

Aux approches du palais de justice, les soldats sont partout, en parade, au garde-à-vous, en groupes, à contrôler les laissez-passer. Des rumeurs circulent selon lesquelles des SS, en uniforme américain, s'apprêtent à prendre d'assaut le palais de justice, à tuer les juges et à libérer les prisonniers. Je dois dire que, d'après le colonel Maguire, les rumeurs sont si nombreuses qu'elles deviennent des banalités.

Nous nous arrêtons, Claude et moi, avant de nous diriger vers l'aile est du bâtiment et la salle d'audience, devant l'imposante façade du palais de justice, un grand bâtiment à quatre étages coiffé d'un haut toit où s'accrochent quatre grandes lucarnes où cinq petites fenêtres sont insérées dans la brique. Plus haut s'alignent en rangs égaux une quinzaine de petites lucarnes carrées. La façade principale est de style néo-Renaissance et, à part l'écroulement de la tour de l'Horloge, elle n'a pas été touchée par les bombes. Des statues de grandeur nature trônent sur leurs piédestaux entre chaque fenêtre du dernier étage sous les toits. Parmi les grands tribuns représentés, je remarque la statue de l'empereur byzantin Justinien du Ier siècle. J'admire l'ancien empereur de loin, sans m'arrêter à ses victoires contre les Ostrogoths, les Wisigoths, les Vandales... – ce qui nous attend aujourd'hui suffit –, mais j'apprécie pleinement que le symbole de la justice soit en face de nous. Avec l'aide de Dieu, faites que le fardeau de leurs crimes écrase les inculpés détenus dans la prison attenante à l'édifice devant nous!

Nous montons le monumental escalier, après un arrêt sur le palier supérieur, jusqu'à l'étage où se trouve la salle numéro 600, réservée aux procès pour les crimes majeurs. On nous fait entrer dans la galerie destinée aux personnalités de marque et aux observateurs, qui domine celle des journalistes plus bas, située sur une estrade vers l'arrière de la salle d'audience. Une froideur relative me serre la gorge et j'enroule mon écharpe autour de mon cou.

Je suis calme, perturbée, émue, alors que nous prenons les sièges qui nous sont alloués avec une vue intégrale de la grande salle. Les lourds rideaux ont été tirés pour arrêter la lumière du soleil et d'une multitude de lampadaires émane une lumière blanche et crue. J'examine méticuleusement la grande salle selon un plan qui nous fut remis à l'accueil. En biais, à notre droite, sur une estrade, se trouve la longue table des juges et devant, plus bas, sont rangées celles des assistants et des sténographes. En face sont placés les pupitres des avocats de la défense et les deux bancs de leurs clients, aménagés derrière une basse séparation. Derrière des cloisons de verre, à leur gauche, sur les tables des interprètes sont entassés les systèmes de traduction IBM. Quatre langues seront utilisées : l'anglais, le français, l'allemand et le russe. Le secteur réservé aux procureurs compte quatre tables, une pour chaque délégation, qui sont placées à la gauche de la table des juges. En bas s'entasse pêle-mêle le public. Quelques personnages de marque commencent à prendre place près de nous. Il y a aussi des petites salles ingénieusement installées dans les murs pour les photographes, les commentateurs de radio, les artistes, les enregistreurs au magnétophone. Le procès est d'une importance mondiale et des écouteurs sont mis à la disposition de tous les participants.

L'ouverture officielle du procès est imminente. La salle d'audience et les salles adjacentes se remplissent du personnel que nécessite le plus grand procès du siècle. Les appareils, les calepins, les crayons, les documents sont mis en place. L'atmosphère est lourde, tourmentée ; l'attente, inquiète et curieuse.

Un silence relatif règne jusqu'à ce qu'une porte à deux battants, dont le lourd encadrement est sculpté, s'ouvre pour laisser passer les accusés. Chacun d'entre eux est accompagné d'un soldat armé, qui se distingue par son casque, sa ceinture et ses gants blancs.

Les plus grands criminels de l'histoire moderne entrent dans la salle ; dix d'entre eux prennent place sur les bancs en arrière de l'enceinte qui leur est réservée – l'un d'eux est Albert Speer, l'architecte et confident de Hitler –, le reste des accusés s'installent sur les bancs du devant. Les trois derniers à s'asseoir m'intéressent plus que les autres : Joachim von Ribbentrop, l'ex-amant de Wallis, Rudolf Hess, qui a été fait prisonnier en Écosse et contre qui, selon les rumeurs durant ma visite à Hitler, on souhaitait m'échanger, et, en dernier, Hermann Goering, l'hôte du Berghof de Hitler. Goering, le plus important d'entre eux, porte l'uniforme gris de la Luftwaffe ; il a été dépouillé de ses galons et de ses médailles. Et ils sont presque tous là, les vingt-quatre inculpés, raides, déshonorés, indifférents, importants. Sont-ils prêts à accepter la responsabilité des crimes commis au nom du régime qu'ils ont tous si bien servi ? L'avenir nous le dira. J'ai la nette impression que ce procès sera très long.

Une autre porte à deux battants s'ouvre, à quelques mètres de celle par laquelle les accusés sont entrés, afin de laisser passer les procureurs et les avocats de la défense, avec leur suite. Ils s'installent à leurs tables respectives. Bien que ce soit un tribunal militaire, les huit juges qui, à l'instant, entrent dans la salle par la porte derrière leur table sont des civils. Six d'entre eux portent la toge noire. Les deux juges russes, ayant estimé que l'habit noir est trop formel, portent l'uniforme militaire de l'Armée rouge. Ces derniers s'asseyent à droite de la longue table, puis, à côté d'eux, prennent place les juges britanniques, suivis de ceux des États-Unis et de ceux de la France. Derrière eux se trouvent les drapeaux de leurs pays respectifs.

Le président de la cour, Lord Justice Lawrence, prend la parole. Il signale que des copies de l'acte d'inculpation ont été remises à chacun des accusés il y a plus d'un mois et que ces derniers sont représentés par des membres du

Barreau à qui a été remise la documentation sur les présentes poursuites judiciaires, « afin de donner aux prévenus une potentielle et juste défense ».

L'heure est solennelle, l'air devient statique comme si personne n'osait bouger, comme si nous étions tous écrasés par la gravité du moment. Lord Justice Lawrence continue, en regardant droit devant lui :

« Le procès qui va commencer est unique dans l'histoire mondiale de la jurisprudence et d'une suprême importance pour des millions de personnes partout dans le monde. Pour ces raisons, il revient à chacun de ceux qui participent à ce procès la responsabilité de s'acquitter de son devoir sans crainte ni faveur, en accord avec les principes sacrés de la loi et de la justice. »

Le triomphe de la justice ! Mon Dieu, quel travail se prépare dans cette grande salle numéro 600, ici, à Nuremberg ! Je l'imagine facilement : vingt et une personnes à juger… la poursuite, la défense, la poursuite, la défense… témoins à décharge, témoins à charge, les documents… Quelle ronde fantasmagorique !

La procédure judiciaire débute avec le très significatif, et accablant pour les accusés, discours du procureur américain, le juge Robert H. Jackson. Contre les accusés s'est accumulé un lourd dossier : plans concertés ou complots, crimes contre l'humanité, crimes contre la paix, crimes de guerre.

Par la suite, le président du tribunal invite tour à tour chacun des accusés à soumettre sa plaidoirie. Goering est le premier à parler. Homme vain et judicieux, il affiche son autorité et son rang de *Reichsmarshall* et se déclare non coupable d'une voix très forte. Après Hitler, il a été l'homme le plus puissant du IIIe Reich.

Joachim von Ribbentrop, pâle et las, murmure d'une faible voix :

« Non coupable ! »

Il a été un collaborateur de Hitler tout au long du régime nazi. En regardant le visage pincé de l'ancien amant de Wallis, une curieuse anecdote qu'un collègue m'a fait parvenir me revient à l'esprit. Quelques mois avant le début de la guerre, Ribbentrop a rencontré Ciano, l'autre amant de Wallis, qui lui a demandé :

« Que désirez-vous ? Le corridor de Danzig ?

– Non, nous désirons la guerre ! » a répondu Ribbentrop.

Ces survivants de la puissance nazie forment un groupe hétéroclite peut-être, mais sur chacun d'entre eux pèse le péché fondamental du nazisme et de ses doctrines de supériorité raciale. La mise en marche de la vaste et diligente machine de guerre nazie trouve ici son origine. Je regarde tour à tour le maréchal des armées, le chef de la police sécuritaire, le ministre de l'occupation des territoires de l'est, les idéologues, l'amiral, le commandant de la flotte des U-Boote, le leader de l'éducation de la jeunesse du Reich, le ministre de l'Armement et de la Production de guerre… Et où est le *boucher* de Nuremberg, Streicher ? Oui, je le reconnais, assis devant Albert Speer.

Sauf ceux qui sont morts ou en fuite, et ils sont nombreux, ils sont tous là, surveillés, dévisagés comme des curiosités. Écouteurs aux oreilles, les lieutenants de l'indescriptible Trinité du nazisme, du militarisme et de l'impérialisme économique attendent leur destinée.

Chapitre XXXVIII

Le hasard joue encore une fois son rôle lors de mon séjour en Allemagne et rend ce dernier plus agréable. Nous logeons au Grand Hôtel depuis quelques jours et dormons maintenant dans un grand lit où des reliefs de dentelle s'insèrent entre chaque capiton dodu d'un couvre-lit gonflé de duvet. Nous disposons même d'une salle de bain privée. Le colonel Maguire nous invite, en cette deuxième fin de semaine, à une randonnée dans la campagne bavaroise. Le climat maussade de la semaine s'est dissipé et un ciel bleu nous accueille. Nous montons, à dix heures, dans la jeep qui est, cette fois-ci, conduite par le sergent Riley qui sera mon garde du corps durant mes séjours en Allemagne.

« C'est une belle journée pour un pique-nique ! » s'est exclamé le colonel Maguire.

Une lueur violette colore la banlieue de Nuremberg ; elle naît de l'Est comme une sombre aurore, un violet impossible à dépeindre, insinué entre la nuit froide et le jour et qui se dore à mesure que nous découvrons la campagne. Dans le secteur américano-britannique, je m'attache surtout à ce qui demeure étrangement imperturbable, réfractaire à la destruction humaine, les rocailles,

les pinèdes, les montées tortueuses, la descente au flanc des coteaux effrités, dans de grands décors robustes, où les maisons abandonnées s'écroulent. Heureusement, les oiseaux ne sont pas muets. Nous dépassons un versant pailleté, et, devant nous, apparaît un plateau à la verdure tenace semé d'îlots de bruyères et de genêts dans une clairière de hauts cyprès. Quelques jeeps y sont déjà stationnées et, autour d'elles, plus d'une douzaine de personnes s'affairent.

Le lieu est beau. Une frange d'eau éphémère s'attache à chaque brin d'herbe et une mince rosée de perles brille aux feuilles des arbrisseaux. Les rayons jaunes du soleil de novembre découpent une forêt profonde et romantique à une dizaine de mètres de nous. Une table basse a été installée au centre d'un éventail de couvertures bariolées. J'entends tinter les bouteilles de bière et de vin que des soldats et leurs compagnes se passent de main en main, ainsi que le cliquetis de la vaisselle et des couverts que l'on pose sur la table. On y entasse des plats de légumes et de salades, de petits navets et des carottes surtout, un jambon, des sardines dans de l'huile d'olive, des petits pains, des pots de moutarde et une corbeille de pommes rouges. Le garde-manger de la cantine américaine est bien approvisionné, on dirait.

À même le sol, un gril primitif a été aménagé et des fagots de branches de laurier brûlent, alimentés de rondins et de racines. Pendant que la flamme crépite, une jeune femme dépose sur une grille des saucisses, des côtelettes et des steaks de viande hachée. La regardant de dos, je sens mon cœur bondir dans ma poitrine… oui, sa silhouette m'est familière. Elle se retourne et je cours vers elle, les bras tendus.

« Brigitte, mais c'est toi ! »

Elle me regarde, porte une main contre ses yeux pour se protéger du soleil et laisse tomber ses ustensiles de cuisson.

« Marianne, ce n'est pas possible, c'est toi ? »

Les quelques traits ingénus de l'enfance et de l'adolescence que les êtres conservent sont révélateurs. Ceux de Brigitte, la grande amie de mes jours au couvent, révèlent le grand sourire, les yeux étincelants que je lui connaissais, où se lisent aujourd'hui la surprise et un enjouement enthousiaste.

Je la serre dans mes bras. Elle s'accroche à moi. Nous rions, encore et encore, et puis, nous écartant l'une de l'autre, nous nous exclamons simultanément :

« Toi, à Nuremberg ? »

Nous répondons de concert :

« Comme tu vois, oui ! »

Et nous éclatons de rire. Me tenant au bout de ses bras et la larme à l'œil, elle dit :

« Marianne, tu ne peux savoir comme je suis heureuse de te revoir. Tu te souviens que je disais, quand nous étions petites et que nous parlions de tes parents inconnus, que tu étais probablement une petite princesse ? Eh bien, tu l'es devenue ! Milady ! Ah, Marianne, que je suis contente… contente de te voir, ici, devant moi ! »

Elle est comme avant, un peu plus grande, blanche de peau, les cheveux noirs, longs, les yeux et le sourire doux, le nez court, aux narines arrondies. Elle me serre de nouveau dans ses bras. Nos effusions se prolongent, nous nous racontons en bref notre vie récente. Nous avons tant à nous dire…

« N'oubliez pas la cuistance, vous deux, disent quelques voix.

– Viens avec moi, Marianne, on parlera. »

En un moment fugace, je me replonge, baignée d'air, de clarté et de souvenirs, dans mon ancienne vie de petite fille cloîtrée… puis viennent les « Tu te souviens, Marianne… », « Tu te souviens, Brigitte… » et nous rions encore. Par moments, nous retrouvons un peu de la naïveté et de l'angélisme qui rendaient touchants nos visages d'enfant. Puis j'apprends que Brigitte, après quelques années d'enseignement dans les écoles rurales de Bonaventure, en Gaspésie, s'était rendue à Montréal et, commençant en bas de l'échelle, avait occupé un emploi au journal *Le Devoir*, puis était devenue journaliste. De là lui fut confié le procès de Nuremberg.

« As-tu revu Agnès ? Tu te souviens d'elle, n'est-ce pas ? » lui demandé-je.

Elle jette un vif coup d'œil dans ma direction.

« Oui, bien sûr, Agnès !

– Tu sais où elle est ?

– Oh, tu sais, elle voyage tellement, répond-elle sourdement.

– Mais enfin, Brigitte, tu l'as revue, oui ou non ? »

Un léger trouble des prunelles et un rire imprécis me montrent que j'ai touché une corde sensible dans l'âme de Brigitte. Elle se balance sur un pied et sur l'autre, comme si elle foulait de la neige, et fait de la main un geste vague.

« On se voit quand elle passe à Montréal… Nous sommes… »

Elle est interrompue par des pique-niqueurs qui s'impatientent :

« Eh, là-bas ! C'est pour quand, la boustifaille ?

– C'est pour bientôt ! » répliqué-je en me tournant vers le groupe qui est assis autour de la table basse et qui trinque avec entrain.

Je pose ma main sur l'épaule de Brigitte. Une larme brille dans son regard.

« Tu veux en parler ?

– Non, Marianne. Agnès est Agnès, elle prend ce qu'elle veut ! Viens, c'est presque cuit. »

La jovialité si caractéristique des Américains imprègne les conversations et la bonne humeur règne. La fraîcheur de la journée persiste sous le soleil de midi, une légère brise soufflant du sud. Un enchantement et une gaieté dans la lumière me rappellent plutôt le mois de mai.

« Pourrions-nous avoir l'aide de ces messieurs pour servir ? dit Brigitte sans se retourner. Allez, hop, pendant que c'est encore chaud ! »

Claude est le premier à se présenter avec un plateau de métal sur lequel nous empilons tout ce qui est cuit.

« Brigitte, je te présente mon mari… »

Elle relève la tête, le dévisage, sourit et ses yeux se rétrécissent.

« Jocelyn, n'est-ce pas ? Celui qui est devenu le grand pianiste Claude de Foucault. Excusez-moi, je ne peux vous embrasser tout de suite, mais ça ne sera pas long, mon travail est presque terminé !

– Claude, donne-moi le plateau, dit un soldat derrière nous, je m'occupe du service !

– O.K., le voilà ! »

Claude allonge un bras, ses longs doigts agrippent l'épaule de Brigitte, puis, se penchant vers elle, il pose un baiser sur sa joue.

« C'est un grand plaisir de vous rencontrer, Brigitte. Marianne m'a si souvent parlé de vous ! »

Il la regarde de ses yeux bleus charmeurs, paisibles, grands ouverts.

« C'est une chance que vous soyez là. Vous faites sûrement partie d'une délégation et vous allez pouvoir veiller l'une sur l'autre quand je serai parti. »

C'est à mon tour d'être prise de court. Claude affecte-t-il ce ton naturel, cette légèreté presque étudiée ? Non, ce n'est que de la complaisance, des paroles sans conséquence, c'est tout…

« Sûrement, dit Brigitte, maintenant qu'on s'est retrouvées, on ne se perd pas de vue. Tu es de mon avis, Marianne ? »

J'acquiesce, réfléchissant, triste et manquant d'enthousiasme. Brigitte et Agnès ! Après l'excitation des retrouvailles, je m'interroge. Agnès la chasseresse ! Où est-elle en ce moment ? Et le retour de Claude à Londres qui se rapproche… Je secoue la tête, tressaillant comme si j'allais faire une crise de nerfs. Je regarde mon mari. Il porte bien aujourd'hui son air de supériorité dont le secret tient dans son port de tête, son équilibre et son aisance à se mouvoir, ce qui doit plaire aux femmes… Dire qu'il rentre seul à Londres… Je soupire profondément, un demi-sourire passe sur mon visage. Je suis moins sereine tout à coup.

Claude nous escorte, en nous tenant par le coude, Brigitte et moi, vers la table de pique-nique. Il penche son front, ses yeux sont attentifs, l'arc délicieux de sa bouche est détendu et il dit :

« Allons nous amuser ! Qu'en pensez-vous ? »

Après deux verres de vin, je me détends. Nous devenons très gais durant le pique-nique et passons quelques heures joyeuses, même s'il y a parfois des demi-silences très vite comblés de mots spirituels qui nous font rire. Les voix cordiales racontent des anecdotes cocasses… personne ne fait allusion à la guerre ni au procès. Les Américains boivent surtout de la bière, le colonel trinque avec nous et apprécie le vin de Moselle dont deux bouteilles sont encore à l'ombre sous un genêt.

« Faut finir ce vin, dit le colonel, avec un bon fromage en provenance de la Forêt-Noire que l'on nous a passé à la dernière minute, ce matin. Sergent, s'il vous plaît, faites les honneurs. »

Le sergent Riley apporte une meule d'au moins un kilo d'un beau fromage laiteux qu'il s'empresse de couper en triangles égaux qu'il passe autour de la table. Les sourires s'aiguisent davantage, les verres s'entrechoquent au son des « hip, hip, hip, hourra pour le fromage et le bon vin ! » Brigitte et un jeune lieutenant semblent s'entendre à merveille.

Nous avons, à la fin de notre pique-nique, des âmes engourdies, vagabondes, en nous allongeant sur les couvertures, bien emmitouflés dans nos manteaux, pour faire une petite sieste. Le ciel rougit à l'horizon, vers l'ouest. Nous soupirons d'aise. J'appuie ma tête sur l'épaule de Claude qui m'embrasse.

Finalement, un vent plus fort s'élève et le froid de la fin de l'automne se fait ressentir. Il est temps de plier bagage. La clarté laisse lentement la place au crépuscule.

« Je te retrouve demain dans l'enceinte des journalistes, dis-je à Brigitte avant de la quitter. On nous a pour l'instant placés dans la galerie des personnalités de marque.

– C'est que tu en es une, me dit Brigitte.

– Oh, tu sais, je n'y accorde pas tant d'importance.
– Mais les autorités pensent autrement, Marianne.
– Oh, tu sais ! »

Claude est parti ce matin pour Londres où il doit continuer son travail avec Vaughan Williams, après avoir donné quelques concerts au Grand Hôtel et au Faber-Castell. Je m'attarde à ma fenêtre, sous l'apparition, mi-voilée, d'une plate et large lune parmi des nuages effilochés et je m'absorbe dans une divagation arithmétique, faisant le compte des semaines…

« Je suis à Nuremberg depuis trois semaines, il s'en écoulera deux avant que Claude ne vienne me rejoindre, pour Noël », me dis-je.

Je contemple la nuit blanche sur les fantômes des ruines de Nuremberg et, plus loin, mes yeux se posent sur un coteau que voile à demi un nuage bas, ressemblant un peu à ceux de ma Gaspésie. Ainsi, je rêve et soupire en épongeant ma chevelure humide et en passant mes mains dans ma tignasse pour la brosser… Mon passé resurgit… Qu'il est loin ce tendre passé ainsi que Thérèse et ses caresses sur mes cheveux de petite fille…

Chère Thérèse, ensevelie sous l'habit des religieuses cloîtrées, pense-t-elle parfois à moi ? Ma rêverie s'amplifie et je ressuscite ou même invente mon enfance sans nom et mon adolescence qui auraient dû être princières. Quoi, Marianne, des regrets ? Le miroir près de la fenêtre me remet à ma place, reflétant mes pommettes pâles, mes lèvres et mes yeux tristes. Où en étais-je dans mes divagations ? Oui, je revois mes années au couvent, pauvres et protégées, strictement modelées par les religieuses, avec Agnès et sa musique, au tout début…

Sans Claude, Nuremberg a un drôle d'effet sur moi, ce soir. Dehors, la lune se voile et je me hâte de tirer les rideaux. J'ai sommeil. Va-t-il neiger cette nuit?

La liste des horreurs nazies que les procureurs déposent devant les juges du tribunal provoque l'indignation, et cela ne fait que commencer.

La stratégie du procès a été déterminée par l'État et les mots «génocide» et «camp de concentration d'Auschwitz» retentissent souvent. Tout cela demande un travail, un entêtement incroyables et beaucoup de patience. J'ai parfois de la difficulté à trouver les mots pour décrire la force malfaisante du nazisme, ce Satan noir interminable et sinueux. Comment dépeindre les millions de morts, les chairs écartelées, les excréments, le sang… Puisse le ciel de décembre de Nuremberg retrouver son azur!

Je surveille surtout Goering, avec ses grands yeux vindicatifs, sa bouche pincée qui doit se taire longuement. Sa tempe creuse et sa joue pâle dénotent un toxicomane en état de manque, son visage brille de l'insolence des maudits. Parmi la surabondance des rumeurs qui se transmettent de l'un à l'autre à l'heure du déjeuner dans la cantine du tribunal, une me révolte plus que les autres: Goering, paraît-il, cherche à se servir du procès pour réhabiliter la mémoire du Führer et promouvoir une légende positive. De lui-même il prétend que, dans moins de cinquante ans, ses restes seront déposés dans un sarcophage de marbre et qu'il sera célébré par le peuple allemand comme un héros national et un martyr. Je doute fort qu'il en soit ainsi, mais quel toupet tout de même!

Parfois, je sens les yeux de Goering se poser sur moi. M'a-t-il reconnue?

Les exposés, les questions, les réponses, chaque mot raconte une histoire : fusillade de prisonniers, pogroms, extermination de millions de Juifs et de Slaves, déportations, travaux forcés, encore et encore… L'évidence des massacres massifs de civils innocents devient tellement insupportable que nous en arrivons presque à ne plus éprouver aucune émotion. Je crois que Shakespeare, dans quelques lignes, a essayé de dépeindre cette sensation :

Que le sang et la destruction soient ainsi d'usage
Liés à des objets familiers si épouvantables
Que les mères devront, sourire tari, étreindre
Leurs enfants ravagés par les mains de la guerre,
Toute pitié étouffée par la coutume d'œuvres brutales.

Le procès continue, jour après jour, implacable. Entre Himmler et Funk, ministre de l'Économie nationale et président de la *Reichsbank* – ce dernier est dans le box des accusés –, il avait été convenu que le butin d'or, de bijoux et d'argent amassé pas les SS serait déposé à la *Reichsbank.* Le butin était principalement constitué de dents et de plombages en or, de montures de lunettes, de bagues, de montres, de broches et de colliers arrachés aux victimes des camps d'extermination.

Un silence lourd accueille la projection de films – quelques-uns réalisés par les nazis eux-mêmes. On a éteint les lumières pour passer un film tourné par l'armée britannique lors de la libération du camp de Buchenwald. La vue de tous ces cadavres nus amoncelés et des survivants émaciés me bouleverse et je m'échappe. L'horreur du film fait chanceler mon équilibre. Je me refuse à la routine de la cruauté et de la douleur.

Je descends, le sergent Riley sur mes talons, Fürther Strasse en direction de la rivière. Une éclaircie divise des nuages pluvieux et illumine plus dramatiquement encore la désolation et le triste délabrement de la ville. Je croise des gens pâles et hagards ; en plusieurs endroits, des travailleurs, sous la direction de soldats, déblaient les rues, ramassent les débris des effondrements et les entassent dans de gros camions.

La rivière est plus bleue aujourd'hui ; une autre section de la rive a été nettoyée, et mes deux cygnes nagent côte à côte, insensibles aux ruines qui les entourent. En peu de temps, je suis à la *Kristkindelmarkt*, la place du marché, où, selon une coutume implantée par Martin Luther, on donne des cadeaux aux enfants à Noël. Mes yeux se portent sur ce qui reste de la *Frauenkirche*, l'église de Notre-Dame, qui domine la place. Son ancienne façade et sa vieille tour sont encore debout. J'entre dans l'église pour prier la mère de Jésus d'aider les habitants de Nuremberg à trouver l'harmonie et la paix.

Je ne reçois des nouvelles de mon père que par le biais des journaux. À l'automne, le duc et la duchesse de Windsor rentrent en Europe ; ils n'y ont pas mis les pieds depuis plusieurs années. Ils ont voyagé à bord du paquebot américain *Argentina* et, après une escale à Plymouth, ont fait route vers Le Havre, en France.

Aux questions des journalistes anglais qui sont montés à bord pour l'interviewer, mon père répond :

« Oui, je désire m'établir en Angleterre. Oui, je cherche un travail. Oui, j'en ai plusieurs en vue. Même si j'ai passé la cinquantaine, je peux encore être utile. Oui, je vais revoir ma fille dès son retour de Nuremberg… »

À Paris, la chance veut que leur demeure de la rue Suchet n'ait pas été saccagée par les Allemands, mais celle d'Antibes a été pillée par les armées italiennes. La côte méditerranéenne et le jardin de La Croë ont été minés et l'endroit est déclaré dangereux. L'occupation de la demeure d'Antibes est donc retardée.

Les services téléphoniques sont irréguliers, ici, à Nuremberg, mais je réussis à obtenir la communication avec Paris. Mon père n'y est pas. Je laisse un message et mon numéro de téléphone à Georges, le maître d'hôtel.

Le temps qui s'écoule est long. Je lis les communiqués du tribunal, qui touchent la corde sensible de ma pitié et de ma révolte, puis je cesse de les lire pour m'installer devant ma machine à écrire… je suis parfois désemparée, mon esprit flotte autour d'un vague espoir, et je ne sais lequel. Mon bonheur feint le repos. Je dois me consacrer tout entière à mes devoirs… Quelle occupation sans fin pour un être vivant ! Je dois composer une chronique par semaine, en plus de mon roman-feuilleton.

Puis arrive la trêve des vacances de Noël. Une tempête de neige s'abat sur les îles Britanniques. Claude ne peut venir, aucun avion ne pouvant décoller. Je n'ai pas le temps de m'attrister longtemps tellement je suis occupée. Pour la veille de Noël, dans l'après-midi, les forces d'occupation, les Américains et les Britanniques qui contrôlent toute la ville, organisent une fête pour les enfants, sur la *Kristkindelmarkt.* Des guirlandes multicolores, hissées entre les quelques lampadaires qui sont encore debout, égaient quelque peu la grand-place qui a été, pour l'occasion, nettoyée des amoncellements de débris. Un sapin a été érigé sur un socle de bois et décoré de petites boules multicolores et de papier argenté. Des jeux et des jouets, des fruits et du chocolat sont distribués aux enfants qui, accompagnés de leurs parents, s'attroupent autour de l'arbre alors qu'un petit orchestre joue des airs de Noël. *Tannenbaum* est repris plusieurs fois. Un prêtre et ses assistants, qui tiennent en main des cierges allumés, sortent de la *Frauenkirche* et se joignent au groupe pour une cérémonie de bénédiction. Le silence règne alors que le prêtre entonne des prières ; les gens se signent en récitant, en latin, le *Pater Noster*.

Des arômes de *Glühwein*, du vin chaud épicé, flottent dans l'air autour d'une table, derrière laquelle le colonel Maguire, avec quatre soldats, s'affaire à distribuer à qui en désire des verres du vin traditionnel des fêtes de Noël du pays. En peu de temps, un attroupement se forme autour de la table. Sous une grosse bouilloire, un feu de charbon réchauffe le vin et l'atmosphère. Certains messieurs sont tout d'abord réticents, puis ils se joignent à nous. Je me suis occupée, avec Brigitte, de la distribution des cadeaux aux enfants... devant leurs yeux brillants de plaisir, je retrouve le meilleur de moi, m'inquiétant moins de l'absence de Claude que j'imagine à son piano. « Je vais jouer au camp de base de l'American Air Force, à Cambridge », m'a-t-il dit au téléphone.

« *Danke, danke* », répète une petite fille qui me sort de ma rêverie en tirant sur mon manteau pour attirer mon attention.

De son autre main, elle agite une petite poupée, tout habillée de chiffon rose.

« *Schön, schön* », répète-t-elle.

Des boucles blondes s'échappent du bonnet de laine surmonté d'un pompon. « Cette si belle petite fille n'est-elle pas du type aryen que favorisait Hitler ? » pensé-je amèrement, mais je souris au visage ouvert et radieux de la petite fille.

« *Fröhliche Weihnachten !* Joyeux Noël ! » lui dis-je en me penchant pour l'embrasser sur la joue.

« *Gleichfalls !* De même ! » réplique-t-elle.

Elle s'en retourne en sautillant vers sa mère qui me regarde. Je crois voir une larme briller dans ses yeux. Toutes deux se dirigent vers un homme qui, à l'écart, boit son *Glühwein.* Il passe à sa femme un verre. Tous deux boivent tranquillement, en me regardant.

Tout d'un coup, il fait presque nuit. À cause de nos activités, on ne prend pas garde au soleil qui se couche, et on n'y pense qu'une fois qu'il a disparu. Quelques lampadaires s'allument ici et là. Le ciel, qui s'était fermé au début de la journée, laisse tomber de gros flocons de neige. En peu de temps, un léger tapis blanc recouvre Nuremberg. L'odeur de la neige, ce parfum délicat d'eau et de poussière, engourdit les autres odeurs, excepté celle du *Glühwein.* Un merle traverse la place en égrenant une gamme de notes qui rivalisent avec celles de l'orchestre qui continue à jouer. Avant de se disperser, la foule chante, soutenue par l'orchestre, le sublime *Adeste Fideles.*

Je redis pour moi-même des mots qui ont, à cette heure-ci, une certaine constance :

« La nuit… la neige… la solitude… »

Je soupire profondément, ne voulant pas trop y penser, puisque je ne suis pas seule. Mais je le suis en réalité, car Brigitte a rendez-vous avec son lieutenant pour les deux jours suivants. Je la quitte.

La neige bleuit, le ciel s'abaisse davantage et pèse, m'écrasant presque ; une tempête se prépare. La foule s'éparpille. J'oublie tout, les hommes, les femmes, les enfants et la ville qui, lentement, est recouverte par la neige. J'oublie tout, sauf la nuit, un peu de crainte et la faim qui me tenaille. Dans la jeep de Tom Riley, je regarde les formes plus noires couronnées de casques blancs. Mon oreille tressaille au moindre bruit inaccoutumé. Le véhicule glisse sur la neige qui gèle et qui crisse sous les pneus. Il me semble fuir plus vite, poursuivi par l'ombre criblée de flocons de neige.

Mon havre n'est que le Grand Hôtel et je m'y engouffre en remerciant Tom.

« Ce me fut un plaisir, Lady Belvédère. Joyeux Noël !

– Vous aussi, Tom, Joyeux Noël ! »

Je prends un repas tardif et quelques verres de vin. Non, je n'irai pas à la messe de minuit, ma foi est trop fragile, ce soir. Pourtant, je devrais faire un effort…

Assise par terre devant le feu de la cheminée de ma chambre, le dos appuyé contre le lit et ma machine à écrire sur les genoux, j'accueille de la même humeur hargneuse les notes abrégées de mon calepin, les étudiant… Ah, le métier d'écrivain ! La lutte patiente contre la phrase qui fuit, l'attente immobile à l'affût et l'esprit qui finit par dénicher les mots justes !

J'écris, encore et encore. Réchauffée par le feu, ne comptant pas les heures, m'épuisant consciemment, avec une hâte patiente et récompensée, j'imagine déjà mes commentaires publiés dans le *Daily Express.*

Entre les volets intérieurs à demi fermés, je regarde la neige qui continue à tomber en rafales qui cinglent ma fenêtre. « Claude ne viendra pas sous cette tempête », pensé-je avant de me coucher. Ma nuit commence tôt et mes songes sont tout de même remplis de suaves images.

CHAPITRE XXXIX

Mes nuits sont tranquilles, sans soucis, puisque Claude sera là pour le jour de l'An. La tempête de Noël a duré cinq jours, suivie d'une pluie tiède et cinglante et d'une humidité embaumée d'ozone. La sourde lumière bleue de l'hiver veille toujours, les jours sont courts.

Je frémis singulièrement à le voir arriver et à le contempler, grand et resplendissant dans sa longue redingote noire; des mèches de cheveux bouclés s'échappent d'un casque de fourrure bien planté sur sa tête. En me voyant, il me regarde de ses yeux magnifiques où erre un feu malicieux. Ma main se serre fermement dans la sienne, si bien faite, puis il entoure mes épaules de ses bras.

« Tes chroniques sur Nuremberg ont un succès fou ! » me dit-il.

Dans notre chambre, un abat-jour voilé verse sur le lit une lumière couleur pervenche. Sous le regard fougueux de Claude, je secoue affirmativement mes cheveux avec une féminité toute rayonnante, puis je deviens craintive… pour un petit moment. Il baise ma bouche précipitamment. Empressée, je lui rends son baiser en cherchant, d'un mouvement de reins, le creux du lit. Nos corps enlacés s'enchevêtrent en silence et facilement. Nos souffles s'accélèrent… je fais preuve d'une chaude docilité, d'un zèle audacieux, si agréable. Je gis contre lui, bras et jambes mollement pliés, les mains à demi fermées…

Il ne séjourne que deux jours à Nuremberg.

Un avocat de la délégation anglaise, sir David Maxwell-Fyfe, donne un mémorable *Burns Night dinner* au Grand Hôtel, afin de célébrer l'anniversaire du poète national de l'Écosse. Sont arrivés par avion des haggis, du whisky, des cigares américains Robert Burns et un énorme joueur de cornemuse dans son costume national des Highlands. Avec complaisance, il joue des complaintes de son pays. Un grand étonnement passe sur les visages des invités de plusieurs pays – nous sommes, je crois, au moins une centaine de personnes – qui s'amusent à regarder d'éminents avocats britanniques et leurs femmes danser des quadrilles écossais. La tenue de soirée n'est pas de rigueur, mais plusieurs messieurs portent la veste d'intérieur et les dames ont revêtu leur longue robe.

Nous prenons nos places à table et je suis invitée à celle de notre hôte, sir David Maxwell-Fyfe. La fête même débute lorsque des vers de Robert Burns sont déclamés alors que les haggis fumants, sur de grands plateaux, sont apportés dans la salle, au son de la cornemuse. Des *nips and tatties* suivent. Notre hôte, avec un sabre et dans un geste théâtral, tranche la première panse. Des applaudissements crépitent et l'on s'empresse de nous servir. Sir David est charmant et s'occupe admirablement de ses invités. Je ne peux jurer que j'aime le haggis, mais, lorsqu'on l'arrose de whisky, il a meilleur goût.

Notre milieu social, ce soir, est *so british* et distingué. De grands noms du Barreau côtoient de haut placés militaires. La soirée, intéressante, s'allonge, des heures et des heures, me semble-t-il. Les conversations s'animent davantage après chaque verre de whisky. On discute, pas trop quand même, de la politique du gouvernement travailliste d'Attlee...

« Quel dommage que Churchill ait été battu, il ferait mieux... »

On parle, encore et encore. Des conversations sérieuses passent au bavardage, puis l'on revient aux choses qui nous sont précieuses, comme la musique et le théâtre...

« J'espère rentrer en Angleterre pour la première fin de semaine de février. Un fameux concert se prépare et sera donné à Covent Garden, dit un monsieur, dont l'embonpoint déborde de sa chaise. Foucault en sera la vedette. C'est un génie du clavier, celui-là. Je n'ai raté que peu de ses concerts et j'ai tous ses disques.

– Ne pourrions-nous pas l'inviter à venir jouer ici ? demande quelqu'un. On a sûrement besoin de culture dans cette triste ville.

– Il a déjà joué pour les Américains, paraît-il, ici, à Nuremberg.

– Ah, tiens, pourquoi eux plutôt que nous ? Et que faisait-il à Nuremberg ?

– Faudra le lui demander ! »

Une femme qui accompagne mon voisin de droite se penche et m'adresse la parole.

« Vous êtes Mary Ann Belvédère, n'est-ce pas ? Une amie m'a dit que vous étiez à Nuremberg et m'a fait voir une photo, qui ne vous rend d'ailleurs pas justice. »

J'acquiesce de la tête, gracieusement j'espère.

« J'adore votre feuilleton *Le Royaume de mon père.* Puisque vous êtes là, puis-je vous demander si votre histoire est vraie ?

– Ce serait en révéler trop, madame. »

Elle sourit et se penche davantage vers moi.

« Toute cette passion, tous ces sentiments, il faut les avoir vécus pour pouvoir les décrire avec tant d'intelligence. »

C'est à mon tour de sourire.

« Je vous remercie, madame. »

À la table voisine, on chuchote. Des têtes se tournent alors qu'un homme se lève et se dirige vers nous. Il n'est pas très solide sur ses jambes. J'ai déjà senti son regard sur moi à plusieurs reprises et il s'exclame :

« Bon, j'y suis enfin ! Je me creusais la cervelle… Pourquoi ne l'as-tu pas présentée, David ? Vous êtes la fille du duc de Windsor, n'est-ce pas, madame de Foucault ? »

Un silence tombe, des regards se tournent vers moi. Je suis mal à l'aise et ne sais que dire. Sir David se lève et va à la rencontre du pochard, le prend par l'épaule et, gentiment, le ramène à sa table. Il lui parle à voix basse… j'ai l'oreille fine.

« Tu comprends, Jeffrey, Lady Belvédère fait son travail, ici à Nuremberg, comme chacun de nous, et elle ne cherche pas à s'afficher comme une *royale.* Nous avons tous respecté son anonymat. Tu vois, Jeffrey ? »

L'homme s'assied lourdement et tend la main vers son verre de whisky.

« Tu ne crois pas que tu as assez bu, Jeffrey ? Robert Burns ou pas Robert Burns ?

– Je suis écossais, moi, et je tiens à faire la fête… La guerre est finie, non ? »

Sir David revient à sa table. Je le devine plein de zèle et je lui adresse un regard de reconnaissance avant de me lever. Mon désir de sociabilité s'est effrité.

« Je tiens à vous remercier de votre aimable invitation, sir David, et vous tous, autour de cette table, pour votre aimable compagnie. J'ai à faire quelques appels. Je vous prie de m'excuser. Bonsoir. »

Les messieurs se lèvent et… je jurerais que quelques-uns baissent la tête en pensant qu'ils ont dîné à la même table que la fille d'un ex-souverain. Cela leur donnera quelque chose à raconter à leurs petits-fils !

À la sortie de la salle à manger, je vois quelques journaux anglais entassés sur une table. Je choisis le *Times* et le *Daily Express*, comme lecture de chevet.

Après une bonne douche, je me prépare pour la nuit, m'attardant à regarder dehors une nuit illuminée par un clair de lune. La fin de janvier s'annonce clémente. La laiteuse clarté s'éteint tout à coup. Des entassements de neige, comme des spectres, se découpent sur une nuit d'encre, là où il n'y a pas de réverbères. « J'espère que ce n'est pas une nouvelle tempête qui s'annonce », me dis-je en fermant mes volets.

Je m'installe dans mon lit et commence la lecture de mes journaux. Sans me sentir déloyale envers Lord Beaverbrook et son journal, je me plonge tout d'abord dans le *Times*, dépouillant les nouvelles.

« Tiens, Wallis est de nouveau en tête de la liste du New York Dress Institute comme la femme la mieux habillée au monde. *Bully for her!* »

J'en arrive à la page des divertissements. Un titre en gros caractères attire mon attention : « Un couple idéal nous a donné un concert splendide. » Je regarde la date de la parution du *Times*; c'était il y a deux jours.

Hier soir, Claude de Foucault nous a laissé entrevoir une autre facette de son génie, en jouant quelques-unes de ses œuvres dont l'une, intitulée Sonate à une princesse inconnue, *a soulevé des applaudissements frénétiques. Nous devinons que M. de Foucault a dédié cette sonate à sa femme, Mary Ann Windsor, la fille de notre ancien roi. Mme de Foucault est en ce moment à Nuremberg en tant qu'observatrice au procès des criminels nazis pour le* Daily Express. *M. de Foucault est accompagné – et ils partent tous deux en tournée prochainement – par Agnès Bujold, elle aussi canadienne, qui démontre un grand talent dans les œuvres de Vaughan Williams. Mlle Bujold et M. de Foucault, sur deux pianos, et à tour de rôle, ont enchanté l'audience avec des œuvres de Mozart et de Beethoven. Une longue ovation a salué la fin de leur concert. Nous leur souhaitons encore beaucoup de succès.*

Je laisse tomber le journal, m'évade de l'hébétude pour entrer dans le chagrin. Il n'a pas joué la *Pathétique*, c'est toujours ça ! Dans mon cerveau surexcité, je vois, sur la scène, le regard de leurs yeux, le modelé de leurs joues se fondre en un sourire. Agnès, encore Agnès… Je crois que je remplirais le monde de sang si mon mari s'éprenait d'une autre.

J'ai passé déjà ce que l'on nomme « le pire dans la vie d'une femme, son premier homme ». On ne meurt que de celui-là, non ? Que dis-je ? J'aime Claude et je souffre d'une douleur humiliée parce qu'il est avec Agnès et que je l'imagine à ses côtés. Ne font-ils que leur métier de musiciens ? Je me mens héroïquement, redoutant le pire. Me voici debout, en larmes, les mains vides, puis je me tourne vers le téléphone.

Le colonel Maguire arrange mon départ pour Londres, pour treize heures le lendemain. Il n'y a pas de peine irrémédiable, sauf la mort. De souffrir et d'être mal à l'aise deviennent au cours de la nuit un rythme qui adoucit presque les heures… même ces nuits-là ont une fin.

Je laisse un message pour Brigitte à son hôtel, lui annonçant mon départ pour un temps indéfini.

Chapitre XL

Une pluie affreuse tombe lorsque je descends d'un avion militaire à Biggin Hill en fin d'après-midi. Elle dure encore quand j'arrive, par taxi, devant notre appartement à Wilton Crescent. Je remarque immédiatement que l'Austin n'est pas garée dans son parking. J'insère, aussi silencieusement que possible, la clé dans la serrure de la porte qui s'ouvre sur l'antichambre. Il n'y a aucune lumière dans le hall. Je soulève le rideau de la porte et je vois disparaître la pluie, un écran transparent et funèbre qui traîne à plis inégaux vers l'est. Claude n'est pas là. Dans la cuisine, une cafetière à moitié vide traîne dans l'évier. Le frigo est assez bien garni. Daisy continue donc son travail.

Lentement, je visite chaque pièce. Tout est rangé et les vêtements de Claude sont dans sa penderie. La sonnerie du téléphone me fait sursauter… je ne réponds pas et attends. Sur la table de chevet, je trouve un numéro de téléphone griffonné sur un calepin ; je le compose.

« Park Lane Hotel », dit une voix au bout du fil.

Même si je m'y attendais, je suis prise de court.

« Pour… pourriez-vous me dire si Mlle Agnès Bujold est descendue à votre hôtel ?

– Un instant, s'il vous plaît... Oui, madame, voulez-vous que je vous mette en ligne ?

– Non merci, je lui parlerai demain matin. Quel est son numéro de chambre ?

– Le 312, madame.

– Je vous remercie. »

J'aimerais en finir avec cette journée… je ne pense à rien d'autre alors que je fouille le bottin, cherchant le numéro d'une compagnie de taxi pas loin d'ici.

« Dans une demi-heure, madame », me dit-on.

Je reçois des chocs sans violence qui inversent le cours du temps… non, il n'est pas inversé, je le présume seulement. Puis je me sens pâlir, presse mon poing fermé contre mes dents et darde un regard furieux sur la partition laissée sur le piano : une étude pour quatre mains intitulée *Nuances*. Le mot suivant a été biffé, mais je peux encore le déchiffrer : *coupables*.

La sonnette de la porte retentit, et je marche vers la sortie d'un pas vif, sourdement triste de mon deuil tout neuf.

Arrivée au Park Lane Hotel, je frappe contre la porte 312.

« Qui est-ce ? » demande Agnès.

Je ne réponds pas et frappe de nouveau.

« Bon, va ouvrir, dit Agnès, c'est probablement notre souper. »

La porte s'ouvre. Je vois apparaître Claude – il est si près que je pourrais le toucher – nu, à part une serviette de bain enroulée autour de ses hanches. Ses mâchoires se durcissent. Je hume sur lui la voluptueuse odeur de son corps après l'amour. Je me domine et n'éclate pas en pleurs. Agnès, rajeunie, recouvre sa nudité du drap de lit. Nous demeurons tous trois graves, muets, comme trois étrangers qu'un hasard a rassemblés... voilà notre heure décisive! Je ressens, non, je vois passer leur désir... Je voile mes yeux, refoule ma pensée meurtrière, puis je tourne les talons.

Le portier hèle un taxi, je rentre en vitesse à l'appartement, déniche une de mes plus belles valises et y entasse des vêtements pour les quatre saisons, enfonce un grand chapeau sur ma tête, puis reprends mon taxi jusqu'au Mandeville, un petit hôtel au coin de Wigmore Street, que le chauffeur de taxi m'a recommandé. Je remets mon passeport à la réception – il est toujours à mon nom de jeune fille: Mayol – et commande une bouteille de vin blanc à livrer à ma chambre avec un sandwich au fromage.

J'entre très droite, les mâchoires serrées, et savoure la liberté de pénétrer, sans témoin, dans un lieu nouveau où je suis sûre que personne ne me connaît. Ma petite chambre est aimable, avec une minuscule salle de bain. On frappe à ma porte. Mon goûter est posé sur une table à l'angle de la fenêtre. Et je commence à me griser, exprès. Je bois à ma peine, à Churchill, à la paix, à Maxwell-Fyfe et ses haggis. Déjà grise, je bois à Claude, en soulevant mon verre pour un vœu sans paroles. Je me mire dans mon ivresse, je vois ma bouche rouge, mes joues en feu. Sous la masse de ma lourde chevelure, mes yeux, si verts à la lumière, sont troublés de fibrilles rouges et mes paupières gonflées me donnent le visage d'une femme qui a le vin triste. J'ouvre brutalement la fenêtre et reçois sur mon visage échauffé une cinglée de pluie froide, une bouffée de vent qui porte l'odeur de la ville humide. Pour m'efforcer au calme, je lève la tête et serre les poings. Je me surprends à viser la lampe allumée, la bouteille vide, et à souhaiter leur chute et le fracas que cela entraînerait.

Des questions tourbillonnent dans ma tête. Que devient notre vie conjugale, alors que sa carrière pousse Claude vers Agnès ? Que devient notre si grand amour ?

Des larmes coulent le long de mon visage et je profite de mes pleurs pour retourner à une sorte de frénésie. J'étouffe mes sanglots dans ma manche, la tête sur mon bras plié…

« Comme je suis malheureuse ! »

Ma propre voix me fait peur, et je regarde autour de moi. J'ai pleuré en dormant et je ne me souviens pas de mon rêve, un rêve pourtant qui m'éveille, oppressée, avec de grands soupirs et de grands tremblements. Le jour point. Il n'est que quatre heures. Les moineaux seuls crient avec des sons de gravillons remués.

« Lord Beaverbrook, dis-je dans le téléphone, ce n'est pas facile de vous joindre !

– Mary Ann, quelle charmante surprise ! s'exclame-t-il. Vous êtes à Londres ?

– Oui, mais seulement de passage.

– Vous pouvez venir me voir ?

– Je le voudrais bien, mais je repars ce soir. »

Il ne dit rien, puis, d'une voix animée, il reprend :

« Vos articles sont très bien reçus, Mary Ann… j'espère que vos impressions de Nuremberg et du procès ne sont pas taries et que la saga du *Royaume de mon père* continue ?

– Bien sûr, Lord Beaverbrook ! Je vous fais parvenir aujourd'hui suffisamment de matériel pour les semaines à venir. J'espère retourner à Nuremberg au début du mois de mars. Aussitôt que j'en aurai la chance, j'interviewerai Goering… je l'ai rencontré à Obersalzberg.

– Oui, je sais, Mary Ann. Dites… »

Sa voix hésite, puis, de sa façon un peu brusque, il ajoute :

« Mary Ann, il y a beaucoup de tristesse dans votre voix… je me répète, mais si je peux faire quelque chose pour vous, il faut me le dire !

– Je vous remercie, Lord Beaverbrook. J'ai simplement besoin d'un peu de repos. Le procès de Nuremberg est… oui, le mot juste, "sinistre" et très pénible. Tant que les avocats de la défense ne débuteront pas leurs plaidoiries, ma présence n'est pas requise.

– Merci, Mary Ann. Ne manquez pas de me téléphoner à votre retour. Puis-je m'informer de votre destination ?

– Oui, mais je vous dirai seulement que je vais là où il fait chaud !

– Quelle excellente idée ! »

Je pose le combiné sur son socle et m'écrase sur mon lit. Où vais-je aller ? Que dois-je faire ? En suis-je déjà à chercher une manière de me venger de l'infidélité de Claude ou de retrouver mon âme d'avant cette trahison ? Je voudrais, comme lorsque j'étais petite fille, me lever avant le soleil pour aller surprendre dans le jardin des religieuses le goût nocturne des lambeaux de la nuit qui, devant les premiers rayons du soleil, reculent vers les sous-bois, et me sentir heureuse. Mais, à Londres, il n'y a pas de sous-bois et les arbres sont dénudés.

Dehors, une brume hivernale danse mollement et prend, petit à petit, une couleur plus grise encore.

Londres, avec son triste climat, s'apparente à mon état d'esprit. Je réprime un petit mouvement des coins de ma bouche alors que je scrute avec beaucoup d'attention mon visage dans la glace. Sous mes prunelles – elles sont d'un vert glauque, ce matin –, je vois le sillon des larmes nocturnes et de l'insomnie, ce reflet lustré, couleur d'un rayon de lune, des paupières de celles qui souffrent seules. Je fronce les sourcils.

Où serais-je heureuse pendant quelque temps ? Chez mon père ? Il y a des semaines que je n'ai pas eu de ses nouvelles ! Où pourrais-je, en me reposant, réfléchir… réfléchir et faire un pas de plus vers la solitude ?

J'irai donc, sans gaieté, sans foi, côte à côte avec mon avenir qui n'a même pas de visage, quelque part… Ni Londres ni Paris ! Je peux égoïstement, si je le désire, frémir d'aise et de regret en regardant pointer les bourgeons gommés des hibiscus et des bougainvilliers et me dire : « déjà le printemps éternel », et écouter fourmiller mon sang au bout de mes doigts, tressaillir, me souvenir, espérer et croire. Je me retrouverai sage, essoufflée… et seule, là où personne ne m'attend, là où je pourrai me cacher. Un endroit que je connais, qui m'attire ? Oui, si je le désire, je peux retourner à Nassau.

La téléphoniste de l'hôtel appelle pour moi l'appartement de mon père, à Paris. Dix minutes plus tard, j'ai Georges au bout du fil :

« Je regrette, milady, me dit-il, *Their Royal Highnesses* sont à leur demeure de La Croë, à Antibes. Ils seront de retour dans une quinzaine de jours.

– Je vous remercie, Georges. Je rappellerai une autre fois. »

Arranger un voyage, ça me connaît. J'ai l'habitude maintenant. Depuis la fin de la guerre, les lignes aériennes ont repris leurs routes régulières transatlantiques ; il m'est facile de me réserver un billet pour New York, à la réception de l'hôtel, par l'intermédiaire de Cooks Travel, et d'obtenir des chèques de voyageurs. J'ai un compte à la Banque Royale du Canada à Nassau, mais je veux plus d'argent liquide. Dehors, le temps est à l'éclaircie.

Je sens le début d'une migraine. J'ai l'impression que je ne suis pas là, que je dors, que les gens autour de moi n'existent pas, mais ils sont là, à la réception, dans la salle à manger, affairés et bavards. Qu'est-ce que je fais parmi ces gens aux visages aveugles alors que je devrais être chez moi ? Je finis mon café en vitesse et monte à ma chambre.

Chez moi avec Claude ? Mon Dieu, qu'est-ce qui me prend ? Je me redresse, la main contre mon front. Je revois, comme autant de flashes, tous les détails, là, dans ma tête… Claude à demi nu… Agnès, qui sourit en remontant le drap sur sa nudité… Cette image s'est logée dans ma tête, explicite, définie… l'image classique du flagrant délit d'adultère ! Maintenant, elle me remonte au cœur avec amertume et un peu de désespoir. Je me révolte. Qu'adviendra-t-il de moi ? Je ne suis pas héroïque, je me sens de plus en plus effarouchée et sauvage, puis, affaiblie et fatiguée, je me mets à évoquer les quatre années de mon mariage. Non, non, je ne veux pas !

Où est Claude ? À l'appartement ? Au Hyde Park Hotel ? Que me reste-t-il de lui ? Dépense-t-il ses ardeurs de mari trompeur avec Agnès, fière de s'ébrouer dans les deux camps de sa sexualité ? Je ne veux pas le savoir.

On frappe à ma porte. Mon taxi m'attend. Le valet empoigne ma valise et l'étui qui contient ma machine à écrire. Je saisis mon sac à main et mon porte-documents. Avant de quitter Londres, je m'arrête aux bureaux du *Daily Express* et dépose à l'accueil une grosse enveloppe pour le service de rédaction. Puis nous nous dirigeons vers l'aéroport de Croydon. Je quitte, triste à en mourir, les ruines de mon mariage, les ruines de Londres, après celles de Nuremberg… sans garde du corps, sans personne pour me protéger, incognito. J'enfonce mon chapeau à large bord plus profondément sur ma tête. J'ai tout arrangé pour le mieux. Il n'y a rien de cassé si ce n'est mon cœur, ma confiance. Un attendrissement nerveux fait gonfler mes paupières, c'est l'émoi jaloux d'une âme trahie. Je suis celle qui fuit.

Après deux escales, l'avion se pose à l'aéroport La Guardia, à New York, vers la fin de l'après-midi. Le temps est sombre et il reste un peu de neige sur les pistes. Au guichet de Pan Am, je réserve un billet pour Miami, départ le lendemain matin. Les aéroports qui m'enchantaient alors que j'entamais mes périples et ma vie de pèlerin n'ont plus le même attrait aujourd'hui. J'achète des journaux, puis je hèle un taxi et me fait conduire à l'hôtel où Jim et moi étions descendus, à notre retour d'Europe, il y a… mon Dieu, combien de temps ? Je frissonne… Claude était encore prisonnier…

Une autre chambre d'hôtel, un autre repas solitaire, une autre douche et un autre lit anonyme… étourdie de fatigue et de solitude, je m'y enfonce et épluche en vitesse les journaux. Le *New York Tribune* publie l'un de mes textes sur Nuremberg. Tiens, tiens, Lord Beaverbrook s'est donc associé avec un journal américain, je devrais lui demander une rétribution plus élevée…

Plus je m'approche des pays ensoleillés du Sud, plus je me détourne de ces derniers jours, même si mon cœur est gros de chagrin et de jalousie. Quand je serai là-bas, sous le soleil des tropiques, j'écouterai la musique qui disperse les pensées, goûterai du vin pailleté de petites bulles et retrouverai le calme… et la solitude. Personne ne m'attend. Je ne connais personne, excepté Étienne Dupuch.

Me voilà de retour à Nassau. Je descends du *Munargo* et entre de nouveau, éblouie, dans le royaume coloré des palmiers et des buissons qui débordent d'or, de cuivre et de vermeil. Un taxi m'amène sur Bay Street. Avant de pénétrer à l'intérieur d'un bureau de location d'immobilier, je me penche au bord d'une terrasse blanche où fleurissent les hibiscus.

En peu de temps, on me trouve une villa près de Cable Beach avec terrasse et jardin qui donnent directement sur une plage de sable blond. Avec la location, j'ai les services d'une bonne et je règle le tout pour un mois. Un jeune homme m'accompagne, dans sa voiture, à mon nouveau foyer, ma petite part de paradis sous le soleil. Derrière une grille à l'angle d'un mur, je trouve une villa toute blanche, qui surplombe la mer, cachée de la route par un taillis de gaïacs et de pins caraïbes. Un parterre abonde de gardénias et de poinsettias. Contre le mur, j'apprécie la présence d'un sureau jaune, la fleur nationale des Bahamas.

Ma villa est virginale, et même les tuiles du plancher sont blanches. Elle est sombre et fraîche, fermée aux rayons du dehors. Je tire les rideaux, tendus de tissus soyeux dans des couleurs d'un pâle arc-en-ciel. Je contemple ce qui sera mon *coin* pour les quatre prochaines semaines ; l'ameublement est très *british colonial*, fait d'osier, d'acajou et de verre dans la salle à manger ; le salon est meublé de fauteuils et d'un sofa recouverts de chintz et de petites tables en noyer. Ici et là, des tapis vibrants de couleurs ajoutent une note gaie à mon refuge.

Quelle belle journée ! Cette fin d'après-midi me donne tout ce qu'elle peut : un soleil qui freine la pensée et l'action, une douce brise, des voiles qui se bercent sur la mer et, au-dessus, un avion lointain qui gronde à peine. Au-delà de mon jardin, une plage blanche sur laquelle se promènent quelques flâneurs avec des chiens en laisse. Mon regard s'accroche à des chapeaux vifs, au bleu criard d'une robe qui passe, jusqu'à ce qu'il n'y ait plus personne.

La bonne, Jojo pour ses clients, diminutif de Joséphine depuis qu'un employeur américain l'a surnommée ainsi, arrive une demi-heure plus tard. Je l'envoie faire quelques courses. Ce soir, je ne désire qu'un repas très simple. Je m'allonge sur une chaise longue, en plein soleil, sur la terrasse. En bas, de petits oiseaux noirs, dont j'ignore le nom, plongent dans l'eau transparente, la tête en flèche, les ailes collées aux flancs, les palmes fermées et inertes. L'heure passe, et je m'endors. Le cri des mouettes me réveille. Il y en a une douzaine qui montent, qui planent en criant, puis d'autres surgissent… Un promeneur, un peu plus loin, leur lance du pain. Elles crient plus fort, se battent, happent en tournant, tombent sur l'eau la tête en bas, en même temps que les morceaux de pain. Le festin terminé, elles disparaissent.

Allons ! Je sens venir une amère crise de désolation et je l'attends calmement… il faut que je m'habitue. Je suppose que je me vivrai encore quelques après-midi de mélancolie.

Chapitre XLI

Je n'ai jamais autant qu'ici goûté la mer. Une fièvre saline fait vibrer mon cœur la nuit et réchauffe mon sommeil. Le jour, l'air du large m'exalte jusqu'à ce que je tombe, à la suite d'une natation poussée, endormie au creux d'un rocher, sur le sable qui poudre mes cheveux. Je force mon esprit à une ardente paresse qui écourte les heures. La pluie fine des bords de la mer, éthérée, vaporeuse, me mouille d'un côté et le vent me sèche de l'autre. Je ne suis pas retournée à l'anse où Claude et moi… ah zut ! encore Claude !

Trois journées de grande chaleur m'ont retenue près de la mer, heureuse dans son eau fraîche, ou dans la villa derrière mes volets fermés, à lire… et à écrire un peu. Je me rends compte que je suis douée d'une volonté d'acier qui triomphe, jour après jour, de mes déboires sentimentaux et d'une force tourbillonnante grâce à laquelle ma pensée maintient son rythme. Je peux manger sans avoir faim, rire par habitude avec Jojo, boire un bon vin sans raison particulière et vivre sans un homme en donnant toutes les apparences d'une grande indépendance.

Un matin, reposée, plus calme, je tire mes cheveux à la chinoise sous un madras, écrase sur ma tête un chapeau de paille à large bord, pose sur mon nez des lunettes noires et vais me promener en ville. Dans ce pays-ci, où personne n'a l'air de savoir qui je suis, le beau temps supplée à beaucoup de choses et peut tenir lieu de bonheur sentimental… Quoi encore ? Tu divagues, Marianne !

Je me retrouve près de Government House. Mon cœur se referme sur lui-même, dépossédé de sa magie et de ses sentiments. C'est ici, il y a longtemps, me semble-t-il, que j'ai combattu et vécu les belles heures de mon mariage, vidant ma corne d'abondance, alors que mon cœur ne penchait plus que d'un seul côté… là, doucement, mon orgueil a méprisé le bonheur et j'ai choisi la fuite. Non, je ne suis sûrement pas en danger de périr au nom de l'amour, pas ici ! Dieu soit loué, je me contente maintenant de petites félicités. Pourtant, cette maison, le petit *Royaume de mon père* est si près que j'aimerais, encore une fois, y entrer, mais je ne peux pas, le nouveau gouverneur général est en résidence.

Je regarde, en contrebas, une partie de la ville de Nassau et, plus loin, Hog Island… je frissonne, mon cœur manque un coup, mes mains fourmillent… Où est Wenner-Gren en ce moment ? N'a-t-il pas été exilé pour de longues années ? Mes yeux se mouillent. Je garde pour moi seule des mots vibrants d'une forte émotion : sensualité brutale et charnelle…

Puis je me sauve, en saluant, avant de redescendre George Street, Christophe Colomb sur son socle.

Je vais à ma banque. Dupuch a tenu parole et mes honoraires ont été déposés à mon compte. Avec ce que mon père a mis en dépôt à mon nom, j'ai une somme rondelette. Je sors de la banque sans que personne me regarde deux fois. *Good!* Je ne suis pas reconnue.

Je finis par faire des emplettes ; une robe coquette signée Worth, un grand chapeau de paille assorti et des souliers d'été. Une vendeuse, curieuse, me demande :

« Est-ce que vous n'êtes pas…

– Non, mademoiselle ! Auriez-vous un sac de la même couleur que la robe ?

– Mais oui, madame, voilà ! »

Lorsque je sors avec mes paquets, des chuchotements me suivent. Qu'importe ! À mon retour à la villa, j'appelle Étienne Dupuch. Empressé, il désire venir me voir et discuter ma proposition pour de nouveaux textes sur le procès de Nuremberg.

« Je vous remercie, monsieur Dupuch, mais je suis ici en vacances et incognito… si on aperçoit l'éditeur du *Nassau Tribune* me rendre visite… Vous savez, je crois que je suscite encore une certaine curiosité… Si vous êtes d'accord, ma bonne Jojo vous apportera un petit dossier que j'ai préparé. Les conditions de paiement sont les mêmes que par le passé.

– D'accord. Mais j'aimerais tout de même vous saluer avant que vous ne nous quittiez de nouveau.

– Nous nous verrons en ville, monsieur Dupuch, un de ces jours. Une condition s'impose : je ne suis à Nassau pour personne, monsieur Dupuch, vous comprenez ? Pour personne ! »

Oui, je vais me remettre sérieusement au travail et je retrouverai une plus grande facilité d'écrire, libérée des contraintes du mariage, loin des horreurs de Nuremberg, même si elles sont tout de même dans ma mémoire, en moi, avec moi, et que je doive les décrire de nouveau. Avant de m'asseoir à ma table de travail, qui, placée dans un coin de la salle à manger, reçoit par la droite la lumière du dehors, je sors sur la terrasse. Le fidèle promeneur est sur la plage – il y est tous les jours à la même heure – à lancer aux mouettes des morceaux de pain. J'admire le blanc duveteux du poitrail des superbes oiseaux qui s'ébrouent et se battent... on dirait un ballet aérien, et j'éprouve une envie subite de les toucher, un attendrissement nerveux comme une force amoureuse inutilisée qui grouille. Je la ressens tellement qu'il vaut mieux que je me mette au travail !

Jour après jour, je me promène et j'écris. C'est monotone et tonifiant à la fois.

Aujourd'hui, il pleut vers la fin de la journée. Le bruit de l'averse, sur les palmes et sur la terrasse, étouffe le murmure rythmé de la mer. Je me sens plus seule encore quand il pleut, mais aussi plus calme. Jojo me quitte, comme d'habitude vers dix-neuf heures, quand elle a fini sa journée de travail et rangé la cuisine après le dîner. J'écris, fais mon courrier – pour les Gatineau et ma tante – lis et écoute la BBC à la radio sur ondes courtes.

La nuit descend, prompte à se fermer sur le jardin dont la souple pelouse, tout arrosée maintenant, a été dorée par le soleil une partie de la journée. L'humidité de la terre monte à mes narines : odeur de vanille et de mangue. Il me semble voir un invisible muscadier qui, fébrile, devient le parfum même de cette nuit ruisselante de rosée.

Je verrouille la porte d'entrée, comme chaque soir. Une pensée me hante quand l'horizon sombre dans la nuit… celle d'être livrée à un séducteur et de satisfaire mon désir d'être tendre…

Je crois entendre des pas sur le pavé de mon petit jardin, devant la villa. Je porte une main à ma gorge. Un coup de sonnette me fait sursauter. Je tressaille, tremble bravement et attends. On frappe à coup de poing, fortement.

« Qui est-ce ? » demandé-je.

On frappe de nouveau.

« Ouvrez, vous n'avez rien à craindre ! »

J'entrouvre la porte. Secouée, les yeux agrandis, je regarde Axel Wenner-Gren, le front penché, les poings crispés, dans une attitude menaçante, mais il ne paraît pas me voir. Un demi-sourire passe sur son visage fermé, la tête inclinée d'un côté, l'arc sensuel de sa bouche détendu, il semble écouter, puis il entre dans la villa, visite toutes les pièces et revient vers moi, toujours silencieux, le visage sombre et tourmenté.

Je le crains. Nerveuse, ne sachant que faire, apeurée, je me laisse tomber dans le fauteuil, où je me recroqueville… Que fait-il ici ? N'est-il pas exilé au Mexique ? Je le regarde. Il s'approche de moi. L'imagination érotique de ma fidèle mémoire me joue des tours. Non, surtout pas cela, son visage est ombrageux. La colère noue ses sourcils à la racine du nez, ses yeux sont pleins d'une lumière insolente. Il me soulève, je suis debout devant lui, je recule de quelques pas.

« Petit démon, vous m'avez fait des coups qui m'ont coûté cher, vous êtes venue m'espionner au Mexique, n'est-ce pas ?

– Ça m'a été facile, Axel ! »

Il rugit :

« Je devrais vous battre, milady. »

Sa voix est sourde. Il lève la main. Le geste me dégrise subitement.

« Pour qui vous prenez-vous ? Vous n'oseriez pas, Axel, c'est tout !

– Ah, c'est ce que vous pensez, milady ? »

De sa main levée, il me gifle. Ébahie, je porte une main contre ma joue qui brûle. La colère embrouille mon cerveau, des mots coupés s'entrechoquent, une plainte sans suite… puis, je me rue contre lui. Avec mes ongles, j'essaie de lui griffer le visage… il se dérobe, je martèle sa poitrine de mes poings fermés, encore et encore, jusqu'à ce qu'il emprisonne mes mains dans les siennes et, brusquement, m'attire contre lui.

« Non, milady, vous allez me désirer ! »

Je le regarde avec mépris, avec cette sorte d'orgueil imbécile qui m'a menée, souvent, au coup pour coup, le *tit for tat*, sur-le-champ, sans attendre. Son étreinte continue, longue, cuisante. Il me dévore des yeux. Un peu de plaisir et une amertume gonflent ma poitrine. Je le sens contre moi, frémissant d'un désir à peine retenu… puis, en moi monte le sourd remous d'un commencement de tentation charnelle et servile. Je trempe dans un élément nouveau et pénible, je sais maintenant que je vais dépasser le moment le plus profond de ma déchéance… J'essaie de lui résister, me détourne et marche vers la fenêtre. Axel me rattrape…

La tentation de la chair est là, tout près… je l'ai déjà connu, ce désir sans amour… et de nouveau je cherche à assouvir une faim vigoureuse qui s'impatiente… *Je ne peux faire autrement !…* Je reste muette.

Je soupire, tremble, lâche un cri involontaire. Mon regard s'enfièvre, tout mon corps parle pour moi.

Renversée, nue, immobile, il me semble que je viens de tomber de très haut sur le lit. Une brise fraîche et salée entre par la fenêtre ouverte. La tête me tourne un peu, parce que j'ai le front plus bas que mon corps. Je reste ainsi dans cette posture… je cache mon visage et livre le reste… Je ne vois que le plafond à travers mes cheveux mêlés… j'attends. Axel s'allonge près de moi, puis, brusquement, il écarte mes jambes, je creuse mon flanc, il est sur moi, en moi avec force. Je retiens mon souffle et, petit à petit, je le seconde si bien que nos ébats ont l'air d'une lutte énergique, réglée d'avance. Je regarde, comme je l'ai vu déjà au-dessus de moi, ce grand corps faunesque exhalant une odeur connue de musc. Il m'ébranle avec son rythme lent et profond, puis accélère, puis ralentit… une angoisse progressive, presque intolérable, serre ma gorge, pareille à la suffocation des sanglots… Axel se retire… je gémis… je trépide… ma tête tourne de gauche à droite… je serre les poings, puis il m'envahit d'une force sournoise, aiguë. Mes jambes s'enroulent autour de ses cuisses, il tressaille… Les muscles de mon visage se contractent, je suis en proie à une jouissance désespérée… je halète, enfonçant mes ongles dans les bras d'Axel… son propre plaisir finit en un cri puissant, érotique, qui dure jusqu'à la fin de son souffle…

Je me mets à sangloter, doucement, puis avec une violence qui ressemble aux saccades de la jouissance. Axel reste couché sur moi, son sexe en moi. Nous nous reposons, patiemment, attendant le retour de nos forces…

Mon corps rassasié se raidit et bondit, soulevé par un nouveau désir… Je suis en quête de l'impossible?…

J'aime le plaisir de la chair docile, animale, prodigue. C'est si aisé que cela ne ressemble pas à l'amour, ce nouveau frémissement en moi… même si tous mes sens sont en alerte, le choc de nos genoux, mes jambes qui s'écartent et recouvrent sa poitrine et ses épaules ne sont pas des gestes d'amour… j'accepte son désir, dans la semi-obscurité, et je me laisse prendre en imitant son inquiétant et énergique mutisme jusqu'à ce qu'il me soutire un plaisir si puissant que, la bouche ouverte, j'exhale une plainte graduelle qui m'étouffe tellement elle dure… il déploie un rythme lucide, alors que je tords mes reins, jusqu'à son propre plaisir, la bouche crispée, sa tête couronnée de cheveux blancs rejetée en arrière, comme un fauve qui hurle.

J'écoute au fond de moi le tumulte d'un sang joyeux… et coupable. Je souris dans l'ombre avec un peu de mépris pour mon démon de midi, pour l'érotisme qu'Axel éveille en moi et dont j'ai encore faim… je tressaille. Axel et mon père, l'attrait sexuel que je ressens… Je secoue la tête, pousse un soupir saccadé de convoitise domptée.

Axel s'accoude pour me regarder de plus près. J'ouvre les yeux que je gardais fermés. Son regard est hostile. Je frémis tout entière lorsqu'il touche mon bras. Je dis, farouchement :

« Quoi ?

– Vous m'aimez un peu, Mary Ann ? »

J'allonge le bras et allume la lampe de chevet. Je pose mes yeux fatigués sur un visage pâle ; l'arc délicieux de la lèvre supérieure, éclairé par en dessous, les cheveux ébouriffés, les yeux turquoise sous la lumière bleue de l'abat-jour… ma foi, il ressemble plus à un dieu qu'à un bandit. Que veut-il, à part la possession de mon corps? L'amour? Aucune image vivante d'amour ne se lève dans l'ombre de ce grand Suédois qui s'écarte de moi, mais qui pose sa cuisse sur mon ventre… la volupté tient, dans le désert illimité de notre relation, la plus grande place, en effet… la seule place même, si embrasée que je ne vois qu'elle. Il continue à me regarder.

« Ne répondez pas, Mary Ann… »

Il se penche vers moi, je suis troublée par son parfum, un mélange de musc et de l'odeur de l'amour. « Je peux lui faire du mal », pensé-je. Je réponds par un regard qui sied à ma nudité de captive, un regard impuissant. Il se penche plus en avant, jusqu'à ma bouche. Je secoue la tête. Il empoigne mon menton et appuie ses lèvres sur les miennes… je connais pour la première fois la forme de la bouche d'Axel, l'empressement que met cette bouche à s'ouvrir, mais je ne peux répondre à son baiser… il insiste et j'en deviens étourdie. Son baiser est long et lascif et je secoue la tête pour m'en délivrer, gémis brièvement, puis… il se lève et se dirige vers la salle de bain.

Rafraîchi, habillé, il s'assied sur mon lit, à mes côtés.

« Ma voiture vient me chercher sous peu et je rejoins le *Southern Cross* qui est ancré à quelques milles au sud de l'île. »

Il s'arrête et je prends la parole.

« Comment saviez-vous que j'étais à Nassau?

– Je sais tous vos mouvements, Mary Ann. Vous retournez à Nuremberg sous peu et vous êtes aussi séparée de Claude. »

Il lève la main lorsque je veux parler.

« Non, ne dites rien. Je ne m'excuse pas de ma visite clandestine ni de… ni de nos jeux d'amour. Vous me comblez, Mary Ann, et je vous aime… depuis notre marché à l'hôtel Victoria, et c'est tant pis pour moi. Soyez sans crainte, je ne vous poursuivrai pas. J'espère revenir à Nassau, légalement, sous peu. »

Il prend ma main dans la sienne, y pose ses lèvres et, sans regarder en arrière, me quitte. Le reverrai-je ?

CHAPITRE XLII

Je me réveille, un peu égarée, d'un sommeil de plomb, les reins lourds, une douleur légère dans mon bas-ventre ; puis, je me rappelle notre séance érotique de la veille. Je pousse un soupir qui se transforme en un petit sanglot… je revois, les larmes aux yeux, mon amant qui me fit l'amour d'une manière sauvage et exceptionnelle. Il s'est lié à moi avec tant d'exactitude et d'harmonie à mesure qu'il me possédait avec son corps qui sentait bon en s'échauffant. Une grande vague d'émotion sensuelle me submerge et, malgré moi, j'ébauche un amer sourire, mon visage tressaille… je suis angoissée.

Je lève machinalement la tête vers la fenêtre qui laisse entrer un jour doré sous mes rideaux. Bien sûr, il fait beau, je suis aux Bahamas ! Je n'ai plus envie de dormir, le lit est un fouillis. J'erre un instant autour de l'image d'Axel dans sa splendide nudité, je frissonne et je m'en détourne mentalement… une autre image m'attend derrière celle-là : celle de Claude, les reins cintrés d'une serviette de bain, les mâchoires serrées. Où est-il ? Que fait-il ? Non, il appartient maintenant aux régions profondes… de quoi ? De l'oubli ? Sûrement pas… zut, je ne veux pas y penser !

Je prends une douche… celle d'hier soir n'a pas effacé l'odeur d'Axel sur ma peau… et arrange un peu le lit. Jojo pourrait se poser des questions. Je m'habille légèrement, avale un jus d'orange et m'échappe dehors. Il n'y a personne à cette heure matinale et je gagne un amoncellement de rochers qu'un vent tournoyant habite. Au-dessous, la mer, violette, se tourmente un peu. Du haut de mon promontoire, je regarde ma maison, contre laquelle, de ce côté-ci, grimpe un lierre sombre et verni. Je pourrais me calmer ici.

Sur mes bras, mes jambes et mon visage, l'air sèche l'eau des vagues. Je lèche le sel sur mes lèvres, portant en moi, sur moi, son arôme, et aussi celui, plus subtil et amer, de ma jalousie : Axel, Claude, Agnès. Tous trois m'ont avoué leur amour… Je crains que, finalement, Axel et moi, nous n'ayons pas suffisamment besoin l'un de l'autre !

Axel ? Oh oui, son amour charnel m'enflamme et rien qu'à y penser mon ventre se tord… il m'a récompensée d'une jouissance telle que j'en ai le souffle coupé. Il a eu besoin de moi pour un soir. Mais passe, Marianne. Axel est à bord de son yacht et il s'est séparé de toi. C'est vrai que je fus son jouet pour quelques heures, mais j'ai payé son amour par l'extase et je ne lui en veux pas !

La fidélité doit-elle suffire à engendrer la confiance ? Peut-être, mais j'ai perdu les deux. Claude m'est infidèle, je lui suis infidèle, et je n'ai plus confiance ni en lui ni en moi. Avec Axel, j'ai perdu un peu de ma dignité, de ma propre estime, mais cela ne compte pas avec un amour qui n'en est pas un. La jouissance me fut offerte et je fus assouvie. Avec Claude, c'est différent. Il a été, il est l'homme de ma vie depuis que j'ai six ans. Je suis trahie, et jalouse. Mon amie Agnès m'a enlevé mon mari. Qu'a-t-elle que je n'ai pu offrir à mon Claude ? Il se dresse, seul devant moi, sur le paysage ravagé de mes souvenirs. Agnès est-elle son dernier amour ? A-t-il embrassé d'autres bouches avant et après la mienne ? Je repousse ces images avec impatience et cache mon visage au creux de mon bras plié sur mes genoux, cherchant un peu de noir pour m'aider à oublier ma singulière fureur, mêlée à l'amère prémonition d'avoir perdu Claude. Oui, je les maudis, tous deux, Agnès et Claude.

Jojo se rapproche et je relève la tête.

« J'étais inquiète, madame, je vous cherchais partout.

– Ça va, Jojo. J'avais besoin d'air. »

Un grand sourire éclatant égaie son visage noir.

« Madame a besoin de quelque chose ?

– Oui, Jojo, je vais prendre mon petit-déjeuner dans une dizaine de minutes. »

Mes vacances touchent à leur fin. Trois jours avant mon départ, je prends rendez-vous avec Étienne Dupuch et me rends à son bureau. Je lui remets une chemise contenant une douzaine d'articles pour son journal et lui promets de lui faire parvenir, subséquemment, mes nouvelles observations sur le reste du procès de Nuremberg. Il me remercie avec effusion. Il semble nerveux et, après un silence assez long, il me dit :

« Milady, j'ai reçu plusieurs coups de téléphone de M. de Foucault me demandant si j'avais eu de vos nouvelles et, comme vous me l'aviez demandé, j'ai répondu négativement… »

Quelle est la pensée profonde qui veille derrière ses yeux noirs ? Son visage est pensif, sans curiosité. Je suis sûre qu'il remarque la petite larme qui gonfle mes paupières. Claude me cherche. Veut-il le divorce ? Tant pis ! J'y penserai une autre fois.

« Je vous remercie, monsieur Dupuch, de votre discrétion et de votre amabilité. Je reviendrai à Nassau et je ne manquerai pas de venir vous voir. »

Je lui tends la main, il la serre chaleureusement en baissant la tête. J'enfonce mon grand chapeau solidement sur ma tête, pose mes lunettes noires sur mon nez et sors. Je retourne à la villa en vitesse. Une averse, qui chemine dans le ciel et accourt sur le mer, se rapproche de Nassau. Elle éteint déjà Hog Island. Sur ma terrasse, je regarde le ciel bas et foncé et les mouettes qui tournoient et deviennent de neige. De grands éclairs et les premiers roulements du tonnerre me poussent à l'intérieur. Une pluie cinglante s'abat sur la plage et éclabousse la terrasse. Un éclair palpitant, long comme un rêve, se mire en lame de feu dans une grande flaque d'eau. Jojo a fermé les volets de la cuisine et fredonne une chanson. J'observe, nerveuse, les vastes éclairs en nappes et les arbrisseaux qui plient sous le vent. Le tonnerre gronde, puis, après quelques minutes seulement, l'orage se calme. La mélancolie passe sur moi. Je ressens une réticence et un doute que je ne peux exprimer. Je vis parmi des orages de pensées qui ne se dispersent pas.

J'essaie de paraître sereine lorsque, finalement, je joins mon père par téléphone à sa demeure du boulevard Suchet, à Paris.

« *My darling little girl*, où es-tu ?

– Je suis à Nassau pour des vacances. Je vous raconterai.

– Comment vas-tu ?

– Je vais bien, *father*. Dites, puisque je rentre en Europe et que je dois me rendre à Nuremberg, puis-je passer par Paris ? »

Après une légère hésitation, il répond :

« Bien sûr, *my darling little girl*. Il y a si longtemps... Vraiment, je serais si heureux de te revoir. Ici, nous sommes en pleine rénovation. Notre bail est prolongé de trois ans, n'est-ce pas merveilleux ? »

Il hésite de nouveau, puis, bégayant légèrement, il ajoute :

« Dis, *darling*, si cela ne te gêne pas, je te réserve une suite au George V et je viendrai t'y voir. Tu comprends, *darling*? Et ne t'inquiète pas, la note sera payée... J'ai beaucoup de choses à te raconter.

– Et moi aussi, *father*, on parlera. Je compte arriver dans deux jours. À bientôt. Je vous aime.

– Moi aussi, *my darling little girl*. »

Je suis rêveuse. Le George V... N'y étais-je pas avec Claude, il y a déjà des siècles ?

Les rayons solaires cheminent sur les carreaux du plancher et se posent sur le panier de fruits et sur le grand verre embué où tremble un jus de fraise coupé d'eau fraîche que Jojo vient de placer devant moi sur la table. Je souris et me secoue. Allons, profitons de ma dernière journée libre. Demain, il faudra faire mes bagages et réserver mes billets !

Dehors, un manteau de chaleur tombe sur mes épaules ; je fuis vers la mer et y plonge. À une centaine de pieds du rivage, je considère avec mélancolie mon domaine luxuriant. Je regarde un chèvrefeuille qui s'entrecroise avec une délicate clématite qui penche ses étoiles mauves, si larges et molles. Le lierre a grimpé davantage en un mois. Je voudrais demeurer encore dans mon petit paradis, mais je sens la nécessité de finir mon travail, de discuter, de prendre un parti.

J'ai un peu mal à la tête. Sous peu, ce sera l'heure des adieux à ma solitude. Je m'écrase sur le sable, mon sang se calme et bat sans rigueur à mes tempes. Du moins, je partirai avec un bronzage signé Nassau. Après une douche, assise sur la terrasse, je goûte les longs soupirs de ma solitude puisque je vais la perdre.

Je dis au revoir à Jojo et lui donne en cadeau une montre-bracelet. Elle en pleure de joie. Le taxi m'amène directement à l'embarcadère du *Munargo.* De ma cabine, je jette un dernier coup d'œil sur Hog Island, je suis des yeux une partie de son contour. Je prolonge, paresseuse, ma pensée sur l'image d'Axel, ambiguë, obsédante... Axel m'aime et je n'y trouve aucun plaisir.

«Adieu, mon beau Viking!...»

Chapitre XLIII

Je ne reste à Paris que deux jours, le temps d'arriver et de repartir. Mon père a loué un salon particulier pour notre rencontre, au milieu de l'après-midi. Les grands palaces, ça le connaît, et je me prête à ses fantaisies avec un peu d'amusement. Sa démarche assurée, le respect qu'il inspire, qui tient sans doute à son prestige d'ancien roi, et l'empressement des gens autour de lui me font sourire, mais je suis effarée de le trouver vieilli, flétri, le front barré de rides. Il a l'air plutôt sévère, mais quelle élégance toujours ! Je lis dans ses beaux yeux bleus, dans son sourire confiant et prolongé, sa joie de me revoir. Il ouvre ses bras et je m'y blottis. Il pose longuement ses lèvres sur mon front.

« Tu es toujours aussi belle, *darling*. Viens t'asseoir près de moi. J'ai commandé du champagne, tu en veux ? »

Il m'en verse une coupe, boit la sienne avidement et s'allume une cigarette en fermant les yeux. Lorsqu'il les rouvre, ils paraissent plus bleus, d'un bleu plus foncé à l'ombre de ses cils. Il respire la fumée de sa cigarette par saccades. Le jour, éclatant soudain, illumine le salon et fait briller les dorures des cadres et des moulures, restituant les tendres couleurs du damas des fauteuils.

Mon père cherche quelque chose à dire... je l'ai connu taciturne, je le découvre recueilli...

«Je voudrais tellement retourner vivre en Angleterre, Mary Ann. Mais je crois que ce n'est pas possible tant que l'on refusera le titre d'Altesse Royale à ma femme. Mon frère est d'un entêtement!... En fait, c'est plutôt elle, ma belle-sœur, qui m'en veut d'avoir abandonné le trône en faveur de Bertie et de l'avoir lancé dans un rôle pour lequel il n'était pas préparé. Ah, quand j'étais roi... mais passons! Un jour que je me rendais chez ma mère, la foule s'est précipitée vers ma voiture en criant: "Vous devez revenir, Teddy, nous voulons que vous reveniez!" Même Lord Beaverbrook s'en est mêlé dans ses journaux... il trouve injuste que je ne sois pas de retour au pays. Partout où je vais, les gens accourent pour me voir. N'est-ce pas merveilleux, *darling*?»

J'acquiesce et laisse le silence s'installer entre nous. Il prend ma main.

«J'ai eu de longues conversations avec mes ennemis, *darling*, avec Attlee et des membres de son gouvernement travailliste. Ces rencontres ont été difficiles, surtout avec Ernest Bevin, le secrétaire d'État aux Affaires étrangères. Je me crois capable de remplir les fonctions d'ambassadeur itinérant aux États-Unis, par exemple, ou celles de vice-roi de l'Inde. Eh bien, rien ne m'a été offert, excepté le poste de gouverneur général de l'Australie, que j'ai refusé!

– Vous avez eu tort, *father*. C'eût été prestigieux.

– Wallis ne veut aucunement s'exiler encore une fois...

– Ah, *elle* ne veut pas! Quel dommage!

– Je vois Churchill de temps en temps. C'est un véritable ami, tu sais, mais, comme il n'est plus au pouvoir, il ne peut m'aider. Dis, Mary Ann, Winston désire d'ailleurs te revoir… je crois que tu l'as impressionné. Tu t'es très bien acquittée, me dit-il, de la mission qu'il t'avait confiée. »

Il dépose sa cigarette et frotte ses mains l'une contre l'autre, d'un air distrait. Ses mains sont si belles… Un rayon solaire les éclaire et cisèle dans la peau relâchée et douce, sur le dos de la main, des lacis compliqués et concentriques comme ceux d'une terre craquelée par la sécheresse. Il souffre en silence d'une douleur humiliée et finit par tourner la tête vers moi. On dirait le visage d'un condamné et j'en ai les larmes aux yeux… mon sire Lancelot n'a plus l'air d'un héros, il a commis trop d'erreurs impardonnables et on n'a pas fini de lui reprocher son manque d'autorité et son incompétence dans l'affaire du meurtre d'Harry Oakes durant son mandat de gouverneur des Bahamas et ses affiliations avec Pierre Laval, chef du gouvernement de Vichy, condamné à mort pour trahison…

« Oui, peut-être que je devrais patienter encore, n'est-ce pas, Mary Ann ? »

Je sursaute. Il me regarde avec des yeux suppliants.

« Bien sûr, il faut patienter, *father.* »

Nous nous mentons héroïquement avec le sourire de deux personnes qui se connaissent à peine. Cela commence à m'énerver ! Je sens que, si je ne parle pas, il va s'échapper.

« Je rentre à Nuremberg, demain, *father.*

– Excuse-moi, *darling,* je ne parle que de moi. Raconte un peu ce qui t'arrive ! »

Que puis-je lui dire qui l'intéresse ? Je souhaiterais commencer avec le fameux « Il était une fois… », mais j'en aurais pour des heures à lui raconter ma vie depuis notre dernière rencontre. Alors, je la lui décris dans ses grandes lignes, je lui parle de mon séjour à Nuremberg, de mes vacances à Nassau, sans m'attarder sur ma séparation. Je lui cache évidemment la visite de Wenner-Gren.

« Claude a laissé un message à Georges, au boulevard Suchet, et un numéro de téléphone. Dois-je le rappeler, Mary Ann ? »

Je plisse avec minutie la soie du jabot qui s'échappe de la veste de mon tailleur, pince la bouche avec un peu de vanité.

« Oui, si vous le voulez, mais ne lui dites pas où je suis. J'insiste !

– C'est sérieux à ce point, *darling* ?

– Oui, *father*, j'ai à réfléchir. Nous pouvons tellement nous blesser…

– Y a-t-il quelqu'un d'autre dans vos vies ? »

Je hausse les épaules, secouée par un petit rire qui fait trembler mes larmes et danser des rayons entre nous. Il se lève, prend ma main, m'attire contre lui et me berce. Son parfum de tabac blond et de musc me fait trembler… c'est le parfum d'Axel. Je baisse mes paupières d'un air gauchement mystérieux. Ni indulgente ni optimiste, je laisse les larmes que je retenais couler librement sur mon visage ; un peu de fièvre sans doute me retient contre lui et je noue mes bras autour de son cou.

« Oh, *father*, ma vie est si incertaine… »

Il me serre davantage contre lui.

« Tout s'arrangera, *my darling little girl*, tu verras. »

Il prend mon menton dans sa main et me force à le regarder.

« Tu aimes toujours ton Claude, ça se voit, et ce n'est pas en l'évitant que vous aurez la chance d'un dialogue. »

Je me redresse, gonflée d'une amère révolte.

« Non, non et non ! Je ne veux pas le voir ! »

Il m'aide à me rasseoir et je dissimule mon embarras sous une mauvaise grâce. Mon père parle longtemps avec gentillesse, aimable et soucieux de mon bonheur. Je me tais par orgueil et par pudeur, en l'écoutant, prête à invoquer des excuses imaginaires. Puis il me quitte, Wallis l'attend pour une soirée chez des amis. Toujours Wallis ! Elle vient une fois de plus gâcher mon plaisir d'être avec mon père. Je reprends mon aplomb.

« Tout cela s'arrangera, *darling*, je ne sais comment, mais cela s'arrangera ! » dit-il avant de me quitter.

Il revient sur ses pas.

« Où est ton garde du corps, Mary Ann ?

– Je n'en ai pas, *father*. Je n'ai pas besoin d'être *gardée*, moi !

– Mais tu es ma fille, Mary Ann, il te *faut* un garde du corps. Je vais m'en occuper.

– Jamais de la vie ! Par contre, quelqu'un veille sur moi à Nuremberg, un Américain.

– Un Américain ? Ce n'est pas possible ! Pourquoi pas un Anglais ? Que font les Anglais à Nuremberg ? »

Je souris.

« Eh bien, sir David Maxwell-Fyfe a donné un haggis *party* pour célébrer l'anniversaire de Robert Burns.

De toute façon, *father*, je ne suis pas vraiment une *royale* et, entre nous, je ne veux pas le devenir ! »

Il me regarde d'un air courroucé.

« Tu es ma fille, Mary Ann, tu es Lady Belvédère, ne l'oublie jamais !

– Je ne serai jamais " Son Altesse Royale " moi non plus et, à vrai dire, la monarchie anglaise me laisse tout à fait indifférente. C'est une institution médiévale ! Mais allez-y, *father*, Wallis vous attend et elle va vous gronder si vous êtes en retard ! »

Je frotte mes joues contre ses mains sur mes épaules, l'embrasse et lui saute au cou.

« Je vous aime, *father* !

– Moi aussi, *my darling little girl.* »

Le personnel s'empresse autour de lui lorsqu'il entre dans le grand hall, ouvrant les portes sur son passage. De loin, je le regarde disparaître, flanqué de son garde du corps, par la grande porte qui mène au vestibule et finis par aller m'informer à la réception de la possibilité d'avoir un billet d'avion ou de train pour Nuremberg pour le lendemain matin.

« Oui, madame Mayol, tout de suite.

– Je monte à ma chambre. Téléphonez-moi, je vous prie. Et, aussi, commandez-moi un bifteck saignant avec des frites, une tarte aux pommes et une bouteille de votre meilleur Château Pétrus, pour dix-neuf heures.

– Oui, madame. »

Je sens plusieurs regards me suivre alors que je me dirige vers l'ascenseur.

Chapitre XLIV

Me revoilà à Nuremberg, au milieu du mois de mars. J'y arrive en fin d'après-midi : la ville est balayée par une vive brise et le ciel est strié de fissures bleues et de gouttes d'eau éparses. Au moins, c'est le printemps ! Un peu de verdure s'installe parmi les ruines, c'est toujours ça. Je me rends au Grand Hôtel, où je demande une chambre plus petite que celle que j'ai quittée un mois auparavant. J'insiste pour que le silence le plus strict soit gardé sur mon séjour à l'hôtel. Le colonel Maguire est en congé exceptionnel jusqu'à la fin du mois, mais Tom Riley est toujours là et prêt à m'escorter.

« Comment allez-vous, milady ? » s'informe-t-il alors que je le croise dans le hall de l'hôtel.

« Bien reposée, Tom, et comme mon bronzage l'indique, j'ai trouvé le soleil ! »

Il me sourit, une pointe de curiosité brillant dans son regard, mais il n'ose pas me poser de questions.

« Je suis allée aux Bahamas, Tom. »

Il hoche la tête.

« Ce doit être beau, là-bas, milady. Moi, je ne connais que la Floride.

– Oui, Tom, c'est merveilleux. Quand revient le colonel Maguire ?

– Le 27 du mois, milady. Je vais le chercher à l'aéroport en début d'après-midi. »

Brigitte n'est pas à son hôtel et je lui laisse un message à la réception. Le reste de la journée me permet de me réinstaller dans mon rôle d'observatrice pour le *Daily Express.* Demain, j'irai à la cour. Fatiguée, je me couche de bonne heure, mais le téléphone me réveille un peu avant minuit. C'est Brigitte, excitée.

« Marianne, où étais-tu passée ? Je me suis fait du souci !

– J'avais besoin de vacances. Je t'avais pourtant laissé un message…

– Qui ne me disait rien du tout. Enfin ! Je peux venir te voir ? »

Je bâille.

« Non, Brigitte. Je suis couchée et fatiguée…

– Sais-tu que Claude te cherche ?

– Oui, mais je ne veux pas qu'il sache où je suis, tu comprends, Brigitte ?

– C'est fini entre vous deux ?

– Écoute, Brigitte, je te raconterai tout demain, tu veux bien ? Viens prendre le petit-déjeuner ici, à l'hôtel, on parlera, O.K. ?

– Bon ! Dors bien, Marianne, à demain ! »

Il m'est difficile de me rendormir, mais finalement, je sombre dans un sommeil peuplé de songes qui, de temps à autre, ravivent un amour que je pensais entièrement nettoyé de ses plaisirs… dans mon rêve, cet amour recommence dans une confusion de paroles, de revendications… suis-je celle qui échoue ou est-ce

Claude qui se confond en explications contradictoires quant à son infidélité ? Ah, ce regard qu'il a dans mon songe ! L'amour se retire-t-il de ma vie ?

La lumière dorée monte et perce mes paupières. Je suis sûre qu'il doit être au moins huit heures. Brigitte sera là sous peu et je me hâte. Lorsqu'elle arrive, nous commandons des toasts recouverts de confiture et du café.

Brigitte m'annonce plusieurs nouvelles. Goering veut me voir, et je pourrai l'interviewer car les accusés sont autorisés à rencontrer les journalistes. Claude est venu à Nuremberg donner un concert à la demande de la délégation britannique. Non, Brigitte ne lui a pas parlé puisqu'il semblait l'éviter, mais il a fait le tour des hôtels à ma recherche... Oui, Agnès l'accompagnait... il est difficile de dire si elle et Claude étaient ensemble, vu qu'ils occupaient des chambres distinctes... Non, Agnès n'a pas cherché à la voir et Brigitte en a de la peine. Ils sont repartis deux jours plus tard.

Je garde la tête froide. Une seule émotion m'étreint, la jalousie.

« C'est donc cela, Brigitte ! Claude traîne Agnès dans son sillage.

– Non, Marianne, je crois plutôt que les responsables des divertissements ont demandé une répétition du concert de Londres où tous deux ont remporté tant de succès. Ils ont été accueillis ici avec beaucoup d'enthousiasme.

– Où ont-ils joué ?

– Dans une des grandes salles du Kaiserburg, qui avait été aménagée pour la circonstance. Les trois cent cinquante chaises étaient occupées : les membres des délégations des quatre pays, les officiers des armées d'occupation, les représentants de la presse internationale et le maire de Nuremberg y étaient ! »

Brigitte se tait et me regarde. Je fais un signe de la tête, obstinée à voir autre chose. De bonne foi, je n'aspire plus à rien, si ce n'est à ce que je ne peux avoir. Mes émotions seraient-elles donc mortes pour que je sois si détachée ?... Il y a si longtemps que je n'ai connu, entre Claude et moi, la mêlée de nos jambes, poitrine contre poitrine. Mon Dieu, je deviens folle... et c'est la faute d'Agnès ! Serait-elle l'antidote contre la passion et l'iniquité ? Je ravale un sanglot.

« Allons au tribunal, Brigitte ! Je ne veux, vraiment, rien faire d'autre que travailler !

– Et oublier... », ajoute Brigitte en sourdine.

Je la regarde et lui donne un coup de coude.

« Tu es drôle, tu sais ! »

Tom Riley nous conduit au palais de justice. Il faut que je me retrempe dans la souillure nazie et le tourment anxieux de nouvelles et atroces révélations. Je soupire d'une sorte d'aise quand je me rends compte que le procès en est à la défense, mais je crois que le processus sera long.

Au fil des semaines qui vont suivre, les avocats de la défense, dont plusieurs comptent parmi les plus compétents en Allemagne, tenteront de prouver l'innocence de leurs clients en appelant des témoins à la barre. Pour l'heure, ils discutent calmement.

Ce matin, Hermann Gœring, amaigri, fait sa déposition, et une sorte de courant électrique traverse la salle. Il se défend du mieux qu'il peut, soutenant qu'il a essayé d'aider les Juifs tout en restant fidèle au Führer et qu'il était opposé à la guerre contre l'URSS. Un juge anglais ricane :

« Goering est un homme capable. »

L'argument principal des accusés est qu'« ils ne faisaient qu'obéir aux ordres » et ils rejettent toute la responsabilité des crimes nazis sur Hitler, Himmler, Goebbels et Bormann, tous morts ou disparus, et nient ainsi leur propre responsabilité. Streicher affirme d'une voix éraillée que les juges du tribunal sont, en majorité, des Juifs.

Je prends des notes, mais les mots me manquent souvent et, quand ils me viennent, ils traduisent mal la culpabilité que ces hommes pâles, nerveux, accablés de questions, veulent démentir. Si, par exemple, on en venait à déclarer ces hommes innocents, il serait alors juste d'affirmer qu'il n'y pas eu de guerre, de morts ni aucun crime.

J'ai dîné seule ce soir, Brigitte ayant rendez-vous avec son lieutenant. Aucun reflet ne danse, là-bas, sur les toits qui ne sont pas démolis. Le soleil descend à l'ouest. Un lac de ciel pâlit suavement, passant d'un bleu soutenu à un orange pâle. Je salue le coucher du soleil d'un sourire involontaire, ne brisant pas le silence des solitaires qui plane dans la chambre. Au lointain, les murs du Kaiserburg dressent leurs briques d'un roux vieillot contre le ciel qui tourne à l'ardoise de ce côté. La journée va finir et je n'ai rien écrit. Je suis émue à l'idée de revoir Gœring ; je me sens ramenée loin en arrière, à Obersalzberg, vers mon passé de militante alors que je cherchais à sauver celui que j'aimais plus que tout au monde, Claude… Au plus profond de mon esprit s'agite le doute… puis je repousse cette pensée.

Non, pas Claude, surtout pas Claude! Ma main demeure crispée au-dessus des touches de la machine à écrire.

On frappe à ma porte, je la regarde, hébétée.

« Madame Mayol, dit une voix, une dame désire vous voir en bas.

– Vous savez qui c'est ?

– Non, madame. Tout ce que je peux vous dire, c'est qu'elle est allemande.

– Très bien, je descends. »

Qui cela peut-il être ? Une femme, bien mise, la tête recouverte d'un grand foulard, se lève à mon approche. Je ne la reconnais pas sur-le-champ, mais, lorsqu'elle enlève son écharpe, je fixe mon regard sur les traits pâles et amaigris d'Emmy Gœring. Il reste peu de chose de la splendeur qu'elle arborait avec son mari sur la photo publicitaire qui a paru dans les journaux. Mon Dieu ! Que me veut-elle ? Des reproches, des prières ? Je cache ma grande agitation derrière une froide politesse qui me fait l'inviter à s'asseoir à une table dans un coin du salon et lui offrir à boire, ce qu'elle refuse nonchalamment. Le meilleur de moi-même conspire déjà contre elle et j'attends qu'elle m'explique l'objet de sa visite.

« Lady Belvédère, dit-elle d'une petite voix, je m'excuse d'être venue, mais... mais je voudrais vous demander de me rendre un service.

– Vous voulez que je vous rende un service ? C'est le comble de l'effronterie, madame ! Je sais parfaitement que c'est à cause de vous que Claude de Foucault a été fait prisonnier par la Gestapo et qu'il a été torturé ! »

Elle s'affaisse davantage, mais elle n'est pas affolée, laissant plutôt transparaître une certaine dignité.

« Oui, milady, nous étions tous envoûtés par Hitler et faisions notre devoir pour le *Deutschland*! »

Je retrouve avec peine et patience un peu de calme. Je crois qu'elle est sincère et je la laisse continuer :

« Il m'est défendu de rendre visite à mon mari, sinon je le ferais moi-même. Il souffre de temps en temps d'une dermatite localisée dans le pli d'un de ses jarrets qui le fait énormément souffrir. Les docteurs de la prison doivent l'aider, mais ce n'est que notre docteur qui, ayant découvert la source de son mal, a trouvé une formule d'ingrédients et en a fabriqué la seule pommade capable de le soulager. »

Des larmes embuent ses yeux pâles, elle y porte un petit mouchoir chiffonné et, en me regardant droit dans les yeux, elle ajoute :

« Mon mari a beaucoup admiré votre courage lors de votre visite au Führer. Je fais appel maintenant à ce même courage pour que vous essayiez de parler à mon mari et lui remettiez ce petit tube d'onguent… il rendra sa vie un peu plus facile… »

Sa confiance en moi est difficile à supporter. Mon instinct veut lui faire voir la porte. Si j'acquiesce à sa requête, ne vais-je pas accomplir un acte qui va à l'encontre de ma nature ? Tout à coup, elle parle doucement, comme si je n'étais pas là…

« L'autre soir, je me suis blottie contre le mur du Kaiserburg afin d'écouter de loin Claude de Foucault jouer et j'ai pleuré, pleuré… Ce beau jeune homme, ce génie… et ses mains broyées par ce répugnant Himmler, et par ma faute, par ma faute… »

Elle se lève, redresse ses épaules courbées et place un minuscule tube près de ma main, avant d'ajouter en guise d'adieu :

« Moi aussi, je vous admire, Lady Belvédère. Votre destin à vous aussi est dur à porter ! De cela je n'ai aucun doute ! »

Elle entoure sa tête de son écharpe qui lui cache la moitié du visage et sort, sans regarder ni à gauche ni à droite. Je pose ma main sur le petit tube d'onguent.

CHAPITRE XLV

Parfois, je me passerais bien des sollicitations du destin. Comment dois-je agir cette fois-ci ? Puis-je me présenter devant un ennemi et, en cachette, lui passer un petit tube d'onguent ? Emmy Goering me prend-elle pour une sœur de charité ? Et que renferme au juste ce petit tube ? Je le soupèse, le manie, essaie de voir au travers, de l'ouvrir… impossible, il est scellé. Contient-il un message, une lame pour couper les barreaux, de la drogue ? Dans ce minuscule tube ? Je me sens ridicule et légère. Ai-je une âme généreuse ou non ? Je tressaille. J'attends une minute, la main sur le cœur. À cause de ce geste banal, une phrase de Brigitte, durant une de mes discussions au couvent, me revient à l'esprit : « C'est comme dans les livres, n'est-ce pas, la vie ? »

J'ai un peu peur. Je rêve ou je déforme le sens d'une simple petite requête ? Une petite requête ?... D'une nazie ? Je me dédouble, incertaine.

« C'est comme dans les livres, la vie ? »

Un livre cauchemardesque, peut-être, mais j'y penserai une autre fois !

Durant un discours prononcé aux États-Unis, Winston Churchill a disserté sur ses deux thèmes favoris d'après-guerre : l'Organisation des Nations unies et la création d'un Conseil de l'Europe. Il a aussi insisté sur la nécessité de protéger la paix contre le communisme soviétique qui grandit d'une manière effrayante.

« De la Baltique à l'Adriatique, un rideau de fer est descendu en travers du continent », a dit le grand homme.

Cet entrefilet, à la première page des feuillets de nouvelles en plusieurs langues distribués par le personnel, tombe comme un caillou dans ma rêverie du matin alors que je prends mon petit-déjeuner. La paix devrait sûrement suffire. Notre pauvre monde a assez souffert. Devons-nous maintenant envisager un rideau de fer et une menace communiste ? Comme tout change !

« L'erreur notoire de la conférence de Yalta a été d'assigner la plus grande partie de l'Europe orientale à Staline… »

Maintenant, c'est une citation de mon père qui me saute aux yeux, cette fois-ci dans le *Times*. Pourtant, la guerre est terminée. Elle semble tout de même continuer avec des hypothèses hystériques, comme quoi, par exemple, l'armée russe avance rapidement vers l'ouest, absorbant la civilisation européenne. Je m'arrête. N'est-ce pas être trop pessimiste ?

Les journaux me sont nécessaires, ici, à Nuremberg ; ils me font vivre parmi des orages de pensées qui ne m'emmènent nulle part, mais qui me distraient et je persiste à les lire. Je souris rarement, mais ris quelquefois aux éclats, comme si la gaieté m'était plus engageante que la douceur. Je suis finalement, après de nombreux efforts, à l'aise et bien dans ma peau, patiente, heureuse de vivre des jours simples dans une situation compliquée. Ma conscience met mes nerfs à vif alors que j'essaie d'arrêter le temps et de ne plus penser à Claude. Je souhaite qu'un dieu, quelque part, s'en émeuve et calme ma détresse.

Communiquer avec mon père est difficile; j'ai des nouvelles de lui à travers les commentaires de la presse. Demeure toujours pour lui le drame du titre d'Altesse Royale qui est toujours refusé à sa femme. Elle ne sera jamais autre que «*Her Grace*» et c'est déjà trop! Outre cela, mon père, ex-souverain d'Angleterre, n'a pas d'ambition. Il n'embrasse plus, comme au temps où il était prince de Galles, les bonnes *causes* que sa fortune, ses contacts et, surtout, sa condition prestigieuse pourraient soutenir, ne serait-ce que pour y prêter son nom. Wallis organise des réceptions – elle n'a jamais fait autre chose –, court les antiquaires, visite les maisons de couture, s'amuse de la vie de café et en société. Mon père, obéissant, la suit. Quelle perte de temps!

J'apprends aussi que Claude est en tournée aux États-Unis. Il sera le 5 avril à New York, où il a acheté un appartement. Ma gorge se serre. Je jette le journal au loin. Claude, encore et toujours Claude! Je sors pour faire une longue promenade.

Le printemps craintif semble fuir, même s'il s'approche de jour en jour. Les arbres bourgeonnent, quelques pâquerettes d'avril paraissent parmi les décombres où un jardin existait autrefois. Le vent hâtif soulève la poussière autour des ruines que l'on déblaie un peu plus chaque jour. L'azur est plus pâle et l'humidité acide de l'air crée l'illusion du renouvellement. La demie d'une heure sonne très loin. C'est le milieu de l'après-midi.

J'appelle Tom Riley afin qu'il me conduise au palais de justice, car j'ai décidé d'accorder à Mme Goering une faveur et de satisfaire à sa requête. Que Dieu me juge, je crois bien faire !

La séance du tribunal est levée en fin d'après-midi et, dans la mêlée habituelle qui se presse autour des tables au centre de l'enceinte de la cour, je me faufile jusqu'aux bancs des accusés. Sur un signe d'assentiment de la part du soldat qui le garde, je m'approche et tends la main à Gœring. Il la prend, la serre et récupère, impassible, le tube d'onguent.

« Pas de contact physique ! » ordonne le soldat.

« Merci de venir me voir, Lady Belvédère, dit Gœring. Je suis heureux de cette rencontre. Notre entrevue d'il y a déjà quelques années me semble si éloignée.

– Vous avez bonne mine, Herr Gœring. Votre silhouette s'est amincie.

– C'est sûrement dû à un régime plus restreint. »

Son regard intense est très bleu et trahit encore l'arrogance pleine d'assurance dont il faisait preuve dans l'exercice de ses anciennes fonctions de *Reichsmarshall*. Le verbe toujours haut, il a réussi à rompre la monotonie des litanies de la défense. Il continue à me fixer et son regard est même malicieux.

« Je dois vous dire que nous avons échoué à décoder les messages radiophoniques de votre mari en provenance de l'Angleterre, cette fois-ci. Nos compliments ! Vous avez été les plus forts !

– Vous alliez perdre la guerre, et vous le saviez.

– Oui… », admet-il.

Il devient très sérieux, me regarde intensément. Une étincelle étrange scintille dans son regard et un sourire doux et triste se forme sur sa bouche. Un choc mystérieux me secoue, un menu foudroiement m'immobilise… un pressentiment ! Mon Dieu, qu'ai-je fait ? Pourtant, je ne lui ai glissé qu'un minuscule tube d'onguent.

« À la guerre comme à la guerre, Mary Ann ! »

Je me contracte. Des journalistes lancent leurs questions à travers la cohue de gens empressés qui se dirigent vers la sortie, je suis coincée contre le banc des accusés.

« Adieu, Lady Belvédère, murmure Gœring, alors que, sur le signe d'un officier, les prisonniers sont escortés, un par un, chacun avec son garde, vers leur sortie particulière.

Comme le temps passe ! Fidèle à mon métier, j'écris, discute, et pour me distraire, je dîne avec le groupe d'hommes et de femmes qui gravitent autour du colonel Maguire. Entre mes séances d'écriture, je fais de longues promenades avec Brigitte qui va bientôt se fiancer avec son lieutenant américain. Nos quelques balades dans la campagne dans la jeep de Tom Riley, alors que j'assiste sans y prendre part – j'écris ou je dessine – à la chasse au lièvre, ramènent inévitablement mes pensées vers les grandes montagnes de la Haute-Bavière qui ne sont pas si loin après tout. Je les revois dans ma tête, sabrées d'ombres vertigineuses, fendues d'abîmes sombres et tachées de forêts noires. Mon Dieu ! Que le Kehlstein et le Nid d'aigle sont loin ! Si je pouvais, si je pouvais... quoi ? Revivre une partie de ma vie ?... Pourtant, j'utilise les faits passés comme autant de substances qui vont me permettre de me retrouver, de me rebâtir ! Que sera ma vie future ? Ô liberté que je me refuse !

Je reçois, vers la fin d'avril, un télégramme de la Gaspésie m'annonçant que ma tante la religieuse est très malade et me réclame.

Chapitre XLVI

Le colonel Maguire m'est d'un secours inestimable. Il a réglé mon voyage avec promptitude : Nuremberg-Londres, Londres-New York, New York-Montréal, et de là, je prends le train pour la Gaspésie. La soirée de mon départ fut froide et sans lune.

Le lendemain, je descends à la gare de Saint-Florent, en Gaspésie, si déserte à cette heure matinale qu'elle semble désaffectée. On n'a pas allumé les feux électriques du quai et une clochette fêlée grelotte quelque part dans l'ombre. Une seule voiture est en attente dans laquelle le chauffeur dort. Je le réveille et il me conduit à la maison blanche, elle aussi déserte. N'était-ce pas au mois d'avril la première fois que j'y suis venue, il y a quatre ans ?

La maison et le jardin vivent encore, mais la magie de *notre* lumière et de *notre* harmonie les a quittés. Il reste le murmure des oiseaux dans un petit monde dont nous ne sommes plus dignes, ni Claude ni moi. J'entre chez moi, sans bruit, comme une voleuse… c'est le plus dur moment. J'allume les lampes. Tout est en place.

Le soleil n'est pas encore levé, et le froid semble s'être réfugié dans le salon, derrière les rideaux fermés.

Je les ouvre et ressens davantage les détails de mon arrivée, cherchant le souvenir du parfum qui s'attachait aux tentures : celui des roses que je plaçais sur le guéridon. Je presse en pensée le coussin qui doit encore porter la trace de mes larmes le jour où j'ai enfin retrouvé Claude. Je caresse des yeux le grand piano fermé. J'ai, au bord des lèvres, le murmure étouffé d'une blessée qui a mal. Ça ira ! Je me sentirai mieux tout à l'heure.

J'allume le foyer, déjà apprêté, et ajoute quelques morceaux de bois qu'on a entassés dans un grand panier. Je mets la chaudière en marche et la maison se réchauffe en peu de temps. Je dépose ma valise et ma machine à écrire dans la chambre à coucher en poussant un long soupir. Je fais déjà mes adieux à tout ce qui me retenait ici, à celui qui n'aura plus rien de moi. Par sagesse et lâcheté, je refuse de revoir Claude et de recevoir de lui une franche explication. Halte-là, Marianne ! Oublies-tu ta propre déloyauté ? N'es-tu pas aussi coupable que lui ? Je deviens impatiente. Claude mépriserait ce que j'ai ressenti pour Axel, comme moi je dédaigne son… quoi ? Son quelque chose avec Agnès. Si nous nous maudissions ensemble, peut-être alors guéririons-nous plus vite ? Quoi ? Marianne, tu changes d'idée ?

Seule, je cède facilement au soliloque, conversant avec mon image. Si je me parle, c'est par besoin de préciser ma pensée, et ici, dans *notre* maison blanche, c'est très difficile. Dans la salle de bain, le miroir me renvoie l'image d'une journaliste dont la vie amoureuse a… quoi ?... mal tourné ? Eh bien, depuis que je suis seule, que j'ai quitté Claude, que ma relation avec Axel est terminée, je dois continuer à vivre et cela demande un entêtement incroyable. Pour en arriver où ? Devrai-je *devenir* moi aussi une *minor royal* dans le sillage de mon père ? Mon miroir ne me répond pas.

Mais ce qui est important aujourd'hui, c'est d'aller voir ma tante. Que je suis égoïste, je ne pense qu'à moi ! Elle doit être très malade pour me réclamer. Chère tante ! Faisons vite. D'abord, il me faut un café, et même s'il est un peu fade, je le bois en faisant le tour de la maison. Dans un tiroir du guéridon, je trouve la clé d'une voiture. Tiens, Claude est donc venu ici. Ma tête chavire. Est-ce que l'on m'attend ? Mais cette maison est la maison de Claude ! Il est venu chez lui et a acheté une voiture, tout simplement. Je me secoue et pose le pare-feu devant le foyer.

Dehors, je renverse la tête vers le ciel, comme si je m'attendais à ce qu'un vol d'anges s'abatte afin de me souhaiter la bienvenue. J'ouvre la porte du garage. Une belle petite Ford bleue s'y trouve. Je m'assieds derrière le volant, tourne la clé, avance jusque devant la maison et prends la route qui mène au couvent.

Une fois arrivée, je sonne à la grande porte et une jeune novice m'ouvre.

« Je suis Marianne Mayol, dis-je.

– Nous vous attendions, madame. Veuillez me suivre. »

Je cherche, entre les murs froids des longs corridors, un semblant du foyer qui fut le mien dans *mon* couvent, mais tout semble dormir. Le silence règne partout ; pourtant, n'est-ce pas le temps des classes ? Le soleil matinal, encore bas sur l'horizon, ne pénètre pas.

Nous montons à l'étage des dortoirs et de l'infirmerie. Mère Saint-Ignace, ma tante, repose sur un lit tout blanc dans une chambre privée en marge du dortoir des religieuses. Elle est habillée de blanc ; sur sa tête est noué son voile blanc de religieuse, et ses mains sont croisées sur son rosaire. Elle dort, son souffle est court et laborieux mais régulier et son beau visage est de cire. Mère Maria-Térésa et une novice sont assises près du lit. Thérèse, je veux dire mère Maria-Térésa, s'approche de moi et m'entraîne au fond de la chambre.

« Bonjour, Marianne, dit-elle à voix basse. Je suis heureuse que tu sois enfin arrivée. L'état de mère Saint-Ignace s'est aggravé il y a une semaine. Elle a toujours souffert – on le sait maintenant – d'une maladie cardio-vasculaire, qui a provoqué un infarctus du myocarde. Nous craignons le pire. »

Je suis consternée. Je sens la mort qui rôde dans la chambre et elle possède mon cerveau si complètement que je ne peux penser à autre chose. Je m'approche de ma tante, elle ouvre les yeux. Terni est l'azur de ses yeux et flétrie est sa bouche. Je reste près d'elle, en larmes, les mains vides, presque privée de celle que j'ai appris à aimer, celle que j'ai nommée « Elle » au temps où pesait sur moi le joug de son ressentiment.

« Marianne, murmure-t-elle péniblement, je suis contente… que tu sois là. Ne pleure pas, ma petite Marianne… je suis… heureuse de pouvoir enfin… retrouver ma sœur Valérie… ta mère… au paradis… »

Ses yeux se ferment, son souffle devient rapide et superficiel. Je jette un regard craintif vers mère Maria-Térésa, me penche sur la religieuse qui semble glisser dans le coma. M'a-t-elle attendue avant de mourir ? Je pose finalement mes lèvres sur le visage froid et elle ouvre à demi ses yeux…

« Adieu, Marianne… je t'ai toujours aimée… que Dieu te… bénisse… »

Que j'ai mal, que j'ai mal ! Je ravale mes pleurs. Je revois, oh si vite, ce que *j'ai été*, une petite fille enfermée dans ce couvent et si heureuse avec sœur Sainte-Marie… Je connais déjà le chagrin de voir partir un être bien-aimé… voilà un deuxième deuil à supporter… et je souffre… Je m'engourdis. Ma tante va mourir… mes yeux brûlants semblent voir le petit filet de vie qui la retient avec nous. Sa respiration faible, quasi imperceptible, soulève à peine sa poitrine. Son amour pour moi est-il encore là, plus fort que le silence, plus fort que la mort ?

Mère Maria-Térésa touche mon bras.

« Laissons-la, elle va se reposer. »

J'acquiesce, m'enfuis sans attendre, dévale l'escalier jusqu'en bas, ouvre la porte de la chambre de sœur Sainte-Marie… ce n'est qu'un débarras maintenant. Je me dirige vers mon « Chez Marianne » et m'y enferme. Tout est resté comme je l'ai laissé, il y a si longtemps : mon Bechstein, mes meubles, mes livres, mes disques. Je me laisse tomber sur le lit. Une eau amère remonte du fond de ma douleur et baigne mes yeux, délie mes lèvres…

« Elle aussi va partir… »

Je pleure, encore et encore. La vision de ma tante la religieuse, belle et fière, maintenant vaincue sous un drap blanc, m'obsède. Sur ses traits, j'ai vu ceux de ma mère, plus jeune, elle aussi emportée par une maladie de cœur…

« Maman, maman, sangloté-je, tu vas bientôt voir ta jumelle et vous serez bien ensemble… »

J'attends, sentant approcher le moment où l'on viendra me dire :

« Elle est morte… Que Dieu ait son âme ! »

Fatiguée de mon long voyage, angoissée, le cœur serré, je fouille dans mes disques et je cherche celui que j'ai fait jouer à la mort de sœur Sainte-Marie, celui qu'elle m'a laissé avec une note d'adieu : le *Requiem* de Mozart. Je relis ses chers mots, écrits il y a plus de huit ans, que j'avais insérés dans la pochette du disque :

Ma chère petite fille,

Lorsque tu trouveras ce petit cadeau, je serai morte, mais, surtout, ne sois pas triste. Mon temps ici-bas est terminé et, devant ce qui m'attend, je suis reconnaissante à notre Créateur de m'avoir donné le grand bonheur de t'avoir eue avec moi pendant les plus belles années de ma vie.

Que Dieu te bénisse, ma bien-aimée, et continue à vivre selon ton cœur.

Sœur Sainte-Marie qui veille sur toi

Une grande lassitude alourdit tous mes membres, j'ai l'impression de ne plus pouvoir penser. J'écoute la musique sublime du *Lacrimos* et les carreaux de la fenêtre en tremblent. Sans que se ferment mes paupières endolories, des images minces voilent ou dévoilent l'écran de la fenêtre, des paysages de mon enfance, le chocolat chaud et les crêpes de sœur Sainte-Marie, Boudi, le lièvre que j'avais apprivoisé, mes escapades avec Jocelyn, mes leçons de musique avec mère Saint-Ignace – je ne savais pas alors qu'elle était ma tante – le morne mystère de ma naissance.

On frappe à ma porte, j'essuie mes yeux. C'est mère Maria-Térésa.

« Puis-je entrer, Marianne ? »

Je recule pour la laisser passer.

« Thérèse... », murmuré-je.

C'est un faible appel, entendu cependant. La voici, pareille à elle-même, mais j'ai oublié ses gestes lorsqu'elle m'embrassait. Elle aussi a les larmes aux yeux ! Elle ouvre ses bras et je m'y blottis. Thérèse la religieuse ne cherche plus à me fuir puisqu'elle me serre contre elle. Elle me tient au bout de ses bras, me regarde et, doucement, m'embrasse. Je sens ses mains trembler sur mes épaules.

Je soupire profondément. Je crains de vivre la fragilité d'un rêve ou d'une secousse nerveuse. La musique de Mozart monte... il me semble entendre d'autres sons dans ma tête... c'est le râle de la mort, redouté, solide comme une muraille... Je chancelle et tombe dans mon fauteuil.

« Marianne, Marianne ! »

Un verre froid est pressé contre ma bouche, j'avale de l'eau glacée et essaie de me lever.

« Ne bouge pas, dit Thérèse, tu dois être à bout de forces après ton long voyage. Tu vas rester ici, dans ton "Chez Marianne" aussi longtemps que tu le désires. Viens, Marianne, viens t'allonger et essaie de dormir. »

Elle tire les rideaux, ferme le phonographe et me recouvre d'une couverture.

« On servira ton déjeuner ici. Sur ta table de chevet se trouve une grande et lourde enveloppe. Mère Saint-Ignace t'offre son contenu, avec beaucoup d'amour. »

Elle s'en va, sans faire de bruit. Il me semble que je suis en train d'ordonner les rites d'une cérémonie qui se rapproche, inévitable. Pourtant, je ne peux m'empêcher de bâiller. Je vais probablement m'endormir, Dieu sait que j'en ai besoin ! Je tire vers moi la grande enveloppe. Oui, en effet, elle est lourde. J'en tire quatre disques dans leur emballage original et je m'assieds dans mon lit : ce sont des concertos de Mozart, le 40 et le 41, enregistrés par Valérie Mayol, et des sonates de Beethoven par Véronique Mayol, dont l'une est la *Pathétique*.

Est-ce que je dors ? Le sommeil et le rêve m'implorent ensemble et je ne discerne plus la réalité… mes gestes sont ceux d'une somnambule… je mets en marche mon tourne-disque. Dans le lointain, le clocher du village sonne l'angélus.

Depuis le royaume de la mort, ma mère joue Mozart…

« Maman, maman… »

Elle est là dans sa perfection anonyme et disparaît aussitôt que j'ouvre mes yeux, mais je la perçois, latente. C'est un faible son, mais je l'entends cependant, elle se cache dans mon ombre et appelle Véronique… Si je ferme les yeux, je la vois de nouveau.

« Maman… comme tu es belle… »

Un parfum de jasmin embaume l'air… dans ma tête, une voix dit :

« Dors, mon enfant, dors… ça ne sera pas long ! »

Le sommeil, l'*autre vie*, je leur résiste de peur que ne s'efface l'image d'en haut… puis, il n'y a plus rien et je glisse dans le sommeil.

Je m'éveille en sursaut. Les notes du second mouvement du concerto se terminent, comme un adieu. Ma tête est vide, mes yeux sont secs… « Ma tante est morte… », pensé-je. Je sors de ma chambre en courant et me heurte à mère Maria-Térésa, qui me dit :

« Mère Saint-Ignace est décédée à midi cinq… »

Je fais un signe de la tête.

« Oui, je le sais ! »

Chapitre XLVII

Depuis hier, le glas sonne, toutes les heures. Je me suis réveillée tard dans la matinée, dans mon lit « Chez Marianne », reposée, vidée, en deuil. Du bureau de la Supérieure où je me suis retirée pour faire des appels, j'écoute le glas de dix heures, lugubre et amer ! Ma chère douleur est, ici, dans cette pièce… derrière le grand pupitre de ma tante et son grand crucifix au-dessus de ma tête… c'est ici aussi que mes soucis culminaient lorsque, petite fille, je devais me présenter devant ma chère tante et affronter son courroux et sa mauvaise humeur face à mes peccadilles…

J'appelle à Paris et, cette fois, j'obtiens la communication en vingt minutes. Je laisse un message pour mon père à Georges… le duc de Windsor joue au golf. Les Gatineau ne sont pas chez eux non plus.

« Mademoiselle Marianne ! s'exclame Béatrice.

– Oui, Béatrice, c'est moi. Pourrais-je parler au docteur ou à Mme Gatineau ?

– Ils ne vont rentrer de leur voyage à Montréal que demain ou après-demain, mademoiselle Marianne. Que puis-je faire pour vous ?

– Rien pour le moment, je vous remercie, Béatrice. Je vais leur envoyer une note… »

Je me tais brusquement, craignant ses questions, mais elle dit simplement et poliment :

« Très bien, mademoiselle Marianne. »

Je rédige une lettre et appelle le chef de gare afin qu'il envoie un taxi au couvent. Un quart d'heure plus tard, je confie au chauffeur la missive pour le manoir Saint-Charles, en me mordant la langue un bon coup, il n'y a rien de mieux contre les larmes.

Je m'évade vers le soleil de cet éblouissant printemps qui règne aujourd'hui. Alentour, le pays, que j'ai si bien connu et aimé, réunit l'âpreté d'un vent du nord qui s'adoucit par secousses, la beauté de la grande haie des pins bleus du haut de la montagne derrière laquelle se cache la maison que Jim habitait quand il veillait sur moi et, en contrebas, le golfe Saint-Laurent qui reluit, argenté, couleur d'aiglefin. Sur les branches des pommiers âgés, des bourgeons apparaissent et les érables laissent pointer de minuscules feuilles.

Frileuse, je resserre mon manteau autour de ma taille et monte plus haut, vers le cimetière des religieuses. Au-dessus de moi, un petit écureuil vole de branche en branche. Sa queue rousse s'éparpille, son ventre duveteux ondule au gré de son élan. Il se penche pour me regarder, cramponné à une branche. Ses yeux noirs me fixent effrontément, sans aucune crainte. Je tends une main vers lui et il s'échappe. J'hésite un peu, promenant les yeux autour de moi, cherchant ma route. J'entends l'écho d'un bruit métallique contre la pierre et un juron étouffé.

« Maudit ! On a touché le roc ! »

Je contourne un buisson et le cimetière est là, à une vingtaine de pas. Des pelletées de terre et des pierres s'entassent en monticule autour d'une fosse.

« On a l'creux qu'y faut, encore un coup d'épaule et c'est fait ! » dit une voix de baryton venant de l'intérieur de l'excavation.

Je reste clouée sur place. Mais oui, le dernier lieu de repos de ma tante sera là.

« Que reste-t-il, maintenant ? »

C'est bien ma voix que j'entends dans un soupir d'amertume. Je regarde autour de moi. Puis, soudainement, deux hommes sortent des profondeurs, aplanissent l'amoncellement, ramassent leurs outils, allument une cigarette et descendent la montagne, par un sentier en diagonale. Le ciel s'assombrit.

Triste, je m'attarde dans le cimetière, cherchant la pierre tombale de sœur Sainte-Marie, en marge des autres. Je m'agenouille, dépose au pied de la pierre une branche de fougère sauvage que j'ai cueillie, puis me recueille quelques instants. Je reviens vers l'excavation et remarque une longue dalle funéraire, en partie ensevelie sous un amoncellement de terre, le long de la nouvelle tombe et une autre, recouverte de fleurs sauvages desséchées, à côté. Le cœur battant, de mes deux mains, je déblaie la terre qui les recouvre et lis les deux épitaphes. La première : « Valérie Mayol Windsor, épouse adorée d'Edward, prince de Galles, et sœur bien-aimée de Véronique Mayol, 1902-1922. » Mon cœur se brise. Je touche le marbre froid et y pose mes lèvres. Quand la dépouille de ma mère a-t-elle été mise en terre ici ? Que reste-t-il, là-dessous, d'elle ? Je porte ma main contre mon cœur et éclate en sanglots.

« Maman, tu es là… tu es là ! Ta tombe, maman, elle n'est qu'un coffre… es-tu là ? »

Je me sens brusquement vieillir. Je me laisse tomber sur la terre fraîchement aplanie et me recroqueville contre le marbre.

« Maman, maman, je suis si malheureuse… aide-moi… »

Le glas sonne de nouveau. Un rayon de soleil qui s'était caché me réchauffe tout à coup et la nature s'épanouit. Je ferme les yeux et tourne mon visage vers le ciel, goûtant, à longs soupirs, ma solitude, regardant avec douceur la pierre tombale. Un pauvre sourire se forme finalement sur ma bouche et je me remets à penser, sans hâte, à ce jeu cruel que nous appelons *la vie*. Oublierai-je rapidement les yeux résignés de ma tante, ses mains croisées que la maladie pétrifiait dans leur pose familière ? Elle n'avait que quarante-quatre ans… est-ce elle ou mon père qui a pris l'initiative de ces mots sur le marbre ? Leur mariage ne devait-il pas rester un secret ? Je considère avec mélancolie le domaine du cimetière, ses murs recouverts de vignes vierges, qui, en avril, ressemblent à des cordages desséchés, et la pelouse qui commence à pousser. Le soleil, de nouveau, se cache.

Mes yeux se portent sur la seconde épitaphe : « Mère Saint-Ignace, Supérieure, Véronique Mayol, sœur jumelle de Valérie Mayol, 1902- » Oui, les sœurs Mayol seront enfin réunies… ma mère et ma tante.

Aujourd'hui, les funérailles sont célébrées. La dépouille de ma tante, dans son cercueil, est exposée sous un catafalque, dans la chapelle des religieuses ; quatre grands cierges montent la garde. Un deuil, lourd, implacable, imprègne le couvent. Je m'échappe, monte dans la Ford et fais une randonnée, délaissant les prières, les oraisons et les litanies… je prierai à ma façon lors du service funéraire en début d'après-midi.

Je me dirige vers la mer et plus je m'en rapproche, plus elle s'étoile. L'air sent bon l'iode et le sel. Je m'assieds parmi les galets de la plage, pelotonnée dans mon manteau, et respire profondément. Je m'allonge, ferme les yeux et écoute le clapotis des vagues… plaisir ancien, plaisir gâté maintenant par le deuil et l'incertitude. Depuis quelque temps, ma pensée navigue parfois entre deux extrêmes… pourtant, ni le rêve ni le cauchemar ne dépendent de la vie réelle…

La brise fraîche me rajeunit et le soleil me réchauffe. Je me redresse, m'assieds et, mon dos appuyé contre un gros rocher, je remonte mes genoux pour les entourer de mes bras. La surface diamantée de la mer m'éblouit et je reste ainsi, sans bouger. Je ne saurais dire combien de temps s'est écoulé quand me parvient un bruit de pas irréguliers sur les cailloux de la plage. Puis, derrière moi, une voix prononce mon nom, une voix que je n'ai pas entendue depuis des mois, et je sursaute :

« Ma petite Marianne… »

Mon cœur cesse de battre pour quelques secondes. Je fige, pas un son ne sort de ma bouche, un flot de sentiments contradictoires m'assaillent. Non, aujourd'hui je ne veux pas choisir ! Je veux me contenter d'hésiter ! Je ne veux pas frissonner d'aise ni de peur… je veux penser à autre chose !

« Ma petite Marianne, regarde-moi… »

Je secoue la tête.

« Non, Claude, va-t'en, je suis revenue à cause de ma tante ! Nous n'avons rien à nous dire. »

Sa voix, ferme, est plus forte.

« Je suis très peiné de la mort de ta tante, je l'aimais bien. J'arrive du couvent où j'ai déposé nos fleurs et celles de ton père. Tu as tort, Marianne, de penser que nous n'avons plus rien à nous dire. Au contraire, nous avons beaucoup à nous dire… »

Hargneuse, je m'essaie à l'indifférence, l'interrompant sans le regarder :

« Tu désires le divorce ? C'est pour cela que tu me cherches ? »

J'ai envie de pleurer, ayant tant à me reprocher, moi aussi, et ayant passé tant de mois sans Claude. Deux bras me soulèvent… je suis debout devant lui. Je me sens coupable et méchante. Il a posé ses mains sur mes épaules, je m'en dégage et recule. Mon Dieu ! Je ne peux soutenir son si beau regard. Je me tourne vers le côté opposé de la plage et commence à marcher. Son pas inégal me suit. Qu'a-t-il ? Une foulure ? Qu'importe ! Il me rattrape, prend mon bras, me fait pirouetter et me demande :

« Ma petite Marianne, est-ce que tu ne m'aimes plus ? »

C'est tout. Je n'avais pas prévu cette douceur et cette question si simple qui font fondre toutes mes résolutions. Il sait comment atteindre mon cœur et des larmes coulent sur mes joues.

« Je suis venu, Marianne, je t'ai cherchée, parce que je ne peux me passer de toi ; ce n'est pas la peine de chercher autre chose. Chut, ne dis rien ! Voilà ce que je te propose. Après l'inhumation, je te retrouve à la maison blanche… je sais que tu y es déjà allée… et, Marianne, si tu ressens encore quelque chose pour moi, ne m'évite pas ! »

L'émotion noue ma gorge. Je reste droite, détourne la tête et suis des yeux un homme qui, menant un cheval attelé à une charrette, traverse la plage jusqu'au bord de l'eau et, à l'aide d'une fourche, s'occupe à ramasser le goémon frais, accumulé par la poussée des dernières hautes marées. Je regarde de nouveau en direction de Claude qui marche en boitillant vers la voiture où Arsène l'attend.

Je rentre à la maison et me prépare pour les funérailles. Tout habillée de noir, je reprends le volant de la voiture, me dirige vers le village. La fleuriste du marché, à qui j'achète toutes ses fleurs blanches, confectionne pour moi un magnifique bouquet, une image pieuse et reposante, comme un fétiche que je dessine dans mon souvenir.

Des voitures grimpent la côte qui mène au couvent. Je suis derrière celle des Gatineau. En arrivant, j'embrasse Mme Gatineau en premier.

« Ne manquez pas de venir nous voir, Marianne, on vous attend ! »

Le docteur ouvre ses bras et me serre contre lui :

« Nous sommes tous très peinés. Elle était encore si jeune ! »

Claude prend ma main et la porte à ses lèvres. Mon Dieu ! J'avais presque oublié qu'il était si beau. Son regard est impassible. Autour de nous s'animent des visages inconnus. Nous nous hâtons tous d'entrer ; je laisse mon bouquet à une novice. Les premières rangées des bancs prévus pour les élèves nous sont réservées et je me retrouve entre le docteur et Mme Gatineau.

Dehors, le temps s'assombrit soudain, un tonnerre captif gronde au-dessus du couvent alors que débute la messe des morts. Un genre de cauchemar me pèse et j'en suis bouleversée. La vie est si courte et celle de ma tante l'a tellement été…

« Adieu, adieu... », chantent les notes sublimes d'un extrait du *Ave verum corpus* de Mozart à la fin de la cérémonie.

Qui joue avec tant de passion, là-haut dans le jubé de la chapelle ? Agnès, Claude ? Qui cache son jeu sous la sonorité tendue et mystérieuse, si particulière et si individuelle, de ces *Ave* qu'aucune autre musique n'aurait su la remplacer ? Non, ce n'est pas Claude, puisque je l'aperçois du coin de l'œil, sur la banquette derrière moi. Serait-ce Agnès ? Elle qui a tant apprécié ma tante !

En finale, l'*Exsultate jubilate* de Mozart résonne dans la chapelle, la célébration de la vie de mère Saint-Ignace, jouée d'une main de maître. Et je pleure, silencieusement. La lumière danse en mille rayons brisés dans mes larmes qui s'accrochent à mes cils et je les essuie avec un mouchoir. Une main, derrière moi, se pose sur mon épaule, c'est celle de Claude.

Le tonnerre continue de gronder alors qu'en procession – les religieuses nous précèdent – nous suivons le cercueil vers le cimetière de la communauté. Une courte oraison funèbre précède l'inhumation. Le cercueil, lentement, est glissé dans sa tombe. Des fleurs tombent, les lanières sont retirées, des mains sont saisies et serrées, des lèvres et des lunettes frôlent mes joues, mon angoisse nerveuse augmente ; le monde, enfin, se disperse vers les couronnes, exposées à quelques pas vers la gauche.

Je reste seule à regarder les fossoyeurs recouvrir le cercueil de terre, faible d'émotion, les yeux douloureux... J'attends que l'emplacement soit bien aplani, qu'aucun caillou n'en ébrèche sa surface lisse. Je regarde autour de moi. On m'attend un peu plus bas. Une silhouette solitaire s'éloigne, c'est Agnès. Je me dirige ensuite vers les hommages floraux… des douzaines et des douzaines… je vois celui de mon père avec quelques mots : *À une grande artiste et amie, Edward R.* Plusieurs sont du monde de la musique, qui se rappelle l'étoile des sœurs Mayol qui a brillé et s'est éteinte… si tristement. Les autres proviennent d'anciennes élèves.

Mon beau bouquet est au premier rang. Je le récupère et, en sanglotant, je le dépose au centre de la pierre tombale… les chiffres 1946 y ont été gravés, à côté de 1902, et marquent le temps, signifiant la dernière trace, la touche finale de la vie de ma tante.

« Adieu, maman… adieu, ma tante… reposez en paix toutes les deux… »

Je me retourne en entendant des bruits de pas. C'est Jim. Je me jette dans ses bras et l'étreins.

« Oh, Jim ! Merci d'être venu ! »

Il me serre contre lui.

« Il faut descendre, miss Mary Ann. Voyez, tout le monde vous attend. Le cloître doit se refermer.

– Pas pour moi, Jim !

– Oui, pour tout le monde. Le couvent est en grand deuil. Mère Maria-Térésa veut vous voir avant que vous ne partiez. Venez, miss Mary Ann. »

Il prend ma main dans la sienne. Je le suis et j'embrasse, au milieu des adieux et des au revoir, tous ceux qui sont venus.

Claude se tient à l'écart, assis sur un tronc d'arbre renversé, à regarder en contrebas. Tout m'attriste, plus rien ne me retient ici. Rien ne reste de celles que j'aimais, si ce n'est leurs dépouilles et mes souvenirs.

La nouvelle Supérieure est déjà désignée, c'est mère Maria-Térésa. Pendant que Jim m'attend dehors, je viens lui faire mes adieux.

« Que Dieu te bénisse, Marianne », dit-elle en faisant le signe de la croix sur mon front.

Sa forme mince, mystérieuse dans ses habits noirs, fond sur moi, m'enlace et m'enveloppe. Une voix douce murmure :

« Adieu, Marianne ! Ne m'oublie pas ! »

Avant que je puisse lui rendre son étreinte, elle disparaît, silencieusement, comme une souris. Dehors, Jim est à califourchon sur sa motocyclette. Toutes les voitures ont quitté le parking du couvent, seule la Ford bleue reste.

« Je vous vois au manoir, miss Mary Ann. Nous avons beaucoup de choses à nous dire. Pour le moment, je ne veux pas vous retarder, alors je vous laisse. Au revoir. »

Ils sont tous partis. Est-ce Agnès qui a joué Mozart ? Et où est-elle ? Avec Claude ? Je suis sans force, incapable d'ordonner ma pensée. Je tombe assise sur les marches. Quelle fatigue d'avoir écouté, d'avoir tendu mes yeux... tout vibre encore dans ma tête... Je hume toujours le parfum des fleurs qui furent offertes à la mémoire de ma tante. Le glas de trois heures sonne, puis le soleil réapparaît ; ses rayons chauds et purs descendent et me caressent doucement. Mon angoisse se calme, mon sang bat plus lentement à mes tempes. Je suis maintenant prête à rencontrer Claude.

Chapitre XLVIII

J'ai peur de faiblir. Pourtant, je ne peux me tromper… lorsque l'amour m'a illuminée pour la première fois, c'est Claude qui l'a reçu, et il sera toujours et à jamais l'homme que j'aime… je le sais maintenant. Ma simplicité de petite fille n'avait pas hésité à le reconnaître et je ne lui avais pas refusé mon cœur d'enfant ni mon corps de jeune fille. Oui, c'est lui qui m'a pris ce que je ne pouvais donner qu'une fois : ma confiance, le saisissement de sa première caresse, la fraîcheur de mes larmes d'amoureuse, la fleur de ma première souffrance.

Au meilleur de ma pauvre attente, je me souviens que rien ne compte en amour, hormis le premier amour. La tentation et l'assouvissement de la chair avec un autre m'ont-ils fait subir l'horreur de comparer les amours ? Non, j'ai plutôt pâti de comprendre que rien n'est bon qui n'est pas unique ! Ma sensualité, dès lors, m'a fait peur, mais elle peut être domptée, j'en suis sûre.

Pourtant, je croyais savoir tout de l'homme que j'aime et qui me veut… mais peut-on vraiment saisir toutes les nuances d'un être que l'on aime ? Je fronce les sourcils et soupire. Je ne suis plus la jeune fille toute neuve qu'il a initiée à l'amour… va-t-il m'aveugler de nouveau ? Ai-je encore de quoi le contenter ou l'éblouir ? Je secoue la tête en prenant un virage.

« Marianne, tu n'es pas, toi non plus, sans reproche ! »

Je gare la Ford devant la maison blanche. Claude n'y est pas. Je me dirige vers la chambre à coucher et refais ma valise. Une clé tourne dans la serrure. Claude entre, les bras chargés, se dirige vers la cuisine et dépose le tout sur le comptoir près de la cuisinière.

« Je ne sais pas si tu as faim, mais moi, je n'ai pas mangé depuis le petit-déjeuner. Si tu veux, je prépare un casse-croûte et je t'invite à le partager. Le vin est heureusement frais. Assieds-toi, ça ne sera pas long. »

Assise sur le divan, le dos soutenu par des coussins, je ferme les yeux et écoute les mouvements dans la cuisine. J'entends aussi le tic-tac de la pendule sur le foyer – on a dû la remonter –, le coup de vent qui secoue la cheminée, la respiration de Claude et les jurons qu'il lâche lorsqu'un ustensile tombe sur le plancher de tuiles. Tous les instants des derniers mois passent vite dans mon esprit, non pas pour les revivre ni pour chercher une excuse… Il n'y a pas d'excuses, ni pour lui ni pour moi. Je voudrais fuir. Que dirais-je à Claude ?… La vérité ? Il va falloir prendre un parti.

« Ça y est, c'est prêt ! Madame est servie ! »

Je m'approche de la table. Comme l'air sent bon autour d'un petit bouquet de perce-neige. Leur subtil parfum imite celui du jasmin, mais si faible et si discret…

« Tu as faim, Marianne ? demande Claude alors qu'il me tire une chaise.

– Oui, merci. »

Je me sers une salade verte à la vinaigrette, deux tranches de jambon, un morceau de saumon accompagné de mayonnaise et une brioche. Dans mon verre, Claude verse un vin blanc qui pétille légèrement, avant de se servir. J'avale le verre d'un trait, laissant imprudemment percevoir ma nervosité.

« Marianne, dit Claude en levant son verre et après avoir rempli le mien de nouveau, buvons à nous, tu veux bien ?

– Non ! »

Pour un peu, je gémirais à voix haute.

« Comme tu veux ! Moi, je veux bien boire à nous deux ! »

En disant cela, il lève son verre dans ma direction et boit. Son beau visage pèche par excès de virilité et ses longs et brillants cils battent fréquemment, trahissant l'hésitation. Nous mangeons en silence. Claude me regarde avec beaucoup d'attention. Qu'il y a d'amour, oui, d'amour dans ces yeux-là ! Qu'ils sont parlants ! Je baisse les miens. À la fin du repas, Claude prend ma main et me conduit vers le divan. C'est la première fois depuis longtemps que je laisse ma main dans la sienne. Il ne s'assied pas près de moi, mais dans un fauteuil en face.

« Alors, Claude, le temps est venu de discuter ? C'est bien cela ?

– Il est temps ! Il y a des mois que je te cherche, laissant des messages ici et là. Tu as bien su brouiller les pistes ou tu as un système de couvertures incroyable autour de tes activités. Marianne, pourquoi m'éviter durant tous ces mois ?

– Ah, monsieur se pose des questions ! Monsieur est dans l'ignorance !

– Marianne, ne t'essaie pas au sarcasme. »

Il se redresse brusquement.

« Tu m'as surpris en flagrant délit, je le sais, et tu en as souffert. Crois-tu que je n'ai pas maudit mille fois cette fugue avec Agnès ? Ne crois-tu pas que je ne me suis pas demandé mille et mille fois ce qui m'a poussé à compromettre notre mariage…

– Aurais-tu les mêmes sentiments si je n'avais pas frappé à la porte de l'hôtel ce soir-là, Claude ? »

Le cri étouffé et le tressaillement qui me répondent, pourrai-je jamais les oublier ? Il s'affaisse dans son fauteuil et son regard se voile.

« Marianne, nous en sommes arrivés là ! Tu crois que je mens ! »

Je n'ignore pas le mal que je viens de lui faire, mais je n'ai pas envie de pleurer. Je retiens plutôt les larmes qui laissent à ma gorge, à mes yeux, une brûlure. Je sens que quelque chose d'invisible, d'indicible m'attend aujourd'hui. Ah, soulever, pénétrer et déchirer la tension qui nous sépare, oublier *notre* passé fautif ! Serait-ce possible ? Voilà ce à quoi je songe en replaçant mes cheveux qui tombent sur mon front, encore impitoyable dans mon jugement, retranchée dans la précaire sécurité de mes droits d'épouse en regardant Claude. Mais je me sens fragile… et pour cause. Qui suis-je pour juger Claude ?

Il semble respecter mon silence, la tête appuyée sur le dossier de son fauteuil, les yeux fermés.

« Marianne, écoute, je vais te raconter une petite histoire. Si tu ne veux pas l'entendre, dis " non " maintenant. »

Je garde le silence et il continue :

« Je connais Agnès depuis ma petite enfance et quand nous avions tous les deux seize ans, c'est elle qui m'a initié à l'amour physique. Que valait en ce temps le lien invisible qui nous attirait ? Je ne sais pas… Nous nous sommes donnés nos corps sans honte ni pudeur… L'anxiété et l'amour à peine alanguis au fond d'un désir d'adolescent, je les ai sentis, vigilants, qui s'accrochaient à moi sur le chemin de ma première aventure, un après-midi lors des vacances d'été. Agnès aime les femmes… mais elle m'aime aussi… son amour pour moi est désespéré… mais moi, je ne l'aime pas… enfin, je l'aime mais pas comme elle le désire. Eh oui, je me suis laissé quelquefois tenter par son monde sexuel où tournoient des orages de parfums et de couleurs, de lumières dissimulées, mais je perdais mon équilibre. Je n'en garde qu'une vague affection qui ne pourra jamais remplacer le profond amour que j'ai pour toi, Marianne, tu es mon seul amour… J'aurais pu résister, mais je ne l'ai pas fait. C'était un désir sans amour. C'est fini, je ne reverrai plus jamais Agnès ! »

Est-il vrai, son regret ? Je le vois sur son visage, je le sens ! Qu'y a-t-il de commun entre le beau corps de Claude, entre ce que l'amour pouvait en faire, et la destinée d'un autre corps de femme doué d'un charme fourbe ?… Hier encore, je mesurais, meurtrie, un autre temps. Aujourd'hui, lasse, les yeux languissants, je me crains moi-même. Je n'ai jamais aimé que Claude… Pourtant, moi aussi, j'ai cédé, comme lui, à un désir sans amour. Ma peau me pèse comme dans un début de fièvre. Mon instinct m'avertit que Claude a eu des doutes, qu'il a d'autres choses à dire. Je relève la tête pour le voir. Il rencontre mon regard et sourit, héroïquement. Son visage est calme, ses mains oisives ne font aucun geste.

« Marianne, débarrassons-nous de nos fantômes, tu veux bien ? »

Je remue imperceptiblement la tête... Mon Dieu, rendez-moi le cours du temps, sans que ma vie ait à supporter le faix de mes aventures avec Wenner-Gren... Je me plante donc, rigide, entre les deux parties de mon existence.

« Oui, Claude. Tu veux me poser des questions ? »

Il secoue la tête.

« Voilà..., murmuré-je en soupirant. Voilà... Que me reste-t-il, maintenant ?

– Mais moi, ma petite princesse, il te reste moi ! »

Mon Dieu, puis-je, égoïste, être heureuse de nouveau, terminer mon combat, ouvrir encore mon cœur à Claude, frémir d'aise ?... Révéler tout ? Non, pas tout, pas le rendez-vous de l'hôtel Victoria... j'aurais pu le lui cracher au visage dans ma fureur, mais ma grandeur d'âme a repris le dessus.

« Moi aussi, Claude, je me suis laissé tenter... »

Il acquiesce de la tête :

« Wenner-Gren ? »

Blessée sans motif, je réponds durement :

« J'ai couché avec lui parce que... parce que... à cause des circonstances... Je désirais te le dire. »

Je m'écrase contre les coussins du sofa. Quelle quête pathétique, quel dépassement énergique de mon orgueil ! Un soupir long, profond, sort de mes lèvres qui tremblent. Claude, les mâchoires serrées, me regarde. J'espère en mon cœur oublieux et pourtant fidèle que demain ressemblera à hier, que j'aurai dix-sept ans et lui vingt-trois et que je l'attendrai pour la première fois au château Frontenac.

Claude se lève et s'assied à côté de moi. Son visage est sérieux.

« Ma petite Marianne, se débarrasser de ses fantômes, c'est tout dire… tout dire, tu comprends ? J'en sais maintenant un peu plus sur Wenner-Gren, et la philanthropie n'est pas, je crois, l'une de ses vertus ! »

Je me sens rougir lentement. Des ondes de honte m'envahissent. Mes oreilles s'échauffent. Les mots de Claude n'exigent rien puisqu'il n'a pas posé de questions. Ses prunelles deviennent humides, il semble cultiver les paroles qu'il prononce enfin d'une voix qui s'éraille :

« Tu parles de circonstances, Marianne, alors parlons-en. Le voyage en Allemagne que tu as entrepris pour moi, afin de voir Hitler, a été organisé par Wenner-Gren, tu me l'as déjà dit, mais ce voyage, tu le lui as… payé, n'est-ce pas ? »

Je frémis d'un de ces longs frissons qui précèdent une crise de larmes, à demi étouffée de surprise, puis je me ressaisis et pose une main contre mon cœur ; mon regard plonge dans le sien, qui déborde d'une douceur émue, d'une tendre sollicitude. Nous jouons le jeu cruel d'une tendresse désolée, seuls avec nos fantômes.

« Tu l'as fait pour moi, Marianne ? »

Je me lève et me dirige vers le foyer où j'ajoute des rondins au feu sur le point de s'éteindre. Dans un de ces instants de trouble que couvent les heures dramatiques, je pense confusément : « Enfin, le moment de panique est passé… » Puis, soudainement, je me retourne, Claude est là, tout près. Je n'ai d'yeux que pour son visage pâle, et il est si près que je distingue, dans les grandes prunelles admirables, les rayons bleus sur fond vert qui convergent vers le noyau sombre de sa pupille. Il est si près que je pourrais le toucher… il cherche ses mots… nos fantômes deviennent-ils inoffensifs puisqu'ils sortent de l'ombre?

Je m'éloigne, sans attendre, incapable de soutenir son regard et refusant d'entendre ce qu'il s'apprête à dire. Je respire avec force. Mon cœur et le balancier de l'horloge battent des mesures inégales… j'y prête une courte attention, relève le front. Je n'en suis plus au temps des grandes larmes et des tourments. Claude s'avance vers moi.

« Claude, je t'en prie, ne dis rien. Aujourd'hui, tout est différent. Hier, c'était le temps où j'avais des missions à accomplir… des missions, Claude, et comme j'entendais m'en acquitter… Rien de plus. Tu as peut-être des questions, des étonnements, des inquiétudes, et je les comprends. Tu ne m'as pas retrouvée parce que je le voulais ainsi. Je t'ai évité… je m'évitais moi-même… je croyais que tu désirais la séparation. »

Je fais de la main un geste qui lui coupe la parole.

« Que puis-je ajouter, Claude? Tu as aimé Agnès à ta façon? Ça va de soi! Et Wenner-Gren alors? Je suis retournée aux Bahamas pour des vacances au soleil, après… après… enfin! J'étais certaine que Wenner-Gren n'y serait pas, puisqu'il est toujours banni des îles, mais il m'a retrouvée, car j'ai dénoncé quelques-unes de ses activités illégales lors de ma mission pour Churchill… et… et… il m'en voulait, ah oui, il m'en voulait… et… »

Je m'arrête, une pudeur insolite m'empêche de continuer. Je reprends, après quelques secondes de silence:

« Cela dit, il ne reste entre nous que son amour pour moi, et c'est tant pis pour lui, il a été pris à son propre piège ! Il ne me poursuivra pas, il me l'a promis, et je ne le verrai jamais plus ! »

Le souvenir est si vif que je bute contre le guéridon et me meurtris un pied alors que je me dirige vers la fenêtre que j'ouvre. Je reçois en plein visage une bourrasque de vent qui me repousse. Claude s'approche, ses bras se referment sur mes épaules, puis il me tient contre son cœur, ses genoux me touchant. Je chancelle, m'échappe de ses bras et referme la fenêtre. Le jour finit, l'ombre atteint la tenture qui gêne mes yeux remplis de larmes.

Claude me fait virevolter, prend mes mains dans les siennes… Je les lui laisse, je vais céder au plaisir, ignoré depuis quelque temps, de m'appuyer à lui, de m'appuyer contre un être chaud. Oh, jeter mes bras au cou d'un homme qui m'aime !

Je suis alanguie par la chaleur qui se dégage de lui et il s'assied près de moi sur le sofa, parle avec fièvre de nous, de notre vie à deux, de son intention d'abandonner les concerts pour au moins deux ans, sauf ceux, prévus, qu'il doit donner au Carnegie Hall, à New York, me décrit l'appartement qu'il a acheté pour nous dans cette ville, m'explique ses projets de compositeur et…

Je me contracte à l'entendre m'appeler *sa petite princesse*, certains de ses gestes, des intonations qu'il avait autrefois me font trembler… Mon Dieu, faites que nos fantômes ne nous guettent plus !… Plus de caprices, plus de trahisons – je me sens entraînée dans le chemin de la réconciliation. Je regarde, dans le demi-jour, les mouvements de sa bouche qui énumèrent ces merveilles. Ses mots rythment ma lassitude et le merveilleux bien-être qui m'enivre... Parler d'avenir, c'est parler d'amour.

« Marianne, je souhaiterais que nous ayons un enfant, notre enfant, mon amour. Si tu veux, restons ici, en Gaspésie, pour quelque temps... tu veux bien ?

– Oh oui, Claude, je veux... »

Un coup de klaxon d'automobile retentit, tout près, et trouble notre tête-à-tête.

« C'est Arsène qui vient nous chercher pour le dîner. Comme tu vois, j'ai une foulure à la cheville et je ne peux conduire. Viens, Marianne, allons voir mes parents et, si tu le désires, je te ramène ensuite à la maison. »

Je ne crains plus personne ni moi-même. La tentation ? Ma soif de Claude me suffira. Mais après que nous nous serons relevés d'une longue étreinte ou d'une longue nuit, il faudra recommencer à vivre l'un près de l'autre, l'un par l'autre. Saurons-nous taire nos déceptions ? Partager nos malheurs ?

Après notre visite et l'excellent repas au manoir Saint-Charles, nous nous laissons conduire, Claude et moi, assis sur la banquette arrière de la voiture. Devant la maison blanche, Arsène se gare et m'aide à descendre.

« Tu veux que j'entre, Marianne ? » demande Claude.

J'acquiesce et nous marchons – nous ne nous fuyons pas, je ne suis plus traquée – vers le déroulement d'un rêve promis. Un grand espoir allège tous mes membres, il est la consolation de mes nuits de malaises et de doutes. Je vois déjà la lumière d'astres fabuleux éclairer le songe agencé de mon *autre vie*, le royaume de mon existence avec Claude où nous mène la fin logique de nos retrouvailles.

Son bras ployé supporte ma nuque, son visage baigne dans la lumière rose de la lampe de chevet. Il est si près de ma bouche, si près de mes bras... Il parle, enfiévré, mais sans hâter ses gestes... il est si beau, si passionnément beau. Oh! tout à coup, ma bouche se laisse ouvrir... De mes lèvres jusqu'à mes flancs voici que renaît et se propage cette morsure exigeante, cette blessure, la volupté ensevelie. La première caresse se fond dans l'exigence murmurante, dans une sorte de courroux amoureux, dans un début d'étreinte qui ne s'adapte pas, mais qui est sans résistance. Penché sur moi, il baise ma bouche, encore et encore. Muette, empressée, je lui rends son baiser, serrant mes cils sur des larmes que je ne veux pas laisser couler... nos corps sont odorants et la volupté rôde autour de nous... Un sourd orgueil et un savoureux antagonisme semblent s'interposer entre nous. Ce n'est plus notre fidèle amour qui nous crispe... Est-il tendre ou miséricordieux? Je gis contre Claude, bras et jambes mollement pliés, regardant mon mari et le désirant, ressentant sa flamme contre mon flanc. Mon sang chaud bat dans mes veines et la voix suave de mon mari dit:

« Oublions tout, excepté nous deux, mon amour, je t'ai toujours aimée, je t'aimerai toujours... »

Son corps s'allonge sur moi...

« Oh oui! Claude, oublions... je t'aime. »

Mon Claude vient à moi, lentement, moins affamé de mouvement, tendre, moins impatient, moins curieux... il vit en moi... nous vivons pour quelques instants le « frôlement de la félicité »... puis, muette, je regarde le beau corps au-dessus de moi, exhalant une odeur presque oubliée d'ambre, qui s'échauffe et prolonge le plaisir. D'un sursaut de reins, j'accélère le rythme… un demi-silence affamé règne, une gratitude impérative nous gouverne, puis tout fond dans la frénésie de la jouissance et des gémissements soupirés jusqu'au bout de notre haleine.

Le seul souvenir méchant et doux qui nous assombrit parfois est celui d'Agnès et d'Axel. Claude et moi ne parlons plus d'eux. Nous en avons gardé de la crainte, un peu de honte, une jalousie qui s'effrite de plus en plus, la certitude d'avoir souffert l'un par l'autre, mais aussi le sentiment d'une secrète revanche par un coup bien porté à l'autre.

Épilogue

Nous pesons tous les instants de nos jours non pour les revivre avec complaisance ni pour chercher une excuse, mais pour reprendre ce que nous avions perdu durant des mois : l'harmonie de notre vie à deux, notre raison de vivre. Peut-être y avons-nous mis trop de volonté soucieuse, guère convaincus, mais, malgré tout, nous avons finalement atteint le petit miracle de nos anciennes habitudes, le « toi et moi » égoïste de l'amour que nous avions éloigné de nous, et cela sans pénitence intérieure.

Nos missions, aventures de guerre, séparations à cause d'elles, sont derrière nous. Il ne nous reste que le souvenir de nous-mêmes. Je m'abandonne à notre vie future, entre un mari que j'adore et qui m'adore et la promesse d'un enfant à venir… tout cela produit sur moi un effet inexplicable et je me réjouis davantage de notre arrangement.

Oui, notre vie s'organise, pleine d'amour. Nous sommes accaparés par la musique et l'écriture – mon contrat avec Lord Beaverbrook est enfin résilié et je travaille en free-lance. Un bel enfant a bouleversé nos vies… il a des yeux gris-bleu, un nez fin, de belles mains et de belles épaules, comme son père. Il est arrivé là, mon fils, tout doucement, réalisant enfin le désir qui brûlait depuis longtemps dans mon cœur. Malgré moi, j'ai appelé celui que nous désirions tant David, comme son grand-père.

Claude et moi n'avons presque plus rien à nous reprocher. Nous avons souvent envie de rire ou de pleurer et nous pouvons, enlacés, frémir d'aise et d'amour, sans regret, regarder pointer chaque saison et admirer notre fils qui grandit. Nous sommes patients, habitués à nos humeurs et à nos journées, si disparates soient-elles. Avec l'aide de Cécile, la gouvernante de David qui réside avec nous, et de Gilberte, la bonne à tout faire, je m'occupe de l'éducation de notre fils et du train-train domestique. Et il y a mes écrits. Nous avons ajouté à la maison une aile comprenant une salle de jeux, une chambre d'enfant ainsi qu'une chambre à coucher pour Cécile. Nous vivons confortablement, luxueusement même.

L'œuvre de Claude, ce *Concerto de Londres* qu'il a travaillé avec Vaughan Williams, est enfin achevée et sera jouée au Carnegie Hall. Nous retrouvons, pour le temps des représentations américaines, notre appartement de Park Avenue, à New York, où nous allions de temps à autre pour les concerts de Claude.

Le *Concerto de Londres*, avec Claude comme soliste, déchaîne un délire, une noble fièvre. Vaughan Williams a assisté à la première. Moi, j'écoute et rêve, me balançant ce soir sur une houle invisible, voguant jusque de l'autre côté du monde. Ah oui, je vois Agnès dans la salle, morose, habillée de noir, accompagnée d'une jeune femme qui porte le smoking.

En rappel, Claude joue – c'est pour moi une surprise – sa petite sonate intitulée *Le Sourire de mon fils*, une musique pétillante, tendre et si totalement dédiée au bonheur qu'un enthousiasme chaleureux éclate dans la salle. Claude rejoue la sonate afin de calmer la foule, puis, pour terminer, il exécute la *Pathétique*, qu'il dédie à sa femme. La foule en réclame davantage, mais Claude, si beau et si digne, salue pour la dernière fois et me rejoint. Mon père et ma belle-mère, qui, eux aussi, assistent au concert, nous ont invités à les retrouver au Waldorf Towers, leur hôtel de prédilection quand ils séjournent à New York, pour un dîner tardif, ce que nous avons refusé, en leur promettant de les rejoindre pour le déjeuner du lendemain.

Après le repas, le duc de Windsor contemple son petit-fils avec cette intensité et cette fixité qui lui font monter les larmes aux yeux. Une pensée illisible émerge au fond de ses yeux dont la nuance de pervenche s'abrite vite sous l'ombre des cils. Un grand sourire barre son visage.

« Comme il est beau, Mary Ann. Puis-je le prendre dans mes bras ? »

J'enroule le petit David dans la soie d'une couverture et le lui tends. Mon père soupire alors de mélancolie, comme s'il avait peur d'émietter une profonde joie, un plaisir des yeux et du cœur qu'il goûte, sans bouger. Un grand bonheur semble s'être réfugié dans le petit être qu'il tient dans ses bras.

« Merci de l'avoir appelé David… Regarde, il s'est rendormi. »

En me remettant l'enfant, la douce main de mon père se pose sur le front de David.

« Mon petit-fils, murmure-t-il, quelle merveille ! »

NUREMBERG

À Nuremberg, le procès est terminé. Je me propose de résumer la triste et tragique histoire du IIIe Reich en m'inspirant des quelques mots que le maréchal Jodl a prononcés avant sa condamnation à mort :

« Je crois et déclare que le devoir envers le peuple et le *Fatherland* doit supplanter tout autre. Ce devoir, dans un avenir plus heureux, se doit d'être supplanté par celui, plus sublime et plus généreux, du devoir envers l'humanité. »

Devoir envers l'humanité? Trop tard! Ce nazi a fait preuve de sentiments humanitaires beaucoup trop tard!

La destruction du IIIe Reich a mis fin à la plus grande catastrophe que l'humanité a eu à affronter au cours du XXe siècle. Hitler et sa bande sont responsables du génocide de six millions de Juifs et d'autres minorités ethniques et de crimes de guerre sur une échelle inimaginable. Environ cinquante millions d'hommes, de femmes et d'enfants ont péri durant cette Seconde Guerre mondiale. Et Jodl exposa sa théorie du *devoir* envers le *Fatherland*! Quelle farce ignominieuse!

Les verdicts furent prononcés le 30 septembre et le 1er octobre. Brigitte m'appela pour me tenir au courant: trois acquittements, sept condamnations à la prison à vie et douze condamnations à mort, y compris celles de Goering et de Bormann, condamné par coutumace.

Après le prononcé de sa sentence, Goering a brusquement tourné les talons et a quitté le banc des accusés promptement et en silence. À la veille de son exécution, il s'est suicidé en avalant du cyanure de potassium. Est-ce ce que contenait le petit tube du supposé onguent que je lui avais remis? Lui ai-je accordé une mort plus digne que celle qui l'attendait au bout d'une corde? *Acta est fabula* – la pièce est jouée!

Cette chance ne fut pas donnée à Ribbentrop – un des anciens amants de Wallis. Il fut pendu dans la prison de Nuremberg. Une fin, pour les condamnés, des plus *civilisées* si on la met en parallèle avec la barbarie dont les nazis ont fait preuve.

Les onze corps furent tous incinérés à Munich et leurs cendres, jetées dans la rivière Isar et portées par le Danube vers la mer Noire. Rien d'eux ne reste qui puisse ressusciter la flamme nazie. Dieu nous en garde!

Combien de fois le soleil devra-t-il se lever, les jours tomber et se renouveler avant qu'une grande partie de notre pauvre monde réapprenne à vivre? Pour certains pays, tout est à recommencer. Tout peut, Dieu merci, être recommencé!

J'apprends, à la suite de recherches par un collègue suisse, que Hans Streischer, le chauffeur SS qui me pilota durant mon voyage au Nid d'aigle, a été tué au cours d'un raid des Alliés sur Munich.

AGNÈS

Je n'ai pas revu, même si nos chemins se côtoient parfois, l'amie de mon enfance, Agnès. Je sens souvent son ombre rôder autour de moi, ô si lentement que je n'ai plus aucune raison de m'y arrêter. Entre elle et nous règne un silence sévère, même si Claude et moi entendons parfois parler d'elle: «Agnès est en tournée ici ou là, Agnès joue ceci ou cela…»

Lors d'un séjour en Gaspésie, la famille Bujold apprend aux Gatineau que leur fille Agnès est hospitalisée dans une clinique à New York, à la suite d'une tentative de suicide. Quel aveuglement étrange l'a poussée à ce geste extrême? Mme Bujold est très inquiète… C'est la deuxième fois qu'Agnès tente d'en finir avec la vie.

D'un coup d'aile, le songe seul m'emporte par-delà les années, vers les lieux de mon enfance… Agnès me faisait goûter, au piano, son jeu de la *Pathétique*… Devenue jeune fille tendre, j'écoutais son pas me bercer de secousses molles avant qu'elle essaie d'entrer dans ma chambre…

Finalement, surprise, révoltée, je me rappelle le moment où elle m'a volé mon mari…

Je l'imagine, avec sa présence outrée, ses yeux vindicatifs, sa bouche serrée, devenue, avec la quarantaine, une femme insatisfaite qui en a assez de vivre. Pauvre Agnès! Elle a dû être si malheureuse!

Elle l'a été, en effet, tellement qu'elle en est morte. Son corps affaibli n'a pu résister à une pneumonie pernicieuse. Un court message en provenance de New York nous est parvenu, en Gaspésie:

Mes deux chers, chers agneaux,

Je vous ai aimés plus que mon cœur ne pouvait le supporter. J'en finis avec la vie puisque je dois mourir dans quelques mois. Je vous aime. Adieu.

Agnès

Seuls, nous sommes avec le fantôme de celle que nous avons aimée, Claude et moi, chacun à notre façon! Le souvenir d'Agnès ne se perdra pas et nous retrouverons sa présence dans tout ce qu'il y aura d'imprévu au fil des saisons!

L'AMOUR DE MON PÈRE

Que reste-t-il de mon sire Lancelot? Il est devenu un homme aigri, à la pommette dure – sa beauté s'est peu à peu pétrifiée. Il a, inexorablement, cessé d'être le flamboyant prince de Galles aimé de tous et il subit toujours, je le crois, le joug de sa femme. Mon Dieu, qu'il est loin le temps où mon sire Lancelot se présentait à moi dans toute la gloire d'un père que je voyais pour la première fois! Qu'il est loin l'éclat de ses yeux qui me gênait comme une lumière trop vive, alors que j'étais submergée par son parfum de musc auquel se mêlait l'odeur de tabac blond !

« *My darling little girl* », disait-il toujours en pressant son corps contre le mien. Il me repoussait alors, conscient de défouler sur moi son tourment refoulé de masochiste, attendant mon recul ou espérant apercevoir ma mère. Son regard défiant semblait m'interroger, quelque chose d'étrange passait sur son visage, un tremblement agitait son corps comme si une douleur le faisait souffrir. Sa bouche se déformait comme celle d'un enfant qui va pleurer.

« *My darling little girl*, disait-il, n'aie pas peur, c'est juste la joie qui me rend nerveux ! »

J'essayais alors de me dégager, mais il me retenait. Puis, j'acceptais son jeu et son tourment. Nous exercions l'un sur l'autre une attraction magnétique que je n'avais pas comprise. Ce ne fut qu'à Cuernavaca, dans un lit adultère, aveuglée par la faim charnelle pour un homme d'un certain âge, que j'ai compris mon propre désir envers mon père. Naïve, naïve jeune femme que j'étais !

Aujourd'hui, je l'aime toujours, mais pas comme avant. Que reste-t-il de mon sire Lancelot ? Les vestiges d'un ex-roi qui traîne sa dépression, son insécurité et sa complaisance servile envers Wallis à travers les années. Mon pauvre père est ainsi décrit comme la victime d'un guet-apens ourdi par une « hardie et autoritaire » aventurière, une femme sans cœur, sans scrupule ni principes, dont les efforts scandaleux pour obtenir le titre de reine d'Angleterre ont mis en péril l'existence même de la monarchie.

Est-ce que je me détache de mon père ? Oui et non. Je me mens héroïquement, en souriant, alors qu'une distance s'installe entre nous. Je suis toujours sa *darling little girl* lors de nos rencontres ou appels téléphoniques, mais devant lui, je suis un peu lâche, énervée par ses propos vides, et je lui mens, avec toute la sérénité dont mes yeux et ma bouche sont capables. Je ne veux pas qu'il s'avilisse jusqu'à des excuses dont je serais humiliée. Le leitmotiv « quand j'étais roi » revient souvent et relance parfois la conversation. Je le regarde alors avec un détachement attendri, évoquant plutôt la splendeur qu'il a été.

Claude et moi étions à New York le jour du couronnement d'Élisabeth II. Après le concert que Claude donna au Carnegie Hall, nous nous retrouvâmes, avec un groupe d'amis, au El Monaco, pour un repas tardif. Le duc et la duchesse de Windsor y étaient, entourés de leur *cour*, arborant des couronnes de papier doré, posées de guingois sur leurs têtes. Exaspérée, je me suis dirigée vers eux et, d'un geste brutal, je fis voler les couronnes vers la table voisine.

« Excusez-moi, dis-je, d'une voix tremblante, mais vraiment, c'est d'un enfantillage déplacé de votre part. Quant à vous, madame, je ne pouvais m'attendre à autre chose de votre mauvais goût. Même une couronne de papier doré vous sied mal, vous devriez plutôt vous coiffer d'une plume d'autruche ! »

Ma petite altercation eut droit à quelques lignes dans le *New York Times* du lendemain :

La duchesse de Windsor « découronnée » par sa belle-fille, Lady Belvédère. Un spectateur affirme avoir décelé un fugace sourire sur les lèvres du duc...

« Deviendrais-tu royaliste, ma petite Marianne? me demanda Claude, le lendemain.

– Non mais, quand même, il faut un peu de tenue. Qu'essaie-t-elle encore de prouver, Wallis ? Cherche-t-elle à humilier mon père publiquement ? Veut-elle attirer encore une fois l'attention sur elle ? C'est une garce, Claude. Tu sais qu'on l'appelle Son Altesse Royale lors de leurs réceptions et qu'on lui fait la révérence ?

– N'est-ce pas ton père qui a insisté sur ce protocole ?

– Oui, probablement. Pauvre eux. Ils n'ont rien d'autre que leurs chiens, leurs demeures, leur vie oisive et leurs parties de plaisir.

– Ma petite Marianne, tu ne pourras pas changer leur genre de vie, et tu le sais.

– Oui, tu as raison. Pauvre, pauvre papa ! Quelle petite et piètre existence, quand même, que d'obéir à cette chipie au doigt et à l'œil ! »

LES BIJOUX DE WALLIS

Les privations de l'après-guerre n'ont en rien freiné les extravagances ni les folies d'achat de Wallis. Elle reste une femme sombre sur des clairs-obscurs, resplendissante de bijoux : boucles d'oreilles, colliers, bracelets, broches et bagues… c'est comme si elle voulait compenser la privation des bijoux de la couronne qui lui seraient revenus s'il n'y avait pas eu l'abdication.

Durant un séjour des Windsor à la splendide demeure de Lord et Lady Dudley, à Sunningdale, dans le Berkshire, à l'ouest de Londres, un cambrioleur monte-en-l'air, se servant d'un tuyau d'écoulement qu'il a grimpé lestement, s'est infiltré dans les appartements du duc et de la duchesse et a pris, sous le lit de la bonne, un coffret qui contenait les bijoux de Wallis, qu'elle-même avait dissimulés en cet endroit.

Par la suite survinrent une série d'histoires si compliquées qu'un roman policier eût été plus vraisemblable. Un caddie du club de golf local a raconté avoir trouvé plusieurs boucles d'oreilles non assorties dans une fosse de sable… le personnel de la maison aurait repéré des boîtes Fabergé éparpillées sous une fenêtre... On a parlé d'un char blindé canadien grâce auquel les voleurs se seraient échappés mais, pour le duc de Windsor, un mendiant, qui se promenait souvent près du terrain de golf, devait être le coupable du vol. Cette réaction m'a rappelé l'attitude de mon père après le meurtre d'Harry Oakes, à Nassau – une trop grande hâte. Ainsi, il décida sur-le-champ que le mendiant était en faute et le fit arrêter. Heureusement, le pauvre homme fut vite relâché.

Rien ne fut trouvé ni du coffre ni des bijoux. Le mystère s'intensifia alors que courait l'hypothèse que le vol avait été organisé par un membre de la famille royale afin de récupérer des objets de famille : les mystérieuses et fictives émeraudes de la reine Alexandra – mon arrière-grand-mère, la femme d'Edward VII – que mon père aurait censément gardées pour lui-même après son abdication. Pauvre Wallis ! Aucun de ses bijoux volés ne fut retrouvé et elle finit par recevoir une bonne indemnisation de l'assurance. Un historien, dans ses écrits sur les « Bijoux de la couronne » émit par la suite l'hypothèse que Wallis avait fraudé les assureurs en exagérant le nombre des bijoux volés.

LA DÉCHÉANCE

Malheureusement, les Windsor, en tant que célébrités internationales, continuent à défrayer la chronique. J'avais déjà eu quelques soupçons quant à la bisexualité de mon père, et le temps me l'a confirmée. À la fin des années quarante et au début des années cinquante, les Windsor font la connaissance de Jimmy Donahue, petit-fils du fondateur de la fortune des Woolworth et homosexuel notoire, avec qui Wallis et mon père auraient une liaison. Je cite textuellement quelques mots de Noël Coward que j'ai rencontré à Government House lors de mon premier bal. L'homme de théâtre à l'esprit tranchant a déclaré :

« J'aime bien Jimmy. C'est un poseur un peu fou mais amusant. J'aime bien la duchesse, cette sorcière arriviste, mais c'est cela qui la rend sympathique. Le duc…, malgré qu'il fasse semblant de ne pas me haïr, me déteste parce que je suis homosexuel et qu'il l'est aussi, même s'il prétend ne pas l'être. La *fag hag* – la sorcière homo en argot cockney – doit s'y plaire. Elle dort avec une pédale royale et couche avec une autre qui est riche. »

Sur le même sujet, Jimmy Donahue a dit de Wallis :

« Coucher avec la duchesse de Windsor revient à coucher avec un matelot. »

Les personnages de cet étrange ménage à trois sont, pour quelque temps, inséparables, à l'époque la plus sordide de la vie des Windsor. Le duc est devenu, dit-on, un « fort buveur ».

On ne meurt de rien, et surtout pas de chagrin. Je souris pour me donner de l'aplomb. Oui, mon père vieillit mal, si j'ose dire. Et, comme je le sais malheureux, je plains sa vie oisive et désorganisée. Je sais que, devant le public, lui et Wallis font un effort afin de démontrer leur amour impérissable, mais le royaume de mon père s'effrite à vue d'œil. La royauté continue à éviter les Windsor. Le gouvernement n'ayant pas confiance en eux, aucun poste n'est offert à mon père, qui aurait aimé être nommé gouverneur général du Canada.

Les Windsor continuent donc une vie de café et de société sans aucun but, voyageant de par le monde, donnant des réceptions ou acceptant les invitations, ne devenant que des étoiles de la société en France, à New York ou dans tout autre endroit où les entraîne leur fantaisie. Ils vivent sous les projecteurs, dans le monde des gens riches qui fuient désespérément l'ennui.

En 1953, le gouvernement français leur octroie, pour une somme symbolique de vingt-cinq livres par année, une magnifique villa située près du bois de Boulogne, à Paris, qui sera, une bonne fois pour toutes, leur foyer. Wallis s'acharne à transformer cette villa, pour *son* David, en une sorte de Buckingham Palace, à harmoniser et à maintenir un très protocolaire et dispendieux style de vie… avec un personnel de vingt employés. Les riches, les puissants, les célébrités leur rendent visite. Marlene Dietrich, M. et Mme Nixon, l'Aga Khan, qui offre des présents à chacune de ses visites, Elizabeth Taylor, Richard Burton et Judy Garland, entre autres. Il n'y a pas d'enfants dans leur vie à deux, hormis les chiens de Wallis, une parade continuelle de petits dogues et de cairns à qui on ne sert, dans des bols en argent, que du bœuf haché et des légumes.

D'après les journalistes de la presse à scandale qui les poursuivent et pour qui ils représentent un gibier de premier choix, ils ne sont que deux personnages égoïstes ne vivant que pour eux-mêmes. Les soirées, les réceptions, les boîtes de nuit et les vacances sur la Riviera ou ailleurs comblent leur vie vaine et stérile.

Je lis, anxieuse et pressée, les chroniques, comme si je cherchais les mots qui pourraient calmer mon impatience, mais je ne les trouve pas.

« Quand j'étais roi… »

Ces paroles de mon père résonnent encore à mes oreilles alors que les journaux rapportent les dernières extravagances des Windsor. Je lis ces potins et suis contente d'oublier mon père et sa femme pour quelque temps. Qu'y puis-je ?

« C'est exact, me dit Claude, tu n'y peux rien ! »

Verrai-je un jour le nouveau royaume de mon père à Paris ? L'avenir me le dira.

OBERSALZBERG

L'auvent de toile bat au-dessus de nous, éventant d'ombre et de lumière la terrasse de l'hôtel où nous prenons notre petit-déjeuner. Je suis de nouveau à l'hôtel Türken d'Obersalzberg. Claude lit un journal que nous avons acheté la veille à Berchtesgaden et, de temps en temps, il s'exclame : « Il n'y a pas à dire, les Allemands, c'est du drôle de monde ! »

Alors que l'année 1958 débute, nous sommes revenus en Bavière pour trois raisons. La première est que notre fils David, maintenant âgé de neuf ans, voulait à tout prix voir le théâtre des aventures passées de ses parents. Il est déjà un historien en herbe. La deuxième est que Claude a décroché une série de concerts à Munich où aura lieu la première de sa dernière œuvre : *Jeux de guerre*, un récital pensif et triste, comme une main transparente étendue et posée au flanc d'un abîme invisible, qui se termine avec l'offre d'un bonheur durable. Claude se défait ainsi de ses démons, comme moi des miens, en revenant ici ; ce qui constitue la troisième et dernière raison de ce périple.

Que tout est étrange ! Il ne reste rien du Berghof de Hitler, ni des maisons des *grands* de la hiérarchie nazie… toutes ont été démolies. Je respire longuement et monte, seule, la pente qui m'amène à ce qui reste des fondations du Berghof. Comme lors de ma visite, il y a plusieurs années, une lumière blanche s'infiltre partout dans les Hautes-Alpes. Un soupir répond au mien… Un soupir ? Je dois rêver… L'heure est lourde, l'air s'épaissit… je m'attends à voir sortir l'image du Führer.

« *Fugit irreparabile tempus!* Le temps fuit, irréparable ! » murmuré-je.

Oui, c'est à peu près là que se trouvait l'immense escalier… Et Hitler ? Je le cherche comme un mauvais rêve errant, plein d'ombres à sa ressemblance. Je m'échappe, mais je ne suis pas encore quitte envers lui et je le sais.

Un chauffeur attaché à la mairie d'Obersalzberg nous amène au *Kehlsteinhaus*, le fameux Nid d'aigle. Mes épaules se contractent durant la montée abrupte d'une route à peu près praticable… de temps en temps, des trous d'obus, provisoirement comblés, ralentissent notre avance. À notre arrivée, notre guide nous conduit dans le grand tunnel qui mène à l'ascenseur ; à l'intérieur, les cuivres, la lumière crue et l'humidité me pèsent. Ah, je me souviens ! Nous débouchons à l'intérieur du Nid d'aigle. Il ne reste rien du régime de Hitler, le Nid d'aigle est devenu un restaurant.

« Regarde, David, cette montagne, là, oui, là, c'est l'Unterberg…

– Oui, répond-il, c'est là que dort Charlemagne et ses armées. Oui, maman, tu me l'as déjà dit. »

Charlemagne ! Ne m'étais-je pas adressée à lui, ce jour-là ? Avait-il renoncé à son long sommeil afin d'exaucer ma prière ? Avait-il influencé le Führer ? Je veux le croire. « Merci ! » lui dis-je en mon cœur.

Claude et David s'éloignent avec le guide afin de continuer la visite. Je reste là, immobile, à regarder les grandes fenêtres et la vue magnifique qui s'étend, beaucoup plus bas, jusqu'à Salzbourg. Je soupire profondément. Ma mémoire travaille. Je revois Hitler dans son uniforme avec, pour seule décoration, celle de la Croix de fer, son être froid et rigide… j'entends sa voix ni déplaisante ni bienveillante qui me dit :

« Herr Foucault sera libéré et remis aux soins de la Croix-Rouge. Vous pouvez rentrer dans votre pays. Partez dès aujourd'hui ! *Auf Wiedersehen*, Lady Belvédère. »

Aujourd'hui, Hitler est descendu de son « trône de pierre » et a pris place dans les profondeurs perfides où séjournent les monstres, mais, un jour, il m'a regardée avec un peu de bienveillance dans ses yeux froids et accordé une grande faveur. Lui en suis-je reconnaissante ? Oui, pour l'éternité !

Claude refuse de visiter Dachau. De jouer sa composition *Jeux de guerre* en Bavière suffit à effacer un peu les souvenirs de l'enfer qu'il a vécu. Il est déjà loin cet enfer, mais un enfer, cela ne s'oublie jamais complètement.

Et notre petit David ? Il soupire, éprouvant un bonheur vague, un peu fatigué par la couleur et la chaleur d'un après-midi plein de soleil et sans vent. Il s'assied à une table, en plein milieu du Nid d'aigle. Un bleu immuable règne partout.

« Maman, papa, je sais que ça n'a pas été drôle pour vous, mais c'est tellement calme qu'il serait facile de rêver. »

DAVID

David est un garçon intelligent, un peu bourru parfois, à l'allure très masculine, à la dignité revêche des enfants qui offrent souvent de la résistance. Il est réfléchi et aimable, la plupart du temps. Son visage est beau, avec le charme des Windsor et le galbe de celui de Claude, des yeux pers que le sourire rend obliques et un dynamisme tout à lui. Ses cheveux s'éparpillent en boucles dorées – elles forment un diadème sur son jeune front – qu'il laisse parfois pousser. Il grandit si vite qu'il mesurera sûrement six pieds.

Notre fils, je le crois, se prépare une carrière universitaire. Plongé dans sa lecture, il habille de mystère son mutisme. Il échange des répliques aigres avec Cécile, sa gouvernante, si elle ose l'interrompre… il la regarde sans la voir, comme si elle était transparente, négligeable. Nous combattons cet instinct impérieux chez lui avec fermeté et il ébauche parfois un vague sourire. David n'est pas méchant, il fait seulement preuve d'un excès de confiance en lui.

Ses études se feront au collège des jésuites, à Québec, puis à la faculté des lettres et des sciences humaines de l'Université Laval et à Oxford, en Angleterre, s'il désire pousser son éducation…

MOI

Mon existence avec les deux *hommes* de ma vie me comble. Claude et moi sommes devenus de bons amis, aimants, confiants, patients. Nous ne nous mentons plus, goûtons notre longue volupté, suspendue, attisée, renouvelée, et ressentons toujours le bourdonnement de notre sang excité. Parfois, je repense à mon passé, à mon unique et éblouissante aventure adultère, et je m'incline profondément devant le souvenir de mes erreurs et les accepte pour ce qu'elles sont, des erreurs.

Je contemple mon royaume changeant, comme si j'avais failli le perdre. Rien ne menace, pourtant, cette vie rondement menée. Nous connaissons beaucoup de monde, voyageons énormément, travaillons certainement trop. Nous nous attendrissons sur nos œuvres respectives: Claude commence à écrire un opéra dont je suis la librettiste; c'est un projet majeur qui nous occupera longtemps. Le sujet? Un roi abandonne son trône pour une roturière, sorcière de surcroît, qui l'entraîne dans une ronde de plaisirs qui le conduisent à la déchéance, mais il trouve son salut en sacrifiant sa vie lors d'une émeute et en sauvant la vie de son frère, devenu roi à sa place. Ce sera une œuvre dans laquelle nous mettrons le meilleur de nous-mêmes. Je continue à jouer du piano, mais seulement pour me délasser.

Claude de Foucault et Mary Ann Belvédère patronnent des œuvres caritatives vouées à la réhabilitation des anciens combattants et à la recherche scientifique sur la leucémie et les maladies du cœur.

J'aime voir briller le désir de mon fils lorsqu'il découvre les merveilles de la terre. Le bonheur? Suis-je sûre que le bonheur me suffise désormais? Oui, il n'y a que le bonheur qui donne du prix à la vie!

Que reste-t-il de ma parenté anglaise, de mes «relations royales»? Eh bien, pas grand-chose! Je les vois de loin, lorsqu'elles assistent aux concerts de mon mari au Royal Festival Hall, à Londres. Je les vois braquer leurs lorgnettes sur ma loge, où mon fils, souvent, m'accompagne. Étant la fille de mon père, je pourrais leur en vouloir, les traiter dans mon cœur d'égoïstes et d'hypocrites mais, comme ces gens me laissent tout à fait indifférente, je les ignore. Mon père, comme prince de Galles et comme roi, n'a-t-il pas préparé le terrain pour une monarchie plus en accord avec nos temps modernes qu'elle ne l'était avant la guerre? Il mérite leur reconnaissance!

J'ai entretenu, de son vivant, une brève correspondance avec la sœur de mon père, *the Royal Princess.* Elle m'a initialement écrit à Londres, alors que mon feuilleton, *Le Royaume de mon père*, était publié dans le *Daily Express.* Elle seule, parmi les membres de la royauté à l'attitude distante et hautaine, a su témoigner de la sympathie à la fille de son frère bien-aimé. Je l'aimais bien, à distance, et c'est tout.

CHURCHILL

Je ne revis Churchill qu'une fois, en 1948, à l'occasion du lancement du premier tome – il en écrivit six – de son œuvre *Mémoires de la Deuxième Guerre mondiale*, auquel Claude et moi avions été invités. Il nous repéra au milieu de la foule massée autour de lui et nous fit signe de nous approcher. Oui, il était toujours le *bull dog* qui m'avait tant troublée dans le *Cabinet War Room* alors qu'il nous confiait nos missions respectives.

« Lady Belvédère et monsieur de Foucault, je n'ai pas eu l'occasion de vous remercier personnellement pour le beau travail que vous avez accompli tous les deux. *Well done !* »

Sir Winston Churchill mourut le 24 janvier 1965.

JIM

Jim et Margaret vivent maintenant en Écosse. Nous ne nous perdons pas de vue. À chacun de nos voyages en Grande-Bretagne, ils viennent nous voir. Parfois, nous leur rendons visite en Écosse. Jim fait découvrir à David le plaisir de la pêche au saumon.

Je lui laisse, pour chaque année de ma vie, mille et mille ombres de moi, au couvent, sous les palmiers de Nassau, à Lisbonne, à New York, à Londres, près du Saint-Laurent. Mais je garde pour moi la plus vivace : une ombre nue que ma gratitude agite comme un roseau dans un ruisseau.

WENNER-GREN

Axel a tenu sa parole de ne pas me poursuivre. Mes sens, parfois, s'allument l'espace d'une seconde par le souvenir d'un parfum, d'un geste, un brasier qui éclaire les délices qui furent nôtres. Ses flammes m'ont consumée, si totalement, il y a déjà… longtemps.

J'appris que Wenner-Gren était retourné à Nassau et qu'il avait vendu son domaine Shangri-La au richissime Huntington Hartford. Hog Island fut rebaptisée Paradise Island et, lorsque je la visitai durant les années soixante, le nom de Shangri-La n'existait plus, remplacé par celui d'Ocean Club. Je visitai aussi les jardins Versailles dont Axel avait déjà ébauché les plans, inspirés par ceux du Versailles de Louis XIV.

Axel mourut en 1961 et me légua un miroir en argent, qui avait appartenu à l'impératrice Joséphine, et la collection complète des premières éditions des romans de sir Walter Scott.

Un jour, de passage à Stockholm, en Suède, je m'arrêtai devant l'édifice Wenner-Gren, voué à la recherche médicale. Une petite larme glissa sur ma joue.

« Adieu, Axel, je vous ai quand même aimé… un peu. »

FORT BELVÉDÈRE

L'histoire attribue souvent des surnoms aux rois : Édouard le Confesseur, Guillaume le Conquérant, Richard Ier Cœur de Lion. Selon ce système, comment puis-je décrire Edward VIII ? Edward l'Indigne ? Edward l'Obstiné ? L'Aimable ?

Wallis mérite-t-elle la dévotion que mon père lui voue depuis si longtemps ? Je suppose que je dois me souvenir de la grandeur des sacrifices qu'il fit pour elle et du courage qu'il démontra en se battant pour elle.

Jamais autant mes pensées ne se sont concentrées sur sa vie lorsque je visite le *home* qui fut sien durant de longues années : Fort Belvédère. Je le regarde… n'est-il pas surtout l'idée enfantine d'un fort ? Mais mon père l'a beaucoup aimé ! Ne m'a-t-il pas d'ailleurs donné un gros médaillon à l'effigie de Fort Belvédère, alors que, petite fille, j'ignorais qu'il était mon père?

En ce moment, tandis que je regarde Fort Belvédère, je comprends qu'Edward est et sera toujours, pour moi, le Bien-Aimé.

Situé aux abords du grand parc de Windsor, Fort Belvédère est plus ou moins une «folie crénelée» qu'il a rénovée avec amour et où il a été heureux, jouant de la cornemuse à volonté. C'est là aussi qu'il signa les papiers officiels de son abdication, et c'est ce nom de Belvédère qu'il me donna lorsqu'il était roi.

Fort Belvédère a, depuis, passé en d'autres mains. Je ne l'ai vu qu'une fois, mais il restera pour moi, comme il le fut pour mon père, un îlot oscillant, immiscé entre un souverain et son destin.

LA MORT DE MON PÈRE

Mon père est très malade. Au téléphone, depuis quelque temps, il me parle d'une petite congestion de la gorge et du poumon, mais je sais que cela doit être plus grave pour que Wallis me réclame à son chevet.

«Venez vite, Mary Ann!» m'a-t-elle dit.

Au numéro 4, route du Champ d'Entraînement, je me retrouve devant la maison de mon père, située près du bois de Boulogne, à Paris. Le taxi dépasse les deux piliers de pierre qui retiennent la grille d'entrée et, au bout de l'allée bordée de rhododendrons, il me dépose devant la porte d'entrée. Je monte les quelques marches du portique soutenu par quatre colonnes. La porte est entrouverte. Curieux!

J'entre et attends dans le petit et rétréci royaume de mon père… son dernier? Un air d'opulence dorée m'assaille. Les murs en faux marbres sont éclairés par des luminaires muraux, sculptés aux armoiries royales et tendus de guirlandes écarlates et de franges. Mes pieds martèlent un plancher de marbre; un long escalier monte à la gauche du hall. En haut, la bannière de l'ordre de la Jarretière est suspendue. Mon regard curieux se pose sur un grand globe monté sur une base en acajou, sur des miroirs octogonaux qui brillent aux murs, sur des chaises à la Chippendale chinoise qui s'y trouvent en grand nombre, sur un paravent décoratif qui semble crier: « Regardez-moi, je coûte très cher! » Après le vertige des dorures du hall, je suis éblouie par l'argenterie du salon. Un chatoiement règne partout. Des moulures de cordages et de glands argentés luisent sur des murs d'un bleu très pâle. Un chandelier de cristal vénitien scintille comme une fontaine de diamants. Des tableaux signés Degas et Fantin-Latour ornent les murs ainsi que le portrait de Wallis peint par Gérald Brockhurst, que j'ai déjà vu à Government House. J'aperçois, en passant, la chinoiserie de la salle à manger dont les murs sont décorés de dessins aux tons de pastel. Une porte, drapée de tentures bleues, donne sur l'extérieur.

Partout s'entassent toutes ces choses que mon père aimait accumuler. Des tables, dispersées çà et là à la mode victorienne, croulent sous les souvenirs de ses voyages, ses objets de famille, ses bibelots, ses dogues en porcelaine Meissen.

Sidney, vêtu d'un uniforme écarlate, apparaît soudain. Il est tout surpris de me voir et s'excuse de ne pas m'avoir reçue.

« *His Royal Highness* vous attend, Lady Belvédère, dit-il en m'indiquant l'escalier, si vous voulez bien me suivre. »

Mon père est couché dans son absurde lit on ne peut plus *royal*, sous un couvre-lit brodé au chiffre du prince de

Galles; son ancienne bannière est accrochée au mur derrière. Il dort. Son souffle est court et laborieux. Il se meurt d'un cancer du larynx. Il est sous perfusion et une infirmière le veille.

On me sert un goûter et je m'assieds à la table comme pour un repas funéraire. Rien dans le visage de mon père ne me rappelle celui que j'ai tant admiré durant son ère de sire Lancelot. La mort rôde. Ses veines durcies se voient comme de longs rubans sculpturaux parcourant ses joues avec une rigidité minérale. Les yeux mourants brillent faiblement. La maladie a usé ses forces. Sa voix n'est qu'un souffle.

« *My darling little girl…* »

Il se rendort, péniblement, et je m'installe à la fenêtre, par où entre le clair de lune, jusqu'à ce que j'entende la porte de Wallis se fermer pour la nuit, après qu'elle eut jeté un coup d'œil dans la chambre de son mari. Elle me regarde, simplement. Son visage est hagard et je pense que j'ai encore la force de continuer ma veille. J'aimerais faire chanter doucement la pluie au milieu de la chambre, qui accompagnerait les larmes qui glissent sur mon visage. Je vois monter, devant la fenêtre ouverte qu'emplissent l'azur gris du ciel et les taches sombres du bois de Boulogne, l'encens bleu de ses cigarettes.

Je me rappelle le bruit de ses pas s'approchant de moi, sa belle voix murmurant « *my darling little girl* »… Ô combien tout cela m'était cher! Pour entendre cette voix de plus près, je suis obligée de redescendre en moi-même. C'est donc que cette voix est toujours en moi ainsi que tout ce passé infiniment revisité, même si mon père se meurt.

« *My darling little girl*, je t'ai… toujours… aimée… *Goodbye… Mama… mama…* »

La garde-malade se précipite… il avait soixante-dix-huit ans en ce 29 mai, alors que l'aurore pointe à peine.

J'éprouve un sentiment de lassitude et de terreur à sentir que tout ce temps a été vécu et pensé, qu'il a été une partie de ma vie, une partie de moi-même, que mon père m'a aimée, même s'il était perché sur son piédestal d'homme célèbre, que je ne peux oublier.

Je remets son nom à Dieu, me rappelant non pas ce faible soupir dispersé dans l'air du temps, mais telle ferveur, telle tendresse, telle souffrance particulière. La paix vient de l'éternité dans laquelle rentrent les choses bien accomplies.

Sa dépouille est exposée à la chapelle St. George, au palais de Windsor. Je m'y rends et contourne le catafalque sur lequel le cercueil de mon père, enfoui sous des fleurs, repose, au centre de la nef. Je reste un long moment à regarder. Wallis y est, défaite, perdue, en compagnie de quelques membres de la famille royale. Ma cousine s'approche de moi et me tend la main sans dire un mot, mais son sourire est bienveillant et rassurant. Je murmure simplement : « Merci. »

Après la mort, le temps se retire du corps, et les souvenirs, si indifférents, si pâlis, sont effacés de celui qui n'est plus. Ils le seront bientôt de celle qu'ils torturent encore, moi, sa *darling little girl*.

Je cherche la force de garder avec moi son existence qui disparaît déjà. Il a occupé une place si considérable à différentes époques… tant de jours comme roi, tant d'années en exil, tant d'années en tant que père. Dans la mort, il m'appartient davantage, sans l'ombre de Wallis.

Mon père est enterré à Frogmore.

Après la mort du duc de Windsor, le *Daily Telegraph*, journal ultraconservateur, exhorte ses lecteurs et l'histoire à se rappeler l'éclatant et plein d'entrain Prince Charmant plutôt que le las, ennuyeux, fantasque et errant fantôme qu'il était devenu.

Mon père me légua une petite fortune. Mes plus grands trésors de lui sont sa chevalière aux armes du prince de Galles et la boîte qu'il aimait tant, construite avec le bois du *Victory* de l'amiral Horatio Nelson. À son petit-fils, il légua son bâton de maréchal et, à Claude, un cendrier en argent aux insignes d'Edward VIII.

Nos souvenirs ne s'arrêtent pas ici, mais ça, c'est une autre histoire. J'ai laissé mon père aux historiens et biographes qui ne purent vraiment découvrir la véritable psychologie d'Edward Windsor. Je l'aimais d'abord parce qu'il était mon père, mais aussi, et surtout – malgré ses défauts –, à cause de son âme de petit garçon qui n'avait pas su grandir. J'écris ces mots à mon retour de Frogmore House – mon fils et mon mari m'accompagnent –, située dans le grand parc près du château de Windsor, où je viens de déposer sur sa tombe, derrière le mausolée de la reine Victoria, une rose de la couleur « pourpre royal ».

Edward Albert Christian George Andrew Patrick David, mon père, repose sous un grand sycomore, dans ce jardin de verdure. Sa tombe, de marbre blanc, reflète, malgré l'ombre de l'immense arbre, le ciel de l'Angleterre. La tombe de Wallis est près de lui. Tous deux, là, dans ce pays qui ne voulait pas d'eux de leur vivant, ont trouvé la tranquillité et la paix.

Beaucoup de personnes se souviennent encore de ce roi qui abandonna tout pour une femme.

« Je vous aime, père! »

CET OUVRAGE
COMPOSÉ EN GARAMOND CORPS 14 SUR 16
A ÉTÉ ACHEVÉ D'IMPRIMER
LE DEUX MAI DEUX MILLE DEUX
SUR LES PRESSES DE TRANSCONTINENTAL
DIVISION IMPRIMERIE GAGNÉ
À LOUISEVILLE
POUR LE COMPTE DE
VLB ÉDITEUR.

IMPRIMÉ AU QUÉBEC (CANADA)